中國語言文字研究輯刊

三　編

許鋑輝　主編

第1冊

《三編》總目

編輯部編

漢字科學化理論與應用系統（上）

The system of scienceized theory and application of Chinese charaters（Ⅰ）

陳明道　著

花木蘭文化出版社

國家圖書館出版品預行編目資料

漢字科學化理論與應用系統（上）／陳明道 著—初版—新
北市：花木蘭文化出版社，2012〔民101〕
序4+ 目6+258 面；21×29.7 公分
（中國語言文字研究輯刊 三編；第1冊）
ISBN：978-986-322-046-6（精裝）
1. 漢字 2. 漢字改革

802.08 101015851

中國語言文字研究輯刊
三 編 第 一 冊 ISBN：978-986-322-046-6

漢字科學化理論與應用系統（上）

作 者 陳明道
主 編 許錟輝
總 編 輯 杜潔祥
出 版 花木蘭文化出版社
發 行 所 花木蘭文化出版社
發 行 人 高小娟
聯絡地址 新北市永和區中正路五九五號七樓之三
電話：02-2923-1455／傳眞：02-2923-1452
網 址 http://www.huamulan.tw 信箱 sut81518@gmil.com
印 刷 普羅文化出版廣告事業
初 版 2012 年 9 月
定 價 三編 18 冊（精裝）新台幣 40,000 元

《三編》總目

編輯部編

《中國語言文字研究輯刊》三編　書目

漢字理論與應用研究專輯
第一冊　陳明道　漢字科學化理論與應用系統（上）
第二冊　陳明道　漢字科學化理論與應用系統（中）
第三冊　陳明道　漢字科學化理論與應用系統（下）

《說文解字》研究專輯
第四冊　周聰俊　說文一曰研究
第五冊　馬偉成　王筠《說文解字句讀》「聲符兼義」探析

古文字研究專輯
第六冊　鄒濬智　《山海經》疑難字句新詮──以楚文字為主要視角的一種考察
第七冊　連蔚勤　秦漢篆文形體比較研究（上）
第八冊　連蔚勤　秦漢篆文形體比較研究（下）
第九冊　李淑萍　漢字篆隸演變研究
第十冊　馬嘉賢　古文字中的注音形聲字研究

古代音韻研究專輯
第十一冊　周晏菱　龍宇純之上古音研究
第十二冊　楊素姿　先秦楚方言韻系研究

方言研究專輯
第十三冊　譚家麒　金門閩語：金沙方言音韻研究

訓詁學研究專輯
第十四冊　鐘明彥　清代訓詁理論之發展及其在現代之轉型（上）
第十五冊　鐘明彥　清代訓詁理論之發展及其在現代之轉型（中）
第十六冊　鐘明彥　清代訓詁理論之發展及其在現代之轉型（下）

漢文佛典語文研究專輯
第十七冊　高婉瑜　漢文佛典後綴的語法化現象
第十八冊　程邦雄、尉遲治平主編　圓融內外　綜貫梵唐──第五屆漢文佛典語
　　　　　言國際學術研討會論文集

《中國語言文字研究輯刊》三編
各書作者簡介・提要・目次

第一、二、三冊　漢字科學化理論與應用系統

作者簡介

　　陳明道 1947 年生，屏東縣人。高中畢業，放棄就讀大學，入國防大學管理學院暨語文中心，受財務管理、電腦資訊、日本語文等嚴格訓練，畢業後派至空軍、國防部承乏管理分析、程式設計、日語翻譯等工作，表現出色。服務軍旅 25 年，以上校階退伍。因稟《易・乾》「君子終日乾乾夕惕若」之教，不敢虛擲歲月，尋思從小熱愛中國語文，乃以 45 歲之齡，考入政大中文系，研讀經史子集語言文字，愈讀愈有興致，繼升入中山大學碩士、博士班攻讀。現任教中山、美和諸大學。著作有日英中電腦、工業管理詞典，漢字科學化理論與應用系統、語源學等。

提　要

　　作者從小對語文就非常感興趣，因常查字典，感覺漢字比英文難找到，就想發明一種檢字法。先根據《國語字典》，完成了"IXEFSOPYTH 十型定位分部檢字法"。然後結合"漢字科技化"深入思考，提出對策和解答。

　　首先，從分析屬性入手，確定漢字是以「象形」為基因的詞文字。她以「轉注」為總工程師，統領造形、構詞、用字和行文等一切語文建設的進行。透過與拼音文字比較，深知漢字在造形上有三大弱點：第一是沒有字母，卻有高達一千以上的形、聲符；第二是字根排列有點、線、面三種，從科學的立場看，是沈重的負擔；第三是剖解、組合的複雜問題。

　　其次，全力建立字母及剖解、組合、排列四大系統——字母是組字材料；剖解

是析字爲母；組合則相反，合母成字；然後排列字母以成字。其中以排列系統困難度最高。進一步說，排列是據剖解得的字母，從空間形狀、分佈位置、持分面積、線性次序、組合關係、字母數量以及筆畫長短、寬窄、曲直、方圓、正斜、虛實等拓樸學、排列組合學和幾何學的層面透視漢字結構。從全部漢字中爬梳出 188 字母，包括 41 字元和 147 字素；再反向簡括爲 64 字圖 41 字範 47 字式 10 字型。

最後，根據科學的理論發展出：拼寫、排序、索引、輸入、造字、排行、資料庫、語文教學、單位元編碼等應用系統。

總括來說，本書透過字母化、單碼化、線性化、系統化，以成就漢字科學化、電腦化、資訊化、數位化建設，使漢字強、利、富、優、美、善，永久適存於世界。

目　次

上　冊

自　序

第壹篇　緒　論 ……………………………………………………………… 1

第一章　文字改革 ………………………………………………………… 3

　第一節　拼音文字 …………………………………………………… 3

　第二節　簡化漢字 …………………………………………………… 4

　第三節　形聲新字 …………………………………………………… 5

　第四節　線性漢字 …………………………………………………… 6

第二章　研究動機 ………………………………………………………… 9

　第一節　圓成少年之夢 ……………………………………………… 9

　第二節　提升電訊與電腦智能 …………………………………… 10

　第三節　形構亟需研究 …………………………………………… 12

　第四節　工作經驗體悟 …………………………………………… 13

第三章　題目釋義 ……………………………………………………… 15

　第一節　IXEFSOPYTH …………………………………………… 15

　第二節　殷字漢字 ………………………………………………… 17

　第三節　科學化 …………………………………………………… 18

　第四節　剖組排式 ………………………………………………… 22

　第五節　理論系統 ………………………………………………… 25

　第六節　應用系統 ………………………………………………… 26

第四章　全文綱要 ‧‧‧‧‧‧‧‧‧‧‧‧‧‧‧‧‧‧‧‧‧‧‧‧‧‧‧‧‧‧‧‧ 29

　第一節　全文大綱 ‧‧‧‧‧‧‧‧‧‧‧‧‧‧‧‧‧‧‧‧‧‧‧‧‧‧‧‧ 29

　第二節　全文要義 ‧‧‧‧‧‧‧‧‧‧‧‧‧‧‧‧‧‧‧‧‧‧‧‧‧‧‧‧ 30

第五章　研究簡史 ‧‧‧‧‧‧‧‧‧‧‧‧‧‧‧‧‧‧‧‧‧‧‧‧‧‧‧‧‧‧‧‧ 37

　第一節　字型 ‧‧‧‧‧‧‧‧‧‧‧‧‧‧‧‧‧‧‧‧‧‧‧‧‧‧‧‧‧‧‧‧‧‧ 37

　第二節　字母 ‧‧‧‧‧‧‧‧‧‧‧‧‧‧‧‧‧‧‧‧‧‧‧‧‧‧‧‧‧‧‧‧‧‧ 40

　第三節　剖解法 ‧‧‧‧‧‧‧‧‧‧‧‧‧‧‧‧‧‧‧‧‧‧‧‧‧‧‧‧‧‧‧‧ 42

　第四節　排檢法 ‧‧‧‧‧‧‧‧‧‧‧‧‧‧‧‧‧‧‧‧‧‧‧‧‧‧‧‧‧‧‧‧ 43

　第五節　輸入法 ‧‧‧‧‧‧‧‧‧‧‧‧‧‧‧‧‧‧‧‧‧‧‧‧‧‧‧‧‧‧‧‧ 44

第貳篇　一般理論 ‧‧‧‧‧‧‧‧‧‧‧‧‧‧‧‧‧‧‧‧‧‧‧‧‧‧‧‧‧‧‧‧ 49

第一章　屬　性 ‧‧‧‧‧‧‧‧‧‧‧‧‧‧‧‧‧‧‧‧‧‧‧‧‧‧‧‧‧‧‧‧‧‧ 51

　第一節　概說 ‧‧‧‧‧‧‧‧‧‧‧‧‧‧‧‧‧‧‧‧‧‧‧‧‧‧‧‧‧‧‧‧‧‧ 51

　第二節　○變形態 ‧‧‧‧‧‧‧‧‧‧‧‧‧‧‧‧‧‧‧‧‧‧‧‧‧‧‧‧ 53

　第三節　一詞造形 ‧‧‧‧‧‧‧‧‧‧‧‧‧‧‧‧‧‧‧‧‧‧‧‧‧‧‧‧ 54

　第四節　二維結構 ‧‧‧‧‧‧‧‧‧‧‧‧‧‧‧‧‧‧‧‧‧‧‧‧‧‧‧‧ 58

　第五節　三才一體 ‧‧‧‧‧‧‧‧‧‧‧‧‧‧‧‧‧‧‧‧‧‧‧‧‧‧‧‧ 61

　第六節　四象形文 ‧‧‧‧‧‧‧‧‧‧‧‧‧‧‧‧‧‧‧‧‧‧‧‧‧‧‧‧ 66

　第七節　五筆組合 ‧‧‧‧‧‧‧‧‧‧‧‧‧‧‧‧‧‧‧‧‧‧‧‧‧‧‧‧ 68

　第八節　六書原理 ‧‧‧‧‧‧‧‧‧‧‧‧‧‧‧‧‧‧‧‧‧‧‧‧‧‧‧‧ 70

　第九節　七體風格 ‧‧‧‧‧‧‧‧‧‧‧‧‧‧‧‧‧‧‧‧‧‧‧‧‧‧‧‧ 72

　第十節　八卦坐標 ‧‧‧‧‧‧‧‧‧‧‧‧‧‧‧‧‧‧‧‧‧‧‧‧‧‧‧‧ 73

　第十一節　九宮位置 ‧‧‧‧‧‧‧‧‧‧‧‧‧‧‧‧‧‧‧‧‧‧‧‧‧‧ 75

　第十二節　十全型式 ‧‧‧‧‧‧‧‧‧‧‧‧‧‧‧‧‧‧‧‧‧‧‧‧‧‧ 77

　第十三節　一一均衡 ‧‧‧‧‧‧‧‧‧‧‧‧‧‧‧‧‧‧‧‧‧‧‧‧‧‧ 82

第二章　結　構 ‧‧‧‧‧‧‧‧‧‧‧‧‧‧‧‧‧‧‧‧‧‧‧‧‧‧‧‧‧‧‧‧‧‧ 85

　第一節　內涵結構 ‧‧‧‧‧‧‧‧‧‧‧‧‧‧‧‧‧‧‧‧‧‧‧‧‧‧‧‧ 85

　第二節　外表結構 ‧‧‧‧‧‧‧‧‧‧‧‧‧‧‧‧‧‧‧‧‧‧‧‧‧‧‧‧ 88

　第三節　內外聯繫 ‧‧‧‧‧‧‧‧‧‧‧‧‧‧‧‧‧‧‧‧‧‧‧‧‧‧‧‧ 91

　第四節　漢字特質 ‧‧‧‧‧‧‧‧‧‧‧‧‧‧‧‧‧‧‧‧‧‧‧‧‧‧‧‧ 93

第三章　強　弱 ‧‧‧‧‧‧‧‧‧‧‧‧‧‧‧‧‧‧‧‧‧‧‧‧‧‧‧‧‧‧‧‧ 101

　第一節　五 X ‧‧‧‧‧‧‧‧‧‧‧‧‧‧‧‧‧‧‧‧‧‧‧‧‧‧‧‧‧‧‧‧ 101

　第二節　優勝之處 ‧‧‧‧‧‧‧‧‧‧‧‧‧‧‧‧‧‧‧‧‧‧‧‧‧‧ 106

第三節　缺失之所 …………………………………………………… 116

第四節　歸納分析 …………………………………………………… 123

第五節　治漢字方 …………………………………………………… 124

第參篇　六書理論 ……………………………………………………… 129

第一章　概　說 ………………………………………………………… 131

第一節　詮釋目的 …………………………………………………… 131

第二節　六書簡述 …………………………………………………… 132

第二章　分　期 ………………………………………………………… 135

第一節　分期表 ……………………………………………………… 135

第二節　象形時 ……………………………………………………… 135

第三節　假借時 ……………………………………………………… 136

第四節　轉注時 ……………………………………………………… 138

第五節　轉注精義 …………………………………………………… 149

第六節　六書體系表 ………………………………………………… 150

第三章　新　詮 ………………………………………………………… 153

第一節　新觀點 ……………………………………………………… 153

第二節　造字法 ……………………………………………………… 167

第三節　造詞法 ……………………………………………………… 172

第四節　用字法 ……………………………………………………… 180

第五節　造字史 ……………………………………………………… 188

第四章　綜　合 ………………………………………………………… 195

第一節　六書二義 …………………………………………………… 195

第二節　六書三階 …………………………………………………… 196

第三節　六書三段 …………………………………………………… 196

第四節　六書三性 …………………………………………………… 197

第五節　轉注四相 …………………………………………………… 198

第六節　六書精蘊 …………………………………………………… 199

第肆篇　線化理論 ……………………………………………………… 201

第一章　楷書構造 ……………………………………………………… 203

第一節　楷書簡述 …………………………………………………… 203

第二節　構字六法 …………………………………………………… 204

第二章　線性規劃 ……………………………………………………… 225

第一節　概說 ……………………………………………………… 225

第二節　七造 ……………………………………………………… 229

第三章　造殷字族 ………………………………………………… 233

第一節　字族 ……………………………………………………… 233

第二節　單字 ……………………………………………………… 234

第三節　字根 ……………………………………………………… 238

中　冊

第四章　造殷字母 ………………………………………………… 259

第一節　概說 ……………………………………………………… 259

第二節　字元 ……………………………………………………… 261

第三節　字素 ……………………………………………………… 284

第四節　字母 ……………………………………………………… 287

第五節　字範 ……………………………………………………… 291

第五章　造剖解法 ………………………………………………… 297

第一節　概說 ……………………………………………………… 297

第二節　判的 ……………………………………………………… 299

第三節　判準 ……………………………………………………… 300

第四節　判法 ……………………………………………………… 307

第六章　造組合法 ………………………………………………… 311

第一節　概說 ……………………………………………………… 311

第二節　五組合 …………………………………………………… 314

第三節　十組合 …………………………………………………… 316

第四節　十六組合 ………………………………………………… 320

第五節　綜合 ……………………………………………………… 322

第七章　造排列型 ………………………………………………… 325

第一節　概說 ……………………………………………………… 325

第二節　幾何排型 ………………………………………………… 327

第三節　形聲排型 ………………………………………………… 329

第四節　組合排型 ………………………………………………… 332

第八章　造線排式 ………………………………………………… 341

第一節　概說 ……………………………………………………… 341

第二節　表式 ……………………………………………………… 341

第三節　拼法 344

第四節　功用 346

第九章　造單碼系統 349

第一節　中文電腦缺失 349

第二節　字母編碼法 350

第三節　單字編碼法 353

第伍篇　應用系統 357

第一章　十型字檔 359

第一節　概說 359

第二節　一元型 364

第三節　交叉型 367

第四節　匣匡型 386

第五節　原厓型 395

第六節　迂迴型 412

第七節　圓圍型 419

第八節　巴巳型 422

第九節　傾斜型 432

第十節　上下型 438

下　冊

第十一節　左右型 527

第十二節　外文型 633

第十三節　47 字式 634

第十四節　64 字圖 638

第二章　字型用途 643

第一節　意義 643

第二節　識字教學 643

第三節　編碼排序 644

第四節　編纂索引 644

第五節　建輸入法 645

第六節　立造字法 645

第七節　定排行法 645

第三章　字型排序 647

第一節　概說 ⋯⋯⋯⋯⋯⋯⋯⋯⋯⋯⋯⋯⋯⋯⋯⋯⋯⋯⋯⋯ 647

第二節　電腦排序 ⋯⋯⋯⋯⋯⋯⋯⋯⋯⋯⋯⋯⋯⋯⋯⋯⋯⋯ 650

第三節　人工排序 ⋯⋯⋯⋯⋯⋯⋯⋯⋯⋯⋯⋯⋯⋯⋯⋯⋯⋯ 661

第四章　字型排檢 ⋯⋯⋯⋯⋯⋯⋯⋯⋯⋯⋯⋯⋯⋯⋯⋯⋯⋯⋯⋯ 677

第一節　概說 ⋯⋯⋯⋯⋯⋯⋯⋯⋯⋯⋯⋯⋯⋯⋯⋯⋯⋯⋯⋯ 677

第二節　排檢法檢討 ⋯⋯⋯⋯⋯⋯⋯⋯⋯⋯⋯⋯⋯⋯⋯⋯ 677

第三節　新的排檢法 ⋯⋯⋯⋯⋯⋯⋯⋯⋯⋯⋯⋯⋯⋯⋯⋯ 686

第五章　字型輸入 ⋯⋯⋯⋯⋯⋯⋯⋯⋯⋯⋯⋯⋯⋯⋯⋯⋯⋯⋯⋯ 701

第一節　概說 ⋯⋯⋯⋯⋯⋯⋯⋯⋯⋯⋯⋯⋯⋯⋯⋯⋯⋯⋯⋯ 701

第二節　單字輸入法 ⋯⋯⋯⋯⋯⋯⋯⋯⋯⋯⋯⋯⋯⋯⋯⋯ 703

第三節　複詞輸入法 ⋯⋯⋯⋯⋯⋯⋯⋯⋯⋯⋯⋯⋯⋯⋯⋯ 714

第四節　47 字式輸入法 ⋯⋯⋯⋯⋯⋯⋯⋯⋯⋯⋯⋯⋯⋯ 719

第六章　製字新法 ⋯⋯⋯⋯⋯⋯⋯⋯⋯⋯⋯⋯⋯⋯⋯⋯⋯⋯⋯⋯ 725

第一節　模型法 ⋯⋯⋯⋯⋯⋯⋯⋯⋯⋯⋯⋯⋯⋯⋯⋯⋯⋯ 725

第二節　組合法 ⋯⋯⋯⋯⋯⋯⋯⋯⋯⋯⋯⋯⋯⋯⋯⋯⋯⋯ 726

第三節　加減法 ⋯⋯⋯⋯⋯⋯⋯⋯⋯⋯⋯⋯⋯⋯⋯⋯⋯⋯ 726

第四節　強軟體 ⋯⋯⋯⋯⋯⋯⋯⋯⋯⋯⋯⋯⋯⋯⋯⋯⋯⋯ 727

第五節　全字庫 ⋯⋯⋯⋯⋯⋯⋯⋯⋯⋯⋯⋯⋯⋯⋯⋯⋯⋯ 727

第七章　漢字排行 ⋯⋯⋯⋯⋯⋯⋯⋯⋯⋯⋯⋯⋯⋯⋯⋯⋯⋯⋯⋯ 729

第一節　概說 ⋯⋯⋯⋯⋯⋯⋯⋯⋯⋯⋯⋯⋯⋯⋯⋯⋯⋯⋯⋯ 729

第二節　問題 ⋯⋯⋯⋯⋯⋯⋯⋯⋯⋯⋯⋯⋯⋯⋯⋯⋯⋯⋯⋯ 730

第三節　建議 ⋯⋯⋯⋯⋯⋯⋯⋯⋯⋯⋯⋯⋯⋯⋯⋯⋯⋯⋯⋯ 731

第陸篇　結　論 ⋯⋯⋯⋯⋯⋯⋯⋯⋯⋯⋯⋯⋯⋯⋯⋯⋯⋯⋯⋯⋯ 733

附　錄

附錄一　林語堂先生書翰 ⋯⋯⋯⋯⋯⋯⋯⋯⋯⋯⋯⋯⋯⋯ 737

附錄二　41 字元／字範歌 ⋯⋯⋯⋯⋯⋯⋯⋯⋯⋯⋯⋯⋯ 738

附錄三　36 字元歌 ⋯⋯⋯⋯⋯⋯⋯⋯⋯⋯⋯⋯⋯⋯⋯⋯⋯ 739

附錄四　47 字元／字式歌 ⋯⋯⋯⋯⋯⋯⋯⋯⋯⋯⋯⋯⋯ 739

附錄五　50 字元歌 ⋯⋯⋯⋯⋯⋯⋯⋯⋯⋯⋯⋯⋯⋯⋯⋯⋯ 740

附錄六　147 字素歌 ⋯⋯⋯⋯⋯⋯⋯⋯⋯⋯⋯⋯⋯⋯⋯⋯ 741

附錄七　64 字圖歌 ⋯⋯⋯⋯⋯⋯⋯⋯⋯⋯⋯⋯⋯⋯⋯⋯⋯ 742

附錄八　教育部公告常用國字表 ⋯⋯⋯⋯⋯⋯⋯⋯⋯⋯ 743

附錄九　現代漢語通用字表 ⋯⋯⋯⋯⋯⋯⋯⋯⋯⋯⋯⋯⋯⋯⋯⋯ 750

附錄十　重要名詞解釋 ⋯⋯⋯⋯⋯⋯⋯⋯⋯⋯⋯⋯⋯⋯⋯⋯⋯⋯ 755

引用書目 ⋯⋯⋯⋯⋯⋯⋯⋯⋯⋯⋯⋯⋯⋯⋯⋯⋯⋯⋯⋯⋯⋯⋯⋯⋯ 765

第四冊　說文一曰研究

作者簡介

周聰俊，1939 年生，台灣台北人。1965 年台灣師範大學國文系畢業，1975 年及 1981 年先後兩度再入母校國文研究所深造，1978 年獲文學碩士學位，1988 年獲博士學位。曾任台灣科技大學、清雲科技大學教授。著有《說文一曰研究》、《饗禮考辨》、《裸禮考辨》、《三禮禮器論叢》等書。

提　要

《說文》之爲書，以文字而兼聲韻訓詁者也。其書據形說字，旨在推明古人制字之由，凡所說解，多能參稽眾議，定於一尊。其或間存別說，而出一曰之例者，所以示愼也。蓋以世當東漢，形體既遞有變，古義亦容有失傳。是故眾說紛如，各逞所見，則雖以許氏之博學通識，復師承有自，而於是非去取，亦非易事。故凡有所疑，則兼錄別說，不囿己見。通攷《說文》，出此例者凡八百有餘事，凡稱一曰、或曰、又曰、亦曰、或云、或說、或爲、一云、一說、或、亦、又諸名者，皆此類也；而未明著一曰之文者，亦多有之。此蓋許書之顯例也。惟文字肇端，有義而後有音，有音而後有形，造字者因音義而賦形，所賦之形必切乎其義，而義亦必應乎其形。是故造字之時本一形一音一義，此理之當然也。是凡形有二構，音有二讀，義有兩歧者，其中必有是非可說，蓋可知也。學問之道，後出轉精，自清代以來，究心《說文》者既眾，往往各有創獲，足以補苴舊說；兼以古文字之出土整理，於文字遞嬗之，頗能攷見，故在昔許氏之所疑，今有可斷其是非者矣。本篇之旨，即在探究許書所存形音義一曰別說之是非。凡許書所存別說符於形義密合之準則者，則申證之。其未密合而有可商者，則舉以質之。疑而未能決，或疑似後人增益者，則錄以存參。字音重讀或三讀者準之。

目　次

序

凡　例

第一章　申　證 ⋯⋯⋯⋯⋯⋯⋯⋯⋯⋯⋯⋯⋯⋯⋯⋯⋯⋯⋯⋯⋯⋯ 1

　第一節　字形一曰之申證 ⋯⋯⋯⋯⋯⋯⋯⋯⋯⋯⋯⋯⋯⋯⋯⋯⋯ 1

一、本說非而一曰是者 2

二、一曰申釋字形為是者 13

第二節　字音一曰之申證 14

一、二讀皆擬其音者 15

二、二讀皆明叚借者 22

三、二讀或擬其音或明叚借者 23

第三節　字義一曰之申證 31

一、一曰以證本義者 32

二、一曰以釋本義者 49

三、一曰以說引申者 51

四、一曰以辨異實者 57

五、一曰以別異名者 62

六、一曰以備殊說者 77

第二章　質　難 83

第一節　字形一曰之質難 83

一、本說是而一曰非者 84

二、本說一曰皆非者 97

三、一曰申釋字形為非者 107

第二節　字音一曰之質難 109

一、一曰之讀實屬叚借而音變者 110

第三節　字義一曰之質難 111

一、一曰之說實屬叚借義者 112

二、一曰之說實有謬誤者 156

三、一曰之義實屬方言叚借者 159

第三章　存　疑 167

第一節　字形一曰之存疑 167

一、本說是而一曰有可疑者 167

二、疑係傳鈔譌亂者 170

第二節　字音一曰之存疑 172

一、一曰之讀無所承者 172

二、二讀推諸古音本同者 174

第三節　字義一曰之存疑 176

一、本說一日之義本同者 176

二、一日二字疑衍者 179

三、其他 181

參考書目 189

索　引 201

第五冊　王筠《說文解字句讀》「聲符兼義」探析

作者簡介

馬偉成，民國五十九年生，逢甲大學中文博士，曾為逢甲及大葉大學之兼任講師，目前為逢甲及大葉大學之兼任助理教授。

提　要

形聲字的出現，標誌著漢字由表意文字走向表音文字的變革，形聲字的聲符具有相對穩定性，它不僅單純記錄語音，更有示意功能；「聲符兼義」早從先秦典籍已有記載，漢代許慎《說文解字》出現為數不少「亦聲字」，可視為「聲符兼義」理論之發現，宋代王聖美的「右文說」則是「聲符兼義」理論之提出，到了清代，文字學家相繼闡述「右文說」理論，故「音近義通」及「因聲求義」的方法於此臻於系統化。

清代「說文四大家」中段玉裁和王筠在其著作皆有標誌「聲符兼義」之字例，本論文將王筠《說文解字句讀》中出現「聲兼意」字例進行剖析，探究王筠如何處理「聲符兼義」問題，並且和段玉裁的進行比較，端看二人之異同，最後對於王筠分項「聲兼意」提出看法並總結「聲符兼義」對於文字源流之意義及價值。

目　次

凡　例

第一章　緒　論 1

　第一節　研究動機 2

　第二節　研究界定 5

　　一、研究文本 5

　　二、研究意義 7

第二章　形聲釋名 9

　第一節　形符與聲符的會合 9

　　一、主半形半聲者 9

二、主半義半聲者 11

三、形爲主，聲爲輔——初有形無聲者 14

四、聲爲主，形爲輔——初有聲無形者 16

五、聲即義（或「聲符兼義」） 18

第二節　形符與聲符的動賓關係 26

第三節　形聲字之來源 29

一、由「假借」方式造就形聲字 32

二、由「轉注」方式造就形聲字 35

三、孳乳 41

四、變易 42

第四節　會意、形聲之辨 44

一、「會意」定義 44

二、構成會意字的標準 51

三、小結 58

第五節　王筠會意釋例 59

第三章　形聲字「聲符兼義」之探究 65

第一節　聲符兼義的源流 66

一、「亦聲字」——「聲兼意」理論的發現 68

二、右文說——「聲兼意」理論的提出 78

三、音近義通 105

第二節　形聲字「聲符兼義」產生原因 110

一、社會文化面 111

二、文字歷程方面 112

第三節　「會意兼聲」是否存在 115

一、「會意兼聲」的探究 115

二、王筠的「會意兼聲」探究 118

三、小結 120

第四節　「會意兼聲」應視爲形聲或會意 120

第四章　王筠形聲之術語 123

第一節　王筠對「形聲」之定義 128

第二節　王筠關於「聲兼意」字例之術語 133

第三節　段玉裁形聲之術語 201

一、段玉裁關於「聲符兼義」字例之術語 202

二、段玉裁分類「聲符兼義」之術語必要性與否 228

第四節 王筠與段玉裁在「聲符兼義」相同之字例 229

第五章 結 論 233

第一節 王筠「聲兼意」理論探析 233

第二節 「聲符兼義」的研究價值 236

參考書目 239

附錄一：會意字表 247

附錄二：關於「無聲字多音」 281

第六冊 《山海經》疑難字句新詮——以楚文字為主要視角的一種考察

作者簡介

鄒濬智，一九七八年生，南投縣人，政治大學中文學士，臺灣師大國文碩士、博士。曾任中央研究院歷史語言研究所兼任助理，臺科大、元培科大、景文科大及耕莘專校等校專、兼任教師，現為中央警察大學通識教育中心專任助理教授。研究領域為漢語語言文字學、出土文獻學、民間習俗與信仰、國學應用等。編撰有（含合撰）《《上海博物館藏戰國楚竹書（一）》讀本》等學術專著六種、《說文解字注（標點本）》等教科書五種、單篇學術論文七十餘篇。

提 要

《山海經》為中國著名奇書之一，它記載古人所認識之東、南、西、北、中各方位的山川地理與風俗民情，一直以來被視為是研究上古文化的重要參考資料。然而由於《山海經》傳抄的時空跨越度太大，其中有不少紀錄已被證實存在若干的錯簡與訛誤。目前學界普遍接受《山海經》在漢初被寫定成書之前，戰國南方的巫覡術士之流曾經對其進行了大規模的整理。筆者合理地推斷《山海經》中的錯簡或訛誤，可能有不少是在此時所發生。是以本研究擬透過使用戰國南方的、特別是楚國的語言文字，重新疏理《山海經》裡滯礙難通的文句，希望藉此提高《山海經》的合理性和可信度，也期待本研究能在促進上古文化研究條件上，發揮一定程度的幫助。

目 次

序

第壹章　緒論：《山海經》的研究現況與困難點突破 ⋯⋯⋯⋯⋯⋯ 1

　第一節　《山海經》的內容 ⋯⋯⋯⋯⋯⋯⋯⋯⋯⋯⋯⋯⋯⋯⋯⋯ 1

　第二節　《山海經》的研究現況 ⋯⋯⋯⋯⋯⋯⋯⋯⋯⋯⋯⋯⋯⋯ 2

　第三節　《山海經》的研究困難 ⋯⋯⋯⋯⋯⋯⋯⋯⋯⋯⋯⋯⋯⋯ 19

　第四節　本書所採用的突破方法與預期成果 ⋯⋯⋯⋯⋯⋯⋯⋯⋯ 25

　第五節　本書結構 ⋯⋯⋯⋯⋯⋯⋯⋯⋯⋯⋯⋯⋯⋯⋯⋯⋯⋯⋯ 28

第貳章　從《山海經‧海經》因字形所造成的「一曰」異文看戰國末年有幾

　　　　個《山海經‧海經》版本 ⋯⋯⋯⋯⋯⋯⋯⋯⋯⋯⋯⋯⋯⋯ 31

　第一節　《海經》中的「一曰」 ⋯⋯⋯⋯⋯⋯⋯⋯⋯⋯⋯⋯⋯⋯ 31

　第二節　造成《海經》「一曰」異文的相關字形歸系考察 ⋯⋯⋯⋯ 33

　第三節　《海經》寫定前至少已有楚、晉、齊三種版本 ⋯⋯⋯⋯⋯ 45

第參章　《山海經‧山經》疑難字句新詮 ⋯⋯⋯⋯⋯⋯⋯⋯⋯⋯⋯ 49

　第一節　《山海經‧山經》「毛用」新詮 ⋯⋯⋯⋯⋯⋯⋯⋯⋯⋯ 49

　第二節　《山海經‧山經》「服之（者）不某」新詮——兼析「服之不字」的

　　　　　真實意涵 ⋯⋯⋯⋯⋯⋯⋯⋯⋯⋯⋯⋯⋯⋯⋯⋯⋯⋯⋯ 63

　第三節　《山海經‧山經》「可以禦火」新詮 ⋯⋯⋯⋯⋯⋯⋯⋯ 81

　第四節　《山海經‧山經‧南次三經》「水春輒入」新詮 ⋯⋯⋯⋯ 97

第肆章　《山海經‧海經》疑難字句新詮 ⋯⋯⋯⋯⋯⋯⋯⋯⋯⋯⋯ 111

　第一節　《山海經‧海內南經》「巴蛇食象，三歲而出其骨」新詮 ⋯ 111

　第二節　《山海經‧海經‧海外西經》「兩女子居」新詮 ⋯⋯⋯⋯ 125

第伍章　《山海經‧大荒經》疑難字句試說 ⋯⋯⋯⋯⋯⋯⋯⋯⋯⋯ 145

　第一節　《山海經‧大荒經》「使四鳥」試說 ⋯⋯⋯⋯⋯⋯⋯⋯ 145

　第二節　《山海經‧大荒經‧大荒北經》「射者不敢北向（鄉）」試說——

　　　　　兼析〈大荒西經〉「射者不敢向西」 ⋯⋯⋯⋯⋯⋯⋯⋯⋯ 158

第陸章　關於《山海經》注疏的兩點看法 ⋯⋯⋯⋯⋯⋯⋯⋯⋯⋯⋯ 173

　第一節　〔晉〕郭璞注《山海經‧中次七經》「可以為腹病」曰「為，治也」

　　　　　辨誤——兼析《中次七經》「不可為簪」之「簪」為病名而非器用 173

　第二節　〔清〕畢沅注《山海經‧山經‧中次五經》「㠏石」當為「㻬石」之

　　　　　補證——兼析其為重晶石 ⋯⋯⋯⋯⋯⋯⋯⋯⋯⋯⋯⋯⋯ 185

第柒章　結論：本書的研究成果與未來展望 ⋯⋯⋯⋯⋯⋯⋯⋯⋯⋯ 197

　第一節　本書的研究成果 ⋯⋯⋯⋯⋯⋯⋯⋯⋯⋯⋯⋯⋯⋯⋯⋯ 197

　第二節　本書的未來展望 ⋯⋯⋯⋯⋯⋯⋯⋯⋯⋯⋯⋯⋯⋯⋯⋯ 201

參考書目 ·· 211

第七、八冊　秦漢篆文形體比較研究

作者簡介

連蔚勤，台灣彰化人。東吳大學中文系文學博士，現為東吳大學兼任助理教授、高中國文教師。主要研究領域為文字學，著有《常用合體字小篆結構研究》，另有單篇論文〈泰山、瑯琊臺刻石與《說文》篆形探析〉、〈兩漢前期刻石篆形探析〉、〈《說文》會意字釋形用語與義之所重探究〉等。另以文學、書法為次要研究領域。文學、教學方面發表有單篇論文〈明應王殿「忠都秀」戲曲壁畫再探〉、〈漢字在國中國文教學之實務體驗〉等；書法則已獲國內外獎項一百有餘（五次全國首獎），作文曾獲全民中檢中高等寫作菁英獎，東吳大學文言文作文比賽三度第一名，台北市國語文競賽社會組亦獲獎項。

提　要

本論文名為《秦漢篆文形體比較研究》，目的在藉由各種書寫材質上篆形之比較與觀察，以區別出秦篆與漢篆之差異，並整理出其特色與規律。

第一章為緒論。乃先說明本論文之研究動機、目的、範圍、方法，並介紹前輩學者與此相關之重要著作，最後則對本論文中常用之名詞做一界定。

第二章介紹許慎與《說文解字》（以下簡稱《說文》）。首先簡介許慎之生平、仕宦及其撰寫《說文》之目的；其次將目前所知《說文》各種版本之流傳與特色做一敘述，並提出本論文所使用之版本；再者，將目前所見各種版本之篆形略作討論，加以比較，指出其特色及優缺點。

第三章至第六章分別以各主題為單位，討論秦漢時代之篆形。刻石、銅器與瓦當因器物上之篆形有其時代特色，因此各據一章，每章分三期討論；貨幣、璽印、陶器因分期不易，故各為一節。其中，璽印一節包含封泥，陶器一節包含磚、瓦、漆器，乃依其性質共同討論。刻石、銅器、瓦當、貨幣、璽印、封泥、陶器、磚、瓦、漆器等器物上皆有篆形，為主要討論之對象，至於簡帛與骨簽經由討論，其文字形體已非屬小篆，但仍略做介紹，故置於最後。

第七章為歸納。經由前文各主題之討論，秦篆與漢篆之特色與規律已十分明顯，故本章分別先指出前人在此方面說明之不足，進而提出筆者規納後之條例，希望以這些說明讓人了解秦篆與漢篆之不同。

第八章為結論。將前數章之討論歸為四項重點，作為本論文之討論結果。

目 次

上 冊

第一章 緒 論 1

　第一節 研究動機與目的 1

　第二節 研究範圍與方法 3

　第三節 前人研究成果述要與名詞界定 5

第二章 《說文解字》之版本與篆形 17

　第一節 許慎與《說文解字》 17

　第二節 《說文解字》之版本 23

　第三節 《說文解字》之篆形 33

第三章 秦漢刻石之篆形探析 45

　第一節 秦代刻石之篆形探析 45

　第二節 兩漢前期刻石之篆形探析 68

　第三節 兩漢後期刻石之篆形探析 82

第四章 秦漢銅器之篆形探析 105

　第一節 秦代銅器之篆形探析 105

　第二節 兩漢前期銅器之篆形探析 124

　第三節 兩漢後期銅器之篆形探析 142

下 冊

第五章 兩漢瓦當之篆形探析 161

　第一節 兩漢前期瓦當之篆形探析 161

　第二節 兩漢中期瓦當之篆形探析 177

　第三節 兩漢後期瓦當之篆形探析 199

第六章 貨幣、璽印、陶器與簡帛 217

　第一節 秦漢貨幣之篆形探析 217

　第二節 秦漢璽印之篆形探析（含封泥） 230

　第三節 秦漢陶器之篆形探析（含磚、瓦、漆器） 250

　第四節 簡帛文字形體探析（附論骨簽） 263

第七章 秦漢篆形之區別與特色 283

　第一節 秦篆形體總述 283

　第二節 漢篆形體總述 292

　第三節 秦漢篆形總體比較 302

第八章　結　論 ·· 315
附錄一：引用書名簡稱全稱對照表 ····································· 321
附錄二：引用器物一覽表 ·· 323
參考書目 ··· 343

第九冊　漢字篆隸演變研究

作者簡介

　　李淑萍，國立中央大學文學博士。現任中央大學中文系副教授。主要研究方向為文字學、訓詁學、漢字文化研究、辭書編纂史略。著有專書《〈康熙字典〉研究論叢》、《〈康熙字典〉及其引用〈說文〉與歸部之探究》。單篇論文有〈論《龍龕手鑑》之部首及其影響〉、〈淺談王筠「古今字」觀念〉、〈論「形似」在漢字發展史上的意義與作用〉、〈論轉注字之成因及其形成先後〉、〈清儒古今字觀念之傳承與嬗變──以段玉裁、王筠、徐灝為探討對象〉、〈段注《說文》「某行而某廢」之探討〉、〈南北朝文字俗寫現象之探究──從《顏氏家訓》反映當代文字俗寫現象〉……等篇。

提　要

　　隸書的出現是中國文字發展史上一個重要的轉捩點。文字的隸化，可謂結束了中國文字發展史上的古文字時期，使文字形體邁入定型的階段。清康熙年間項絪識《隸辨・序》云：「篆變而隸，隸變而真，真去篆已遠，而隸在其間。挽而上可以識篆所由來，引而下可以見真所從出。」由於自篆變隸是我國文字演變之關鍵環節，探究篆隸演變的現象與規律，可以知悉漢字發展的總趨勢。是故，研究「篆隸之變」實為我國文字學史上的重要課題。

　　本文撰述之目的在於將「隸變」實況作一全面性的探究，故本文討論範圍不僅以近世陸續出土的地下文獻資料──秦書漢簡作為分析研究的對象，尚且包括秦、漢、魏晉南北朝以來遺留下來的碑刻文字，期使漢字發展史中「由篆至隸」的關鍵階段，能以清晰的面貌呈現在世人面前。全文中對篆隸演變的現象、類別與規律，作了一些更縝密的分析與探討，但這些探討是在綜合前人研究成果的基礎上進行的，由前人的研究成果進行比對歸納，徵之史料文獻，並辨其訛舛，補其未備，冀收「前修未密，後出轉精」之效。正因已有許多前輩在前面鋪路，方能使本論文作更深入、更全面性的探討。

　　文字形體由繁而簡是漢字演變的總趨勢，隸書的形成即是在此總趨勢下的成

果，以求簡約便捷，易於書寫。隸書承繼古、籀、篆文發展而來，想要了解漢字演變的整體概念，就必須仔細探討篆隸演變的實況，以收由小觀大之效。分析由篆至隸變化的規律，有助於了解今文字的初形本義，綴合古、今文字的斷層，便於今人解讀古代典籍。隸書在今文字與古文字之間，著實扮演著溝通橋樑的重要角色。

目　次

第一章　導　論 1
第二章　漢字的嬗變與演進 5
　　壹、由古文到籀文的改變——古籀之變 6
　　貳、由籀文到小篆的改變——籀篆之變 8
　　參、小篆與隸書的變化——篆隸之變 11
第三章　隸書的起源與發展 15
　第一節　隸書的始祖 15
　　壹、源自小篆 15
　　貳、源自古籀大篆 16
　　參、源自草篆 18
　第二節　隸書的形成 21
　　壹、形成的時代 21
　　貳、隸書的作用 27
　第三節　隸體的演變與發展 30
　　壹、隸書的別名 30
　　貳、隸書的發展與書體風格分期 35
第四章　篆隸之變 45
　第一節　篆文與隸體之別 45
　　壹、篆隸名稱及其關係 45
　　貳、篆、隸之別 47
　第二節　文字的隸定與隸變 49
　　壹、釋名 49
　　貳、文字形變的因素 50
　第三節　隸變的幾種現象 56
　　壹、篆文尊古而隸書與古、籀文形體相違 56
　　貳、篆文已變古而隸書猶存古、籀文形體 57
　　參、篆文各字而隸變易混爲一字者 59

　　肆、由相同的篆文形體隸變成多種不同形體 ………………… 62

　　伍、由不同篆文形體隸變成相同的形體 …………………………… 66

　第四節　隸變方式的類別 ……………………………………………… 84

　　壹、損益 ……………………………………………………………… 85

　　貳、混同 ……………………………………………………………… 87

　　參、譌變 ……………………………………………………………… 88

　　肆、轉易 ……………………………………………………………… 90

　第五節　隸變的規律 …………………………………………………… 93

　　壹、書體筆勢的變化 ………………………………………………… 94

　　貳、形體結構的變化 ………………………………………………… 95

　　參、文字運用造成的隸變 …………………………………………… 99

第五章　文字隸變後產生的影響 ……………………………………… 107

　第一節　造成文字說解歸部上的歧誤 ……………………………… 107

　　壹、字形不可解說 ………………………………………………… 107

　　貳、喪失六書之旨 ………………………………………………… 108

　　參、難以求知文字之本義 ………………………………………… 111

　　肆、使文字無部可歸 ……………………………………………… 113

　第二節　導致異體字的流行 ………………………………………… 115

　　壹、異體字形成的原因及其來源 ………………………………… 115

　　貳、異體字表現出來的方式 ……………………………………… 119

　　參、文字隸變所造成的異體字 …………………………………… 119

　第三節　造成學者解字的穿鑿附會，望形生訓 …………………… 121

　第四節　損及部首的功能 …………………………………………… 127

　　壹、《說文》部首的作用 ………………………………………… 127

　　貳、《說文》以形分部對後世的影響 …………………………… 128

　　參、「據形繫聯」之跡已不可尋 ………………………………… 129

第六章　結論──論列「隸變」對漢字發展的正面作用 …………… 133

參考書目 ………………………………………………………………… 137

第十冊　古文字中的注音形聲字研究

作者簡介

　　馬嘉賢，臺中大甲人，暨南國際大學中國語文學系學士、中興大學中國文學系

碩士，目前就讀於彰化師範大學國文學系博士班，現爲修平科技大學兼任講師。
主要研究領域爲戰國簡帛文獻。著有《古文字中的注音形聲字研究》、〈上博八《成
王既邦》考釋一則〉等古文字相關論文。

提　要

　　本論文的研究主題，鎖定形聲結構中的「注音形聲字」。研究範疇限定在古文
字材料，但未包含小篆。在論述過程中，由形、音、義三方面切入，檢視就被注
字與增繁聲符的關係，確認該字是否爲注音形聲字，進而對注音形聲字作全面性
的研究與討論。

　　第一章「緒論」，說明本文的研究方法和研究範圍，針對「注音形聲字」的定
義加以界說，說明注音形聲字產生原因，並對前人研究成果展開評述。

　　第二章到第三章，將前人提出的注音形聲字相關例證加以考察，並據注音形聲
字的被注字性質分爲「表意結構上產生的注音形聲字」、「形聲結構上產生的注音
形聲字」。

　　第四章對前輩學者有待商榷的注音形聲字論述加以考辨、檢討，進行獻疑的工
作。

　　第五章在注音形聲字例証的基礎上，以產生時間、後世存廢、構形調整、字義
分化等不同角度，對注音形聲字展開討論。

　　第六章是「結論」。除了綜合敘述本文的主要論證外，並對相關研究未來可以
繼續努力的論題及方向，提出個人的一些建議。

目　次

凡　例
第一章　緒　論 1
　第一節　研究動機、範圍、方法與章節架構 1
　第二節　研究現況述評 5
第二章　表意字加注音符而形成的注音形聲字 13
　第一節　獨體表意字加注音符而形成的注音形聲字 14
　第二節　合體表意字加注音符而形成的注音形聲字 42
第三章　形聲字加注音符而形成的注音形聲字 59
第四章　疑似注音形聲字考辨 75
　第一節　論證對象構形分析有待商榷 75
　第二節　被注字與增繁聲符語音疏遠 97

第三節　違反文字歷時演變 ·································· 108

第四節　純雙聲符字 ······································· 111

第五節　構形演變分析不同 ·································· 117

第六節　缺乏確定字義的被注字 ······························ 130

第五章　注音形聲字綜論 ····································· 137

第一節　注音形聲字產生的原因 ······························ 137

第二節　由產生時代論注音形聲字 ···························· 138

第三節　由字形存廢論注音形聲字 ···························· 141

第四節　注音形聲字形符的構形演變 ··························· 147

第五節　注音形聲字的字義衍化 ······························ 156

第六節　被注字與增繁音符的語音關係 ························· 160

第七節　結　語 ·· 164

第六章　結　論 ·· 165

第一節　本文研究成果總結 ·································· 165

第二節　本文研究的檢討 ···································· 166

第三節　未來的展望 ······································· 167

徵引資料書目簡稱表 ··· 169

徵引書目 ··· 171

附錄一　注音形聲字索引 ····································· 183

附錄二　疑似注音形聲字索引 ································· 185

附錄三　待考注音形聲字著錄資料 ······························ 187

第十一冊　龍宇純之上古音研究

作者簡介

　　周晏菱，臺灣台北人。目前就讀國立臺灣師範大學國文所博士班。主要研究領域為傳統小學及語言學，並旁及漢語語法、語義、華語文教學之近義詞研究等。撰文範圍廣泛，除了主要研究領域外，對風俗文化、文學、小說戲曲亦有涉獵。主要代表著作為碩士論文《龍宇純之上古音研究》、學報暨發表論文〈析論近義詞「表達」、「表現」、「表明」與「表示」之語法應用〉、〈北朝民歌用韻考〉、〈華語教材編寫研究——以「近義詞」為探討對象〉、〈淺談近義詞「大約」與「大概」的使用區別〉、《《老乞大》與《朴通事》中的民俗文化探究〉等。

提　要

　　龍宇純爲小學界兼治文字與音韻的通才學者，尤其是對上古音系的研究特別不同於國內外眾家學者，他建立起音韻學與文字學的溝通橋樑，使用文字學知識輔以上古音系的討論，不僅注重古文字本身的諧聲、轉注及假借資料，更整理歸納古文獻中文字本身的通假、異讀和異文同源詞材料，亦不忘從《詩經》或《楚辭》等先秦韻文散文來整理韻歸部，由中古《切韻》音系與上古韻部、諧聲系統間的語音分合所表現的對應關係，證明上古音與中古音彼此間有相當影響等。這些研究方式都不同於歷來國內外音韻學者的治學觀點。因此，他對於上古音系的研究，甚至是整體音韻學，都是開闢一條新路的先鋒。

　　本論文在全面性地搜集關於龍宇純上古音系的相關資料後，發現尚未有全盤闡明龍宇純上古音系理論的專著，故特以龍宇純之上古音系統爲研究範圍，全文共分爲五個章節：第一章「緒論」，分爲四節，說明本論文的研究動機、研究範圍與方法、前人研究成果以及龍宇純之生平和著作目錄。第二章「龍宇純之上古聲母系統及其相關問題研究」，分爲四節，首先針對歷來學者對上古聲紐之看法做一論述，再依次說明龍宇純之上古單一聲母音類及音值擬定現象，最後採主題方式分別提出上古單一聲母相關問題討論。第三章「龍宇純之上古韻母系統及其相關問題研究」，分爲四節，首先針對歷來學者對上古韻母系統之看法做一總論，再依次介紹龍宇純古韻部的分類、關於韻母系統之擬測現象，最後採主題方式進行相關問題討論。第四章「龍宇純之上古聲調系統」，分爲四節，首先針對歷來學者對上古聲調之看法做一總述，再說明龍宇純上古聲調的看法和相關問題討論。第五章「結論」，總結各章的研究成果。文末並附錄龍宇純上古音系代表性的論著簡介及龍宇純之著作目錄。本論文冀能架構出龍宇純之上古音系統理論，梳理出他與各家之異同所在，並討論其觀點是否妥善，從中得出其承繼和創見，進而明白他在音韻研究史上的通才成就。

目　次

第一章　緒　論 1
　第一節　研究動機 1
　第二節　研究範圍與方法 3
　　一、研究範圍 3
　　二、研究方法 7
　第三節　前人研究成果 9
　第四節　龍宇純之生平及其著作目錄 11

一、龍宇純之生平 11

二、龍宇純之著作目錄 18

第二章　龍宇純之上古聲母系統及其相關問題研究 21

　第一節　歷來學者對上古聲紐之看法 22

　第二節　上古單一聲母系統 41

　　一、上古單一聲母的音類 41

　　二、上古聲母音值的擬定 44

　第三節　上古單一聲母之相關問題討論 49

　　一、上古清唇鼻音聲母的問題 50

　　二、全濁聲母送氣與否的問題 58

　　三、群、匣和喻三三聲紐音值的問題 62

　　四、照三系音值的問題 69

　　五、邪紐與喻四音值的問題 73

　　六、輕唇音見於上古漢語的問題 80

　第四節　上古聲母小結 82

第三章　龍宇純之上古韻母系統及其相關問題研究 87

　第一節　上古韻部的分類 89

　　一、歷來學者之古韻分部概說 89

　　二、析論龍宇純古韻分部之法 124

　　三、龍宇純之古韻分部 129

　第二節　韻母系統的擬測 135

　　一、介音 135

　　二、主要元音 137

　　三、韻尾 140

　第三節　上古韻母之相關問題討論 142

　　一、介音的問題 143

　　二、主要元音的問題 149

　　三、韻尾的問題 158

　　四、對轉、旁轉及音之正變的問題 171

　　五、脂、眞、微、文分部的問題 177

　　六、韻文判斷標準及各類叶韻的問題 181

　　　（1）之文通叶 182

（2）脂緝通叶、微緝通叶與祭緝通叶 182

（3）魚脂借韻 183

第四節　上古韻母小結 183

第四章　龍宇純之上古聲調系統 187

第一節　歷來學者對上古聲調之看法 187

第二節　龍宇純對上古聲調之看法 204

第三節　上古聲調之問題討論 207

第四節　上古聲調的小結 219

第五章　結　論 221

參考書目 231

附錄一：龍宇純上古音代表性論著簡介 237

附錄二：龍宇純著作目錄 299

表一：龍宇純求學時期 16

表二：龍宇純學術生涯 16

表三：龍宇純的著作目錄分類統計表 18

表四：《切韻指掌圖檢例》之類隔二十六字圖 23

表五：黃侃古聲十九紐說明表 39

表六：龍宇純上古單一聲母的分類與音值表 42

表七：龍宇純上古單一聲母音值與各家對照表 43

表八：唇音之韻類分配及其擬測音值 45

表九：舌音之韻類分配及其擬測音值 46

表十：牙喉音之韻類分配及其擬測音值 47

表十一：齒音之韻類分配及其擬測音值 48

表十二：陳新雄匣、群及喻三紐演變情形表 68

表十三：段玉裁古韻六類十七部韻目表 98

表十四：王念孫古韻分部韻目表 101

表十五：朱駿聲古韻十八部及入聲十部韻目表 107

表十六：劉逢祿古韻二十六部韻目表 116

表十七：黃侃古韻分部表 118

表十八：曾運乾、段玉裁古韻分部對照表 119

表十九：羅常培、周祖謨古韻分部表 120

表二十：陳新雄古韻分部表 123

表二十一：龍宇純之古韻分部表 ··· 132

表二十二：龍宇純、段玉裁、江有誥、王念孫之古韻對照表 ··········· 132

表二十三：歷來重要學者之古韻分部表 ······································· 134

表二十四：龍宇純之上古介音系統表 ·· 137

表二十五：龍宇純推尋具陰陽對應關係諸韻表 ······························ 138

表二十六：龍宇純之上古元音系統表 ·· 140

表二十七：龍宇純之上古韻母系統表 ·· 141

表二十八：諸家上古介音對照表 ·· 143

表二十九：高本漢之上古元音系統表 ·· 149

表三　十：董同龢之上古元音系統表 ·· 150

表三十一：王力之上古元音系統表 ··· 151

表三十二：李方桂之上古元音系統表 ·· 151

表三十三：龍宇純之上古元音系統表 ·· 151

表三十四：四聲清濁調類表 ·· 190

表三十五：李榮「四聲三調」說關係表 ······································· 202

表三十六：鄭張尚芳聲調演變表 ·· 204

表三十七：《詩經》中四聲同用和獨用次數統計表（一） ············· 217

表三十八：《詩經》中四聲同用和獨用次數統計表（二） ············· 217

表三十九：《詩經》中去聲和表平、上、入三聲互諧之關係表 ········ 217

表四　十：《集韻》韻字平入、上入、去入、平上入、平去入、上去入及平上
　　　　　去入七種通押現象關係表 ·· 218

圖一：重唇音演變為輕唇音過程圖 ·· 82

圖二：章炳麟古韻二十三部與〈成均圖〉 ····································· 113

第十二冊　先秦楚方言韻系研究

作者簡介

　　楊素姿，國立中山大學文學博士。曾任私立文藻外學院應用華語系助理教授，現任國立臺南大學國語文學系助理教授。講授聲韻學、詞彙學、國音學、漢語言與文化專題等課程。專長以漢語音韻研究為主，近年來尤其關注字書俗字及俗字與漢語音韻之關聯，著有〈《龍龕手鑑》正俗體字聲符替換所反映之音韻現象〉等多篇論文。

提　要

　　先秦楚方言是一種頗具特色的方言，其形成的時間約在周定王（B.C.595）之前，晚於《詩經》音（B.C.1135～B.C.606），當《詩經》音已發展爲成熟語言，楚方音仍處於持續發展的階段。發展過程中，楚方音容或受有《詩經》音的影響，然而以楚民族所具有的頑強特質，中原文化只能是楚文化在「兼容並蓄」的發展方針之下的一種成分，語言的發展也是如此。再就發展空間而言，楚文化誕生與成長在南方的「江、漢、沮、漳」，與《詩經》發展所在地的渭水、黃河流域，有著一南一北的地理區隔，因此不宜簡單地將先秦楚方言納入《詩經》音系之中，否則便可能輕忽歧出音韻現象所隱藏的語音訊息。研究材料以《楚辭》爲主，並結合近世楚地大量出土的青銅器、竹帛當中的有韻銘文及假借字，以及先秦諸子韻文中采錄楚音者，期能窺得先秦楚方言的語音大貌。又權衡全面音系之構建實在工程浩大，本文先就其韻系進行探討。全文是建立在結合劃時代、分區域的多層考量之下所進行的研究，此成果將有別於過去顯得籠統的古音系，可提供一個時地相對明確的音系，供古文字研究者透過音韻理路考釋文字之用。

目　次

第一章　緒　論 1
　第一節　研究動機與方法 1
　第二節　先秦楚方言的範圍 10
　第三節　先秦楚方言相關材料之介紹 19
第二章　《楚辭》韻例析論 27
　第一節　韻例之歸納 27
　第二節　韻例之分析 42
第三章　《老子》韻例析論 47
　第一節　韻例之歸納 47
　第二節　韻例之分析 56
第四章　先秦楚方言韻字析論 61
　第一節　陰聲韻字析論 63
　　一、「之」部 63
　　二、「幽」部 65
　　三、「宵」部 66
　　四、「侯」部和「魚」部 67
　　五、「歌」部和「支」部 68

六、「脂」部和「微」部 69

第二節　陽聲韻字析論 70

一、「蒸」部 70

二、「冬」部和「東」部 71

三、「陽」部 72

四、「元」部 73

五、「耕」部 74

六、「眞」部和「諄」部 74

七、「侵」部和「談」部 75

第三節　入聲韻字析論 76

一、「職」部 76

二、「覺」部和「屋」部 78

三、「藥」部 79

四、「鐸」部 80

五、「月」部 81

六、「錫」部 81

七、「質」部 82

八、「沒」部 83

九、「緝」部和「盍」部 83

第五章　先秦楚方言合韻析論 85

第一節　陰陽入三聲韻部合韻次數統計表 85

第二節　陰聲韻部合韻析論 88

一、「之」部 88

二、「幽」部 89

三、「宵」部 90

四、「侯」部 91

五、「魚」部 92

六、「歌」部和「支」部 93

七、「脂」部和「微」部 95

第三節　陽聲韻部合韻析論 97

一、「蒸」部 97

二、「冬」部 98

　　三、「東」部 99

　　四、「陽」部 100

　　五、「元」部 100

　　六、「耕」部 101

　　七、「眞」部和「諄」部 102

　　八、「侵」部和「談」部 104

　第四節　入聲韻部合韻析論 104

　　一、「職」部 104

　　二、「屋」部和「覺」部 105

　　三、「藥」部 106

　　四、「鐸」部 106

　　五、「錫」部 107

　　六、「質」部、「沒」部和「月」部 107

　　七、「緝」部和「盍」部 109

第六章　先秦楚方言調類析論 111

　第一節　韻例所呈現的四聲關係 113

　第二節　一字異調所展現的四聲關係 118

第七章　先秦楚方言韻系之構擬 125

　第一節　擬音系統略說 125

　　一、元音 127

　　二、韻尾-b、-d、-g 之有無 129

　　三、介音與開合 133

　第二節　韻值擬測 134

第八章　結　論 157

　第一節　先秦楚方言韻系研究的價值 157

　第二節　相關論題的未來展望 160

參考引用資料 163

附錄　〈先秦楚方言韻譜〉 171

第十三冊　金門閩語：金沙方言音韻研究

作者簡介

　　譚家麒，祖籍山東濰縣，台灣台北人。國立政治大學中國文學碩士，現就讀於

國立台灣大學中國文學研究所博士班。另著有單篇論文〈兩漢時期魚侯二部的分合問題〉、〈論金門閩南語親屬稱謂詞前綴 an35 的來源及相關問題〉（合著）。

提　要

　　本論文以實際田野調查的方式蒐集金門金沙方言的語料，並且對其進行分析。金門隸屬於福建省同安縣，隔海與廈門、同安相望，而金沙鎮則位於金門本島東北方。以語言系屬來看，金沙方言屬於閩南方言，對閩南方言的研究論著雖然相當豐富，但是針對金門地區所做的專門研究數量尚不算多，因此本文希望藉著對語料的分析與掌握更進一步地瞭解金門地區閩方言的表現。

　　本論文章節安排如下：

　　第一章說明本論文研究對象之歷史與地理背景、相關研究的文獻回顧、本論文的研究目的與方法、研究的語料來源。

　　第二章我們分析田野調查所得到的語料的語音表現，藉此整理歸納出金沙方言的平面音韻系統，除了對聲母、韻母、聲調做整理之外，亦針對音節結構與結構上的限制作進一步的分析。

　　第三章針對金沙方言所有的音變現象做討論。除了聲母、韻母、聲調在語流中產生的各種變化，也討論不同的語法結構所造成的連讀調表現，以及單音形容詞重疊式的聲調表現。更著重於討論金沙方言小稱詞尾「囝」的特殊聲調表現。

　　第四章運用歷史音韻比較的方法，以中古切韻音系為比較架構，對金沙方言進行層次異讀的分析。聲母部分依據晚唐之後的三十六字母系統，韻母則以十六韻攝為比較基準，聲調部分則是觀察古清濁不同的聲母反映在今日聲調上的差異。

　　第五章為結論，將本論文的研究成果做一個提綱挈領的報告。

　　希望透過平面音韻及歷史音韻這兩種不同層面的分析，能夠使我們對金門金沙方言有更為深入的瞭解，如此，不但對語言傳承以及研究有所幫助，更可以替未來進一步的深入研究立下良好的基礎。

目　次

第一章　序　論 ⋯⋯⋯⋯⋯⋯⋯⋯⋯⋯⋯⋯⋯⋯⋯⋯⋯⋯⋯⋯⋯⋯⋯⋯ 1
　1.1 金門簡介 ⋯⋯⋯⋯⋯⋯⋯⋯⋯⋯⋯⋯⋯⋯⋯⋯⋯⋯⋯⋯⋯⋯⋯⋯⋯ 1
　　1.1.1 地理歷史概況與居民來源背景 ⋯⋯⋯⋯⋯⋯⋯⋯⋯⋯⋯⋯⋯ 1
　　1.1.2 金門方言在閩方言分區中的地位 ⋯⋯⋯⋯⋯⋯⋯⋯⋯⋯⋯⋯ 2
　　1.1.3 相關研究成果評述 ⋯⋯⋯⋯⋯⋯⋯⋯⋯⋯⋯⋯⋯⋯⋯⋯⋯⋯ 2
　1.2 本論文研究目的與方法 ⋯⋯⋯⋯⋯⋯⋯⋯⋯⋯⋯⋯⋯⋯⋯⋯⋯⋯ 7

1.3 本論文語料來源 ………………………………………… 9

1.4 本論文章節安排 ………………………………………… 11

第二章 金沙方言平面音韻系統 ………………………… 13

2.1 聲母系統 ………………………………………………… 13

2.2 韻母系統 ………………………………………………… 15

2.3 聲調系統 ………………………………………………… 19

2.4 音節結構與限制 ………………………………………… 20

　　2.4.1 單音節聲韻調配合表 ………………………………… 20

　　2.4.2 音節結構 …………………………………………… 36

　　2.4.3 音位結合限制 ……………………………………… 39

　　2.4.4 小　結 …………………………………………… 43

第三章 音變現象 ………………………………………… 47

3.1 聲母及韻母變化 ………………………………………… 47

　　3.1.1 同　化 …………………………………………… 47

　　3.1.2 減音與合音（縮讀） ……………………………… 49

　　3.1.3 增　音 …………………………………………… 50

3.2 聲調變化 ………………………………………………… 51

　　3.2.1 二字組連讀調 ……………………………………… 51

　　3.2.2 句法結構與連讀調 ………………………………… 56

　　3.2.3 形容詞重疊式連讀 ………………………………… 57

　　3.2.4 弱讀調輕聲 ………………………………………… 59

3.3 「囝」尾詞表現 ………………………………………… 60

　　3.3.1 小稱詞「囝」使用情形 …………………………… 60

　　3.3.2 金沙方言「囝」尾詞聲調表現 …………………… 62

　　3.3.3 從囝尾詞看方言接觸的可能性 …………………… 65

　　3.3.4 □囝□結構 ………………………………………… 69

　　3.3.5 小結 ……………………………………………… 72

第四章 歷史音韻比較 …………………………………… 75

4.1 歷史音韻比較的層次分析依據 ………………………… 76

4.2 金沙方言聲韻調的歷史層次 …………………………… 77

　　4.2.1 聲母的比較與歷史層次 …………………………… 77

　　4.2.2 韻母的比較與歷史層次 …………………………… 91

4.2.3 聲調的比較與歷史層次 ……………………………………… 123

第五章 結 論 …………………………………………………………… 129

　5.1 金沙方言的音韻表現 ……………………………………………… 129

　　5.1.1 平面音韻 ………………………………………………………… 129

　　5.1.2 歷史音韻 ………………………………………………………… 130

　5.2 金沙方言的囝字調 ……………………………………………… 132

　5.3 未來繼續研究之方向 …………………………………………… 132

參考書目 ……………………………………………………………………… 135

附 錄

附錄一：金沙方言同音字表 ……………………………………………… 141

附錄二：金沙方言分類詞表 ……………………………………………… 173

第十四、十五、十六冊　清代訓詁理論之發展及其在現代之轉型

作者簡介

鐘明彥，1970 年生，東海大學中國文學系博士，文藻外語學院應用華語文系助理教授。主要研治在訓詁學、漢字教學。著有《聲訓及《說文》聲訓研判》、〈論訓詁的解釋限度：以「學而時習之」爲例〉等。

提 要

本文試圖理解現代訓詁學的具體樣貌，期能就中發現訓詁研究的可能藍圖。

簡而言之，現代訓詁學可謂仍舊保持傳統小學的本質，然爲因應時代潮流，卻承受了許多語言學的要求與任務，在名實不相符的情況底下，誤解、乃至於瓶頸的產生，似乎是可以預期的。以是本文之首務，便是呈現其實質，正視其誤差，期能掌握更爲合理、精準的研究定位。

循此概念，本文主要分爲上下二編，上編「清代訓詁理論之發展」，是爲現代訓詁學之底層；下編「清代訓詁理論在現代之轉型」，則是其名實錯置之癥結。

緣於力圖發掘傳統訓詁之本質，本文嘗試回到其本然的語境，重新理解各單一訓詁概念、技術之內涵，由是，權且不採一般純粹針對訓詁爲說的途徑，而意欲從時代思潮，以至經學義理，層層而下，在各家學術體系中去掌握各訓詁理論、操作的發生與發展意義。具體而言，上編因而首論「清代訓詁學發展之歷史背景」，次之則以顧亭林、戴東原、高郵王氏，以及章太炎等四（五）人之專論，而爲清代訓詁「先導」、「奠基」、「深化」、「新猷」四個階段，構成前代訓詁學之主軸，

同時也是現代訓詁學之主要基礎。

　　隨即在此理解下，本文擇其較爲重要之研究命題，計聯綿詞、反訓、同源詞三者，逐一更追本溯源，並藉以檢視其現代轉型的實際與落差，因而構成下編的討論。

　　大體說來，現代訓詁學固然有其一定的成就與發展，然而倘吹毛求疵，在傳統理論的認識與西方科學、語言學的掌握上，其實都還有待進一步的深化。也許，訓詁學未來的發展，不是任何單一的個人可以去擘劃、決定的，然而卻不妨礙個人仍可以依其各自的理想、目標去努力、推動，在此本文所欲強調的是，傳統的訓詁學與西方的語言學其實是二個本質大異的不同學科，率爾等視，不免大謬，然而果欲在原有的基礎下想其轉型，在各自的體系中論其相輔，則應正視其應然、本然，直指其差距、疑義，卻不宜守其舊制，想爲新學；習於局限，安於假說而已。

目　次

上　冊

上編　清代訓詁理論之發展 1

第一章　緒　論 3

第二章　清代訓詁學發展之歷史背景 13

　第一節　考據學興起之原因 14

　　一、梁啓超之說 16

　　二、錢穆及余英時之說 27

　　三、眾說檢討 35

　第二節　清代訓詁學發展概述 43

　第三節　清代訓詁學成就概述 67

第三章　清代訓詁理論之先導——顧炎武 91

　第一節　學術體系 92

　　一、爲學宗旨 92

　　二、爲學途徑 94

　第二節　治學方法與訓詁運用 100

　　一、鈔書與札記 102

　　二、異文與校讎 103

　　三、輯纂與歸納 109

　　四、異聞與考證 114

　　五、經學與小學 121

第四章　清代訓詁理論之奠基——戴震 133

第一節　學術體系 133

一、爲學宗旨 133

二、爲學途徑 151

第二節　治學方法與訓詁運用 168

一、校讎 168

二、訓詁定義 171

三、文字與聲韻 175

四、名物與度數 176

五、訓詁理論 177

六、其他 185

中　冊

第五章　清代訓詁理論之深化——王氏父子 191

第一節　學術體系 192

一、爲學宗旨 192

二、爲學途徑 198

第二節　治學方法與訓詁運用 202

一、研究精神 203

二、訓詁理論 209

三、文字與聲韻 261

四、校讎 268

五、其他 273

附錄：東原、朱子論治學有合語錄 277

第六章　清代訓詁理論之新猷——章太炎 293

第一節　學術體系 293

一、爲學宗旨 293

二、爲學途徑 306

第二節　治學方法與訓詁運用 338

一、語原研究 338

二、其他 391

下　冊

下編　清代訓詁理論在現代之轉型 413

第七章　緒　說 ………………………………………………………… 415

第八章　聯綿詞研究 …………………………………………………… 429

　第一節　現代聯綿詞定義 …………………………………………… 430

　第二節　聯綿詞理據溯源 …………………………………………… 436

　　一、張有《復古編》 ……………………………………………… 438

　　二、楊愼《古音駢字》 …………………………………………… 442

　　三、朱謀㙔《駢雅》 ……………………………………………… 446

　　四、方以智《通雅》 ……………………………………………… 450

　　五、王國維〈古文學中聯綿字之研究（發題）〉 ……………… 463

　第三節　聯綿詞認知之商榷 ………………………………………… 473

　　一、定義 …………………………………………………………… 473

　　二、聯綿詞成因略商 ……………………………………………… 483

　　三、分訓與字面爲訓之限度 ……………………………………… 492

第九章　反訓研究 ……………………………………………………… 507

　第一節　古代反訓研究論析 ………………………………………… 507

　第二節　現代反訓研究論析 ………………………………………… 529

　第三節　反訓研究商榷 ……………………………………………… 549

　　一、反訓舊說之定位 ……………………………………………… 550

　　二、「反義爲訓」之可能 ………………………………………… 555

　附錄：現代學者所論反訓定義與成因資料 ………………………… 560

第十章　同源詞研究 …………………………………………………… 577

　第一節　研究概略 …………………………………………………… 577

　　一、沈兼士 ………………………………………………………… 580

　　二、王力 …………………………………………………………… 584

　　三、王寧、黃易青、孟蓬生 …………………………………… 587

　第二節　研究商榷 …………………………………………………… 598

　　一、前說指疑 ……………………………………………………… 598

　　二、研究芻議 ……………………………………………………… 607

第十一章　結　論 ……………………………………………………… 613

附錄：本文主要歷史人物生卒年表 …………………………………… 617

引用書目 ………………………………………………………………… 623

第十七冊　漢文佛典後綴的語法化現象

作者簡介

　　高婉瑜，女，高雄人。國立高雄師範大學國文學士，國立中正大學中國文學碩士與博士。碩士班師從黃靜吟先生，研究古文字學，論文題目是《先秦布幣研究》。博士班師從竺家寧先生，研究漢文佛典語言學，論文題目是《漢文佛典後綴的語法化現象》。曾經在中興大學、臺灣海洋大學等多所大專院校兼職，目前服務於淡江大學中國文學學系，擔任專任助理教授、副教授，開設文字學、聲韻學、訓詁學、詞彙學、修辭學等課程。喜歡跨領域的探索，矢志發揚佛陀教育的理念，研究興趣是佛典語言學、漢語史、文字學，迄今已發表數十篇期刊與會議論文。

提　要

　　本研究從「語法化」（grammaticalization）的角度，勾勒「漢文佛典後綴」（suffixes in Chinese Buddhistic scriptures）的演變歷程。筆者選定的對象是：「子」、「兒」、「頭」、「來」、「復」、「自」、「當」，從這些後綴考察中，找出佛典後綴的特色、語法化規律和歷程。透過本文的研討，有助於澄清漢語詞綴和西方詞綴的異同，及漢語派生構詞的功能和價值。

　　本文對佛典語料進行窮盡式觀察，力求準確描寫語料的意義，並提供相關的統計數字和分析。

　　本研究有五點發現：

　　1. 佛典的派生有三個特色，即：派生詞綴身兼多職、很多詞綴有跨類情形、當時的詞綴不發輕聲。

　　2. 漢語派生詞分為三種類型，即：表達性派生、功能性派生、純造詞派生，以第三種居多數。

　　3. 佛典後綴的語法化和「語義」、「句法位置」、「句法格式」有密切關係，所使用的機制，包括：語義泛化、重新分析、類推、隱喻、轉喻等。後綴的語法化過程，符合 Hopper（1991：22）的五個原則。

　　4. 根據佛典後綴的分析，推知漢語詞綴的特點是：與句法無關、非強制性、可替換、詞義不規則、有限的應用、不能累加表達、可重複。

　　5. 漢語詞綴多半是非典型的，不必然有決定詞類的功用。

目　次

第一章　緒　論 ··· 1
　第一節　研究動機 ·· 2

第二節　研究方法 ⋯⋯⋯⋯⋯⋯⋯⋯⋯⋯⋯⋯⋯⋯⋯⋯⋯⋯ 5

第三節　漢語史的分期 ⋯⋯⋯⋯⋯⋯⋯⋯⋯⋯⋯⋯⋯⋯⋯⋯ 7

第四節　材料定性 ⋯⋯⋯⋯⋯⋯⋯⋯⋯⋯⋯⋯⋯⋯⋯⋯⋯⋯ 9

第二章　理論架構及文獻探討 ⋯⋯⋯⋯⋯⋯⋯⋯⋯⋯⋯⋯⋯ 21

第一節　詞綴釋義 ⋯⋯⋯⋯⋯⋯⋯⋯⋯⋯⋯⋯⋯⋯⋯⋯⋯⋯ 22

第二節　語法化理論 ⋯⋯⋯⋯⋯⋯⋯⋯⋯⋯⋯⋯⋯⋯⋯⋯⋯ 31

第三節　前人的研究成果 ⋯⋯⋯⋯⋯⋯⋯⋯⋯⋯⋯⋯⋯⋯⋯ 38

第四節　本文探索的詞綴 ⋯⋯⋯⋯⋯⋯⋯⋯⋯⋯⋯⋯⋯⋯⋯ 41

第三章　名詞後綴的語法化 ⋯⋯⋯⋯⋯⋯⋯⋯⋯⋯⋯⋯⋯⋯ 43

第一節　後綴「子」的歷時發展 ⋯⋯⋯⋯⋯⋯⋯⋯⋯⋯⋯⋯ 44

第二節　後綴「兒」的歷時發展 ⋯⋯⋯⋯⋯⋯⋯⋯⋯⋯⋯⋯ 63

第三節　後綴「頭」的歷時發展 ⋯⋯⋯⋯⋯⋯⋯⋯⋯⋯⋯⋯ 74

第四節　小結 ⋯⋯⋯⋯⋯⋯⋯⋯⋯⋯⋯⋯⋯⋯⋯⋯⋯⋯⋯⋯ 93

第四章　時間後綴的語法化 ⋯⋯⋯⋯⋯⋯⋯⋯⋯⋯⋯⋯⋯⋯ 99

第一節　後綴「來」的歷時發展 ⋯⋯⋯⋯⋯⋯⋯⋯⋯⋯⋯⋯ 99

第二節　小結 ⋯⋯⋯⋯⋯⋯⋯⋯⋯⋯⋯⋯⋯⋯⋯⋯⋯⋯⋯⋯ 118

第五章　虛詞後綴的語法化 ⋯⋯⋯⋯⋯⋯⋯⋯⋯⋯⋯⋯⋯⋯ 121

第一節　後綴「復」的歷時發展 ⋯⋯⋯⋯⋯⋯⋯⋯⋯⋯⋯⋯ 122

第二節　後綴「自」的歷時發展 ⋯⋯⋯⋯⋯⋯⋯⋯⋯⋯⋯⋯ 135

第三節　後綴「當」的歷時發展 ⋯⋯⋯⋯⋯⋯⋯⋯⋯⋯⋯⋯ 145

第四節　小結 ⋯⋯⋯⋯⋯⋯⋯⋯⋯⋯⋯⋯⋯⋯⋯⋯⋯⋯⋯⋯ 161

第六章　結　論 ⋯⋯⋯⋯⋯⋯⋯⋯⋯⋯⋯⋯⋯⋯⋯⋯⋯⋯⋯ 165

第一節　漢語詞綴與派生構詞的意義 ⋯⋯⋯⋯⋯⋯⋯⋯⋯⋯ 165

第二節　佛典詞綴的語法化歷程 ⋯⋯⋯⋯⋯⋯⋯⋯⋯⋯⋯⋯ 168

第三節　未來研究的展望 ⋯⋯⋯⋯⋯⋯⋯⋯⋯⋯⋯⋯⋯⋯⋯ 173

參考文獻 ⋯⋯⋯⋯⋯⋯⋯⋯⋯⋯⋯⋯⋯⋯⋯⋯⋯⋯⋯⋯⋯⋯ 175

附錄　諸家詞綴簡評 ⋯⋯⋯⋯⋯⋯⋯⋯⋯⋯⋯⋯⋯⋯⋯⋯⋯ 191

圖表目次

表 1.4-1　第一期佛典辨偽表 ⋯⋯⋯⋯⋯⋯⋯⋯⋯⋯⋯⋯⋯ 13

表 1.4-2　第二期佛典辨偽表 ⋯⋯⋯⋯⋯⋯⋯⋯⋯⋯⋯⋯⋯ 15

表 1.4-3　第三期佛典辨偽表 ⋯⋯⋯⋯⋯⋯⋯⋯⋯⋯⋯⋯⋯ 16

表 2.1-1　A list of properties of inflection and derivation ⋯⋯ 24

表 2.2-1　Some Common Linguistic Effects of Grammaticalization ··············· 34

表 3.1-1　佛典「～子」一覽表 ··············· 52

表 3.1-2　後綴「子」的語法化現象總表 ··············· 62

圖 3.1-1　「子」語義延伸的輻射狀結構圖 ··············· 63

表 3.2-1　佛典「～兒」一覽表 ··············· 68

表 3.2-2　後綴「兒」的語法化現象總表 ··············· 74

圖 3.2-1　「兒」語義延伸的輻射狀結構圖 ··············· 74

表 3.3-1　佛典「～頭」一覽表 ··············· 84

表 3.3-2　後綴「頭」的語法化現象總表 ··············· 93

圖 3.3-1　「頭」語義延伸的輻射狀結構圖 ··············· 93

表 4.1-1　佛典「～來」一覽表 ··············· 110

圖 4.1-1　表空間的動詞「來」 ··············· 113

圖 4.1-2　表時間的「來」 ··············· 114

表 4.1-2　後綴「來」的語法化現象總表 ··············· 117

表 5.1-1　佛典「～復」一覽表 ··············· 129

表 5.1-2　後綴「復」的語法化現象總表 ··············· 135

表 5.2-1　佛典「～自」一覽表 ··············· 139

表 5.2-2　後綴「自」的語法化現象總表 ··············· 144

表 5.3-1　佛典「～當」一覽表 ··············· 153

表 5.3-2　後綴「當」的語法化現象總表 ··············· 161

表 6.2-1　佛典後綴總數表 ··············· 170

第十八冊　圓融內外　綜貫梵唐
——第五屆漢文佛典語言國際學術研討會論文集

目　次

前　圖

前　言　尉遲治平 ··············· 1

從佛典譯音看輕唇音與舌上音問題　施向東（南開大學　漢語言文化學院）··············· 5

《可洪音義》音切的內容、性質及其作用　萬獻初（武漢大學　古籍研究所）··············· 15

行琳對音之聲母系統初探　廖湘美（中央大學　中文系）··············· 33

說「住」的「站立」義　汪維輝（浙江大學　漢語史研究中心）··············· 47

「回乾就濕」源流考　徐時儀（上海師範大學　古籍研究所）··············· 55

佛經音義與中古近代漢語詞彙研究　韓小荊（湖北大學　文學院）⋯⋯⋯⋯⋯⋯ 69

佛教詞語在越南語中的地位及其特點　阮氏玉華（越南河內國家大學　外國語學院

　中國語言文化系）⋯⋯⋯⋯⋯⋯⋯⋯⋯⋯⋯⋯⋯⋯⋯⋯⋯⋯⋯⋯⋯⋯⋯⋯⋯⋯ 77

漢魏六朝漢譯佛經中帶語氣副詞的測度問句　盧烈紅（武漢大學　文學院）⋯⋯ 85

姚秦譯經正反問句研究　王玥雯（武漢大學　文學院）⋯⋯⋯⋯⋯⋯⋯⋯⋯⋯⋯ 103

梵漢對勘《撰集百緣經》表示複數的第一、二人稱代詞——兼論漢譯本《撰

　集百緣經》的翻譯年代陳秀蘭（西南科技大學文學院）⋯⋯⋯⋯⋯⋯⋯⋯⋯⋯ 119

《洛陽伽藍記》的心理活動動詞　蕭紅（武漢大學　文學院）⋯⋯⋯⋯⋯⋯⋯⋯ 131

東漢佛經中的「X＋是」　席嘉（武漢大學　文學院）⋯⋯⋯⋯⋯⋯⋯⋯⋯⋯⋯ 147

《傳心法要》多重構詞探究　周碧香（臺中教育大學　語文教育學系）⋯⋯⋯⋯ 159

六朝佛典和本土傳世文獻中受事話題句比較研究　袁健惠（煙臺大學　中文系；

　北京大學　中文系 國學院）⋯⋯⋯⋯⋯⋯⋯⋯⋯⋯⋯⋯⋯⋯⋯⋯⋯⋯⋯⋯⋯ 181

《法華經音訓》與漢字異體字研究　梁曉虹（南山大學　日本）⋯⋯⋯⋯⋯⋯⋯ 201

正字兼異體字生成過程研究——以《藏經音義隨函錄》收錄字為分析對象

　李圭甲（延世大學　中文系）　金殷嬉（延世大學　人文學研究院）⋯⋯⋯⋯ 225

梵文根本字玄應譯音傳本考　尉遲治平（華中科技大學　國學研究院）⋯⋯⋯⋯ 237

關於《金光明最勝王經》卷尾反切音注與譯場列位名單的一點考察——以日

　藏西國寺本、西大寺本與敦煌本比較為中心　李香（暨南大學　外國語學院）

　⋯⋯⋯⋯⋯⋯⋯⋯⋯⋯⋯⋯⋯⋯⋯⋯⋯⋯⋯⋯⋯⋯⋯⋯⋯⋯⋯⋯⋯⋯⋯⋯⋯ 249

可洪《新集藏經音義隨函錄》中的「說文」　黃仁瑄（華中科技大學　中國語言

　研究所　國學院漢語史研究中心）⋯⋯⋯⋯⋯⋯⋯⋯⋯⋯⋯⋯⋯⋯⋯⋯⋯⋯⋯ 265

八不中道的語言觀　釋隆印（歸元禪寺）⋯⋯⋯⋯⋯⋯⋯⋯⋯⋯⋯⋯⋯⋯⋯⋯⋯ 277

試以《法華經》立喻窺探佛陀的教育之道　釋依正（武昌佛學院）⋯⋯⋯⋯⋯⋯ 285

漢字科學化理論與應用系統（上）

The system of scienceized theory and application of Chinese charaters（Ⅰ）

陳明道　著

作者簡介

陳明道 1947 年生，屏東縣人。高中畢業，放棄就讀大學，入國防大學管理學院暨語文中心，受財務管理、電腦資訊、日本語文等嚴格訓練，畢業後派至空軍、國防部承乏管理分析、程式設計、日語翻譯等工作，表現出色。服務軍旅 25 年，以上校階退伍。因稟《易·乾》「君子終日乾乾夕惕若」之教，不敢虛擲歲月，尋思從小熱愛中國語文，乃以 45 歲之齡，考入政大中文系，研讀經史子集語言文字，愈讀愈有興致，繼升入中山大學碩士、博士班攻讀。現任教中山、美和諸大學。著作有日英中電腦、工業管理詞典，漢字科學化理論與應用系統、語源學等。

提　要

　　作者從小對語文就非常感興趣，因常查字典，感覺漢字比英文難找到，就想發明一種檢字法。先根據《國語字典》，完成了 "IXEFSOPYTH 十型定位分部檢字法"。然後結合 " 漢字科技化 " 深入思考，提出對策和解答。

　　首先，從分析屬性入手，確定漢字是以「象形」爲基因的詞文字。她以「轉注」爲總工程師，統領造形、構詞、用字和行文等一切語文建設的進行。透過與拼音文字比較，深知漢字在造形上有三大弱點：第一是沒有字母，卻有高達一千以上的形、聲符；第二是字根排列有點、線、面三種，從科學的立場看，是沈重的負擔；第三是剖解、組合的複雜問題。

　　其次，全力建立字母及剖解、組合、排列四大系統——字母是組字材料；剖解是析字爲母；組合則相反，合母成字；然後排列字母以成字。其中以排列系統困難度最高。進一步說，排列是據剖解得的字母，從空間形狀、分佈位置、持分面積、線性次序、組合關係、字母數量以及筆畫長短、寬窄、曲直、方圓、正斜、虛實等拓樸學、排列組合學和幾何學的層面透視漢字結構。從全部漢字中爬梳出 188 字母，包括 41 字元和 147 字素；再反向簡括爲 64 字圖 41 字範 47 字式 10 字型。

　　最後，根據科學的理論發展出：拼寫、排序、索引、輸入、造字、排行、資料庫、語文教學、單位元編碼等應用系統。

　　總括來說，本書透過字母化、單碼化、線性化、系統化，以成就漢字科學化、電腦化、資訊化、數位化建設，使漢字強、利、富、優、美、善，永久適存於世界。

自　序

　　明道從小對語文就非常感興趣，遠在高中時期，因常查中、英文字典，感覺漢字比英文難找到，就想發明一種檢字法。就拿約五千字左右的《標準學生國語字典》進行分類與排列，完成了「IXEFSOPYTH 十型定位分部檢字法」的草稿，經請同學比較試用，得到肯定。這給我很大的信心，就擴大範圍，對收字一萬五千多的《辭源》按十型排列。

　　民國五十六年，學貫中西的林語堂博士回國定居，我寫了封信介紹十型定位分部檢字法，請他指正。承先生不棄，立刻賜函指導，內容大致是說：「我瞭解你的方法，在印象中，義大利人 Poletti 曾有類似作法，但不夠完善，希望你繼續努力，作到毫無例外才好。」

　　過去廿五年間，由於戎馬倥傯，無暇深入研究，今有幸進入中山大學中文研究所，從　孔師即之先生治聲韻文字之學，得重翻舊篋，就卅年前原稿加以整理，充實漢字構造理論，並結合「漢字如何科技化」以及「如何提升中文電腦智慧」等論題，作深入思考，試行提出對策和解答。

　　首先從分析漢字屬性入手，檢討漢字強弱之處，優勝者予以發揚，弱者予以扶持及補強。透過與拼音文字的比較，並融合電腦化的需要，深知漢字有三大弱點：第一是沒有如英文等拼音文字的字母（Alphabets），卻有為數高達一

千以上的字根（Roots）；其次，則是字根排列方式有點、線、面三種，從藝術觀點是極優美的，但從科學化的立場看，則是沈重的負擔；第三，是由前述兩點衍生的字根剖解、組合的複雜問題。所以我們努力的方向和標的就是：建立字母及剖解、組合、排列四大系統——字母是組字的材料；剖解是化整爲零，析字爲母；組合則相反，聚小成大，合母成字；排列者，以組合建方塊排型，以剖解建長線排式，然後布列眾字母於型、式中以成字；此四大系統建設可以稱爲「漢字的四個科技化」。其中，又以排列系統居關鍵地位，困難度也最高。進一步說，排列就是據剖解得來的字母，從空間形狀、分佈位置、持分面積、線性次序、組合關係、字母數量以及筆畫的長短、寬窄、曲直、方圓、正斜、虛實等拓樸學、排列組合代數學和平面解析幾何學的層面來概括漢字的結構。結構如高樓者爲方塊漢字，結構如火車者爲線性漢字。本文論述的重心是如何把方塊漢字平房化、線性化，以適應科學化電腦暨資訊處理技藝。所以，首先分析五萬方塊漢字，歸納成「IXEFSOPYTH」十個字型，據此建立 41（另有 36，47，50）個漢字元、147 個漢字素，合爲 188 個漢字母，以及線性化工程配套的剖解、組合、線排、碼式構造理論，以及以它們爲基礎開發出來的應用系統。所以，將論文取名爲《IXEFSOPYTH 殷字科學化剖組排式理論與應用系統》。其中「殷字剖組排式」六字是「漢字、字型、字母、剖解、組合、線排、碼式」的縮寫，也是 IXEFSOPYTH〔izifsopaiθ〕的音譯兼意譯，但因字面過長且拗口，乃簡化爲《漢字科學化理論與應用系統》，英譯作 *The system of scienceized theory and application of Chinese charaters*。

在修課及論文撰寫期間，日夜窮思冥索，以求盡善盡美，所以身心壓力極大，幸賴　恩師時以「羅馬不是一天造成」「身體第一重要」諸語對這位年紀癡長九歲的「老學生」寬解，並在專業領域殷勤指導，提示菁華，終得順利完稿。師母　雷僑雲女士溫馨的鼓舞及孔府獨門佳餚的慰勉，還有　林老師慶勳先生不時的關懷鼓勵，學長們的砥礪，都讓我永遠感懷。內子黃瓅萱辛苦操持家務，教育子女，使我能南下高雄，心無旁騖地從事研究，確是我最大的力量泉源。

最後，對一代學人林語堂博士及今年二月甫歸道山的趙友培教授，謹致最高敬意和永遠的感恩，他們在三十年前曾經不吝以書信指導一個無名後生小子，所以本論文中自然貫注著他們的智慧和精神。

　　個人才疏學淺，且在力求完美的癖好下，時間總是無情逼迫，文中必多疏
漏謬誤之處，敬祈　師長、先進、博雅君子，不吝指正。

中華民國八十八年六月　　陳 明道　　謹識於 高雄西子灣 國立中山大學

連絡地址：
一、231 新北市新店區寶慶街 35 巷 1 弄 11 號 4 樓　電話：02－29139383
二、813 高雄市左營區自勉路 148 號 山海永恆大廈 電話：07－5881755
E-mail：**miltonchen77@yahoo.com.tw**　，　milton77@ms33.hinet.net；
揖（手機）：0911610648

上　冊

自　序

第壹篇　緒　論 1

第一章　文字改革 3
　　第一節　拼音文字 3
　　第二節　簡化漢字 4
　　第三節　形聲新字 5
　　第四節　線性漢字 6

第二章　研究動機 9
　　第一節　圓成少年之夢 9
　　第二節　提升電訊與電腦智能 10
　　第三節　形構亟需研究 12
　　第四節　工作經驗體悟 13

第三章　題目釋義 15
　　第一節　IXEFSOPYTH 15
　　第二節　殷字漢字 17
　　第三節　科學化 18
　　第四節　剖組排式 22
　　第五節　理論系統 25
　　第六節　應用系統 26

第四章　全文綱要 29
　　第一節　全文大綱 29
　　第二節　全文要義 30

第五章　研究簡史 37
　　第一節　字型 37
　　第二節　字母 40
　　第三節　剖解法 42
　　第四節　排檢法 43
　　第五節　輸入法 44

第貳篇　一般理論 49

第一章　屬　性 51
　　第一節　概說 51
　　第二節　○變形態 53
　　第三節　一詞造形 54
　　第四節　二維結構 58
　　第五節　三才一體 61
　　第六節　四象形文 66
　　第七節　五筆組合 68

目　次

第八節　六書原理 …………………………………… 70

第九節　七體風格 …………………………………… 72

第十節　八卦坐標 …………………………………… 73

第十一節　九宮位置 ………………………………… 75

第十二節　十全型式 ………………………………… 77

第十三節　一一均衡 ………………………………… 82

第二章　結　構 ……………………………………… 85

第一節　內涵結構 …………………………………… 85

第二節　外表結構 …………………………………… 88

第三節　內外聯繫 …………………………………… 91

第四節　漢字特質 …………………………………… 93

第三章　強　弱 ……………………………………… 101

第一節　五 X ………………………………………… 101

第二節　優勝之處 …………………………………… 106

第三節　缺失之所 …………………………………… 116

第四節　歸納分析 …………………………………… 123

第五節　治漢字方 …………………………………… 124

第參篇　六書理論 …………………………………… 129

第一章　概　說 ……………………………………… 131

第一節　詮釋目的 …………………………………… 131

第二節　六書簡述 …………………………………… 132

第二章　分　期 ……………………………………… 135

第一節　分期表 ……………………………………… 135

第二節　象形時 ……………………………………… 135

第三節　假借時 ……………………………………… 136

第四節　轉注時 ……………………………………… 138

第五節　轉注精義 …………………………………… 149

第六節　六書體系表 ………………………………… 150

第三章　新　詮 ……………………………………… 153

第一節　新觀點 ……………………………………… 153

第二節　造字法 ……………………………………… 167

第三節　造詞法 ……………………………………… 172

第四節　用字法 ……………………………………… 180

第五節　造字史 ……………………………………… 188

第四章　綜　合 ……………………………………… 195

第一節　六書二義 …………………………………… 195

第二節　六書三階 …………………………………… 196

第三節　六書三段 …………………………………… 196

第四節　六書三性 ………………………………… 197
第五節　轉注四相 ………………………………… 198
第六節　六書精蘊 ………………………………… 199

第肆篇　線化理論 …………………………… 201
第一章　楷書構造 …………………………… 203
第一節　楷書簡述 ………………………………… 203
第二節　構字六法 ………………………………… 204
第二章　線性規劃 …………………………… 225
第一節　概說 ……………………………………… 225
第二節　七造 ……………………………………… 229
第三章　造殷字族 …………………………… 233
第一節　字族 ……………………………………… 233
第二節　單字 ……………………………………… 234
第三節　字根 ……………………………………… 238

中　冊

第四章　造殷字母 …………………………… 259
第一節　概說 ……………………………………… 259
第二節　字元 ……………………………………… 261
第三節　字素 ……………………………………… 284
第四節　字母 ……………………………………… 287
第五節　字範 ……………………………………… 291
第五章　造剖解法 …………………………… 297
第一節　概說 ……………………………………… 297
第二節　判的 ……………………………………… 299
第三節　判準 ……………………………………… 300
第四節　判法 ……………………………………… 307
第六章　造組合法 …………………………… 311
第一節　概說 ……………………………………… 311
第二節　五組合 …………………………………… 314
第三節　十組合 …………………………………… 316
第四節　十六組合 ………………………………… 320
第五節　綜合 ……………………………………… 322
第七章　造排列型 …………………………… 325
第一節　概說 ……………………………………… 325
第二節　幾何排型 ………………………………… 327
第三節　形聲排型 ………………………………… 329
第四節　組合排型 ………………………………… 332

第八章　造線排式 ⋯⋯⋯⋯⋯⋯⋯⋯⋯⋯⋯ 341
　第一節　概說 ⋯⋯⋯⋯⋯⋯⋯⋯⋯⋯⋯ 341
　第二節　表式 ⋯⋯⋯⋯⋯⋯⋯⋯⋯⋯⋯ 341
　第三節　拼法 ⋯⋯⋯⋯⋯⋯⋯⋯⋯⋯⋯ 344
　第四節　功用 ⋯⋯⋯⋯⋯⋯⋯⋯⋯⋯⋯ 346

第九章　造單碼系統 ⋯⋯⋯⋯⋯⋯⋯⋯⋯ 349
　第一節　中文電腦缺失 ⋯⋯⋯⋯⋯⋯⋯ 349
　第二節　字母編碼法 ⋯⋯⋯⋯⋯⋯⋯⋯ 350
　第三節　單字編碼法 ⋯⋯⋯⋯⋯⋯⋯⋯ 353

第伍篇　應用系統 ⋯⋯⋯⋯⋯⋯⋯⋯⋯⋯ 357
第一章　十型字檔 ⋯⋯⋯⋯⋯⋯⋯⋯⋯⋯ 359
　第一節　概說 ⋯⋯⋯⋯⋯⋯⋯⋯⋯⋯⋯ 359
　第二節　一元型 ⋯⋯⋯⋯⋯⋯⋯⋯⋯⋯ 364
　第三節　交叉型 ⋯⋯⋯⋯⋯⋯⋯⋯⋯⋯ 367
　第四節　匣匡型 ⋯⋯⋯⋯⋯⋯⋯⋯⋯⋯ 386
　第五節　原厓型 ⋯⋯⋯⋯⋯⋯⋯⋯⋯⋯ 395
　第六節　迂迴型 ⋯⋯⋯⋯⋯⋯⋯⋯⋯⋯ 412
　第七節　圜圍型 ⋯⋯⋯⋯⋯⋯⋯⋯⋯⋯ 419
　第八節　巴巳型 ⋯⋯⋯⋯⋯⋯⋯⋯⋯⋯ 422
　第九節　傾斜型 ⋯⋯⋯⋯⋯⋯⋯⋯⋯⋯ 432
　第十節　上下型 ⋯⋯⋯⋯⋯⋯⋯⋯⋯⋯ 438

下　冊
　第十一節　左右型 ⋯⋯⋯⋯⋯⋯⋯⋯⋯ 527
　第十二節　外文型 ⋯⋯⋯⋯⋯⋯⋯⋯⋯ 633
　第十三節　47 字式 ⋯⋯⋯⋯⋯⋯⋯⋯⋯ 634
　第十四節　64 字圖 ⋯⋯⋯⋯⋯⋯⋯⋯⋯ 638

第二章　字型用途 ⋯⋯⋯⋯⋯⋯⋯⋯⋯⋯ 643
　第一節　意義 ⋯⋯⋯⋯⋯⋯⋯⋯⋯⋯⋯ 643
　第二節　識字教學 ⋯⋯⋯⋯⋯⋯⋯⋯⋯ 643
　第三節　編碼排序 ⋯⋯⋯⋯⋯⋯⋯⋯⋯ 644
　第四節　編纂索引 ⋯⋯⋯⋯⋯⋯⋯⋯⋯ 644
　第五節　建輸入法 ⋯⋯⋯⋯⋯⋯⋯⋯⋯ 645
　第六節　立造字法 ⋯⋯⋯⋯⋯⋯⋯⋯⋯ 645
　第七節　定排行法 ⋯⋯⋯⋯⋯⋯⋯⋯⋯ 645

第三章　字型排序 ⋯⋯⋯⋯⋯⋯⋯⋯⋯⋯ 647
　第一節　概說 ⋯⋯⋯⋯⋯⋯⋯⋯⋯⋯⋯ 647
　第二節　電腦排序 ⋯⋯⋯⋯⋯⋯⋯⋯⋯ 650

　第三節　人工排序 ……………………………………… 661
第四章　字型排檢 ………………………………………… 677
　第一節　概說 …………………………………………… 677
　第二節　排檢法檢討 …………………………………… 677
　第三節　新的排檢法 …………………………………… 686
第五章　字型輸入 ………………………………………… 701
　第一節　概說 …………………………………………… 701
　第二節　單字輸入法 …………………………………… 703
　第三節　複詞輸入法 …………………………………… 714
　第四節　47 字式輸入法 ……………………………… 719
第六章　製字新法 ………………………………………… 725
　第一節　模型法 ………………………………………… 725
　第二節　組合法 ………………………………………… 726
　第三節　加減法 ………………………………………… 726
　第四節　強軟體 ………………………………………… 727
　第五節　全字庫 ………………………………………… 727
第七章　漢字排行 ………………………………………… 729
　第一節　概說 …………………………………………… 729
　第二節　問題 …………………………………………… 730
　第三節　建議 …………………………………………… 731
第陸篇　結　論 …………………………………………… 733
附　錄
　附錄一　林語堂先生書翰 ……………………………… 737
　附錄二　41 字元／字範歌 …………………………… 738
　附錄三　36 字元歌 …………………………………… 739
　附錄四　47 字元／字式歌 …………………………… 739
　附錄五　50 字元歌 …………………………………… 740
　附錄六　147 字素歌 ………………………………… 741
　附錄七　64 字圖歌 …………………………………… 742
　附錄八　教育部公告常用國字表 ……………………… 743
　附錄九　現代漢語通用字表 …………………………… 750
　附錄十　重要名詞解釋 ………………………………… 755
引用書目 …………………………………………………… 765

第壹篇 緒 論

第一章　文字改革

　　漢字是當今全世界歷史最悠久，文獻最豐富，使用人口最多的一種優秀文字。中國人對漢字相當自豪，認為當與造紙、印刷術、火藥、指南針並列為中國人對世界文明的五大貢獻。〔註1〕但近百年來，晚清積弱，歐美列強挾船堅砲利，兵臨紫禁城，接二連三逼訂喪權辱國不平等條約後，知識分子信心動搖，有相當多人竟認為漢字的繁難和不科學，是造成教育不普及、民智不開、科技不進步的罪魁禍首，所以掀起文字改革運動。改革運動主要有四條路線：一是簡化字，二是拉丁化，三是另創新文字，四是就原有漢字加以調整和補強。

第一節　拼音文字

　　首先提出漢字改革和制定漢字拼音方案的人是盧戇章（1854～1928），他受西洋傳教士自明末以來以羅馬字拼寫當地方言的啟發，在 1892 年出版了《一目了然初階》，創造了 55 個變體拉丁字母記號，用來拼切漢字，在清末產生重大影響。

　　到了 1918 年，北大教授錢玄同在《新青年》四卷四號發表《中國今後之文字問題》，提出廢棄漢字和漢語，而吹響了「漢字革命」的號角，他說：「欲廢孔學，不可不先廢漢文」，「中國文字，不便於識，不便於寫；論其字義，則意

〔註 1〕安子介先生語，見李敏生、李濤著《昭雪漢字百年冤案》11 章。

義含糊，文法極不精密；論其在今日學問上之應用，則新事新理新物之名詞，一無所有；論其在過去之歷史，則千分之九百九十九為記載孔門學說及道教妖言之記號。」這種文字自然要革它的命。陳獨秀、胡適著文響應，但認為過渡時期「先廢漢文，且存漢語，而改用羅馬字母書之」。1935 年 12 月，文化界人士蔡元培、孫科、柳亞子、魯迅、郭沫若、茅盾等 688 人發表《我們對於推行新文字的意見》，提出「中國大眾所需的新文字是拼音的新文字」。〔註2〕

第二節　簡化漢字

自 1949 年中共政權成立後，依毛澤東指示：「文字必須改革，要走世界文字共同的拼音方向，」制定以拉丁化為目標，簡化字為過渡手段的文字改革國策。

一、目　標

揆其目標大致有四：

一）藉簡化文字以普及教育。

二）藉簡化文字以發展工業。

三）藉簡化文字以便於書寫。

四）藉簡化文字以斬斷歷史。

二、傷　害

簡化文字自 1955 年起雷厲風行，經四十年的實踐，似可以「弊多於利」「得不償失」「進退維谷」來形容。它對中國人和中華文化造成重大的傷害，誠如陳新雄先生所說：

一）簡化文字紊亂漢字的古音系統。

二）簡化文字破壞漢字的藝術形象。

三）簡化文字妨礙兩岸的情意交流。

四）簡化文字阻滯華人的統一認同。〔註3〕

〔註 2〕本段參考（1）黃德寬、陳秉新著《漢語文字學史》14 章，（2）李敏生、李濤《昭雪漢字百年冤案》，11 章，（3）黃建中、胡培俊《漢字學通論》6 章。

〔註 3〕本段參考，陳新雄先生於民國 80 年 6 月撰〈所得者者少，所失者多 —— 中共推行

第三節　形聲新字

　　第三種文字改革，可舉張蔭民先生所創制的新漢字爲代表。張先生經三十年苦思冥索，於民國 75 年撰成《中國文字改革研究》書三冊，他一方面繼承漢文形聲造字的優點，一方面吸收西方拼音文字的優點，發展成「字母拼合形聲造字法」，本書即據此一構想擬出，例如他說：

> 像前面舉例的兩句話「他騎馬腿麻了，他媽罵馬。」可寫成 "Ta qy mahv tuirv marl lə，ta mavp ma mahv." 其中 hv、rv、rl、vp，依序爲示明動物名詞、生物構件名詞、形容詞、稱謂名詞等概義的形符；動詞、代名詞不配賦形符。形符是由兩個子音字母合成，不會誤讀爲音節。至於聲符如 tui、mar 則由（拉丁）字母依照標準國音拼出。例句中新字的造形，很明顯可以看出已化合了漢字與西方文字造形方式的優點；同時也分化掉方塊字中的同音字了，新字表義是明確的。〔註4〕

一、特　點

　　這種新文字簡單說就是：以拉丁字母標形聲字。基本上有兩個特點：

　　一）形符的設計相當簡潔和系統化，並能顯示詞類，

　　二）聲符與國語相對應，如同漢語拼音方案，有簡單易學之便。

二、弱　點

　　但是，它仍存在幾個弱點：

　　一）喪失漢字以形辨音、義的優點，也就是必須前後上下文看完才能知道全文意思，無法就單詞個字掌握關鍵字義。

　　二）拋棄繼承數千年浩瀚文獻遺產的權利，同時也斬斷歷史的臍帶，造成沒有源頭活水的民族。

　　三）喪失漢字的藝術形象和造形美感。

　　這些弱點其實也是漢語拼音方案的缺點，不過，兩者比較，張先生的「字母拼合形聲造字法」應該勝過漢語拼音方案，只是前者仍止於學術研究著作。

　　簡體字四十年的檢討〉專文，載姚榮松編《中國文字的未來》，頁 11。

〔註4〕見張蔭民著《中國文字改革研究》21 章，頁 419。

第四節 線性漢字

筆者對漢語文字素有興趣，對上述諸問題及發展一向留意，經多年思索體認漢字其實有極優良的體質和能力，只是一旦面對猝然而來的第二波——工業化和機械化——特別是與只有 26 字母的打字機、排鑄機、電報機等文字處理機器相比之下，頓感自卑而頭暈目眩而適應不良，甚至信心崩潰——急病難免亂投醫，所以才有前述文字改革運動。也正由於這些衝擊，使國人集中視線來正視文字問題，而稍具抵抗和免疫能力，譬如二次大戰後電子化和電腦化挾洶湧澎湃的第三波又來侵襲，國人立即開發出各種漢字編碼暨輸入法，初步克服漢字無字母的缺陷，使我們能擠進資訊工業的大國。但是問題並沒有完全解決，因為「目前電腦擁有的漢字『知識』不足，以至於用起來捉襟見肘、有許多限制，這使得一些『中文電腦』表現得呆頭呆腦，而且粗魯固執。」﹝註5﹞換言之，我們現在所用的「中文電腦」離智慧型電腦其實還有一段距離。

筆者所主張的改革方案就是第四種辦法：就現行漢字加以規劃、調整，在「方塊漢字」外發展另一套「線性漢字」，作為科技領域或智慧型電腦使用的特殊字形系統。

一、漢字體質

這是在確認漢字天賦極優良的本質和能力這個基礎上，對英、漢兩種文字從內外構造上作比較，而得出調整的方向和補強計劃。方向的把握和計劃的擬定，是基於漢字的兩個特殊「體質」：

一）無以少生多以簡馭繁字母。

二）有點線面三種排列字根法。

這「一無一有」的體質，是源於漢字基本上是"詞——象形文字"的性質，也就是源於漢字不以最小語音單位的「音素」表音，而偏重以形——詞義聯繫為主軸、為導向的「依類象形」的製作方式而來的。因音素不外子母，其變不過數十，如日本 50 名，國語 37 注音符號，藏文 30 母，拉丁 26 音，韓語 40 字母（19 子音、21 母音）；然而大千世界形形色色何止千萬，以「形」為導向

﹝註 5﹞見謝清俊撰〈談中國文字在電腦中的表達〉見同註 3，頁 67。

之象形指事文，據《說文》所載，就有 489 個〔註6〕；單單以動物類而論，漢字就有：

　　牛羊犬豕豸龜鷹馬兔虫繭虍虎豦魚鹿鳥烏隹雁舄鼠龜黽龍夔竉鼉禽

　　离内貝羽皮韋毛角𩰬𠃉爲鳳

等 41 個象形文。所以，不論數量或形狀，均繁於字母。

　　總結「形」的特點，可以一個「繁」字概括。從英文以 26 字母就能拼出四五十萬字詞（word），且易學易認易寫，加之，從易製成打字機、排鑄機、電報機、電腦以及擅於排檢、索引的角度看來，這是漢字難以與英文抗衡的「原罪」和「先天的缺憾」。

　　但基本上，漢字是以「一詞一字」造成點線面三種「外形」的繁複排列、組合爲代價，換取「內涵」如：讀音、辨義、構詞、造句、作文、詩詞藝術、書法美學和語法上的簡易、宏偉、堅韌、整齊等高貴品質和多元利益的。

二、精　進

　　如何突破形的「先天缺憾」呢？我們認爲必須「對症診治」，積極進行下列七項作業：

　　一）釐清：名目繁多的「字族」。

　　二）尋找：能夠「以少生多以簡馭繁」的「字母」。

　　三）建立：能夠分解繁複字形爲字母的「剖解」方法。

　　四）建設：能夠「組合」字母成字的方法。

　　五）導出：能夠規範繁複字形的「排（字）型」。

　　六）加裝：能夠化解面性字形的「線性排字式」＝「排型」×「字母」。

　　七）建制：能夠化解萬碼奔騰的單位元組字母暨單字的「編碼系統」

　　　　　　（Code System）。

　　以上七項作業即是「線性漢字」的程序和內容，稱作「線化七法」，詳第肆篇。

〔註 6〕見林尹先生著《文字學概說》，頁 3。

第二章　研究動機

　　上章敘述百年來漢字改革的梗概，並提出第四條路線，主張毋須多所更張，只需將現行漢字的體質加以調整並提升功能，使它跟英文一樣，能以少數的字母拼出全部漢字，完成漢字全方位科學化以及提升中文總體功能，尤其著重精致數位化電訊和電腦智慧，這是本論文出發點和一路走來念茲在茲始終如一的崇高目標。而引起我研究本論文的直接動機則有下列幾點：

第一節　圓成少年之夢

　　明道從小對語文就非常感興趣，遠在高中時期，因常查中、英文字典，感覺漢字比英文難找到，就想發明一種檢字法。當時，可供研究的資料非常有限，加上也沒有方法學的訓練——就在自己摸索下，以“位置”和“分隔狀態”為區劃部首的標準，對當時學生所常用約五千字左右的《標準學生國語字典》進行分類與排列，用二年時間，完成了名叫“IXEFSOPYTH 十型定位分部檢字法”的初步架構。經請同學比較試用，他們評語相當一致，都說「定位分部很有規律，比一般常用的、同類型的部首檢字法為佳。」這給我很大的信心，就擴大範圍，對收字一萬五千多的《辭源》按型排列納編，草稿至今猶存。

　　民國五十六年，學貫中西的林語堂博士回國定居，而我當時正「投筆從戎」當軍校入伍生，手邊也沒有資料，就憑記憶從台中坪林陸軍第三訓練中心，寫

了一封信介紹我的"漢字 IXEFSOPYTH 十型定位分部檢字法",因他曾發明《新韻索引法》、《末筆檢字法》及漢字打字機等,對檢字法相當注重,所以想請他指正。承先生不棄,立刻賜函指導,內容大致是說:「我了解你的方法,在印象中,意大利人 Poletti 曾有類似作法,但不夠完善,希望你繼續努力,作到毫無例外才好。」原函見附錄(一)。

到了民國六十二年四月,偶然在《中國語文月刊》看到趙友培先生發表「定位分部檢字法」,竟然與我十年前所「發明」的方法完全同名,很是高興,也去函向趙先生請教,並交換心得,趙先生非常客氣,寄來大作五六本「拜請足下修正稿」——因他書中開宗明義說「定位分部檢字法是號碼法,不是部首法,也不是號碼與部首兩用法……」,和我的「定位分部檢字法是部首法,也是位置法,更是圖型法」的路數和精神不盡相同,所以沒法子給趙先生很好的建議。

過去廿五年間,由於軍務倥傯,無暇深入研究,今還我初服,入中山大學中文研究所,從孔師仲溫先生治聲韻文字之學,得重翻舊篋,就卅年前原稿加以整理,在老師指導及學長鼓勵下,廣泛閱讀資料、吸收新觀念與方法,蒐集並發掘問題、擴展架構、充實內容。並基於漢字不論內涵或外形,都具有充分的科學性、邏輯性、結構性的優勢,絕對可以永久適存於世界的體認,極力反對漢字改革走欠理性的簡化及連根拔起另創文字的路線,進而針對「漢字如何線性化」「如何增加中文電腦智能」等命題,試行提出對策和解答。

第二節　提升電訊與電腦智能

現代漢字 (註1) 研究本是文字學裡頂實用的領域,尤其近百年來由於西方帝國主義船堅砲利的欺凌以及國內政權的分治,發生過繁簡字、全盤西化拉丁新字、拼音形聲新字、檢索法、輸入法、編碼法及漢字資訊處理等一系列極大規模的研究、討論和爭議,有些還方興未艾。但是,一般文字學者雖生活在現代社會裡,卻對現代漢字領域較少關心和研究,而研究現代漢字的人主要為電機電子電腦資訊學者、工程師或教育、心理學家,他們都因工作需要而投入,一

〔註 1〕這名稱在 1950 年代出現,但是人們對它的理解並不完全一致,本文依裘錫圭意見指字體發展中屬於隸楷的階段,即一般所稱楷書。參見蘇培成著《現代漢字學綱要》,頁 19～20。

般而言，對文字學並不深入。結果，傳統文字學跟現代化工具、方法等脫節，這對兩者都大不利。茲舉對現代漢字有深入研究的兩位學者意見作代表：

一、中央研究院資訊科學研究所的謝清俊先生在〈中文字形資料庫的設計與應用〉論文結論說：

> 文字資料是資訊處理最基本的資料。由於文字資料的整理一直未能規劃完備，在處理方面不知已浪費多少人力、物力和時間，甚或製造了不少文字、語文上的混亂。我們甚盼有一天，每個電腦中都配備了充分的文字資料和知識，不只能幫助提升文件處理的水準，亦將有益於民眾語言水準的提升。文字資料是一切文獻資料的表達基礎，目前所納入系統中僅字形這一部份。其實，其他相關的例如：文字學、聲韻學等資料，也可以和本系統整合在一起運用，……必須以文字學為領導，輔以資訊技術才能竟全力。〔註2〕

另外，民國 86 年他在〈談古籍檢索的字形問題〉論文結語中也說：

> 校讀古書時，文字學是必備的知識，用電腦處理古籍亦不例外。目前電腦中與文字學相關的基本資料和知識貧乏，幾等於無，處理古籍時之窘境不說也明白。處此情境，將文字學的知識有系統的納入電腦中，是唯一的解決之道。依此前題推論，要解決古籍檢索時的字形問題，亦必須求助於文字學，尤其是構形的部份。本文討論的文字學部份其實都很膚淺，若是真正要做好利用電腦來協助漢學研究的工作，徹底治本之道是建立一個完整的文字學資料庫或知識庫於電腦中。這是一個浩大的文字工程，值得有心人一試。〔註3〕

二、台灣大學教授黃沛榮先生民國 84 年〈論當前一般電腦中文系統的缺失〉〔註4〕指出當前電腦中文系統的三種缺失：

一）字集方面：字集編者對漢字語文知識不足，導致不常用字太多而常

〔註2〕見民國 84 年《第六屆中國文字學全國學術研討會論文集》頁 23，本文由謝清俊、莊德明、張翠玲、許婉蓉共同執筆。

〔註3〕見國家圖書館 民國 86 年 4 月 21 日《珍藏文獻整理與資訊科技應用研討會論文集》，頁 5。

〔註4〕見《中國文字的未來》，頁 41～59。

用字尤其異體字卻找不到等缺失。

二）字碼方面：主要有兩問題，一是編碼架構不佳，二是多頭碼制，對於資訊的傳遞交換至為不利。

三）字形方面：未一一查證字源，導致「標準字形」不夠標準。

本論文基本上就是呼應兩位學者的主張，以發展線性漢字為主軸，如在第肆篇「線化理論」重點探討文字構型，歸納出 IXEFSOPYTH 十個字型；再分解出構形上兩大要素：一是構字材料，如字元、字母；二是「構型—構材」結合的諸種「媒體」——如排列型態、組合關係、剖解方法、音義辨識、位置標示等，最後將"構型—構材—媒體"三者予以有機的統合，融為一體，建立可以和英文並駕齊驅的線性拼字法和各種文字應用系統——譬如建設新的編碼、排序、檢索、輸入法暨漢字形音義及屬性資訊庫。後者可作為爾後發展精密電腦暨語法、詞法、句法、翻譯的科學化研究。

第三節　形構亟需研究

從近百年來漢字改革運動的風起雲湧，可以反面證明漢字無可否認是有缺點的，尤其遇到打字機、排鑄機、電報機、電腦和排檢、索引法的時候，任何人都會興起「漢字亟需改革」的念頭。

當前漢字必須解決的問題在哪裡呢？茲舉海峽兩岸共四位學者為代表：

一、台灣大學黃沛榮先生說：「到底漢字有那些地方要整理？重點來說，可分為：字數、分部、歸部、字序、筆畫、筆順、形構、屬性。」〔註5〕除屬性外其餘都是與形構密切相關的課題。

二、大陸學者申小龍先生說：「從發展的觀點看，漢字筆畫的繁簡已不是漢字改革的首要問題。漢字結構框架的系統性、條理化，倒可能是漢字科學發展的方向。」〔註6〕點出了結構研究的優先性。

三、裘錫圭先生說：「今後的漢字整理工作，究竟應該把重點放在簡化上，還是放在文字結構的合理化上，這恐怕是一個需要認真考慮的問題。」〔註7〕

〔註 5〕見《中國文字的未來》，頁 42。

〔註 6〕見《中國文字的未來》，頁 41。

〔註 7〕見《中國文字的未來》，頁 41。

也點出了結構研究的重要性。

　　四、蘇培成先生發出十問說：

　　　　一）出版印刷要用多少字，都是哪些字？

　　　　二）九年義務教育要教多少字，都是哪些字？

　　　　三）漢字的筆畫有多少，哪幾種筆畫負載的漢字數量最多，為什麼？

　　　　四）漢字在學習與書寫時，要對字形做出分析，應該怎麼分析？

　　　　五）多數漢字是由幾個小的構字單位組成的，組合時有沒有理據可言？

　　　　六）要把成千上萬個漢字排成一個系列，根據什麼原則，是字音、字形
　　　　　　還是什麼別的？

　　　　七）用什麼辦法可以比較方便地把漢字輸入電腦？

　　　　八）如何評價漢字簡化的利弊得失？

　　　　九）如何使漢字變得更加合理更加規範，使學習和使用都比較容易？

　　　　十）漢字的前途是什麼，要不要改用拼音文字？等等。現代漢字學要對
　　　　　　這些問題做出科學的回答。」〔註8〕

十問的重點仍在字形及形構方面。

　　以上四家所提內容，雖多寡廣狹有別，但對於「結構」「形構」的科學化、合理化則相當一致；從他們異口同聲的說法也透露形構研究的空間非常寬闊，以及問題的重要性與急迫性。本論文就是從這角度切入，試圖提出圓滿解答。

第四節　工作經驗體悟

　　個人在70年代曾擔任國防部某單位電腦室主任，因當時「中文」電腦沒有推出，我們千辛萬苦發展出來的資訊，因為使用者看不慣代碼及英文，所以被束之高閣，不但造成國家資源的浪費，也使電腦工作同仁，頗為灰心喪志；其次，由於當時用中文撰寫有關資訊電腦的教材非常稀少，我們以英文教材竟要花上兩倍長的時間才能訓練出一位稱職的程式工程師，很不經濟。

　　另外，軍中許多尖端的高科技戰備系統之操作和資源管理，無不與電腦息息相關，但各項作業典範或資訊顯示大都用英文。

　　以上這兩樁結合起來，讓我深切感受到漢字電腦化的迫切和重要。所幸70

〔註8〕見《現代漢字學綱要》前言。

年代稍後經過許多專家研究終於發展出屬於華人的電腦中文系統，並且制定了兩位元組（Double Byte）的資訊交換碼和內碼系統，可同時表示 ASCII 碼與漢字。本論文亟思建立像英文一樣，由少數字母拼寫全部單字的「中文單一位元組編碼系統」（Single Byte Code System Of Chinese Character），以提升中文電腦的智能。

其次，在工作和研究過程中，深切體悟「漢字簡化及拼音新文字」不可行：

因自幼對漢字有高度興趣，所以對海峽彼岸推行的簡化字和漢語拼音方案也非常留意，初步接觸簡化字的感覺是：「醜陋」，進而深入對比研究，愈體認正體字的優秀和簡化字「治絲益棼」的嚴重負面效果。〔註9〕我們對於優秀的正體字為什麼要輕易棄之如敝屣？如果她有病，能不能治療？有缺點，能不能矯正？有弱點，能不能補強？大陸著名語文學者周祖謨先生亦有同樣看法，他以一首詩來表達：

漢字淵源久，流傳未能易。

悠悠數千載，浩瀚盈典籍。

形體雖然變，規模竟如昔。

先民廣智慧，用此統禹蹟。

今日時勢異，焉可輕虛擲。

如何因與革，庶宜詳辨析。〔註10〕

本論文可以說是對正體字的病理診斷和生理開發，並作為呼籲停止漢字簡化及拼音新文字運動的說帖。

〔註 9〕對於簡化字的害處，本人相當同意陳新雄先生意見，見緒論第一章第二節。

〔註10〕見《中國文字的未來》，頁 42。

第三章　題目釋義

　　本論文原取名爲"IXEFSOPYTH 殷字科學化剖組排式構造理論與應用系統"。因字面過長拗口，乃簡化爲《漢字科學化理論與應用系統》。茲解釋如下：

第一節　IXEFSOPYTH

IXEFSOPYTH〔izifsopaiθ〕有三個意義：

一、代表漢字的十個組合排型，簡稱排型或字型，詳第肆篇第七章：

　　0　I（Initiative or Independence）：英文詞義與首字母形，代表一元型，如○乙一。

　　1　X（X-cross）：英文詞義與首字母形，代表交叉型，如十九弗中甲。

　　2　E（Encasement）：英文詞義與首字母形，代表匣匡型，如山周匝夕月幽。

　　3　F（Field）：英文詞義與首字母形，代表原厓型，如介蠽鹿司匕匙。

　　4　S（Screw/Steps/Stairs）：英文詞義與首字母形，代表迂迴型，如己弓与馬。

　　5　O（Orb）：英文詞義與首字母形，代表圜圍型，如田囝四日回國。

　　6　P（Python）：英文詞義與首字母形，代表巴巳型，如烏鳥尸戶。

　　7　Y（Yaw）：英文詞義與首字母形，代表傾斜型，如幺人多入厶丫。

　　8　T（Top-bottom）：英文詞義與首字母形，代表上下型，如去年天

氣舊亭臺翠葉藏鶯只恐舞衣寒易落尋尋覓覓盡薺麥青青元嘉草草忍更思量。

9　H（Hands）：英文詞義與首字母形，代表左右型，如餘杭州門外斷續殘陽裡鐵騎繞龍城深竹暗浮煙侯館梅殘淚眼倚樓頻獨語徙倚欲何依凝恨對殘暉冶葉倡條俱相識脈脈此情誰訴。

二、代表本論文的十個主題：

0　I：表 Input method→漢字輸入法，以英文 Input method 中一個字母 I 代表，下同。

1　X：表 indeX→漢字檢索法

2　E：表 Editing page→漢字排行

3　F：表 inFormation&spellingFormula→漢字資料庫暨漢字線性拼寫法

4　S：表 iSolating／disSecting→漢字剖解法

5　O：表 inOrder→漢字排序法

6　P：表 Pattern→漢字排型，包括 10 字型，47 字式

7　Y：表 essentialitY→漢字屬性分析

8　T：表 inTerlacing→漢字組合法

9　H：表 alpHabet→漢字字母。

三、IXEFSOPYTH〔izifsopai θ〕之讀音代表第肆篇「線化理論」內容——「殷字剖組排式」六字的諧音：

一）殷，音衣〔i〕，鄭玄《禮記・中庸・注》曰：「齊人言殷聲如衣。」

二）字，漢語拼音作〔zi〕；殷字即漢字，詳下說明。

殷字在此代表「字族」和「字母」，其相應章節為：

（一）字族相應於第肆篇第三章「造殷字族」。

（二）字母相應於第肆篇第四章「造殷字母」。

（三）剖，《廣韻》：「芳武切」，《中文大辭典》：「音撫」，近〔f（u）〕；指剖解，相應於第肆篇第五章「造剖解法」。

（四）組，日本漢音〔so〕，指組合，相應於第肆篇第六章「造組合法」。

（五）排，音〔pai〕，指排列，相應於第肆篇第七章「造排列型」。

（六）式，音近〔ə〕，指表式（Formula）和碼式系統（CodeSystem），相應於第肆篇第八章「造線排式」，第九章「造單碼系統」。

第二節　殷字漢字

　　1899 年，清國子監祭酒王懿榮在一個偶然的機會，發現殷墟出土的「龍骨」上的甲骨文「確在篆籀之前」，而使「漢」字的歷史，遠溯到殷代，誠如李孝定先生所說：「從現在所能看到的資料來說，我們應該說 甲骨文是現在所能看到的最早而且最成熟的中國文字，纔是比較正確的說法。」〔註1〕所以用「漢字」一名稱呼我們現在所使用的字，不符合事實，因為它在「漢朝」成立之前即已被使用千年以上；而用「殷字」才是「名至實歸」。黃沛榮先生也說：「『漢字』在被稱為『漢族』以前即已存在，故嚴格來說，稱為『漢字』頗有語病。因此，也有學者使用『中國文字』一詞。可是『中國文字』理應包括中國境內各族的文字，而我國民族多達五十六個，『中國文字』四字亦未可作為『中國通行的文字』的代稱。因此，無論稱『漢字』或『中國文字』，其實都有語病：前者不能涵蓋不同的時間，後者無法涵蓋所有的空間。」〔註2〕

　　商朝自盤庚遷殷後改稱殷，與夏、周並稱三代，是中國正史上的朝代，從湯建國至紂覆亡，享國約六百年，其國力強盛而文化發達，據學者研究，除漢族外中國本土及四周還有不少的民族是她的後裔。所以，用「殷」一名在時間、文化暨民族情感上，比較「漢」一名的意涵更為深廣濃郁溫柔敦厚，而沒有大漢沙文主義之嫌，因此用「殷字」應該比「漢字」或「中國文字」之名理想得多。

　　雖然如此，但「漢字」之名通行已久，《荀子・正名》：「名無固宜，約之以命，約定俗成謂之宜。」所以未可遽廢，本論文仍使用這個名稱表示現在通行於海峽兩岸的文字。

　　其次，「字」在這裡指「字族」，包括單字、字根、字母三級，本文著重在：
一、要歸納單字字型（Word Pattern）。

〔註 1〕見李孝定撰〈從幾種史前和有史早期陶文的觀察蠡測中國文字的起源〉，刊《漢字的起源演變論叢》，頁 43。

〔註 2〕《中國文字的未來》，頁 19。

二、分辨字根類級（Root Class）。

三、建設漢字字母（Chinese alphabet）。

第三節　科學化

科學(Science)在詞典上的解釋為：「關於自然、社會和思維的知識體系。它適應人們改造自然和社會的需要而產生和發展，是實踐經驗的結晶。」此解釋有六個關鍵字：知識、適應、需要、改造、實踐、體系。茲綜述如下：

知識是人類認識的成果和結晶。一般經驗的知識人人皆有，對於專門的問題，我們需要成體系的科學理論來指導實踐，力求多快好省獲得可信的、進步的、高效益的新知識、新能力、新成就、新境界，以解決問題，滿足需要，推進人類整體之進步。所以人類需要科學，進步更需要科學，而科學化(Scienceize)就是推動進步的行動、準則和成果。

筆者確認漢字是有缺點。首先，就是沒有字母，以致不能像拼音文字一樣，迅速學會聽說讀唸唱寫查，而讓初入學的中國學童和外國朋友頗感沮喪。如果您早生半世紀，就知道打一份中文書信是多麼艱苦的事。因為那時還用老式打字機，找一個字至少要二分鐘，敲一個字要十秒，而且不能錯格，不能敲太重也不能太輕，敲太重會把鉛字打斷，一顆鉛字要賠一塊錢（那時公務員薪水才三百元）；太輕又抓不起來，要加力再敲一次。但塞翁失馬焉知非福？當 您克服了難查的字典，沒有注音的生字，超多的筆畫，漢字似具有「好酒沈甕底」「倒吃甘蔗」的美質，愈到後來，會愈寫愈順，越看越快。主要原因就是 您的生活環境、文化背景...等等和它相適應，其次是和漢字相應的語言——漢語非常簡單。這樣講可能引不起 您的震撼。但是旁觀者清，一位美國學者 Dr.Rudolf Flesh 說：

> 你會發現中文實屬單純，試想其他語言以及使之困難的那些東西：
> 動詞變化，名、代名、形容諸詞的語尾變化，不規則動詞、奪格、
> 虛擬法、不定過去。使每一個初學法文、德文、拉丁文、希臘文的
> 學生，無不望而生畏；對於學俄文或梵文的人，那就更不用說了。
> 中文是被稱為「沒有文法」的語言。若把其所沒有的東西，列舉出
> 來，真令人吃驚：它沒有詞形變化(inflections)，沒有格，沒有人稱，

沒有性別，沒有數，沒有時式，沒有語態，沒有語氣，沒有不定詞 (infinitives)，沒有分詞(parti-ciples)，沒有動名詞(gerunds)，沒有不規則動詞(irregular verbs)，沒有冠詞(articles)。（參見第三篇第一章第二節）

筆者旨在說明「外國的月亮不會比較圓」。漢字是有缺點，而且還不太小。但不必就此氣急敗壞大罵漢字，也不必灰心喪志不敢學漢字。漢語漢字是使用人口最多的語文，歷史悠久文獻宏富，不論文學藝術政治農業醫藥還是工藝都有很高成就，值得繼承發揚。何況，漢字雖有缺點、有病痛，但不是病入膏肓，沒藥可救，只是國人骨子裡還沒有脫去「阿Q」和「差不多」先生的習氣，不肯認真去研究它病在哪裡？要怎麼治療？

筆者在多年前用字型觀點整理單字，發現漢字在結構上很有道理也有規則，所以就希望有機會用科學的方法來診斷漢字，認真追查漢字到底有沒有病？初步結論是：漢字為了滿足「詞形合一」的設計，一開始就走與拼音文字完全不同的路——以「依類象形」法則造字。人們語詞有多少，就造多少字，所以「單字」很多、形狀各異。換言之，它們沒有公約數——拿英語來比較，其詞（單字）雖達五十萬，但毫無例外，都由26字母拼出，再沒有其他怪字，只要一個鐘頭學會這26字母，馬上就可以試著唸它、背它、記它、查它。漢字總數才五萬，等於英文十分之一而已，但幾乎可認定它是「一字一形」，認識它可不容易，會唸它、認它、查它大概要等十年以後。

又如「灬」字在杰無燕魚顯焦馬鳥羔裡各代表不同事物；沐、村同從「木」，職分不同；口唱呂言品器囂同從口，但口的大小、位置各有差等。英文沒有這些問題。如果，從寬處理，把同部首的聚一起，依《說文解字》有540部——比26字母多20倍；若把同聲符的聚一起，依段玉裁《古十七部諧聲表》有1525聲，依朱駿聲《說文通訓定聲》有1137聲——比26字母多44倍。

從以上的比較，深刻認識26字母能拼出五十萬詞，是大長處，因此思考漢字宜有字母之建置，但萬萬不能拿聲符或形（義）符來充任——漢字有形（外形）音義三要素，音、義既不可用，那就只能從形構下手。所以筆者的漢字科學化是從外形入手，尋找「中華字母」(Chinese Alphbet)。

首先，拿張其昀監修，林尹、高明主編，中華學術院1973年初版的《中

文大辭典》爲「標本」，把全部 49905 將近五萬單字，從首「一」到編號 49888 從龠從熊的「龘」字剖解，按筆順，寫兩個「分解式」── 第一式全寫「單筆」，第二式全寫二筆以上、五筆以下的「複筆」，分析可以組合全部單字的字母來。最後選出「單筆」41 個，取名爲「字元」；選出「複筆」147 個，取名爲「字素」。寓構成漢字之「元素」意；字元、字素合稱「字母」，計 188 個。

此工程看似簡單而實艱苦，首先是有些字「筆順」很難，如兩個上下重疊或字的「鼕」，其下方的「缶」第一筆從那裡寫起呢？其次，是筆畫常常「變形」，如「又文」末筆是長撇，但是位居偏旁如「双」「斌」時，就變成長點；再次，是筆畫太多，如「鬱」字：

1. 單筆字元寫作： 一丨丿乀丿一一丨乚丨一丨丿乀丿フ乚丨丿乀丶丶丶乚丿 丿丿丿共 29 字元，比較英文等拼音文字的一個詞，很少見到超過 15 字母的。

2. 複筆字素寫作：木乚十凵木𠃍凵乂彡丷匕彡共 12 字素，比較英文等拼音文字的一個詞的字母數，還算「相當」。

至於四隻龍、四個興的字，其筆畫眞多到讓人不敢欣賞。

作業之同時，順便依 IXEFSOPYTH 十字型排列，並統計各型字數和比率，得到：

0I 一元型：16 字，佔 0.032 %

1X 交叉型：414 字，佔 0.831 %

2E 匣匡型：660 字，佔 1.322 %

3F 原厓型：3379 字，佔 6.770 %

4S 迂迴型：259 字，佔 0.518 %

5O 圓圍型：202 字，佔 0.404 %

6P 巴巳型：290 字，佔 0.581 %

7Y 傾斜型：21 字，佔 0.042 %

8T 上下型：12582 字，佔 25.211 %

9H 左右型：32082 字，佔 64.286 %。

從上列 9H 左右型字佔 64.286 %的事實，讓我對漢字「一頁的排行」堅決

主張：「從左而右，橫行直下」書寫。無它，據科學化研究得來的智慧也。

尋找字母工作前後花了十年，諸苦備嘗，但想到古人十年磨一劍，倒也心寬，在作業完畢又開啓了下一節的工程——剖組排式。

「剖組排式」也是以分析「鬱」字元、字素開啓的追尋「漢字科學化」的系列工程，茲先舉例簡介：

鬱字 線性排列式 ↔ 字型樹 ×首尾儀字型 ×字母鏈 ×字元

鬱 ↔ 82143219112 × 98 × ＜木∣∣（ㄏ〒十〒凵）∣∣木＞＝⌐＝ ｛［＜凵Ａ（ㄨＡㄥＡⱲ）＞＝ 匕］∣∣彡｝× 一∣ノㄟノ一一∣凵∣一∣ノㄟ✓⌐凵∣ノㄟ丶丶丶丶 凵ノ ノノノ

其中：

↔ 表可逆變化，×表連結。

｛｝［］＜＞（）表由大而小的字素涵項，｛［＜（）＞］｝表層次。

∣∣、〒、＝、Ａ表組合動作：

∣∣表左右分離組合

〒 表上下切合組合

＝ 表上下分離組合

Ａ 表內外包容組合

82143219112 表字型樹編號。

98 表首尾儀之字型

把「鬱」從中間水平橫切，上下「剖解」，拆成上㮤下彫兩儀，

9 表　上儀　「㮤」之左右字型號，

8 表　下儀　「彫」之上下字型號。

＜木∣∣（ㄏ〒十〒凵）∣∣木＞＝⌐＝ ｛［＜凵Ａ（ㄨＡㄥＡⱲ）＞＝ 匕］∣∣彡｝表字母鏈。

木ㄏ十凵木⌐凵ㄨ ㄥ Ⱳ匕彡　表字素。

一∣ノㄟノ一一∣凵∣一∣ノㄟ✓⌐凵∣ノㄟ丶丶丶丶 凵ノ ノノノ表字元。

字素＋字元＝字母。

將字母鏈、字素、字元轉換成對應的「單位元組編碼」，然後結合字型，一

併改換為等長的流水號(serial numbers)。這就成「鬱」字在漢字戶籍中的「永久身分證」，不管在哪個地方，哪個時候，哪部字典，哪台電腦，「鬱」永久是8214321911298……這號碼，這是「漢字科學化」必走的路。

第四節　剖組排式

剖指剖解，組指組合，排指排列，是對單字三種處理方法，合稱構法（Method），三者為正反合關係；式有法式、型式、拼寫式、碼式四義，是單字的四種表現方式。釋如下：

一、剖　解

一）分　層

剖解（Dissect）又稱分解、切分、拆卸、剖析、解剖，分內、外兩個層面。

（一）內層面由於漢語是單音節、並與詞對應，這使得它很容易以詞為單位，亦即以義項為單元從語言中剖解、游離出來，而漢字也順理成章套穿上「詞」的外衣，成為表詞文字。

（二）外層分為兩面：

1. 音義面以形聲符為準據進行切分，劃分出形、聲符。

2. 幾何線條面，以空間暨筆畫組合方式為準據進行切分，以析出字母。由於漢字沒有自然生產的字母（alphabet），這對於漢字的分析暨資訊化無疑是個瓶頸，剖解就是對漢字進行分解，找出像歐美拼音文字能以少數字母拼出全部單字的"漢字母"（Chinese Alphabet）——但只拼"形"而不拼"音"。

二）內　容

剖解是組合的反向操作，它將較大單字、字根分割成較小的筆畫或字母、字根的方法。有三大內容：

（一）剖解的目的，如字根、字母，簡稱作「判的」。

（二）剖解的準繩，簡稱作「判準」。形聲字可以分割為形符與聲符，而漢字有90%以上是形聲字，所以六書的「形聲」可說是最佳判準。如鈴可分為金

形令聲；偏旁中具有音義可以獨立使用的「單字」也是剖解的準繩，如盟分爲日月皿三根，又如氵不能獨立但爲有音義字「水」的偏旁，所以在從氵的“河”“漢”中被視爲一個單元。

對於非形聲字或不確定是否爲形聲字，也不確定是否爲獨立字者，則用「五組合」，即：交插、接觸、內涵、距切、分離　作爲判準。

（三）剖解的方法，簡稱作「判法」。將十組合反向操作之，即是剖解的方法，稱爲十判法，即：剪接、移交、開放、截角、互拆、出關、尸解、切開、隔離、破皿法。

二、組　合

組合有兩義：

一）一爲數學名詞 Combination，由 n 個物中不論其秩序如何，但選出 r 個物項而爲一組。本論文採用於內在語言層面：

（一）漢字由一音節、一義項組合。

（二）六書轉注新詮釋，謂自形、聲符兩個運算元中，每次選出 2 個而有：

  1. 形×聲，

  2. 形×形，

  3. 聲×聲之組合。

二）若未特別說明爲數學意義之組合，則指外層字形的構合（Matching），探討如何由較小的幾何線條集合成單字。有三種組合：

（一）五組合：有交插、接觸、內涵、距切、分離五法，若天然組成者，爲漢字筆畫的基本組合，又名「五組成」。如再加「不組合」的“零合”（如○一乙），共六法，合稱「六合」。

（二）十組合：將五組合擴充而得，有：直接、交插、開涵、角觸、互切、關涵、切接、開切、分離、皿切式。十組合加“零合”共十一個，名爲「十一組織」。

（三）十六組合：配合字母及字型的建立，以方向爲重心，將十組合再擴充而成，可用於輸入法及線性拼寫，又名「十六拼合」，有：直接、交插、開涵、角觸、互切、關涵、切接、傾切、斜切、橫切、縱切、傾離、斜離、橫離、縱離、縱插（或縱夾）式。

三、排　列

一）排　目

排列（Place）：包括排目（Permutation）和排列法（Placing）。前者爲數學上的排列，本文譯作「排目」，用於六書轉注建構「形聲相益」合體字，如①形＋聲②聲＋形，對形聲字而言兩者無異，所以「排目」等同於組合（Combination）。

二）排列法

排列法又分爲1排根法，2排碼法，3排字法。排根法包括：（1）排線、（2）排型，排碼法即編碼，排字法包括（1）排行、（2）排序、（3）排檢。總括來說，排列包括：排目、排序、排檢、排型、排行、排線、排碼七名稱，合稱「七排」。詳見第肆篇第七章。

從分析漢字形構造的角度看，剖解、組合、排列都是形構法的一部分，合稱構法（Method），它們是連續的正反合程序——如以剖解單字析成數個字根爲“正”，則反向組合數個字根成一個單字爲“反”，而排列則是對以上兩法的融“合”，簡釋如下：

（一）排線：將剖解狀態的字根排列（Place）成水平直線，成爲線性漢字，如“盟”線排作“日月皿”。其字根排置（Placing）圖形爲川或－－－。

（二）排型：將組合狀態的字根排列（Place）成 1×1 圖型，成爲方塊漢字，如“日月皿”排型作“盟”，其字根排置（Placing）圖形爲☰，將它概括爲 T，名曰“上下型”，是十大字型之一。

對剖解與組合而言，排列的意義僅止於排根法，包括排線和排型，可以稱之爲“狹義排列”。「七排」則爲“廣義排列”。

四、式

式有四義，即法式、型式、線式、碼式，是處理暨表現單字及字母的方式。

一）法式（Method）：即剖解法、組合法和排列法的總名，又稱構法，是處理單字及字母的三種方式。

二）型式（Square Pattern）：型指 10 字型，式指 47 字式，係概括方塊漢字的空間模型而得，與字範、字圖合稱字型系統。本文以張其昀先生主編，林尹

暨高明兩位先生副總編的《中文大辭典》爲藍本，從全部約五萬個漢字楷書中，根據單字內部字根的組合及排列方式，逐步梳理出十個字型、四十七個字式。前者，以英文意義相同，首字母形式相似的 IXEFSOPYTH 標示，也以形同、意義亦相同的漢字取名，如本章第一節所述；後者爲十字型的細分類，計 47 字式，便於 PC 大鍵盤之輸入。

　　對線性排列的拼音文字來說，「字型系統」沒有多大意義，但是對於擁有二維面性結構的漢字而言，其意義和價值便非同小可。有了它，形構方面的疑難大體可以獲得解決，而漢字線性拼寫、單字排序、識字教學、字典編纂、排檢法、輸入法、資料庫及精密中文電腦的建設，從此得到科學化的基礎。

　　三）線式（Linear Formula）：線性拼寫式或線性排列式的簡稱。如以 "單字＝字型×字母" 式表示：鬱 ＝ Ｔ 木ㄅ十凵木ㄇ凵ㄨ╲╲╱七彡。

　　其中，Ｔ表字型，木ㄅ十凵木ㄇ凵ㄨ╲╲╱七彡表字母。

　　四）碼式（Code System）：編碼方式的簡稱，又名編碼系統。屬於排碼（Pair Code）作業。分爲 "字母編碼式" 與 "單字編碼式" 二種：

　　　（一）字母編碼式：將 188 個字母編入「漢字單一位元組編碼系統」（Single Byte Code System Of Chinese Character），以提升中文電腦的智能。

　　　（二）單字編碼式：依 "單字＝字型樹×字儀×字格×字母鏈×字元鏈" 之線性拼寫式，把所有漢字編爲由「單位元組」綴合的號碼，它結合形音義，可以做到一字一碼，是最自然而具有多種功能的編碼方式，可做爲內碼或交換碼或編排字典等文字資料的次序，並發展爲科學化的檢索法。

　　字族、字母暨剖解法、組合法、排列型、線排式、單碼系統七者爲本論文理論的核心，前二項可代表 "殷字"，後五項簡稱 "剖組排式系統"，合爲 "殷字剖組排式系統" （IXEFSOPYTH system）。

第五節　理論系統

　　形音義是所有文字的要素，對拼音文字來說，形只是線條和符號罷了，它附屬於語言，就好比人穿的衣服、進出乘坐的車子，可以隨意更換——儘管外形全改變而內涵的語言不變：如廿世紀初，外蒙古將回鶻體老蒙文改換爲俄文

字母，土耳其將阿拉伯字母改換爲拉丁字母，是顯著的例子。也就是說，拼音文字的字形之重要性不若所庇蔽或負載的語言、音義和詞彙。但是，漢字便不是這樣，簡單說，漢字是以詞——象形爲基礎、基調和基因的形音義三位一體的文字——它的形和音義有著血濃於水不可分割的親密關係，可以說，漢字以形顯詞，即形中有音義，其形就像 IC 積體電路板一樣，烙印著造字之初先聖先賢的語言概念和思維程式，形爲音義之映射，亦即音義之化身，它在創字之刹那就流著音義的血脈和基因。本論文就是從這個觀點深入探討漢字屬性、內外結構，強弱之點等，從而將漢字的「一般理論」顯示出來。

六書是前賢總結「漢字構造原理」的名詞，經過許愼的闡發，體系可謂相當完備，對學習和研究漢字起了很大作用。但不可諱言仍有語焉不詳及扞格之處，筆者通過對中西文字的比較暨應用現代語言學理論及方法，深入挖掘，發現它蘊藏豐富，除了是造字之法外，又是造複合詞法、語文應用法，更是一部漢字造字詞史。從而將漢字的「六書理論」豐富起來。

經過這些探索，深切體認漢字是極優秀的文字，但儘管漢字雖然很優秀，一旦面對機械化和電腦化，可就顯得笨拙了，因此清末民初全國痴狂高喊革掉漢字的老命，其焰火至今未熄，仍然有吞噬漢字之虞。我們認爲：漢字小疵不掩大醇，不宜輕言拋棄，於是窮思冥索如何可以旋乾轉坤？經卅年斷續努力，確認從形構下手，剖解單字產出漢字母和釐清字型，以建立像拼音文字一樣的機制，是提升中文電腦能力和重振人們對漢字信心的不二法門。因此而有適應電腦化的六構、七造等「線化理論」的建構——包括建設楷書的構造理論（六構）暨線性規劃（七造）。結合前述漢字一般、六書理論，構成完整的構造理論。

第六節　應用系統

首先，強調「應用」(application)的方向、性質和重點，是針對漢字盲點、弱點，予以脫胎換骨的補強、重整、復建，使立即消危爲安、轉弱爲強、化媸爲妍，以因應洶湧澎湃的第三波電腦化、數位化衝擊，讓漢字永遠適存於宇宙。所以「科學應用」一詞並不指一般的應用，如坊間「應用文」、「應用中文」之類。

系統(System)在詞典上的解釋爲：「一群有著規律性相互作用、相互依存關係的事物組成的統合體。」

　　綜合言之，科學化構造理論的建設是爲了打破漢字形構複雜壓力，從而作
爲尋找出路的指針和從事改革的著力點。理論建設完成後當然要運用，一方面
是檢驗理論，一方面是解決問題。所以理論和應用是密切呼應且相互作用、相
互依存的。本文所提「科學化應用系統」項目，包括：坐標、六構、七造、線
性規劃，字元、字素、字母、字式、字範、字圖、字型、字族，暨以它們爲基
因或元素，開發出來的　單字剖解法、單字組合法、單字排列法、單字單位元編
碼法、全頁排行法、字集排序法、全書檢索法、線字法、製字法、輸入法、資
料庫與電腦製造、電訊傳輸、數位等科技藝術系統，皆本於線化理論，即「殷
字剖組排式系統」（IXEFSOPYTH system）——六構理論與七造方法的建構。

第四章　全文綱要

第一節　全文大綱

依篇章將全文綱目臚列如下：

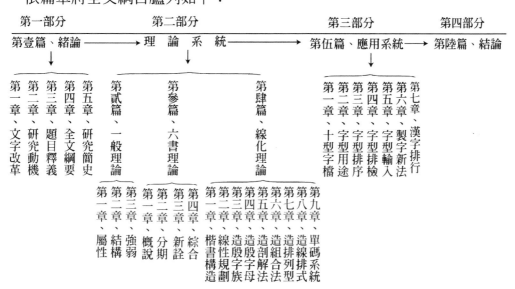

第二節 全文要義

一、目 標

我們以提升中文電腦智能並一舉徹底解決排序、檢索、編碼、輸入等漢字應用問題爲主目標。首先透過屬性、結構、強弱分析了解漢字是優秀文字，只是在現階段必須作一些調整。其次，透過現代語言學重新發現六書蘊藏豐富，是造字、用字、造詞法和漢字發展史，更提高我們對漢字的認識與信心。從而確定努力的方向和範圍、重點：一是建立楷書造字理論，然後，根據它，建設漢字母、字型，釐清字族，並相應建立剖組排配套方法，完成漢字線性化系統，最後編成字母暨單字的單位元組碼系統，可大大提升中文電腦的運算、邏輯、組字、儲存、分類、排序、檢索等智能，使它有志氣有信心迎接電子化、數位化、訊息化大時代的挑戰。對於漢字的基本應用，如人工檢索、語文教學、鍵盤輸入等我們也不忽視。最後希望一方面達成維護優秀漢字的宏願，一方面能不動意氣而打消拼音及簡化文字之不智舉措。茲將以上思維示意如下：

$$漢字 \rightarrow 構造理論 \rightarrow 線性規劃 \rightarrow 應用系統 \rightarrow 目標 \begin{cases} 提升中文電腦智能， \\ 維護優秀漢字系統， \\ 打消拼音簡化文字。 \end{cases}$$

另外，與目標有關之範圍、內容、用途、創新等項，一併述之如下。

二、範 圍

一）漢字是象形爲基礎，形聲爲主體的形音義三位一體文字，故本論文以字形爲核心建形構理論，但不遺忘對音義的照顧。

二）本文以現代漢字（楷書）如何適應現代社會需要爲主軸而建立思考空間。其中又以如何提升中文電腦智能爲核心。

三）從學科看，本文與文字、構詞、資訊學等密切關連。

四）從應用看，本文涉輸入法、索引、編碼、電腦製造、字典編纂、華語文教學、資料庫等領域。

三、內　容

一）透過屬性、結構分析徹底認識漢字的性質。

二）科學地辨明漢字的優缺點：漢字是高階文字，最能與人溝通，其形音義三元素中唯形構有缺點，但這是受漢語單音節詞及象形文的制約而映射出來的。主要缺失是字根種類、數量均多，但沒有字母（Alphabet），其次是字型複雜。但也由於它這種犧牲，換取音義的簡明、語法的簡潔和造形的優美等優點。得之於彼，失之於此，而失非不可收拾，善予因革損益，相信漢字可以脫胎換骨。

三）重新詮釋六書不僅是造字法，也是造詞法、用字法，同時更是文字發展史。

四）為提升中文電腦智能，必先將漢字線性化。

五）建設適應於楷書的六構結構理論，取名為「現代六書」。

六）為完成漢字線性化，推出「線性規劃」方案，以建造字型、字族、字母及剖解、組合、排列、碼式一系列配套措施來實踐，又名「七造」。

六）把理論應用在亟需解決的文字問題如編碼、排序、檢索、輸入法上。

四、主　題

本文探討下列十個主題：

0　I（In put method）漢字輸入法。

1　X（indeX）漢字檢索法。

2　E（Editing page）漢字排行。

3　F（spelling Formula ＆ inFormation-data base）漢字線性拼寫式暨資訊庫。

4　S（iSolating／disSecting）漢字剖解法。

5　O（in Order）漢字排序法。

6　P（Pattern）漢字排型。包括十字型、四十七字式。

7　Y（essentialitY）漢字屬性分析。

8　T（inTerlacing ／maTching）漢字組合法。

9　H（alpHabet）漢字字母。

五、用　途

本論文希望能對下列領域有助益：

一）六書新詮暨現代六書建設，對文字學、構詞學等有新啓發。

二）「線性規劃」方案建立線化漢字後可使中文電腦和資料庫系統脫胎換骨：

　　（一）單位元組漢字母編碼系統（SBCSOCC）對中文電腦的邏輯運算、分類、排序、檢索能力、直接組字能力暨減少主記憶體 ROM 對龐大漢字集的負荷等速度、功能的提升，將有很大助益。

　　（二）單字線性排列式對電訊傳輸、漢字排檢法等有直接助益。

　　（三）除以單字爲檢索單位外尚可分別以字型、字母、字元、字格等爲檢索鍵查詢資料，而深化資料庫的組織與功能。

三）字型排序法、排檢法有助字典編纂、資料庫設計的應用。

四）十字型九宮鍵輸入法可望促成手錶型甚至戒指型電腦、手機、遙控器……的開發。

五）字型、字母、型圖有助漢字教學尤其是對外華語教學。

六、創　新

本文下列意見，可列爲對漢字研究的創新事項：

一）漢字屬性方面：以○一二三四五六七八九十土 〔註1〕 標擧漢字性質與特徵，既收融匯貫通之效，又能去蕪存菁，易記易懂。

二）漢字優缺點方面：漢字構造之優缺點主要源於 詞性、象形、面型、全行、隸刑等五個屬性，其第二字"性、形、型、行、刑"，拼音均爲 Xing，所以將這五個屬性簡稱爲 5X：

　　（一）詞性：指漢字資訊量大，構詞方便，語法簡潔，移動方便，辨義精審，發音單純等，是源於以詞爲建構單位，亦即以形顯詞，而詞又具一音節一義項一字形之「天性」；但也使漢字失去產生字母以簡馭繁的機會；同時字以音節爲單位，失去以最小語音單位——音素標音的機制，製造出漢語聲韻學的艱澀和今天拼音法的紛紜；爲了保持一義項特性就不斷增或換形聲符以造新字，所以古

〔註 1〕 "土"在此借作十一之合文。

今字、累增字、後起字數多。

（二）象形：指漢字源於象形，形即詞形，故形中見義，表義簡明；形聲出現後，形中標音，音義兼備，學習容易；但一字一形一詞，字根也上千，單字多達五萬，使單字詞因數量太多，造成識字負擔；另方面字根太多，不便索引。

（三）面型：指漢字有點線面三種排列，造型整齊優美；但面性排列對中文系統帶來很大限制、負擔和困擾。

（四）全行：指漢字 1×1 方塊，面積相等，可以上行、下行、左行、右行、斜行等全方位排行，但也造成形式混亂和閱讀上的干擾，甚至產生歧義。

（五）隸刑：指隸變改圓筆為方直筆，簡化變正體為簡體，書寫容易，但造成文字、聲韻、訓詁、識讀等混亂和障礙。本世紀中葉，大陸推行的簡化字，也使中國人為此付出沈重代價。隸變和簡化宛如加諸漢字的刑罰。

三）詮釋漢字六大特質：1 高階文字，2 綜合文字，3 大塊文字，4 超重文字，5 積木文字，6 營力文字。

四）六書方面：以全新的觀點詮釋六書為造字法、造詞法、用字法兼造字史：

（一）破譯 "轉注" 密碼，圓滿許慎未完成之六書理論：轉注包括建類、一首、同意、相受四類，後人把許慎的分類單純看作釋義，致後世聚訟紛紜。首先將轉注、建類解碼：

1. 轉「語言類」注為「文字類」：此為「轉注」的最初意義，亦「建類」之第一義。故轉注者，外繪詞之象徵形狀，內配注其音節義項；而耆然劃破「語文」混沌，析為「語言」「文字」兩類，是「建類」第一義。此為第一階段的前置作業。

2. 首先造「依類象形」文。依類象形文有二小類，一依實物輪廓素描的象形文，二依抽象事態概括而來的象徵符號為指事文。它們都是「一體成形」的「獨體文」。此為第一階段後續完成工作。

3. 把音義合一的文（意符）一分為二，建為形（義）類和聲（音）

類，此爲第二階段準備作業，亦爲「建類」第二義。

4. 由形（義）類和聲（音）類兩兩組合出「形聲相益」的會意、諧聲、形聲三種合體字來，爲第二階段後續完成工作。

綜合而言，「轉」語言類「注」爲文字類的動作，前後連起來一氣呵成說，叫做「轉注」；而把前後運作的對象，分疆劃界爲「語言類」「文字類」來說，叫做「建類」。依造字程序的發展，「建類」還有第二義，就是把音義合一的文（意符）一分爲二，建爲形（義）類和聲（音）類，展開造合體字大業。所以「轉注」是「造字」的樞紐，而「建類」是「轉注」的先鋒。

第一期的「造單字」工作至此圓滿完成，繼之進展到第二期的「造複詞」，第三期的「語文應用」，然後文字之總體建設於焉完成。

而「一首、同意、相受」就是「造複詞」「語文應用」的實質內容。

（二）發明班固六書之象形、象事、象意、象聲，合稱「四象」，是最原始的「依類象形」造字法。而象事不等於指事、處事，象意不等於會意，象聲不等於形聲、諧聲。

（三）發明鄭眾六書之諧聲爲符合聲韻學上諧聲條件的兩個音近聲符合組一字。

（四）發明許愼六書釋轉注義的"一首、同意、相受"爲造詞法暨語文應用法。

造詞法爲狹義，語文應用法爲廣義。造詞法分爲綴虛和聯實兩體：

1. 綴虛體即「一首」，爲詞綴綴詞法，"一"爲單字詞根，"首"爲詞綴，包括首中尾綴（Pre-fix, Midfix, Suffix），首綴如第一之第，中綴如試一試之一，尾綴如電腦化之化。

2. 聯實體爲一般構詞法，又分：平等系和不等系。

   1）平等系又名聯合、衡分、並列系，即「同意」，係將兩個字義相同、相近、相反或相隔，且站在平等地位單字組合成一個複詞，如和平、東西、開關、矛盾等詞。

   2）不等系又名主從、偏正系，即「相受」，即將兩個字義有主從、強弱、動靜、虛實、先後關係，詞性、功能相異，且"股權"

　　　　"票值"不平等的單字組合成一個複詞，如彩雲、奪目、推廣、
　　　　天邊、月亮。

（五）發明許愼六書釋轉注義的"一首、同意、相受"作廣義解釋時爲
　　　　語文應用法，如同部首、同聲符、同義字、同義詞、近義詞的系
　　　　聯、互訓、注疏，和虛實字辨識、通假字訓詁等方法。

五）針對楷書建立現代漢字構字理論：以楷書爲對象，建構字法：構位（Make
　　　Coodinate）、構貌（Manner）、構媒（Medium）、構材（Material）、構
　　　法（Method）、構型（Model），構築現代漢字，計 6M 或六構，稱爲
　　　「現代六書」。

六）規劃殷字剖組排式系統：建字母、字型暨組合方法以提升中文電腦智
　　　能和資訊處理品質的七個內容、步驟、方法：

（一）造殷字族（Establish Chinese Chracter Family），

（二）造殷字母（Establish Chinese Alphabet），

（三）造剖解法（Establish Dissecting Method），

（四）造組合法（Establish Combining Method），

（五）造排列型（Establish Word Pattern），

（六）造線排式（Establish Linear　Formula），

（七）造單碼系統（Establish Single Byte Code System）。

全案合稱「殷字剖組排式系統」，又名：線性規劃、七造、7E、線化七法。

七）實踐線化方案方面：

（一）建立剖解漢字的準據爲十判準。

（二）建立剖解漢字的方法爲十判法。

（三）建立組合漢字的方法爲五、十、十六組合共三種。

（四）建立漢字的排列模型爲 10 字型、41 字範、47 字式、64 字圖，合
　　　　稱「字型系統」。

（五）建立漢字字元 41 個（另有 36，47，50）、四十七字式。並建立筆
　　　　尾段方向、筆首段方向 暨 筆型三種排序方式，爲助記憶每式譜
　　　　一首歌。

（六）建立漢字包含 41 字元 147 字素在內的字母 188 個，爲助記憶並編

成歌。

（七）將全部漢字依：1 點線面排列形，2 交叉、包涵、相切、分離、孤立態，3 開口方向，4 邊框數量，5 字根書寫順序，6 筆畫書寫行進方向…等屬性，規範為 41 字範、47 字式、64 字圖，為助記憶並編成歌。

（八）建立漢字線性拼寫通式＝字型樹×字儀（首尾部字型）×字格（形聲排型）×字母鏈×字元鏈。共有 33 種分式。

（九）建立漢字母單位元組編碼系統（SBCSOCA，Single Byte Code System of Chinese Alphabet），使中文電腦直接由字母組合單字，毋需龐大字集。

八）應用方面

（一）建立卅三種 "字形排序法" 可用來編內外碼、排序、檢索、輸入。

（二）建立定型、定層、定儀、定母、定元 "五定一貫檢索法"，以科學化排字、程式化引得，革新傳統部首檢字法。

（三）建立兩系兩鍵兩制十法十八式漢字輸入法。其中 "十字型一貫法" 僅以十個鍵鍵三碼即可，使手錶型甚至戒指型電腦、手機可望實現。

（四）建立幾何、組合及形聲三種排列類型。又據組合排型擴充為 IXEFSO PYTH 十種字型及其分支而成字型樹；據形聲排型擴充為十二種形聲符位置分布型態。

（五）從英韓漢三種文字的排列方式比較及十字型分布統計，推闡出漢字宜採橫排右行下移的排行方式。

（六）建立組合、形聲、字式三兩種字型圖。

（七）建立模型、組合、加減造字三種電腦製字構想。

第五章　研究簡史

　　本論文所討論各章主題，大部分先輩們都已作過零星探討，惟限於篇幅僅就資料較豐富的應用項目：一字型、二字母、三剖解法、四排檢法、五輸入法介紹並討論。

第一節　字　型

　　廣義說凡能將文字作某種歸類，簡約成少數幾個類別，都是字型。所以六書應可說是漢字的第一種字型；而形符聲符的系聯，也是一種劃分字型的表現。但是就外形來歸納字型的，應以唐朝賈公彥為最早，他作《周禮疏》，取各形聲字部位之異分為六類：曰左形右聲如江、左聲右形如鴻、上形下聲如岑、上聲下形如衾、外形內聲如闍、外聲內形如聞。〔註1〕

一、杜定友氏

　　一）介紹：首先以外形及方位分辨字型的當推杜定友先生，他於民國 20 年出版《漢字形位排檢法》，分漢字形為八大類：

　　　　（一）縱形類：凡字可以直判為數組者，以在左邊第一組為部首。如杜。

　　　　（二）橫形類：凡字可以橫判為數組者，以在上邊第一組為部首。如定。

〔註 1〕參考謝雲飛著《中國文字學通論》，頁 277。

（三）斜形類：凡字可以斜判爲數組者，以在左上第一組爲部首。如友。

（四）載形類：凡字可以斜判爲數組，而左下部有一長捺或長鉤承載上部者，以左下部爲部首。如述。

（五）覆形類：凡字可以橫判爲數組，而第一組有一撇一捺覆蓋其他各組者，以上部爲部首。如公。

（六）角形類：凡字可以內外判爲數組，而外部包蓋其他各組之一角或兩角不成正方形者，以外部爲部首。如開。

（七）方形類：凡字成四方形者，以方框爲部首。如圖。

（八）整形類：凡字不可分判者１，依全字筆順排列。如史。〔註2〕

二）評論：杜氏以單字的總體形狀和偏旁位置劃分字型是優點。其缺點是沒有系統化的理論：例如無剖解、組合、排列等理論來支持他的「分型」決策，所以容易變成見招拆招 失去章法。例如：

（一）他說：「整（形類）字不能分判」，問題是在什麼情況下可以分判？什麼情況下不能分判？這分判的基準在那裡？因此，把“卓”列爲橫形字，而相同結構的“兄光克主”則列整形字。

（二）認爲：古的十與口，兄的口與儿，王的一與土，年的𠂉與牛之間「沒有距離」，不能分判，所以歸入「整字」；但却認爲男的田與力，呆的口與木，某的甘與木之間「有距離」，可以分判。不免令人質疑有無「距離」的根據何在？

（三）自壞原則：例如「縱形類」是凡字可以直判爲數組者，以在左邊第一組爲部首。但爲牽就傳統部首，把居右邊的“刂攵阝頁鳥欠”列爲部首；「橫形類」是凡字可以橫判爲數組者，以在上邊第一組爲部首。但爲牽就傳統部首，把居下邊的“灬心土鳥皿”爲列部首。

此後關於字型的研究漸多，就以近年出版的三本書來介紹：

二、葛本儀氏

1992 年初版 葛本儀 先生 主編的《實用中國語言學詞典》191 頁分合體字爲五大結構：

〔註 2〕見杜定友著《漢字形位排檢法》，頁 1〜7。

一）左右式：如群偉剛婚部謝泳打語。

二）上下式：如思字霸暫意音召皇。

三）半包圍式：如庸慶迷這旬句匣閑鬧凶。

四）全包圍式：如國固。

五）其他式：如激戀籃率器。

因該詞典僅繪圖型及舉例，無法知其分類準則，惟從其第五）其他式與一）左右式及二）上下式所舉例字，類型相同卻分兩類，所以分類不精。

三、傅永和氏

其次是 1993 年初版傅永和 先生 的《漢字七題》，第五題頁 140 至 146 頁首先分析合體字的結構有 平面分析法 和 層次分析法。

一）平面分析法：是把合體字一次分析出構字部件，依部件數分為

（一）兩部件類：有九種，如 向匹凶勾。

（二）三部件類：有廿一種，如 型部捆幽拋庶潤乖陪廂挺圍巫。

（三）四部件類：有廿種，如 闊匿歐彎蕊橔攝燃游腐韶窳剩筐遮。

（四）五部件類：有廿種，如 渤澡搞敲蒿綴。

（五）六部件類：有十種，如 歌豌衢灌豁翳臀麓瀛驥。

（六）七部件類：有三種，如 戀麟饕。

（七）八部件類：有一種，如 鼻囊。

（八）九部件類：有一種，如 懿。

二）層次分析法：是把合體字分級予以切分，依次分析到部件為止，又分
　　粗、細兩種分法，粗分法即上述葛本儀詞典所列者；細分法有十三種：

（一）左右結構：化挺。

（二）左中右結構：獄輒。

（三）上下結構：呆露。

（四）上中下結構：曼享。

（五）全包圍結構：回困。

（六）上三包孕結構：問風。

（七）下三包孕結構：凶畫。

（八）左三包孕結構：匣匡。

（九）左上包孕結構：厄尾。

（十）左下包孕結構：趄爬。

（十一）右上包孕結構：句氧。

（十二）對稱結構：弼斑。

（十三）特殊結構：哀衷。

四、何九盈 胡雙寶 張猛 氏

三是 1995 年初版的何九盈、胡雙寶、張猛先生主編《中國漢字文化大觀》76 至 79 頁根據部件與部件之間的方位關係分為十四類——大多數與前述傅永和的「層次分析細分法」雷同，僅多「右下包孕結構」如斗、「單體結構」如丈，而少「對稱結構」。

以上二、三、四計三種分型大同小異，缺點也相同：

第一是，不周延：如左右結構儘可併為一種，如要分開，那就要分得徹底無漏才好，例如有左中右三排結構，而缺四排結構如：鵝鬱脚 喉鳥 微見 羽敝 羽耳；上下結構。也一樣，缺五排結構如：寶。

第二是，不分明：單體結構如"丈甲我"與特殊結構如"夾爽"，如何區別？標準是什麼？

第三是，欠缺：①傾斜三包孕結構，如夕 多；②上包孕結構，如今俞公；③左三包孕結構，如 彐𠃜号。

第二節　字　母

與英文等拼音文字比較起來，漢字沒有嚴格定義的字母（Alphbet），但有地位和功能類似的字根（Root），這「字根」的意涵也是相當豐富而不確定，甚至人言人殊的，不過一般常用的部首、偏旁、形符、聲符倒是可以為大家認同接受的字根。為簡化敘述，我們把部首和形符視為等義，偏旁和聲符同質。

一、在形符方面，就許慎《說文》統計有 540 部首，明・梅膺祚撰《字彙》併為 214 部，周何、邱德修、莊錦津、沈秋雄、周聰俊編《中文字根孳乳表稿》有 265 個原始形符。

二、聲符方面，據朱駿聲《說文通訓定聲》有 1137 個，段玉裁《古十七部諧聲表》有 1525 個，江有誥《諧聲表》列 1139 個，陳新雄先生《古音學發微》1255 個，周何、邱德修、莊錦津、沈秋雄、周聰俊編《中文字根孳乳表稿》有 869 原始聲符，余迺永《上古音系研究》列 1256 個，竺家寧《聲韻學》列 973 個，杜學知據沈兼士《廣韻聲系》編《古音大辭典》列有 1134 個。

以上形、聲符均不宜直接用作字母，只能作為拼字的輔助說明，主要原因是數量太多，其次缺乏相應的組合方法。

三、如拋開形聲符，以純符號的觀點來設計，近來有幾套值得注意，茲依出版先後簡介如下：

一）李豔林先生撰《中國文字現代化之研究》分"字母"為兩合字母 517 個，字首 216 個，合計 733 個。

二）曾麗明先生撰《實體筆形字母碼檢字法》分字形為 26 種 88 基本筆形，配賦於 26 個英文字母，編成 9368 單字筆形字母碼。

三）據交通大學林樹教授從 8532 個常用字分析得三百五十多個字根，杜敏文教授則析出 588 個字根，並據以組合 8532 字編成《漢字綜合索引字典》。

四）趙子明先生撰《筆順字形中文資訊排檢法》分字形為 21 類 327 形，配賦於除 UVWXY 以外的 21 個英文字母，列舉 4808 字編碼。

五）王竹溪先生編纂《新部首大字典》〔註3〕有 56 部首，構字約五萬。

六）陳愛文、周靜梓先生發明的"表形符號編碼檢字法"，以它編成《表形碼編排漢語字典》分字根為 31 類 370 形「即為漢字的原形字母」，配賦於 1、2、3、4、5 數字鍵暨 26 個英文字母，列舉 7133 字編碼。

從以上可略知除曾麗明先生 88 基本筆形及王竹溪先生 56 部首，數目較少外，其餘似可以借用謝清俊教授 評杜氏 588 個字根「還是太多了」的話來評李、杜、趙、陳、周氏系統。至於曾先生 88 基本筆形是較少的，但一形中仍蘊有多種變體，如"力又大"併入 X 種，故實際上不止 88 筆形。王先生 56 部首固然相當精簡，但和曾先生一樣，一個部首下含有多個變體——以「部首表」為例，

〔註 3〕本字典為王先生遺著，1980 年完稿，而王氏於 1982 年逝世，1988 年才初版，故王氏著作當早於趙子明先生著作（1983 年）。

就例舉出 100 個變體，連同部首合計 156 個，實際上還不止此數。此外，它們還有共同的缺點，就是沒有說明如何將字母或部首組合成單字的過程。

第三節　剖解法

漢字有 98% 以上為形聲會意的合體字，它們由形聲符組合列成，其餘為象形指事的獨體字或稱意符。在識字教學上，這方法有它的價值，隨科技之蓬勃發展電腦應運而生，這種分析為形聲符的傳統方法在輸入法及檢索法上便不管用，因為單就數量就非常驚人了，但把它拆解到一筆一畫，頂多 40 種，簡是簡了，但組合程序又太煩瑣。因此，如何在形聲意符與筆畫間擘劃出"拼形專用"的漢字字母，〔註4〕是重要之務。

目前各家努力的重心全放在「目標」上，即部件的形式、範圍，據傅永和先生研究：〔註5〕

一、一派〔註6〕認為：部件必須具有區別漢字音、義的作用，而不是隨便的一種筆畫組合單位。從存在形式看，部件必須是一個獨立的書寫單位，不管其筆畫如何複雜，凡是筆畫串連在一起的，都作為一個部件看待。如事、乘、串、重、出等。

二、一派認為：部件就是漢字的偏旁和部首，包括部首中的橫、豎、撇、點、折五種基本筆畫在內。

三、一派認為：部件是構成合體字的最小筆畫結構單位，其下限必須大於筆畫。從存在形式看，它是一個獨立的書寫單位，不管筆畫如何複雜，凡是筆畫串連在一起的，都作為一個部件看待。部件並不一定都具有音、義，有的有音、義，有的則沒有音義。

四、傅永和先生本人 則認為：部件是構成合體字的最小筆畫結構單位，其下限必須大於基本筆，上限小於複合偏旁。從功能上看，部件並不一定都具有

〔註4〕大陸學者把它稱為部件或字素或字元或字根等，且定義、層次、範圍不一。本文把字族分為單字—字根—字母共三級，字根廣義指字的任何一部分，狹義指傳統的偏旁、形聲符；字母，其地位、功能相近似於部件，詳第肆篇第四章。

〔註5〕以下四段摘錄自，傅永和著《漢字七題》，頁 54～55。

〔註6〕原文如此，未指明何人主張。下同。

音、義；從存在形式看，它是一個獨立的書寫單位，不管其筆畫如何複雜，凡是筆畫串連在一起的，都作爲一個部件看待。

　　筆者觀察他們都有一個缺點：只追求剖解的目標或目的，而忽視剖解（或稱切分、拆分、分解、拆解）的「準據」和「方法」，所以特闢第肆篇第五章談判的、判準及判法。

第四節　排檢法

　　民國十七年十二月，萬國鼎先生撰《四十種檢字法述評》一文，可知新的檢字法這時已達 40 種之多；到了民國廿二年十二月，蔣一前先生撰《漢字檢字法沿革及近代七十七種新法表》一文——計五年時間，新的檢字法，由 40 種增加到 77 種。民國廿二年到現在民國八八年，計六十六年，在這一段期間，新的檢字法，又增加了多少，雖然沒有人統計過，但仍屢有新的嘗試，更見迭出，就台灣所見，有杜學知先生著《漢字首尾二部排檢法》（1962 年），趙友培先生著《定位分部檢字法》（1973 年），傅丘平先生著《五級檢字法》（1988 年）等。大陸方面，以其廣土眾民，推想成書更多。〔註7〕所以，保守估計當有一百種以上。

　　這百種檢字法可以大別爲形音義三類四種：

　　　一、按事類編排的有《爾雅》系列的「雅書系統」。

　　　二、按部首（或義符）編排的有以許慎爲首創的《說文》及《字彙》《正字通》《康熙字典》系統。

　　　三、按字形編排的有畫數法、母筆法、首尾法、析形法、形碼法等爲晚近新創；

　　　四、按聲音編排的，有依韻部編排的《切韻》《廣韻》《集韻》系統，另依注音符號、漢語拼音編排則爲民國以後出現。

　　對於如此多的檢字法我們不禁會問，是什麼原因呢？這應從兩方面作答：一是從漢字本身說，它的組織太複雜，結構因素和排檢單元太多；一是從檢字法說，它的最關鍵、最肯綮之處及最核心、最具決定性的因素，還沒有被發掘、提煉出來。我們認爲：

〔註7〕就筆者所知有陳愛文　周靜梓發明的"表形符號編碼檢字法"及王永民發明的
　　　　"五筆字型編碼檢字法"，亦用於鍵盤輸入。

一）形音義三類檢字法中，形為目治，音為耳治，義為腦治；腦治最難，蓋必須腦海裡先明白了該字意義，才能定其義類，但義有本義、引申義、假借義之別，各別義下又分若干小義項，如此錯綜複雜，就是專門研究者尚不能妥為辨證，何況初學者。其次，耳治聞音知類，循聲索字，最為便捷，然盲點亦在此，若不知音讀，便不得其門而入。相形之下目治最易，蓋眼見為真，又不受時空、語音、語種等限制，所以發展形檢系統是一條康莊大道。

二）漢字形構最複雜的癥結所在厥為排列形態，亦即字型；字型統合方向位置、開關形狀、組合方式等框架，框架下就是排檢單元或書寫單元或組字單元，我們稱做字根或字母。有了字型和字母，就能把單字迅速擺放到適當位置要找它時，也能手到擒來，筆者將它設計成擁有「定型、定層、定儀、定母、定元」排檢法，因以十字型為綱領，所以也稱作「十字型排檢法」。

第五節　輸入法

輸入法脫胎於舊日的打字法，現專指將漢字"打"入電腦的方法。目前將漢字打入電腦的方法有語音、掃瞄、書寫、鍵盤四大類型。前四者與形構無關，且非主流方法，存而不論，只談鍵盤輸入法。鍵盤輸入法內又有內碼、注音、拼音、字形諸種。

鍵盤輸入法和排檢法或檢字法是孿生兄弟，只要有完整的排檢法或檢字法，稍加調整就成輸入法，如杜學知先生撰《漢字首尾二部排檢法》（1962 年），後有《中文電腦百部輸入法》（1984 年），陳愛文、周靜梓發明的"表形符號編碼檢字法"，後有《表形碼輸入法》〔註8〕及王永民發明的"五筆字型編碼檢字法" 後有《五筆畫碼輸入法》。但也不乏只有「輸入法」而無「檢字法」為理論先導的，如台灣目前通行的倉頡、大易、行列、輕鬆、王碼、嘸蝦米等輸入法。

據郭治方《漢字鍵盤輸入技術發展情況綜述》一文〔註9〕報導至 1986 年已有漢字編碼方案達五六百種之多，形形色色，所以有人謔稱為「萬碼奔騰」。但開發成輸入法等應用產品者則為數不多。

〔註 8〕見陳愛文、陳尚農、周靜梓著《新編電腦打字七日通》。

〔註 9〕原載 1986 年 6 月中國中文信息研究會出版《中文信息處理技術發展現狀與展望》，頁 77。

這裡要對現行幾種輸入法作個介紹。台灣方面有注音、倉頡、大易、行列、輕鬆、王碼、嘸蝦米等法，除注音法按注音符號解碼爲聲、韻、調外，其餘各種方法均屬字形輸入法，所以基本上可說大同小異，都是：

1、拆字，拆成數百字根；

2、將數百字根依筆畫或音義特徵「壓縮」爲數十型，稱之爲字根或字母；

3、使用標準鍵盤，一字根或字母搭配一鍵；

4、重碼字不少，須選字。

爲節約篇幅，茲就使用人數較多的前四種倉頡、大易、行列、輕鬆法概要介紹並略作評價。

一、倉頡法

是朱邦復先生於 1981 年提出，其法：

一）從漢字歸納出一百個「基本字形」，又稱爲「字根」再用這些字根相互組合便可造出大部分的漢字，爲了配合電腦標準鍵盤的使用，再將相似字根歸併爲 24 個，計：

（一）哲學類──日月金木水火土，

（二）筆畫類──竹戈十大中一弓，

（三）人身類──人心手口，

（四）字形類──尸廿山女田卜，稱之爲「倉頡字母」，每個字母平均蘊涵 4 個字根。

二）取碼法：

（一）先判斷連體字與分體字，

（二）連體字直接取首、次、三及尾四碼，

（三）分體字分作字首與字身，字首限取兩碼，超過者取首尾二碼；字身限取三碼。

三）輔助字形：24 字母所代表的字根可以造出大部分漢字，但仍有部分造不出來，因此而有輔助字形的設置。輔助字形共 85 個字形，〔註10〕分別歸併入

〔註10〕本段據螢圃電腦出版社 1989 年版《文書處理》第二章「各種輸入法簡介」撰寫。於 24 字母外另有 75 個輔助字形，後來增加至 85 個。連同基本字形共 185 個。據聞已推出第五代，字形是否又有增加，待查。

24 字母內，例如 丿 厂 歸入 "H 竹"，匸 ㄈ 丿 丁 歸入 "S 尸"， 丨 ㄅ ㄨ ㄎ ㄟ 乙 歸入 "N 弓"。

我們認為倉頡法能開風氣之先，在民國 70 年以比拉丁 26 字母還要少的 24 鍵，用電腦拼出大部分的漢字，這對中國人及中國文化來說，是非常了不起的貢獻，因為它打破了漢字面對拼寫簡單的拉丁文字的窘境，以及一直難以機械化的困境，使國人恢復對漢字的自信心，間接促成台灣資訊及電腦工業的發展。但是也不諱言它比後出同系統的字根輸入法存在更多缺陷。我歸納為四點：

　（一）字母的形狀與實際字形差異太大，如 丿 厂 歸入 "竹"；

　（二）字母內各字形之間的連繫過分牽強，如 丨 礻 㞑，形狀迥然相異，毫無一點「緣分」，竟能團聚在 "中" 字母下；

　（三）相反的，有些字形相似，卻未能團聚，竟硬作分離，如 广 疒 相近似，前者歸入 "戈" 字母，後者納於 "大" 字母下，分道揚鑣；

　（四）取碼規則繁複而支離，又有很多例外。

以上四點又互為因果，故造成「變形太大」「解碼困難」「錯誤偏高」的重大弊病。總而言之，就是對字形的分析不徹底，對字根的歸納不完善造成。

二、大易法

為王贊傑先生於 1987 年推出，基本上是師法「倉頡」而青出於藍者，其法：

一）從漢字歸納出 253 個「字根」，再用這些字根相互組合便可造出大部分的漢字，為了配合電腦標準鍵盤的使用，再將相似字根歸併於 7 類 40 個「字根鍵」，「字根鍵」相當於「倉頡法」之字母，計：

　（一）五行類——金木水火土，

　（二）人類——人心口言耳目手足女，

　（三）動物類——牛馬鹿犭虫魚鳥，

　（四）自然類——日月山石雨，

　（五）田禾米竹艸，

　（六）工藝類——工車舟糸革立，

　（七）其他——四王。

每個 "字母" 平均含 6 個字根。

二）取碼法：依筆畫順序，按能涵蓋最多筆畫之字根，分別取首、二、三

及尾碼，最多四碼，餘省略，且寫過之筆劃不再取碼。

我們認爲大易法不論字根分類或取碼法都比「倉頡」法優異。由於多了 16 鍵，使得字根分類得到較合理的安排；由於取碼之位置、對象、順序、數目明確而固定，使解碼困難降低很多；其次，它可以單字、複詞混合輸入；這些是它的優點。缺點方面與「倉頡」法相似，只是沒有那麼嚴重。例如把丨丿併入"言"字母，丨乚併入"月"字母，夊、夂又乂併入"水"字母，乂併入"王"字母等等都非常牽強，除了強記死記外別無他法。

三、行列法

由倚天資訊公司於 1986 年推出，其法：

一）從漢字歸納出 240 個「字根」再用這些字根相互組合便可造出所有的漢字，爲了配合電腦標準鍵盤的使用，再將 240 字根精心規劃成：原形字根與複合字根兩類，共 73 組，其中某些組分割爲 2 至 3 個分位，全部共 88 位置，安置在 10 縱行×（10＋1）橫列＝110 個坐標位置上，稱之爲「字根坐標」。橫列有 10＋1＝11 列，分別配入四列鍵盤，計最上列即數字鍵分配爲 6、5、4、3 列，2、1 列分配於 Q 列鍵，0、9、8、7 列分配於 Z 列鍵；以上共十列，安置「複合字根」，以該字根的首尾「基本筆形」編號，計 63 類分布 71 位置。

二）餘一列叫「基本筆形列」或「原形字根列」，爲字根之字根，使用率最高，特放在最容易打的 A 列鍵，計 10 類分布 17 位置。全部共用 40 鍵。

原形字根 49 個，分爲十類：「1 橫、2 撇、3 直、4 交、5 順彎、6 點、7 蓋、8 逆彎、9 方正。」

三）取碼法：依書寫順序，取一二三及尾碼四個之字根。

四）附加功能：重複字處理、容錯副檔、線上諮詢指點迷津、特殊符號輸入。

我們認爲行列法的字根分析、分類及鍵位安排尚合理，是目前最科學化的輸入法，另外取碼之位置、對象、順序、數目明確而固定，使解碼困難降低很多是其優點。缺點是：

（一）鍵位稍多，有 88 位置，記憶稍困難，如每次以行列法判斷字根所在位置，形成負擔。

（二）也有「同鍵甚至同位內各字根之間的連繫牽強」的缺點。

四、輕鬆法

為高衡緒先生於 1990 年推出，基本上是師法「大易」而青出於藍者，其法：

一）將相似字根歸併成 47 個「字根鍵」，

二）取碼法：左上右下兩鍵完成，

三）附加功能有：

（一）可以單字、複詞混合輸入，

（二）可以打出希臘、羅馬、注音、箭頭、全形、星號、數學、音標、歐文、港字、圈圈、黑圈、括數、國數、趣味、排版、俄文、假名、漢拼、八卦、鍵盤、字根、生化、單位、雙拼、分數、圈英、黑英、點數、直點、美術、表框，

（三）可以進行線上動態及靜態加詞。

至於大陸方面也有幾種輸入法，因軟硬系統皆異於台灣，也無人使用，故不列入介紹及評論。

第貳篇　一般理論

　　本文第二部分爲「構造理論」，由「一般理論」「六書理論」與「線化理論」三篇構成。一般理論篇係從歷時〔註1〕角度，根據屬性、結構、強弱三方面對漢字加以分析、詮釋和鑑別，加深對漢字的認識與評價；六書理論篇，從現代語言學觀點重新詮釋六書爲造字法、造詞法、用字法兼造字詞史。以這兩個理論爲基礎，理出電子化數位化時代，漢字的因應之道和改革路線在於「線化」——線化理論篇，係從共時角度，建立現代漢字的一般構造原理，作爲線化的理據和指導原則，然後進行楷書線化的基本規劃和建設。

〔註1〕語言研究的一種方法，用以研究語言中一切與變化有關的現象。由於文字爲書面語言，本文借其觀念研究漢字中一切與變化有關的現象。

第一章　屬　性

第一節　概　說

屬性（Attributum）　本是哲學名詞，指事物本身所具有的特質。本文用以指漢字的基本特性。

漢字是形音義三元素密切結合的漢語有形載體，其屬性即自三元素輻射出來，一般而言有：（1）字型（Pattern，如 IXEFSOPYTH 十字型）、（2）字體（Font，如楷隸行書）、（3）字形（Glyph，如正俗繁簡形）、（4）字格（Gestalt 的音譯，本文用在形聲符的分布位置）、（5）字樣（Type-face，如高解析度者可表現筆鋒粗細）、（6）字音、（7）字義、（8）字數、（9）字頻、（10）字序、（11）筆形、（12）筆數、（13）筆順，以及（14）文字類型、（15）形音義聯繫方式、（16）字根排列方式、（17）字根組合方法等屬性。它們是漢字電腦化中研製有關規則和建立標準的基礎。所以認識和掌握它們對提高中文電腦的功能大有助益。

本章基本上是對漢字的屬性的定性分析（Qualitative Analysis）。定性分析本是化學名詞，指鑑定物質中含有那些元素等。首先，我們體認漢字是形音義內外三才一體的化合物結構，所以就應用這種理念對它進行分析，但不久發現：僅是鑑定漢字含有那些要素和特質，還是不夠的，因此，就把觸角擴大到定量分析（Quantitative Analysis）和定性定量研究（Qualitative ＆ Quantitative Study）上

去。具體說，是從形音義三層面，考察漢字的性向、本質、功能、位階、數量，特別著重從形構的角度，進行全面而細密的分析，掌握它的特性和內外關係，揭櫫決定及制約漢字靜態性質與動態變化各種因素和發展的內在規律，爲漢字定性、定質、定量和定位。然後根據它發展漢字構造理論與應用系統。

1986 年 12 月 2 日至 6 日中國社會科學院在北京召開「漢字問題學術討論會」，討論的內容包括：漢字的性質、功能發展規律、漢字與中國文化、漢字改革等。與會者除了文字學者外，尚有各領域的專家，分別從語言文字、系統論、信息論、心理學等層面對漢字進行論述，也對一些長期爭論的問題進行研討。

也許是第一次針對這問題討論，所以有很多論點，還處於各自表述，各說各話，沒有交集。譬如對於漢字是一個怎樣的文字，大家意見很不一致。從把漢字叫做意音文字 到形音文字、形聲文字、表意文字、音標文字、意音表詞的方塊符號文字、複腦文字、語素文字……等名稱都有，就可以看出認識上的差異是很大的。

不過，其中高家鶯先生提出幾點意見，值得重視。一是漢字的研究方法必須合理化、科學化；其次，認爲歷史上的文字改革都是由當時信息技術（書寫工具）引起的，今天爲適應新的電腦信息技術，漢字自然也要進行改革，最重要的是必須使方塊形的平面文字線性化，就是要使漢字成爲由少量符號順次排列成的線性文字，如西方拼音文字那樣，以滿足電腦化的要求；再次，認爲研究任何一種文字都必須判定該文字的性質，因此，定性的材料非常重要，而定量研究更是定性分析的基礎。〔註1〕

筆者與高先生觀點不謀而合。所以本文在第壹篇「緒論」後緊接爲第貳篇之首章列出屬性分析，就是想透過對漢字性質的解析，設法將漢字的生理、個性及能力顯影出來，作爲舖展以下各篇章的指針和準則，所以本章與以下各章節密切相關，遇相同項目，則儘量從不同角度概括，其中字句難免重複，目的無非求豁顯其義，深化論點而已。以下以：

一、○變形態

二、一詞造形

〔註 1〕摘要高家鶯〈漢字研究方法的改革趨向〉文載《漢字問題學術討論會論文集》，頁91〜99。

　　三、二維結構

　　四、三才一體

　　五、四象形文

　　六、五筆組合

　　七、六書原理

　　八、七體風格

　　九、八卦坐標

　　十、九宮位置

　　十一、十全型式

　　十二、一一均衡。

　　計十二個條目，作深入具體描述。如一項有數目者，以第一目爲主要義，其餘爲次要義。在內容上，是綜合漢字三要素形音義，而以字形和形構爲重心；在意見上，有規撫前人發明者，也有筆者獨創見解。

第二節　○變形態

　　是從語法範疇角度說明漢字緊密跟隨漢語，沒有「形態變化」（Morpho-logical change）。猶記得初中時讀李其泰先生編的英文課本第一冊第一課只有三句：I am a boy。You are a girl。It is a cat。其中 am，are，is 爲聯繫或判斷動詞，相當於漢語的「是」，但漢字用同一個字（詞）表示，而英語卻用三個不同的字（詞）表示，讓我首開眼界。日文也跟英文一樣，有形「態」變化，例如 "來"，其未然形作 "こ"，連用形作 "き"，基本、終止、連體形作 "くる"，假定形作 "くれ"，命令形作 "こい"，其他在形容詞、形容動詞、助動詞方面亦皆有「形態變化」。

　　總計漢語及漢字在：1. 性（genders），2. 數（numbers），3. 格（cases），4. 稱（persons），5. 時（tenses），6. 相（aspects），7. 態（voices），8. 式（moods），9. 級（degrees），10. 體（styles）十個範疇上，〔註2〕都沒有形態變化，所以語

〔註2〕一般語法書頂多只列（1）～（9）種。第十種「體」爲筆者考察日語和藏語後加上，如日語／文因說話對象之尊卑、親疏和場合之莊嚴、輕鬆而選用「常體」「敬體」「最敬體」和「敬語」「最敬語」等類別，漢字則不變，或頂多改詞彙，如「來」

法非常簡潔，爲外國人所驚嘆。誠如美國學者 Dr. Rudolf Flesch 在 "How to write, speak and think more" 一書中寫到：

> 你會發現中文實屬單純，試想其他語言以及使之困難的那些東西：動詞變化，名、代名、形容諸詞的語尾變化，不規則動詞、奪格、虛擬法、不定過去。使每一個初學法文、德文、拉丁文、希臘文的學生，無不望而生畏；對於學俄文或梵文的人，那就更不用說了。中文是被稱爲「沒有文法」的語言。若把其所沒有的東西，列舉出來，眞令人吃驚：它沒有詞形變化（inflections），沒有格，沒有人稱，沒有性別，沒有數，沒有時式，沒有語態，沒有語氣，沒有不定詞（infinitives），沒有分詞（parti-ciples），沒有動名詞（gerunds），沒有不規則動詞（irregularverbs），沒有冠詞（articles）。〔註3〕

第三節　一詞造形

　　一詞造形，指漢語中的一個「詞」與一個漢「字形」作「一對一的對應」，亦即造字時，以一個「詞」造成一個「字形」。這是從語法單位的角度來說的。

　　漢語的語法單位有語素、詞、短語、句子和句群五級。這五級都是語音和語義的結合體。它們在漢語中所處的位次級別不同，作用也不同。漢語基本上是由這五級語法單位運用一定的語法手段，按照一定的組合方式，由小到大逐級組合起來的。〔註4〕

　　語素，又稱詞素。據呂叔湘先生《漢語語法分析問題》一書：「最小的語法單位是語素，語素可以定義爲：最小的語音、語義結合體。」〔註5〕

　　語素是漢語中最低一級的語法單位，是構成詞語的建築材料。有的語素，單獨可以成爲詞，成爲語言中的一個造句單位，而許多語素卻不能，它必須跟別的語素運用直接組合的語法手段組合起來，成爲詞或成語之類的語言單位後

　　改用「光臨」、「賁臨」、「蒞臨」、「駕臨」表示。

〔註3〕見杜學知《漢字世界語發凡》，頁78～79。

〔註4〕見甘玉龍、秦克霞編著《新訂現代漢語語法》，頁10。

〔註5〕見陳高春主編《實用漢語語法大辭典》，頁305。

才能造句，而它表示的意義和詞比較起來，就顯得不夠明晰、穩定，所以，它只能作為語言中的備用單位。

據胡雙寶先生研究漢字與語言單位的關係，認為「漢字大致與語素（≦詞）對應的，漢字可以稱作語素／義素文字」。〔註6〕

又據李行健先生的研究：「把漢字叫做特殊的語素文字是比較合理的。每個漢字都同漢語中的某一個特定的語素相聯繫。」「漢字發展中字形不斷分化，反復增換形旁、聲旁或造新字，都是為了保持語素文字的特點所要求的」。〔註7〕

筆者認為宜從歷時的角度，追溯漢字初作時，文化和物質條件都還相當簡樸，每造一個字，必扎扎實實作一個字用，也就是所造出的每一個字，都必然是「具有固定的語音形式和確定意義的能夠自由運用的最小的造句單位」〔註8〕的詞。也就是說：倉頡之初作書，必然「語無虛發，字無虛造」，一詞即一字，一字即一詞。不可能據不能獨立成詞的「半自由語素」「不自由語素」，或不表示實在意義的「虛語素」「半實語素」「半虛語素」〔註9〕寫定為象形文；或以象形文去捕捉那些不表示實在意義的「虛語素」「半實語素」「半虛語素」的。

雖然漢字是以「詞」為單位而不是直接以「語素」造成的，但用語素這個概念來表述現代漢字的性質，仍然有不可取代的價值。從語素層面來說，原始漢字的性質可以解析為：單音節語素＋自由語素＋實語素。

單音節語素是由一個音節構成的語素，這是漢語語素的基本形式，自古及今，漢語語素一直是以單音節為主的，它在漢語語素中佔著絕對的優勢。據統計，現代漢語中共有單音節語素四千多個，佔語素總數的95％以上。〔註10〕如牛馬羊犬鹿虎龜。今天，國語（以北京音為基礎的漢語）約有416個音，若加聲調，則有1359個單音節，〔註11〕平均一個音節負載3個語素。

〔註6〕見胡雙寶撰〈關於漢字的性質和特點〉文載《漢字問題學術討論會論文集》，頁117，119。

〔註7〕見李行健撰〈漢字優缺點的再認識〉文載《漢字問題學術討論會論文集》，頁133。

〔註8〕見《新訂現代漢語語法》，頁27。

〔註9〕半自由語素、不自由語素、虛語素、半實語素、半虛語素之名見《新訂現代漢語語法》，頁17～19。

〔註10〕參《新訂現代漢語語法》，頁13。

〔註11〕筆者據上海辭書出版社《辭海》1989年版縮印本2430～2474頁《漢語拼音索引》

　　自由語素是既能獨立成詞，也能與別的語素自由組合成詞。如水：水災、水資源、水火不容。

　　實語素指意義實在具體，可作為名、動和形容詞的。如日月、行走、快速。

　　另外，漢語詞義也一直是以單義佔多數，以後經歷複雜的演變，才出現一詞多義現象。〔註12〕其次，即使有多義現象，但在具體的詞中，都是以一個意義，即一個「義項」為單位出現的，例如"灰"是多義詞素，當它參與構成："灰塵"一詞時，"灰"表示著"塵土"的義項；當它參與構成"灰燼"一詞時，"灰"表示著"物質燃燒後所成的粉末狀東西"的義項；當它參與構成"灰心"一詞時，"灰"則在"灰燼"的基礎上發展成為"像灰一樣不再能發光發熱"的意義；當它參與構成"灰頭土臉"一詞時，"灰"又在"灰塵""灰燼"的基礎上發展表示著"臉上滿布黑暗灰塵毫無光彩，又像灰燼一樣沒有生氣"的意義。

　　由此可知漢字尤其是初文，本來是一字一詞，或一形一音一義的。〔註13〕形是外在，音義是內涵，有音義即成詞。茲把詞的成分定為：1詞＝1音節＋1義項，並且特製一個「譺」字，唸作「詞」，表示原始漢語"詞"的內涵為「單音節單義項」。而外在的形在初文為象形，是將詞的具體形象描繪而成，如「象」字即畫成象長鼻大耳粗腿細尾之形，因此，形是詞的顯像或定影。誠如林尹先生指出：

> 中國全部文字，是由五百個左右的「初文」構成的。每一個初文都是一個「觀念」的單位，也就是「詞」，我們叫他「原始的單音詞」。
>
> 由初文合體而成「字」，也是一個「觀念」的單位，還是一個「詞」，我們叫他「後起的單音詞」。〔註14〕

　　統計，得1367音節，扣除8個音譯複音節，實得1359個單音節。

〔註12〕見程湘清主編《先秦漢語研究》，頁8。

〔註13〕安子介先生說：「漢字的每一個字是一個音的單位，是一個獨立的方塊形，一般說來又是一個意義單位。」見《昭雪漢字百年冤案》，頁105。按：與筆者說法相近，但沒有明確點出是一個音節、一個義項。

〔註14〕見林尹《文字學概說》，頁25。初文，指「依類象形」文，包括象形、指事文。見頁1～3，64。

所以，似可以用簡單的算式描述漢字的內外涵爲：

字＝1 音節＋1 義項＋1 象形＋（1×1）方塊。

　＝1 音義＋1 象形＋1 方塊

　＝1 詞＋1 象形＋1 方塊。

其後，因隸變緣故，使象形之意象稍減，符號之意味加濃，但大體說，仍不離象形之輪廓。

"1 音節＋1 義項＋1 象形"已分析如上，至於"1×1 方塊"則表示漢字的幾何造型，這是漢字外形上迥異於拼音文字的字（word）之顯著特徵。

綜合上述，漢字與其說是語素文字〔註15〕，不如說是詞文字，更具體表述則是：以 1 義項＋1 音節＋1 象形爲基礎的形音義三組合的方塊文字。筆者並特造一"意彡"字來表示音義三位一體的特徵。"彭"，唸作「字」。

所以，基本上，同意美國語言學家 Leonard Bloomfield（1887-1949）在《語言論》中說「漢字是詞文字」，及 I .J.Gelb 在《文字研究》（A study of writing）中說漢字是「詞——音節文字」（word- syllabic writing）的講法。〔註16〕蘇聯語言學家 B.A.ИСТРИН也如是說。〔註17〕

不過，後來漢字隨漢語漸多不自由語素如"老－　初－　阿－　第－"詞頭，"－子　—頭　－手　－兒　－家　－員　－性"詞尾，多音節語素如"徘徊流連窈窕"的影響，有不少字／詞漸弱化爲不能自由運用的語素。蘇聯語文學者 B.A.ИСТРИН氏也指出：

> 漢語的構詞法幾乎只通過原來單音節詞組合方式來進行。這使得表
>
> 示這種單音節詞的漢字，由詞的符號變成詞素符號，而它的文字也
>
> 相應地逐漸由表詞文字變成了更完善得多的詞素文字。〔註18〕

因此，爲適應漢語的現狀，我們接受漢字是語素文字的主張，但還是用「詞—

〔註15〕趙元任先生提出，見趙著《語言問題》頁 144，北京，商務印書館，1980 年版。

〔註16〕見裘錫圭著《文字學概要》第二章〈漢字的性質〉，頁 13。

〔註17〕B.A.ИСТРИН氏說：「古漢語、蘇美語中所有的或多數的詞都是單音節詞，有助於表詞文字的形成。」見左少興譯，蘇聯 B.A.ИСТРИН氏著《文字的產生和發展》，頁 99。

〔註18〕同上，頁 156。

一音節文字」名稱，只是「詞」的含意包括：詞和詞素或語素。

「一詞造形」產生的連鎖反應，可分正反兩面，詳如第三章強弱分析。

第四節　二維結構

一、二維排列

漢字外表最大特徵，一是 1×1 方塊，二是擁有二維排列。此處的"排列"是"幾何排列模型"的簡稱，又簡稱爲幾何排型、排列模型、造型。

幾何排列模型是據組字分子（如字母、字根）之數目、出現次序、組合關係和分布位置等所映現之圖形的概括，有點、線、面三種造型。點、線造型是一維排列模型，面造型是二維排列模型。

一）一維排列模型

就世界各文字言，除漢字及韓文有二維排列模型外，其他各種文字可說都是一維排列模型。如英文 This is a boy。a 爲單純一維點造型，其餘 "This" "is" "boy" 各字爲一維線造型。一維排列模型的優缺點，舉英文爲例：

（一）優　點

1. 表述方式單純，效果爲清晰、精確，利於口頭傳訊、教學；如要述"美麗"這字／詞（word），就逕以"beautiful"共九個不同字母"一字排開"即大功告成。

2. 不論電傳或電腦化均只用到廿六個字母，以簡馭繁簡便至極。

3. 廿六字母有讀音有次序，便於編字典及索引。

4. 廿六字母不止拼音成詞，也拼"形"成字。

5. 字與字間有一空隔，便於句讀、斷詞，並避免如漢文「下雨天留客天留我不留」，因句讀、斷詞不同而生的語意分歧。

6. 透過首字母之大小寫，能辨詞類尤其對專有、普通名詞之預示功效很大，並避免如漢文「包大人成人紙尿褲」「花老師三天特別教學使她受益不淺」「麻子姑娘很漂亮」中，因"包""花"和"大人""麻子"之爲「動詞」或「形容詞」或「專有名詞」或「普通名詞」之詞性而有不同解讀。

（二）缺　點

　1. 印刷費紙，〔註19〕電腦儲存佔空間。

　2. 閱讀費時——必須全字看完、唸完，才弄懂意思。

　3. 難表現書法藝術及對聯、律詩文學之形式整齊美。

二）漢字排列模型

漢字排列模型有點、線、面三種造型：

　（一）點造型：當字根數 n＝1，且筆畫數爲一畫時。如○一乙丨丶乚丿
　　　　フノ乀乚乁く乚フ

　（二）線造型：當字根數 n≧2，且各字根立足點均同在一水平直線時。
　　　　只有左右造型：（1）切合次造型→卜卜卡 к Ю н，
　　　　　　　　　　　　（2）分離次造型→如林相川小亞北羽門鬥。

　（三）面造型：當字根數 n≧2，且字根立足點不在同一水平直線上時，
　　　　簡稱“面型”。依組合方式分爲三個次造型：

　　1. 層疊次造型：依字根書寫（排列）方向，又分爲三個細造型

　　　1）上下細造型：（1）切合微造型→ ⼟上千下工正王。（2）分離微
　　　　　造型→二三昌炎亘畾殳兒旮，燚驫靐靈；鑫森淼焱垚姦，棶棻，
　　　　　品桑磊㗊；叒犇猋，畾。

　　　2）傾側細造型：（1）切合微造型→人久，（2）分離微造型→多彡
　　　　　厶彳。

　　　3）斜敘細造型：（1）切合微造型→入厶，（2）分離微造型→丶 彡丬
　　　　　冫。

　　2. 套疊次造型：依外框形狀分爲五個細造型

　　　1）匣匡細造型→同匠幽夕彐；

　　　2）原匡細造型→司令合仄凵；

　　　3）迂迴細造型→馬与弓己巳；

　　　4）圜圍細造型→回國目日曰；

　　　5）巴巳細造型→巴巳尸戶且。

　　3. 交疊次造型：十七九又巾中弗木東束柬畢曲冉。

　　二維排列模型的漢字優缺點正好與一維排列模型相反，其中，面造型是中文電腦升級的瓶頸。詳如第三章強弱分析。

二、其　他

　　此外，與二維結構有關的漢字特質、特點、特徵如下：

　　一）依類象形與形聲相益：許慎《說文解字・序》：「倉頡之初作書，蓋依類象形，故謂之文；其後形聲相益，即謂之字。」"依類象形"與"形聲相益"就是漢字製作的兩大系統程式（System Program）。依類象形造出"獨體文"，形聲相益造出"合體字"。

　　二）文與字：依類象形與形聲相益兩大系統程式運作、執行的結果。前者謂之文，後者謂之字。

　　三）獨體字與合體字：宋・鄭樵著《象類書》以獨體爲文，合體爲字。前者由本無意義的筆畫或線條繪製物象或事態而成，於六書指象形、指事文。後者則由「現成的」象形、指事文分任形聲符組合而成，於六書指形聲、會意字。近來大陸學者對於部件的分析，都是本此分類進行。如傅永和先生說：「獨體字的構成成分應分析到筆畫，合體字的構成成分應分析到部件。」〔註20〕

　　四）象形與指事：林尹先生釋「依類象形」的方法有兩種：一是象具體之形，一是象抽體之形；前者指象形，後者指指事。〔註21〕

　　五）形聲與會意：林尹先生釋「形聲相益」的方法有兩種：一是形和聲相益，一是形和形相益；前者指形聲，後者指會意。〔註22〕

　　六）形聲與非形聲：漢字百分之九十爲形聲字，〔註23〕其餘爲「非形聲字」，

〔註20〕《漢字七題》，頁 53。

〔註21〕《文字學概說》，頁 1，64。

〔註22〕同上，頁 2，111。筆者認爲還有「聲」和「聲」相益，名曰「諧聲」或「皆聲」。參見本文第參篇。

〔註23〕南宋，鄭樵著《六書略》以六書將 24235 字分類，形聲收 21810 字，佔 90%，見《漢字的起源演變論叢》，頁 21。按：筆者假定若自南宋起，象形、指事、會意等

形聲和非形聲也形成兩維。

七）形符與聲符：形聲字由形符與聲符，前者表事物的類別，後者表語根，兼有表聲和表義雙重功用。〔註24〕

八）分離字型與合一字型：從組合及組織看，IXEFSOP 七字型及 YTH 三字型之切合狀為由零合、交插、接觸、包涵及距切五大組合組成的，它們的外形是密合不分裂的，所以叫做「合一字型」。至於 YTH 三字型之分離狀，則由分離組合構成，它們的外形是分裂、分開、隔離的，所以叫做「分離字型」。

九）左右腦文字：心理學家從認知角度，發現拼音文字據語音先入左腦語言區，再轉入右腦思考區；而漢字除了透過語音循左腦轉入右腦外，尚可藉方塊字形之圖像訊號直接進入右腦思考區，故漢字之傳遞速度超越拼音文字。〔註25〕

十）首儀與尾儀：從字根位置及書寫順序言，漢字常被分為首部與尾部。字典檢索法（如部首法、上下型檢字法、首尾四筆檢字法等）〔註26〕及電腦輸入法（如輕鬆法）即利用此特點。本文借中國哲學根本觀念──陰陽兩儀，將字「一分為二」，第一部分稱為“首儀”，第一部分稱為“尾儀”。凡居左、上、外位置之字根叫“首儀”；居右、下、內位置之字根叫“尾儀”。筆者以為首儀、尾儀的語義比 首部 與 尾部 來得明確而周延。

第五節　三才一體

一、三才造字

從漢字是漢語載體的角度看，漢字是圖形、音節、詞義三才一體的結合體，亦即漢字是形、音、義三種造字素材、構材、材料的緊密而卓越的統一體。材者才也；才，《說文》：「艸木之初也」。《孟子・告子上》：「非天之降才爾殊也。」

字皆不再生產，獨存形聲法造字，則以現有五萬字比率推算，形聲字所佔比率已達98%。

〔註24〕《文字學概說》，頁131，132。

〔註25〕見孔師仲溫、林師慶勳及竺家寧先生編著《文字學》，頁29。

〔註26〕部首法如《說文》《康熙字典》，上下型檢字法為林語堂先生發明並以此編成《當代漢英詞典》，〈首尾四筆檢字法〉為民國十七年張華穆發明，另有姜福成發明〈首尾號碼檢字法〉。

《康熙字典》：「才，質也。」因此，用"才"字標示「倉頡之初作書，蓋依類象形，故謂之文」的初文，是以象形爲質，密切結合詞和音節共三個材料，宛如天然構成的形音義「三表」〔註27〕文字，應該是貼切的。所以在第三節「一詞造形」在漢字是：「詞──音節──象形爲基礎的形音義三組合的方塊文字」表述後特造一"意"〔註28〕字來表示漢字之形音義三才一體的特徵。"意"唸作「字」。

不過，有人嚴厲批評「漢字形、音、義三者俱全，是世界文字的共同性質，當不得漢字的『特點』來加以誇大，（這樣）常常會給漢字籠上一層神秘的面紗，給漢字研究帶來不利的影響。」〔註29〕

之所以會有這種批評，主要是：一不了解漢字結構中形音義信息傳遞程序和水乳交融的關係，二不了解漢字是以象形爲基礎的形聲文字，以及字形在三要素中所佔的突出吃重角色和優異功能。

語文學者把世界文字大致分類爲下列四種：一是以實物圖像表示思想內容的圖畫文字，如古埃及、蘇美、麼些象形文及漢字象形、指事兩書所造獨體文〔註30〕；二是記錄語言音素的音素文字，如英德法西俄文；三是記錄音節的音節文字，如日韓滿蒙文；四是記錄音節──詞義──圖形的形音義三合一文字，如漢文的形聲合體字。

第一種幾乎是見形識義的象形文，但字數有限；第二、三種可稱爲表／標音文字，用字母標示語言的聲音，然後再用語言的聲音表意，所以實際表意的

〔註27〕三表一詞原出《墨子·非命·上》：「何謂三表？子墨子曰：『有本之者，有原之者，有用之者』。」指三種立言的標準、法度。此處借用來表示漢字是表形、表音、表義三才一體意思。

〔註28〕"意"從意從彡，彡代表「形」字的縮寫，又表「參」即「三」字的變體；意從「音」從心，表意涵、意思、意「義」，漢字就是形音義三合一的，以"意"字表示這些意涵，既鮮活又明確。其次，裘錫圭先生把獨體的象形指事文稱爲「意符」。由意符開始，漢字展開了象──借──轉三階段的造字史，以"意"字表示這三段歷史也堪稱適切。

〔註29〕見文武撰〈關於漢字評價的幾個基本問題〉一文，載《科學地評價漢語漢字》尹斌庸、蘇培成選編，頁17。

〔註30〕這裡把漢字分割爲第1，4兩種，是爲了將漢字初文與古埃及、蘇美象形文相比，而後兩種文字並未發展出如漢字的形聲字。

是語言，字母不過是語言的音符而已。因此，標音文字，嚴格說起來，實在夠
不上稱文字。高本漢認爲只是語言的複製品，庶幾近之。〔註31〕其形音義關係
以簡圖表示如：

其形和義是隔開的，由音居中斡旋，所以音是主角，形只是附庸，音變則
形隨之而變。所以高本漢說：

> 西方文字不過是語言上詞句的複製品而已；就是說，字音的句讀完
> 全和說話時一樣的。若語言的音韻有變化，則其書寫的形式和結構
> 方法，亦必隨之而起變化。〔註32〕

一）獨體文結構

漢字則不然，以獨體文來說，其結構可示意如下：

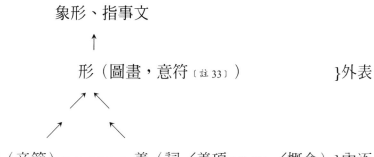

其音和義並不劃分，集中以一外形表達，外形即意符，與後出之形聲字比

〔註31〕見賀昌群譯《高本漢中國語言學研究》上海，商務印書館，1934年版。

〔註32〕同上註31。

〔註33〕《文字學概要》，頁 15。裘先生說：「傳統文字學所說的象形、指事、會意這幾種
字所使用的字符，跟這幾種字所代表的詞只有意義上的聯繫，所以都是意符。」

〔註34〕詞彙學名詞，相當於語義學之義位，是語言中最自然最現成的最小意義單位，多
用於多義詞的分析，多義詞中的每一個意義都稱爲一個義項，只有一個義項的詞
爲單義詞。參見葛本儀主編《實用中國語言學詞典》頁 84，88，暨上海辭書出版
社《語言學百科詞典》，頁21。

較，它既是形符又兼聲符。因漢字一詞一字的特性，使其外形完全體現該詞的相貌與內涵，如牛馬羊象犬虫兔鼠龜等，其「字形」即其「詞所指涉事物之形狀」，因此外形與內義直接連繫，縮結成形影不離的一體，可由字形直接表意義，相形之下，音幾乎只是附庸，可有可無。這也是漢字所以能夠獨立於語言之外的主因，可見形之重要。

曹孚妤先生說：

> 漢字以外的所有其他拼音文字，均以語音爲基礎，其使用主要靠耳朵，眼睛次之，故拼音文字不能離語言而獨立，語言既變，則原來依以成的文字亦死，例如古代的拉丁文；或者文字跟著語言變化而日增其新字，增加學習的困難，例如現代的英文。漢字使用主要靠眼睛，其次方是耳朵，故漢字與語言可合可離，有獨立存在的能力。〔註35〕

胡以魯先生說：

> 保形意之面影，作思想之視覺象徵，與語言相對待而發達者，吾國文字之特色也。……集筆畫成字，寓意於形。雖不發聲，亦能心得。吾國文字蓋超耳治之境矣。〔註36〕

章太炎先生說：

> 即音而存義者，地逾十度，時越十世，其意難知也；即形而存義者，雖地隔胡越，時異古今，其文可誦也。〔註37〕

二）合體字結構

至於形聲、會意、諧聲字，是將象形、指事獨體文組合爲新字，故名合體字：

（一）從外表言，是將象形、指事獨體文即「意符」孳乳、轉化分成形、聲兩符，〔註38〕然後，形、聲兩符依一定的「音——義組合程式」，構成合體形聲字，這形、聲兩符的老底子，固仍原始初文。漢字中之形聲字，在南宋・鄭

〔註35〕民國 57 年 11 月 6 日中央日報副刊。

〔註36〕胡以魯著《國語學草創》引自杜學知《文字學綱目》，頁 56。

〔註37〕章太炎先生序，胡以魯著《國語學草創》，見林尹《文字學概說》，頁 26。

〔註38〕此種孳乳、轉化，筆者解釋爲「轉注」，是漢字造字法的大躍進，詳本文第參篇。

樵時已佔 90%，後來造字亦普遍偏好使用形聲法，故可斷定現在的形聲字數，必早已超越 90% 了。因此，我們似可以說：漢字是以「依類象形」的象形法為基礎造出「廣義象形文字」。

（二）從內涵言，以形聲字為例，說明合體字的造法：將「詞」一分為二，義的部分，以「義項」為單位，映射到外在的形符；聲的部分，以「音節」為單位，則映射到外在的聲符。以字形直接表事物圖樣形象和表達意義的功能絲毫未改，本身仍能獨立於語言之外。形符加聲符合成形聲字，形、音、義各司其職，齊現於一身，是謂「三才一體文字」。這大概是造字者深感獨體文音義渾一，而形特能彰義，音反而黯然無光，宛如附庸，必須予以獨立，始為完善之故。以簡圖表示如：

$$聲符（音符）———形符（義符）\quad\}外表$$

$$\uparrow\qquad\qquad\qquad\uparrow$$

$$音（音節）————義（義項）\quad\}內涵$$

邢島先生說：

> 文重義，言重音，茍為「完全文字」，義與音固不可偏廢也。今歐西諸國，專藉拼音，以言為文，雖謂為有語言而無文字可也；我國文字，則（形）音義兼備，所謂形聲相益謂之字也。[註39]

形、音、義三才兼備的「完全文字」最主要的特點，是能獨立於聲音之外，而不受語言變遷影響。文字永固，由其承載的文化與文明業績，亦得以永固，文化與文明業績永固，而國族的統一與團結得以確保，國族的總智慧與總力量得以愈積愈富，由此可以了解：為什麼中國歷史悠久、文化發達、廣土眾民、國力恆強、雄峙世界之由。此皆有得於漢字之形義牢固結合，不受音變影響之故。故漢字形之為用，大矣深矣遠矣，豈世界其他拼音文字可望其向背者哉。

上面四方形的「音義雙形」的形聲結構圖，和陳氏語言文字並駕，邢氏音義並重的說法，也可作為漢字是「面性二維文字」的另類詮釋。

總合上述，可信：形音義確是漢字三大要素，而形尤為突出重要，迥異於拼音文字之以字母符號純粹標示語音之偏枯簡陋也。

〔註39〕民國 2 年 1 月上海，東方雜誌 9 卷 7 號，引自杜學知著《漢字世界語發凡》，頁 36。

二、其 他

本節「三才一體」尚有下列意涵：

一）聲、韻、調合爲一音節。

二）構字三法：剖解、組合、排列法。三者構成正反合關係。如以剖解單字析成數個字根爲"正"，則反向組合數個字根成一個單字爲"反"，而排列則是對以上兩法的融"合"，一是將剖解狀態的字根排列成水平直線，成爲線性漢字，如"盟"線排作"日月皿"。一是將組合狀態的字根排列成爲方塊漢字，如"日月皿"排型作"盟"。詳第肆篇。

三）組字三主角：字母、字型、組合法。詳第肆篇。

四）字型三態：元、角、分態。元態者，單筆的一元型；角態者有角框的交叉、匣匡、原厓、迂迴、圓圍、巴巳型及傾斜、上下、左右型之切合狀；分態者傾斜、上下、左右型之分離狀。詳第肆篇第七章。

五）三符：形（義）符、聲（音）符、意（詞，音義結合體）符。

六）六書三性：如果把象形、指事文的創造方式稱爲單性生殖，形聲、會意、諧聲的產生方式稱爲雙性生殖，則假借的繁殖方法，是無性生殖。詳第參篇。

七）六書三時：將古典六書依發展時段，概括爲象、借、轉三時，或象形、假借、轉注三期，或稱爲「三書」，也是三種造字法。詳第參篇。

八）造複合詞三法暨用字三法：一首、同意、相受。詳第參篇。

九）六書三法：造字、造詞、用字。詳第參篇。

十）三級字族：字母、字根、單字。詳第肆篇第三章。

十一）三排列型：幾何、形聲、組合排列型。詳第肆篇第七章。

十二）幾何排列型三態：點、線、面排列。詳第肆篇第七章。

十三）三坐標：四象"十"坐標、八卦"米"坐標、九宮"井"坐標。詳第肆篇第一章。

第六節　四象形文

"四象形文"是"「四象」象形文"的簡稱，它代表漢字最早的結構形態、

造字方法和造字時期。造字方法又分"繪形法"和"寫詞法"，"繪形法"是把詞的形象繪出來，亦即造字者依具體之物或抽象之事，以簡單線條描繪成字形；"寫詞法"是把詞的音義透顯出來。兩法爲一體兩面，惟著重點不同——繪形法重外表之形，寫詞法重內涵之音、義。"四象形文"就是四種依具體之物類或抽象之事類，以簡單線條描繪成與該事物相象之形的造字「方法」和所造字「名稱」。

　　「四象」之名蓋源於班固《漢書‧藝文志》所載劉歆六書：「象形、象事、象意、象聲、轉注、假借」之前四目，明朝楊愼首先把它概括爲「四象」，並認爲是造字之「經」，他在所著《六書索隱》中說：

　　　六書，象形居其一，象事居其二，象意居其三，象聲居其四、假借

　　　者，借此四者也；轉注者，注此四者也。四象以爲經，假借、轉注

　　　以爲緯。

「四象」雖只列四名，其實當不止此，蓋凡一切可取象者，如象光、象熱、象七情六慾，皆可列入。特舉四者代表爾。查世界各民族所造初文都是由圖畫進化而來，但已擁有形音義三要素，故視圖畫爲進步。初文既出於圖畫，則必然是象形文，如埃及、蘇美、克里特島，我國麼些文及漢字。從字義觀察，班固六書的「象形」爲象「具體」事物之形的繪形法，所造者當以名詞爲範圍；其餘象事、象意、象聲爲象「抽象」事物之形的繪形法，所造者當以動詞、形容詞、副詞、介系詞、連接詞等爲範圍；這兩種繪形法合起來就是許愼的「依類象形」法。

　　許愼《說文解字‧敘》：「倉頡之初作書，蓋依類象形，故謂之文；其後形聲相益，即謂之字。」據林尹先生說：「依類象形的方法有兩種：一是象具體之形；一象抽象之形。」〔註40〕許愼六書的「象形」就是象具體的物形，「指事」就是象抽象的事形。〔註41〕所以「依類象形」是廣義的象形，包括：

　　一）班固六書的「象形」和「象事」「象意」「象聲」。

　　二）許愼六書的「象形」和「指事」。〔註42〕

〔註40〕林尹《文字學概說》，頁1。

〔註41〕林尹《文字學概說》，頁64。

〔註42〕林尹《文字學概說》，頁89～90。

三）鄭眾六書的「象形」和「處事」。

茲將上述列表如下：

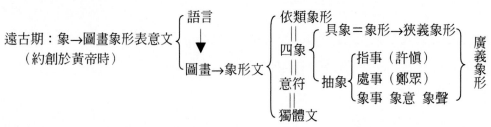

〔註 43〕

把班固、許慎、鄭眾三人屬於「依類象形」的「六書」名稱對比一下，我們認爲：鄭、許的「象形」與班固的「象形」相同。鄭眾的「處事」、許慎的「指事」與班固的「象事、象意、象聲」三象相當。

象形、象事、象意、象聲或象形、指事或象形、處事爲「依類象形」法，所造出來的文是一體成形的，所以鄭樵稱其爲「獨體文」。因爲獨體初文的作用在表意，所以可稱爲表意文或意符。〔註 44〕

廣義象形或依類象形法是造字史上第一期手法，其所造象形、象事、象意、象聲或象形、指事或象形、處事獨體文、表意文或意符，爲初文或第一期漢字。

隨著文明日進，文字也跟著發展，由於初文數量有限，時有不敷應用，於是而有假借、轉注。假借是造字史上第二期手法，其法借同音字以代替尚未造出的字，乃權宜措施。轉注是造字史上第三期手法，其法爲轉化獨體的「意符」爲形、聲兩符應用數學上排列（Permutation）和組合（Combination）原理造字！也就是拿兩個以上的「獨體文」來組合，製造「合體字」。這「合體字」就是許慎《說文解字‧敘》：「其後形聲相益，即謂之字。」詳第參篇六書理論。

第七節　五筆組合

一、五合造畫

我們寫字時是一筆一筆地寫，如 "好" 是由 "一丿＜一丨一" 共六筆組合

〔註43〕駱賓基謂：最早的漢字產生於公元前三千三四百年之五帝時代。見光明日報 1987
　　　年 8 月 31 日。

〔註44〕見裘錫圭《文字學概要》第二章〈漢字的性質〉頁 15，稱象形、指事文爲意符。

而成，但在稱說它的組織時便不會這樣繁瑣，而是採用更大的單元，譬如形符、聲符等，如"好"可用"從女從子"來描述其組織。女是一丿く 3 個單筆，子是由一丨一 3 個單筆組合而成的"複筆"。「五筆組合」第一義指五種合成複筆的方法，稱爲「五組合」「五組成」或「五合造畫」。畫，指複筆。有下列五法：

一）交插（Φ）：兩筆畫互相穿插，形成四個交角和一個交點。如中十乂七九。借形近的希臘、俄文字母Φ作代符。它的內容、範圍與「交叉型」不完全相同，所以用不同名稱與符號表示。

二）接觸（Λ）：兩筆之頭或尾相接，有一接點並形成角狀。如厂厂几冂一卩一コㄷㄩ 己弓 丫 口凹凸。借形近的希臘、俄文字母Γ作代符。

三）距切（Ю）：一筆之中央爲另一筆之頭或尾所切，形成丁形距角。如丁工人入卜片广疒宀且皿丘耳　互瓦。借形近的俄文字母Ю作代符。

四）內涵（Е）：框形內包涵（Enclose）另一結構，如同月山幽匣匡、原仄可司匕、与馬、日田目、良鳥。借形義相近的希臘拉丁俄字母 Е作代符。

五）分離（Ξ）：兩筆畫分立兩邊，中間宛如有海峽隔離（Gullet），如二三川儿多彡冫冫氵氵單嚴哭器囂。借同爲分離結構的希臘字母Ξ作代符。

面對線性化需要，組合字母或字根成字是非常重要功能，因此爲了因應需要將五組合擴充爲十組合暨十六組合。

二、五筆字元

五筆組合第二義指所有筆畫甚至所有漢字，都是由橫（一）、豎（丨）、撇（丿）、點（丶）、捺（乀）五個字元組合而成，稱爲五筆字元。本文第肆篇第四章以筆首方向排序的"字元"即以此爲軸而分類的。

陳立夫先生有《五筆檢字法》之發明，現在有不少辭書、字典、索引的單字應用此法排列。惟其五筆爲：點（丶及乀）、橫（一）、直（丨）、斜（丿及ノ）、屈（代表一切彎曲筆畫，如冂一乚鳴亅く乙フ）乀乚乛丁乀𠃌等）。[註 45]它

〔註45〕見杜松柏著《國學治學方法》，頁 188。

與五筆字元的範圍、歸類不同。

三、五一性質

漢字內外涵以五個"一"來描述：1 音節＋1 義項＋1 象形＋1 方塊＋1 內序。以上五者可稱爲漢字的五大性質。前四項：一音節、一義項爲詞之內涵，"一象形"爲內涵之外射，即「以形顯詞，以詞造形」，"一方塊"爲外射之影像規格，四者使漢字成爲發育完全的詞文字，美國學者 Dr. Rudolf Flesch 則稱爲「裝配線文字」，〔註46〕它具有蘇聯學者 В.А.ИСТРИН 謂漢字「經常反映詞的句法順序」〔註47〕的能力。

筆者把這性質和能力概括之，稱爲：內引力（internal attraction）或內緒（internal arrangement force）或內序（internal order system）——指漢字具有一種導引各語詞於一定位置、一定次序、一定關係和一定軌道，建立內在聯繫（internal relation, inner link）的能力。這內建能力就像萬有引力（universal gravitation）一樣，雖不爲人所目見，卻維繫星球運行的秩序，能使漢字的排行、組合、移動、增減、顛倒、修改，非常靈活，極便於組詞、造句、對聯、詩詞創作和閱讀，尤其是速讀。

四、五 X 基因

漢字構造之優缺點主要源於：詞性、象形、面型、全行、隸刑等五個基因（Gene）的發展和制約。其後一字"性、形、型、行、刑"，漢語拼音均爲 Xing，以 X 音素開頭，所以又把五因縮寫爲 5X。詳第三章強弱分析。

第八節　六書原理

一、古典六書

從文字發展觀點及現代化需要，將漢字構造原理劃分爲歷時與共時兩系統。歷時系統稱「古典六書」，據許愼六書，以現代語文學觀點重新詮釋其原始造字時的語言學意義、歷史分期和造字方法，以作爲共時系統發展的重要準則。

〔註46〕Dr.Rudolf Flesch 說見《漢字世界語發凡》，頁 84。

〔註47〕《文字的產生和發展》，頁 35。

以下僅述要點，其詳則見第參篇。

一）六書二母

許慎《說文解字・序》：「倉頡之初作書，蓋依類象形，故謂之文；其後形聲相益，即謂之字。」文和字是漢字的兩代，而依類象形與形聲相益就像文和字的母親。與六書對照：

（一）依類象形造出象形、象事、象意、象聲或象形、指事或象形、處事為依類象形法，所造出來的文是一體成形的，所以鄭樵稱其為「獨體文」。

（二）形聲相益先由"轉注"據獨體文或意符，建形、聲兩類，然後以形、聲兩類組合而造出形聲、諧聲、會意字，所以鄭樵稱其為「合體字」。

但六書之"假借"不在依類象形與形聲相益之列，其法係借同音字以代替尚未造出或難以繪形的字，可以說是六書之"閏法"，一如曆法之有閏年、閏月、閏日、閏時、閏分、閏秒。

二）六書四期

六書亦為造字史。本文提出造字四期：以象、借、轉、注表示。

（一）象者象形、象事、象意、象聲，為廣義象形造字法，列第一期。

（二）借者假借，為借同音的不常用字、死字以裝新義，充難造之字之法，列第二期。

（三）轉者轉類。首先，將語言類「轉寫」為文字類；其次，將象形、象事、象意、象聲所造廣義象形文，賦予兩種新職能，一曰形類即形符，一曰聲類即聲符，名曰「建類」，然後進行合體造字——形符×聲符＝形聲，如江河；形符×形符＝會意，如武信；聲符×聲符＝諧聲，如圍魏睦。列第三期。

（四）注者注音義。首先，將語言之音義「注入」文字；其次，進行「一首、同意、相受」之語文應用工作，有廣、狹兩義；狹義指複合詞構造法，廣義指文字的總整理及語文政策。後一義簡述如下：

由於單字、詞彙之創作已久，累積的各種經驗、問題需要作一個回顧、檢討、總結和提升，由政府召集學者專家即透過注疏、注釋、注解、注音、句讀、

演述、考核，使同形符、同聲符、同紐、同韻、同義、反義字及古今、雅俗、方國、華夷之語詞得以疏通、匯集，並疊合造爲複詞，然後析詞性、辨虛實之用、講文法、論修辭、通翻譯，相當於今天文字、訓詁、聲韻、詞彙、語法、修辭、作文、翻譯、字典、語意、語義、解釋、索引等學科領域的工作，而文字、文章、文學之大用至此而備，列第四期。

二、六　構

共時系統係根據現代人使用漢字的需要，建立楷書的全般理論，包括：一）構位、二）構貌、三）構媒、四）構材、五）構法、六）構型，又稱「現代六書」。詳第肆篇第一章。

三、六　質

根據以上古典與現代六書總結漢字的特質爲：一）高階文字，二）綜合文字，三）大塊文字，四）超重文字，五）積木文字，六）營力文字，稱爲六質。詳本篇第二章。

第九節　七體風格

漢字在形體上有下列幾個內涵和特色，概括名之爲七體風格。

一、七　書

漢字已有至少有四千年歷史，其體制雖一脈相傳，但由於書寫工具的改變，而有造形及書寫樣式等較大的變化，從殷至今，最著名者有：甲、金、篆〔註48〕、隸、行、草、楷七大書，各有其時代背景和任務，今除楷書仍日常使用外，餘均偏重藝術欣賞。

二、七　體

體指甲、金、篆、隸、行、草、楷七大書內不同的書寫體態或風格，如：筆畫之粗細、方圓、正斜，字根寬窄、長扁等較細緻的變化。

〔註48〕據林尹先生以古籀二字概括先秦的一切字體，包括甲骨文、金文、籀文，籀文也叫大篆；見《文字學概說》頁 201～202。爲簡化計，本文將大小篆合而稱"篆"。

就楷書言，比較有特色者有宋、明、黑、斜、花、中空、立體七體。後四種或統稱藝術字，常用於海報、喜帖、廣告上。

另外有七異體、七相對字，詳第肆篇第三章第二節單字。

第十節 八卦坐標

文字是佔有空間，具有方向、角度、位置等空間屬性的特殊線條。首先，筆畫爲一種向量，這在手寫時體會最深。其次，由於漢字是 1×1 方塊字，所以在這特殊形狀和一定面積中，如何「布置」字根或把字根「裝填」入於方塊中，就形成特殊的文字造型學——和造園一樣，注重方向、位置、角度和均衡，以創造實用價值和藝術美感。

方向、位置、角度和均衡概念可以坐標來標示或說明。基本上，古人具有十分明晰的坐標意識，這可以從長沙子彈庫戰國楚帛書所繪以北極星爲中心的觀星盤和日晷得到印證。〔註 49〕漢字框邊的匡崖圍形狀、筆畫曲折的角度、字根分布的位置等等，都和坐標的應用密不可分，本文提出：四象“十”坐標、八卦“米”坐標、九宮“井”坐標三種，〔註 50〕八卦米坐標是四象正坐標和斜坐標的的疊合，九宮井坐標又是八卦米坐標加上中央口形「中宮」而成，八卦米坐標居樞紐地位，所以似可以八卦米坐標代表所有坐標。

一、八角方向

依八卦米坐標而有四面八方，從而引出四象限和八個角框，是字型建設的基礎，這可能是因它特徵明顯，也可能是造字者深受《易經》的影響，

IXEFSOPYTH 十字型基本上就是掌握四個方向、角度和八個方向、角度的變化而建立的。

字型對改寫漢字爲線性排列方式，能發揮它定型定位的功效，亦即有了字型，就可以掌控字母／字根的先後關係、內外層次、方向位置而不致混亂。此外掌握它對識字、檢索、鍵盤輸入很有幫助。

茲以幾何圖形爲基礎，方向爲輔，將漢字的「造型」分爲：線向、框向、

〔註 49〕參見李零著《長沙子彈庫戰國楚帛書研究》頁 133～135。1982 年北京中華書局。

〔註 50〕此三名爲筆者自擬，詳第肆篇第一章。

距向和離向四大類型：

一）線向類型：單筆直線段的方向，或稱「點向」。有：

（一）╱向：如丿，

（二）↓向：如丨，

（三）╲向：如㇏，

（四）←向：如吳虼𝄢𠥼凸之┘筆尾段，𦉲𡈼之←筆，

（五）→向：如一，

（六）╲向：如亅刁冂ㄅ孓尾段，

（七）↑向：如㇄乙尾段，

（八）╱向：如㇄冫㇈尾段或尾筆。共八向。

二）框向類型：具有外框，常內涵字根的字，故又稱「涵向」。有 XEFSOP 型字，其中 EFS 型框向變化最豐富：

（一）E 匣匡型：有◇冋冂㠃凵五個方向。（其餘三向漢字無）。

（二）F 原厓型：有刁𠆢𠂆〉〈凵凵匕八個方向。

（三）S 迂迴型：有兩個以上框角，其框形及開口方向因之複雜，如：
畧凢凧𠘨㠯㠯𠃜𠃜㠯㠯㠯㠯。

三）距向類型：字根相切成 T 形距角者，又稱「切向」：

（一）人入歸入 Y 傾斜字型，

（二）⊥ 干歸入 T 上下字型，

（三）㇄卜歸入 H 左右字型。

四）離向類型：字根分離排列者，依字根分布位置分爲平行離型、層疊離型，其下再分╱╱╲二丨丨四個方向。╱╱╲歸入傾斜型，二歸入上下型，丨丨歸入左右型。

（一）平行離型：╱╱╲二丨丨，如：彡多冫冫 三昌 川林。

（二）層疊離型：∴ ∵ ⋮ ⋮ ，如：鑫森淼焱垚屮棨燊𡘙燚叕。

從排列方式言，線向類型稱爲「點排列」；平行離型之丨丨，距向類型之㇄卜爲「線排列」；框向類型全部、距向類型之人入⊥ 干、平行離型之╱╱ ╲ 二形，以及層疊離型均爲「面排列」。落實在實際文字，英文字(word)只有「點排列」如 a，與「橫式右行水平線排列」如 boy 兩種；漢字則全部都有，尤其是

「面排列」，造成漢字電腦化瓶頸。所以，漢字排列問題必須優先妥善解決。筆者提出的解決之法，就是：建立字型、字母和組合法，以完成線性化拼寫。

二、八方排行

八角方向是以字根為單位，研究單字內部的八個排列方向；而八方排行是以單字為單位，研究一行單字外部的八個排列方向，本文稱為排行。由於漢字1×1等高等寬等面積的方塊特性，使它可以全方位排行，落實於印刷，就是可以八方向排行如"米"字，這常見於公路、工廠、校園的交通路線標示上，例如在台北市中山北路中山橋上可以有："米"字形的路標：

其他文字則不易辦到，如台北火車站英文 TAIPEI　STATION，不能反排為 NOITATS IEPIAT。

第十一節　九宮位置

古代有井田制度，洛書九宮，南北朝有九品中正制，書法練習簿畫有九宮格，證明中國人對九宮位置很有興致。以八卦米坐標為基礎的八個方位，加上「中宮」位，即成九宮位置。漢字中字根分布之位置大別有：左上、上、右上、

左中、中、右中、下左、下中、右下，共九個方位。九個方位或位置合起來即成一個方塊如⊞，亦即一個字的大小，每一字的面積均相等，寫作：1×1 方塊，或一一方塊。漢字宛如建在井田上的莊園，四周有⊞（圍）籬，又像九闕宮闈，總是四四方方的，所以叫方塊字，這是漢字外形上最大的特徵。

　　九宮位置對字根所在位置、前後關係之描述很有助益，利便漢字教學。另外，本論文所推出的 10 法 18 式「十字型輸入法」，有一半以上就是用九宮電腦數字鍵盤，輸入全部漢字及外文。由於體積輕、機件薄、位移短、鍵盤小、鍵子少、取碼簡，使「輕薄短小少簡」的手錶型電腦、手機之出現成為可能。九宮電腦數字鍵盤如下：

　　一、九宮十數字鍵僅以字型一個輸入項目，建"十型一貫輸入法"：

　　　一）九宮十數字鍵　　　　　二）十字型符號

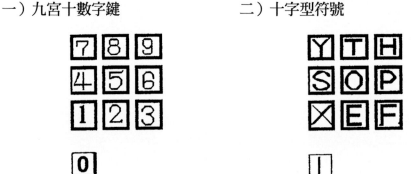

　　其中，0 與 I 對應合為一鍵，1 與 X 對應合為一鍵，2 與 E 對應合為一鍵，3 與 F 對應合為一鍵，4 與 S 對應合為一鍵，5 與 O 對應合為一鍵，6 與 P 對應合為一鍵，7 與 Y 對應合為一鍵，8 與 T 對應合為一鍵，9 與 H 對應合為一鍵。

　　二、九宮十數字鍵以十字型、十筆尾段方向兩符號搭配，建"十字型十筆尾向輸入法"：

　　　一）九宮十數字鍵　　二）十字型符號　　三）十筆尾段方向符號

三、九宮十數字鍵以十字型、十筆首向兩符號搭配，建"十字型十筆首向輸入法"：

一）九宮十數字鍵　　二）十字型符號　　三）十筆首段方向符號

四、九宮十數字鍵以十字型、十筆型 兩符號搭配，建"十字型十筆型輸入法"：

一）九宮十數字鍵　　二）十字型符號　　三）十筆型符號

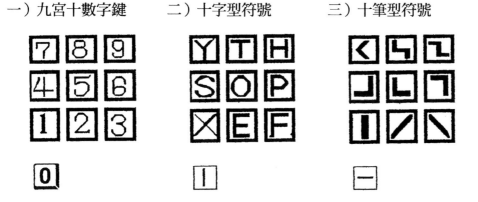

以上四種輸入法 詳第伍篇輸入法章。

第十二節　十全型式

十進位是很親近人的數學制，本文開發出十個與字形結構密切相關的系統，既便操作又利記憶。從各篇、章匯集如下十項：

一、十字型式

依字根排列型態，歸納爲十個型式，可用於剖解、檢索、輸入等，用途廣泛，爲本文著力最多者。

0　I 一元型

1　X 交叉型

2　E 匣匡型

3　F 原厓型

4　S 迂迴型

5　O 圜圍型

6　P 巴巳型

7　Y 傾斜型

8　T 上下型

9　H 左右型。

二、十判的式

剖解的標的。計有：一）字元，二）字素，三）首儀，四）尾儀，五）音符，六）義符，七）意符，八）獨立根，九）附庸根，十）準庸根等十式。

三、十判準式

將單字剖解爲較小單元的準據。計有：一）形聲，二）單字，三）偏旁，四）角框，五）位置，六）方向，七）首尾，八）組合，九）字母，十）字型。

四、十判法式

分解單字爲較小的書寫單元的方法，又稱"十剖解式"。分爲：

一）DJ 剪接式：如將里剪接而成田與土，

二）DΦ移交式：如將中移交而成口與丨，

三）DA 開放式：如將 A 開放而成 Λ 與一，

四）DΓ截角式：如將厂截角而成一與丿，

五）DG 互拆式：如將乂互拆而成乀 與乁，

六）DΘ出關式：如將日出關而成口與一，

七）D Б 尸解式：如將尸尸解而成コ與丿，

八）DY 切開式：如將亠切開而成、與一，

九）DΞ隔離式：如將三隔離而成二與一，

十）DQ 破皿式：如將凵破皿而成冂與一。

十判法代符有兩個字母標示，頭一字母 D 爲 Dis- 之簡，表分開、分離、相

反意，後一字母爲"十組合"代符，

五、十組合式

將較小的書寫單元組合爲單字的十種方法，主要用於建立"十剖解式"暨"十六組合式"。

一）Ｊ直接式：如"里"可由"田"與"土"而成，重可由"千田土"直接而成，

二）Φ交插式：如十又巾九弔中大才尢乂夫丰卅，

三）Ａ開涵式：如Ａ合今原司匕山幽月同Ｅ臣ヨ囝夕夕句与馬号弓，

四）Γ角觸式：如厂八冖门凵匚己弓口，

五）Ｇ互切式：如瓜屮九瓦屯勹尸，

六）θ關涵式：如日田回目罒皿白自囵囟由甫，

七）Б切接式：如尸巳卩卪目自戶，

八）Ｙ開切式：如人入丿又广攵勹勺ケ十ン夕入丄厶瓜勹乇乇乇丁冖亇丁于丅亇彳衣卜忄卩力片屮屮丰丰片

九）Ξ分離式：如彡多ソ彡ソㄑ氵二三森垚焱淼鑫卝叒叕卌燚丷八川灬林，

十）Ｑ皿切式：如且皿皿且耳亞Ⅱ卜勹屮电爿彤。

六、十筆順式

書寫時取筆順序：

一）左右式：先左後右如明。

二）上下式：先上後下如二三丁。

三）傾斜式：由左上至右下如彡。

四）側敘式：由右上至左下如彡。

五）中旁式：先中後旁如小水承，先寫亅了後寫八乀乚。

六）外內式：先外後內如回國，惟外框口之末筆一最後寫，叫做「先涵後關」。

七）主從式：先主後從如犬尤，先寫大尢後寫、。

八）橫豎式：先橫後豎如十九，先寫一後寫｜丿。

九）撇捺式：先撇後捺如ㄨ乂，先寫丿後寫、乀。

十）起訖式：一元型字如乚先寫／後寫一。

七、十筆型式

單筆之型態分類，用於輸入法、字元排序等。

一）橫式：一ㅡ

二）豎式：丨丿

三）撇式：ノノノノノ

四）捺式：、乀乀乀乚乚

五）鉤式：丿丄丄

六）挑式：乚乚乚乚

七）拗式：ㄱ乛乛ㄱㄱㄱㄱ

八）曲式：ㄥㄑㄏ

九）戻式：ㄅㄅㄅㄟ

十）迴式：乁乁乁乙彡了彡

八、十筆向式

筆畫是一種向量，依單筆運筆方向歸納為：筆首向，筆尾向兩式。

一）十筆首向式

依單筆之首段方向分類，首段方向相同者再依次段分類，用於輸入法、排序等。

（一）／首向式：ノノノノノ

（二）↓首向式：丨丿

（三）乀首向式：、丿乀乀乚乚

（四）→首向式：一ㅡ

（五）／首向式：乚ㄟ

（六）ㄥ首向式：ㄥㄑㄏㄅㄅ

（七）└首向式：乚乚乚乚

（八）←首向式：丿丄

（九）ㄱ首向式：ㄱ乛乛ㄱㄱㄱ

（十）乙首向式：乙乚乁乙𠃌了乄

二）十筆尾向式

依單筆之尾段方向分類，用於輸入法、排序等。計有：

（一）○式：又稱「循環」，如○

（二）↙式：如丿

（三）↓式：如｜

（四）↘式：如乀

（五）←式：吳乢𢆸卣凸之┘筆尾段，鼄𡈼之←筆

（六）。式：又稱「原點」或「中宮」，如、

（七）→式：如一

（八）↖式：如亅𠃌门夕𠃌尾段

（九）↑式：如𠃊乙尾段

（十）↗式：如亅亅冫氵尾段或尾筆

九、十角框式

漢字有夾角邊框等明顯特徵，茲依坐標劃分為三型態。

一）依四象十字坐標分

（一）無角：如軸線｜一

（二）𠃌左下開口直角：如𠃌 另乀鈍角亦併此

（三）八下開口直角：如 人八

（四）厂右下開口直角：如厂厂广疒，另厂鈍角亦併此

（五）〉左開口直角：如〉

（六）圓周角：如く及原點。

（七）〈右開口直角：如く

（八）┘左上開口直角：如吳乢𢆸卣凸之┘筆

（九）∨上開口直角：如∨Ｖ∀

（十）∟右上開口直角：如∟𠃊

二）依八卦米字坐標分

（一）𠃌銳角：如一𠃌𠃍𠃌𠃌

（二）ㄑ銳角：如Λㄥ

（三）＞銳角：如＞

（四）＜銳角：如＜

（五）亅銳角：如)亅

（六）Ｖ銳角：如Ｖㄟㄥ

（七）ㄥ銳角：如乚

三）依九宮井字坐標分

（一）ㄟ匡角：如ㄅㄅ

（二）冂匡角：如冖冂

（四）コ匡角：如コ

（五）口圍角：如口

（六）ㄈ匡角：如匚ㄈ

（八）凵匡角：如凵凵

十、十位置式

以九宮位置爲基礎，加外旁即爲十位置，以標識字根所在。

一）外旁式：如白自囪戶之 ◣

二）左下式：如司之口

三）下式：如言之口

四）右下式：如后之口

五）左中式：如匆之口

六）內中式：如回之口

七）右中式：如夠之口

八）左上式：如勛之口

九）上式：如員之口

十）右上式：如咫之口

第十三節 一一均衡

"一一均衡"有兩層意思，一是漢字整個外形爲1×1正方形圖塊，而且固定不變，無語尾變化，與其他文字比較，這是漢字最獨特的地方。其次，從圖

塊的細部觀察，漢字的字型、筆畫也深刻表現追求均衡、對稱、搭配、協調的造形哲學和藝術美學，宛如 1：1 的平衡和"11"線條的平行。

一、1×1 正方形圖塊，把詞的形、音、義全裝填在這小小的空間裡，日本學者森本哲郎從資訊科學的角度說道：「漢字的信息量很大，它本身是一種 IC 積體電路板。」〔註51〕而蘇聯學者伊斯特林，則從儲字媒體如紙張用量的角度說道：「漢字的容量較大，根據統計，表達同一個文句，用漢字的紙張用量比用俄語字母約少四分之三。」〔註52〕

此外，1×1 正方形圖塊還形成兩個特點：

一）使字數相等、音節相同、詞義相當或相對或相反的句子形式出現，造成世界獨一無二的對聯、律詩、絕句、迴文等文體及《詩經》《楚辭》唐詩宋詞元曲等璀璨的文學作品。

二）使作文造句修辭方便且多采多姿。如前述「狗咬人」「咬人狗」「人咬狗」「咬狗人」例，又如據聞大書法家　于右任　先生嘗為客書「不可隨處小便」中堂，旁觀者提醒他「小便」是如廁排尿的意思，右老不慌不忙，拿起剪刀，咔嚓三下，黏貼成「小處不可隨便」。

二、歸納漢字在造形哲學和藝術美學造型上，有下列十一個講求：

一）講求左右平衡：林相卜；卿鄉水之左右呼應。

二）講求上下對稱：昌杲丁。

三）講求虛實對應：口與日，巳與巴，厂與仄。

四）講求開關相襯：仄閃囚。

五）講求正反相映：氐永，巿屮，可叵，身릥。

六）講求正斜相錯：十乂，月夕，肉夕，夅。

七）講求正逆相合：如門鬥，北兆，步歮。

八）講求鈍銳相形：一ㄋㄌㄋ，丨亅，ㄑㄥ。

九）講求單複相參：十個字型中，一元型為單筆，其餘九型為複筆。

〔註51〕孔師仲溫・林師慶勳及竺家寧先生編著《文字學》，頁 29。另 1986 年大陸學者陳原在《漢字問題學術討論會》開幕式上的講話亦引此語，見《漢字問題學術討論會論文集》，頁 5。
〔註52〕摘錄自《文字的產生和發展》，頁 100。

十）講求長短相倚：二刂凵。

十一）講求層層開展：口日金木水火土屮又→呂昌林炎水水圭艸双→品
晶鑫森淼焱屾垚叒→朤燚𡏳叕→𝄩。形成單複、多寡對照及平面、
立體的層次。

綜合以上二至十三節，我們便可既周延又簡明地將漢字"定性"爲：

○變一詞二維三才四象五合六書七體八卦九宮十型
一 一 均衡文字。

第二章　結　構

　　漢字是漢語的載體。首先，漢語是以「詞」的身分化入「依類象形」文中，所以「形」中有完整的「詞」──音及義，及至開發「形聲相益」字後，漢字更躍進爲圖形、音節、義項三位一體──一體內有三分工，三分中仍聯繫共一統，即是以外在的象形爲基礎，密切結合內在詞之意義和音節的形音義「三表」文字。我們特造一"彭"字來表示漢字之形音義三位一體、外形內詞相涵攝的特徵。如人之全體，有靈魂軀體或內心外表之分，所以第一節探討內涵結構，第二節爲外表結構。既有內外之別就有內外聯繫之道，闢第三節曰內外聯繫。最後概括出漢字結構特質做結。

第一節　內涵結構

　　漢字源於象形文，象形文源於圖畫，是漢語詞像貌的照相機，是描繪內在語義的大畫家，是登記漢語單音節詞彙的錄音機，更是詮釋漢文化心靈和漢民族思維的舞者和演員。

　　許多語言學者都已經牢固建立了這樣的觀點：把語言看作是思維產生和存在的必要條件。

一、蘇聯語文學者伊斯特林（B.A. ИСТРИР）進一步指出

　　如果語言是進行思維的必要條件，那麼文字則只能在語言的基礎上

得以發展。因爲甚至最古老的文字幾乎總是表達某些共同的（其中包括抽象的）概念。然而任何一個共同的概念，如果沒有語言來表達它，就不可能產生，也不可能固定下來。⋯⋯

因此，對文字可以下這樣這樣的定義：它是有聲語言的補充交際手段，這種手段在語言的基礎上產生，主要用來把言語傳到遠處，長久保持，並且借助圖形符號或形象來表現；通常這些符號或形象表達某種言語要素──一個個最簡單的信息，如單詞、詞素、音節或音素。〔註1〕

二、R. Vulli 氏甚至指出

排除音節或音素文字，只承認那些不僅把信息切分爲詞，和詞與詞之間的語法關係，而且，而且反映言語語音的圖形符號體系的才是眞正的文字。〔註2〕

照 R. Vulli 氏定義看來，全世界只有漢字符合這種條件，因爲漢字本身就是詞文字，而且佔 90% 以上的形聲字，其聲符正是「反映言語語音的圖形符號體系」；另外 10% 非形聲字即意符，本身亦兼聲符作用，如日月山川水木火土等。所以，漢字無疑是漢語的代言者，因爲在表現漢語重要本質如單音節、聲調、單義詞以及詞與詞之間的全部語法關係，皆透過漢字一一再現出來，兩者如影隨形幾乎呈一對一的映射。可以說，漢字就是具體漢語的顯像。

但是，近來有些學者如申小龍先生認爲「文字表現語言」，只適用於拼音文字而不適用於漢字」，「漢字能以形達意，與思維直接連繫，直接反映思維的內部語言代碼，而無須通過語音的間隔帶。」〔註3〕我們承認漢字象形文能「以形達意」，如"日"以⊙形表示，但它之被共識或公認爲"日"，一定要先通過社會化的"約定成俗"的程序，這中間需要部落首領的訓誨、教師們再三的宣講，或父以教子、兄以教弟等眾口宣揚傳播，才能蔚成文字。否則⊙代表什麼，答案可多呢──目？蛋？水果？漣漪？饅頭？乳房？在這種狀況下顯而易見，言

〔註1〕見《文字的產生和發展》，頁 10。

〔註2〕見《文字的產生和發展》，頁 10。

〔註3〕見申小龍〈漢字的文化形態〉文載香港《語文建設通訊》1993 年 12 月總第 42 期。

語是最直接、最頻繁的"約定成俗"的工具，要讓象形文甚至圖畫文字跳過語言是不可能的。

所以，根據上述可以概括出文字同語言、思維聯繫的模式：

思維——語言——文字

或　概念——語詞——書寫符號

過去，西方學者也認爲文字在發展的初期，是與思維直接連繫的，B.A.伊斯特林亦從文字發展的觀點澄清這種說法，他說：

> 原始文字的使用範圍非常有限。當時，有聲語言、單詞是形成和固定概念的唯一手段，是概念的唯一物質承擔者。正因爲如此，當時只有在借助直觀圖畫表達最簡單、最具體的信息的少有情況下，文字同思維的直接聯繫才有可能。但是，即使在這些情況下，信息內容最初通常通過口述才被了解，並且只有在這以後才用繪畫把內容固定下來。而表達口述所理解的信息就是表達言語，甚至這樣的表達如果不反映語言形式時也如此。〔註4〕

或謂「下列三種事實可以跳越語言而與思維直接聯繫，因此也成爲文字可同思維直接聯繫的證據」：

一）各種不同的科學符號和科技符號系統。

二）閱讀，尤其是默讀時。

三）先天聾啞人雖不會聽、講，但仍有發達的思維。

對於第一種反問，我們的解答是：由於科學上新出現的概念，最初必定是用詞語表達或理解，然後才爲這一概念選用一個專門符號，所以，應該把科學符號和科技符號，如 π 表圓周率，〈表小於，〉表大於等看作「語言」的符號。對於第二種反問，我們的解答是：默讀的對象——文字或書寫符號，正如科學符號的情形一樣，它是代替語音的詞。

對於第三種反問，我們的解答是：先天聾啞人之有抽象概念和判斷，主要是通過言語訓練，特別是讀寫訓練的結果。

因此，上述情形都是在「詞」以其線條、圖形、書寫形象，兼代「詞」之語音、語義形象，而完成與內在「概念」的直接聯繫。所以在思維——語言——文

〔註 4〕《文字的產生和發展》，頁12。

字或概念——語詞——書寫符號的互動模式中，都脫不了語言的關係和牢籠。

綜合上述，我們說漢字確是漢語的載體，從思維模式講，漢字與漢語是直接接觸的最親密伙伴，研究漢字必不可遺略漢語，而詞是漢語的核心，所以研究漢字必須緊盯著詞。

第二節　外表結構

一、時間之形

一）歷時形

漢字從創造迄今，從拓樸學角度說，其骨架大抵無變，如"日"甲骨文、金文作 θθ⊙，僅變圓曲線爲爲直方線而已；但如個別比較，它們的差異顯然不小。茲據林尹先生「字形的演進」分爲甲骨、金文、篆書、隸書、楷書五大形，[註5] 筆者加上行書、草書兩形，合計七種，名爲七書，簡稱甲、金、篆、隸、行、草、楷。

二）共時形

甲骨、金文、篆書、隸書、行書、草書現不通行，只在文字研究暨書法藝術中才偶一露臉。楷書以其整齊規律，自三國以後普遍通行，至唐時而有不同風格，如顏、柳、歐等體，今天已發展出數十種體態，茲擇具有代表性的宋、明、黑、斜、花、中空、立體七種，名爲七體，後四種或歸類爲藝術字，常用於廣告、海報、請帖上。

二、空間之形

文字是特殊圖形，所以佔有空間，漢字的圖形是 1×1 方塊，在這方塊上安置看得見的字根，也容納看不見的結構媒介，如字型等。

一）有　形

其形有筆畫可稽、有形體可尋者：

〔註 5〕林先生用"古籀"兩字概括秦以前的一切文字，包括甲骨文、金文、大篆，見《文字學概說》，頁 201～227。筆者以「小篆是取史籀篇的大篆省改而成。」故把它們合併稱"篆書"。

（一）幾何結構形：分爲部位字根與組合字根。前者以字根所在位置區分爲兩個部分，在左、上、外部位者叫首儀，在右、下、內部位者叫尾儀，這分類對輸入法取碼有幫助。後者有字母、字範，它搭配組合法以合成單字。

（二）語言結構形：分爲獨庸字根與形聲字根。前者以字根是否具音義且可獨立運用爲準所作區分，或稱獨旁結構形。後者有形符、聲符、意符。

二）無 形

其形不在字根本身而在字外，不能直接從個別筆畫或片段過程透顯，而必須集合全部才可看出者。屬於結構方法、程序、類型之層面，分爲靜態形與動態形。

（一）靜態形：固定存在筆畫或字根間之形狀。

1. 幾何排型：又稱幾何模型，從圖形層面歸納一個漢字的形狀，有點線面三種造型。

1）點造型：當字根數 n＝1，且筆畫數爲一畫時。如○一乙丨乀乚丿㇆丿乀乚乁くㄑ乛ㄋ

2）線造型：當字根數 n≧2，且各字根立足點均同在一水平直線時。只有左右造型：

（1）切合次造型→卜卜ㅓ к Ю H，

（2）分離次造型→如林相川小㐀北羽門鬥。

3）面造型：當字根數 n≧2，且字根立足點不在同一水平直線上時，簡稱 "面型"。依組合方式分爲三個次造型：

（1）層疊次造型：依字根書寫（排列）方向，又分爲三個細造型

A. 上下細造型：A）切合微造型→ 一上一下工正王。B）分離微造型→二三昌炎亘畺殳兒呇，燊爨霝靈；鑫森淼焱垚姦，棽棥，品喿晶爨；畞豩燚，畾。

B. 傾側細造型：A）切合微造型→人久，B）分離微造型→多彡么彳。

C. 斜敍細造型：A）切合微造型→入厶，B）分離微造型→ 冫冖冫冫。

（2）套疊次造型：依外框形狀分爲五個細造型

　A. 匣匡細造型→同匠幽夕彐；

　B. 原厓細造型→司令合仄ㄐ；

　C. 迂迴細造型→馬与弓己已；

　D. 圓圍細造型→回國目日日；

　E. 巴巳細造型→巴巳尸戶且。

（3）交疊次造型：十七九又巾中弗木東束柬畢曲冉。

　　以上只有「左右造型」符合「橫行線性化」的時代需求，而面造型是中文電腦升級的瓶頸或攔路虎。

2. 組合排型：從組合方式歸納漢字的形狀，有 IXEFSOPYTH 十個排列型態，簡稱字型；另有 47 字式，爲十字型之細分類。

3. 形聲排型：以形聲符所在位置歸納成十二型，簡稱字格（Gestalt），唐賈公彥首先區分爲六型。

（二）動態形：在單字剖解、組合、排序、書寫等運動的同時才顯現的結構形態，包括：

1. 剖解法：將單字分解爲多個字根的方法。有：剪接、移交、開放、截角、互拆、出關、尸解、切開、隔離、破皿共十法。其剖解過程即映現該字的結構形態，如 "回" 以 "出關法" 剖解爲大□與小口，就顯露了它是 "包涵" 結構。詳第肆篇第五章。

2. 組合法：有五組合、十組合與十六組合之分，五組合爲交插、接觸、距切、內涵、分離，是複筆畫的結構法，並詳第肆篇第六章。

3. 排序法：單字依不同標準而有不同排序，本文提出卅三種，詳第伍篇第三章。

4. 筆順法：書寫一字時對字根或筆畫先後次序的安排，有如下十式。

　1）左右式：先寫左旁後寫右邊，如明。單字分部時，左 "日" 爲首，右 "月" 爲尾（下同）。

　2）上下式：先上後下如二三丁。

　3）傾斜式：由左上至右下如㇀。

　4）側敘式：由右上至左下如彡。

5）中旁式：先中後旁如小水承，先寫亅了後寫ハ丷丶。

6）外內式：先外後內如回國，惟外框口之末筆一最後寫，叫做「先涵後關」。

7）主從式：先主後從如犬尤，先寫大尢後寫、。

8）橫豎式：先橫後豎如十大，先寫一後寫丨丿。

9）撇捺式：先撇後捺如乂又，先寫丿後寫、乀。

10）起訖式：一元型字如乚先寫／後寫一。

第三節　內外聯繫

當我們瞭解漢字是以詞為單元而造，亦即漢字是詞形合一的，字是語詞的空間化、線條化、形象化、固定化、目標化、對應化、合一化，這使詞空間化、線條化、形象化、固定化、目標化、對應化、合一化，合計“七化”的過程就叫造字。

詞在七化過程中是外、內雙修的。所謂外修，是從幾何圖形立足，即如何把腦海裡概念性的事物映射成如實的或近實的1×1面積的線條圖形，叫做“繪形”或“造形”。所謂內修，是從詞彙立場出發，把詞所指涉的內涵藉相適應的造形烘托出來。具體說，就是把內在的音義從幕後拉到目前亮相，又叫「寫詞法」。造形、寫詞其實是同一回事的不同層面講法，造形著重於外在形體的塑造和容貌的照相顯出；寫詞把音義「輸出」「寄附」或「嫁給」依詞的形象造出對應的字形；或者說替語詞找一個佔一定位置一定空間並擁有世上唯一造形的家，讓詞不只可以被書寫、被目視、被掌握在手裡觸摸把玩；也可以被辨別、被比較、被聽見、被呼喚、被使喚。而被辨別、被比較、被聽見、被呼喚、被使喚就必須先有「名」、「名字」。所以，文字又叫「名」，如《周禮‧外史》：「掌達書名」，鄭玄《注》：「古曰名，今曰字。」名者鳴也，詞藉形講話，發出聲音發表意見；名者明也，詞藉形表明萬事萬物之表裡精粗。

漢字在體現語言中的「詞」時，有「一體兩身」，即具有：一圖形整體與語音、語義兩分身。圖形為詞之整體外形，語音、語義為詞之個別內涵。

獨體文以“意符”統一表現音和義，合體字分別以“形符”表義，以“聲符”表音。外形與內涵合一而非二物，亦即：外形是為體現內涵而設，內涵是

爲彰顯外表而出；這叫做：以形體詞，以詞顯形。我們說漢字能夠超越語言，而「見形識義」的關鍵，乃是「語詞」以其象形線條或圖形，與「語詞」所登錄的語音波段以及所映射的語義形象，完全同步地融合一起，進而與內在「概念」直接聯繫之故。

一、聯繫媒介

內外聯繫的媒介分兩種：

一）獨體文：又可稱爲「依類象形文」，以"意符"統合語音、語義，內外形成一對一的聯繫與對應，這是文字初創時比較簡單的表述方式。

二）合體字：又可稱爲「形聲相益字」，由於依類象形文的製作有其極限，其後進步到轉注，就作分工，把"意符"一分爲二，安排"聲符"表語音，派遣"形符"表語義及義類，然後將兩者進行組合（Combination）合體字。內外形成一對二的聯繫與對應。

以上意符、聲符、形符三者就是內外的媒介體，詳第肆篇第三章。

二、聯繫模式

內外聯繫的模式依造字史先後而分兩期：

一）早期：即四象或獨體或意符或依類象形或象形指事或象形處事造字期，其造形法爲透過繪畫、素描等法，把詞所指涉的內涵顯象出來，如象即繪象（elephant）長鼻大耳之形，馬是突出長鬣長腿巨頭之狀。其寫詞法可名爲"獨體寫詞法"，爲「三角模式」──即透過「以形體詞，以詞顯形」手法，把「詞」的內在音義，造爲渾然一體的"象形圖畫"或簡筆線條的"意符"，使人一望而知其意。圖示如：

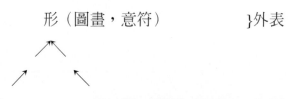

二）後期：爲建類或合體或形聲相益或形聲、會意、諧聲造字期，其造形法可稱爲"合體造形法"──先將本是象形、指事（或處事）文，轉化成形、聲符，然後透過數學上排列組合法，將形、聲符"配偶"成形聲、會意、

諧聲字。其寫詞法可名"合體造詞法"；因為不直接從實物實事繪製其形象，所以又可稱"間接造詞法"。其圖形為「矩陣模式」，其法，透過「音義分離」手術，把「詞」的內在元素，即音義——精確說，一為音節，一為義項，從連體狀態中剖開，走出世界，來到文字舞台，換穿形符和聲符的彩衣，擔綱演出「合體造字」，它們的劇目是：①形符×聲符＝形聲，②形符×形符＝會意，③聲符×聲符＝諧聲，計三種合體字。圖示如：

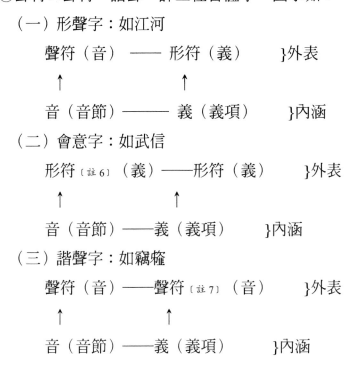

　　（一）形聲字：如江河

　　　　聲符（音）——　形符（義）　　　}外表

　　　　　　↑　　　　　　↑

　　　　音（音節）———　義（義項）　　}內涵

　　（二）會意字：如武信

　　　　形符〔註6〕（義）——形符（義）　　}外表

　　　　　　↑　　　　　　↑

　　　　音（音節）——義（義項）　　}內涵

　　（三）諧聲字：如竊籠

　　　　聲符（音）——聲符〔註7〕（音）　}外表

　　　　　　↑　　　　↑

　　　　音（音節）——義（義項）　　　}內涵

第四節　漢字特質

綜合以上三節討論，把漢字結構上特出的性質特徵綜合歸納成六點，簡稱「六質」：

　　一、高階文字，

　　二、綜合文字，

　　三、大塊文字，

〔註6〕這中間有轉折，即聲符兼表義，如信當從人聲或言聲。所以王聖美右文說謂聲中有義也。

〔註7〕這中間亦有轉折，即形符兼表聲，如盟從明聲或皿（血）聲；或從明義，取義於日月為監誓者，或從皿（血）義，取義於以皿盛血，歃血為盟也。

四、超重文字，

五、積木文字，

六、營力文字。

一、高階文字

所謂高階文字，據前述文字與語言及思維關係的研究，就是能超越語言和時空阻隔，能與思維或概念直接聯繫的文字。它具有普遍性，能喚起人類的知覺，而達到傳情達意的效果。

由於漢字發源於象形，而象形是簡化的圖畫，圖畫具有普遍性，能超越語言和時空阻隔，所以漢字易為人們理解，即使種族、語言、文化、風俗、習慣等不同，也能藉字形所透顯的詞意傳情達意，如孫中山先生與日本友人宮崎滔天用漢字筆談，也能溝通，所以我們稱它為「高階文字」——就好像高階電腦程式語言如 COBOL、BASIC，因為接近人們的溝通工具（指英語），較之依附於機械原理的低階電腦程式語言如 ASSEMBLE，更易為所人了解。換言之，漢字就像高階電腦程式語言如 COBOL、BASIC，離人們的思維、心理、概念等很近，好像共同語一般，較易為多數人共同掌握，所以可以稱為高階文字；而拼音文字完全依附於專門語種，若不通其語言則無法溝通，所以，我們可以稱它為「低階文字」。

二、綜合文字

日本學者森本哲郎說：「漢字的信息量很大，它本身正是一個 IC 板。」這句話似可解讀為：漢字由於以詞為單位，將其語音程式、語義訊息和圖畫形象三者一起「燒」入"詞"的 IC 板中，是典型的形音義三合一詞文字，簡稱"綜合文字"，或稱"三才文字"。它跟以音素、音節為單位，又沒有固定「燒錄」語詞於字形中的拼音文字比較起來，其負載的概念量多得多，語言單位也大得多，因之文字的品質隨之高出許多，也就是說，每一個漢字等於一個詞或一個完整概念，它所承載的語言、思維質量比世界上任何文字都來得大、多、高、重、濃、厚，可謂「方塊雖小，形音義俱全」。

綜合文字給漢字的壓力是：形音義皆可以選作準則，因此不論排序、檢索、輸入法、內碼編製等都出現多頭馬車。

三、大塊文字

所謂大塊文字，就是位階高、內涵富，僅可切割為形、聲符外，不論從形或從音或從義的界面，都不能再往下分析為如音節或音素等較輕薄短小少的組字單元的文字。

考現在世界文字，可以分為：漢字〔註8〕與拼音文字兩種。前者是以象形為基礎的形音義"三表"詞文字，後者可分為音節文字和音素文字兩類。音節文字其書寫單位（字母）表示語詞的一個音節讀音，不細分為輔、元音；音素文字則在音節文字的基礎上，將語音單位再分析為更小的音素，包括輔、元音，作為書寫單位（字母）。三者結構可簡示如下：

0 要素	1 漢字	2 拼音文字	
	11 詞文字／形音義合一文字	21 音節文字	22 音素文字
01 形→	字形表達詞義	字形僅載音無義	字形僅載音無義
02 音→	有 { 音節　音調 }	音節	{ 音強　音長　輔（子）音素　元（母）音素 }
03 義→	直接以形載義　間接以音載義	義包裹於音中　間接以形載義	義包裹於音中　間接以形載義
04 書寫單位→	一字一形，約 5 萬字，但無字母漢字	字母數目略多於音素文字	字母約二、三十個
05 例		日韓滿蒙文	英俄德法西葡文

從上表可各漢字形音義兼具，「裝備」最多，因此「體積」「塊頭」也最大，其次為音節文字，塊頭最小的是音素文字，堪稱「輕薄短小」。可以說，音節文字是「組合」位階最低、成分最單純的音素成為塊頭較大的文字，而漢字則「集大成」，「陶冶」形音義於一爐，成為多元素、多組合的文字，筆者稱為「大塊文字」。

大塊文字給漢字的壓力是：從字本身析不出音節或音素。而由於沒有音節和音素作析音的工具，使得漢語的聲音學的研究相對困難，變成"絕學"，不但走了許多冤枉路，也勞民傷財耗費歷代學者智慧精神。另外，為了普及教育

〔註 8〕由於漢字的獨特性，我們把它由專有名詞轉化為與拼音文字同位階的普通名詞看待。

不得不以"外掛"方式附建注音符號、拼音方案等達九種之多。

四、超重文字

　　所謂超重文字，指漢字是以一體成形的象形文為基礎，不能分割為較小的單位，而在單字與單筆之間又沒有字母這一層級，如拿形、聲符來充任，其數目相當龐大，所以不論組字或排序、檢索、製作打字機、印刷機，運作起來都不靈活，宛如超重者。

　　位階高低、內容多寡、塊頭大小，決定了書寫單位的數量。音素是語言中最低層次的語音單位，數量較音節少，其對應的書寫單位──字母也相應地少，如英文只用 26 音素字母，日文有 50 音節字母（假名）。至於漢字為典型的詞文字，必須一詞造出一個一字形，語言中的詞有五千個，即需造五千字，目前一般字典收字約六千至一萬，大型字典如《漢語大字典》收 56000 字之譜，其數量實屬龐大。

　　但是，漢字中佔大多數的形聲字都可以剖解為筆畫較少也具音義的"詞"根，如形、聲符──它們是漢字的公因數（common factor），扮演字母（Alphabet）的若干功能，可以給他"準字母"（Quasi-alphabet）的身分。因此，如把《漢語大字典》收 56000 字數，與英文只用 26 字母日文 50 假名，立在同一平面相比較，說「漢字數量太多」是不公平的，至少應該拿"準字母"──形聲符來評比較好。

　　但是，即使根據鄭樵：「以獨體為文，合體為字，立三百三十母為形之主，八百七十子為聲之主，合千二百文成無窮之字」的辦法，把 1200 個"形之主"、"聲之主"編為字母的話，其數目比日文字母多 24 倍，較英文字母多 46 倍，要掌握和運用它洵非易事。經這樣比較，筆者把漢字稱呼為「超重文字」。

　　要指出並強調的是：組字單位（Unit）或字母越少越利於科學化和資訊處理，反之則大不利。因此，建立像拼音文字那樣只以極少數的字母，即可拼出全部單字的單位或逕稱之為漢字母（ChineseAlphabet），是漢字改革之起點。

　　從另一個角度看，若要建立像拼音文字那樣只以極少數的字母，即可拼出全部單字的漢字母（ChineseAlphabet）的規劃，必須打破以"詞"或具有音義的"形聲符"為單元的建制，而朝向不以音義為局限的"線條"或"符號"的路線。

　　超重文字給漢字的思考空間是：具備準字母資格的形聲符因數量太多，而排除在漢字母候選人（Candidate）名單外，必須另行從"線條"或"符號"的

路線找出極少量字根作字母，才可以將組字、排序、檢索、內碼編製等問題完善解決。

五、積木文字

所謂積木（Building blocks）文字，就是書寫或組字單元的長寬及面積大小不一，且不一定放在同一水平線上，它們各有立足點，相互疊合在方塊的各個角落，宛如積木；它們或以點的方式獨立出現，或以線的方式一個挨一個同立一水平線上，更有許多以面的方式疊成不同層次，分布在1×1方塊內的各個位置。

漢字是方塊文字，外表看，其長寬相等，但其內部卻由於不同的組合方式、組合次數，字根數目、字根立足點，排列位置、行文方向等，而有不同的造型，宛如建築物——從建築結構講，有一層的平房，有多層的高樓大廈；從住戶說，有獨門獨院，有眾家公寓。舉口字為例，有一口獨立存在；有兩口的吅，一左一右呈線性排列；有上下兩口的吕，又有上下三口的品，上口為第一層，下吅為第二層，尚有 𗀂 𗀂 𗀂 字，其口分居不同行列、位置，各有立足點，也有不同的接觸面和面積。

對照拼音文字，它們有一個字母獨立成字者，更多的是由許多字母從左而右，一個挨一個連綴而成，各字母是等高、等寬、等距離、等面積，接觸面都在左或右兩面，並且立於同一水平線上。就像火車一般，有一節一節的車箱，這些車箱也是等高、等寬、等距離、等體積，連接面都在前或後面，並且立足於同一水平線上的軌道上，朝同一方向邁進。

將兩種文字比較：拼音文字是水平線前進的，就像火車一樣，前進的方向很明顯，所以筆者稱為"列車文字"（Train Writing）。漢字除水平線擴展外，也朝高空聳立，但垂直上升的高度和水平擴展的寬度，都受到限制，永遠逃不出 1×1 方塊的掌心，它前進的方向也不明顯，整個形體宛如靜態的建築物一般，所以筆者稱為"建築物文字"（Building Writing）。

積木或建築物文字給漢字的壓力是：字根必須依各該字的面積、長寬比例暨不同的位置，舖設在 1×1 方塊的左右上下等角落，因此，同一字根在各字的面積、長寬比例暨位置千差萬別，很難製出字根或字母打字機。所以，在第二波工業革命中，漢字的打字機排字機鑄字機印表機，全都給拼音文字給比了下去。

六、營力文字

所謂營力文字（Process Writing），就是漢字爲了維護 1×1 方塊文字的體制和機制，對於方塊內部字根必須搋扁、壓縮、扭曲甚至變形，這情形就像地球爲了維持內外力的平衡，就發動內營力（Hypogenic or Endogenic Process, Internal Agency）擠壓地殼一樣。

營力一詞在這裡專指內營力。內營力是地球科學名詞，指由地球內部產生的造山、造陸、拱陸和張裂等相對運動，造成地殼擠壓、撓曲、扯裂、拉曳等變動以及火山作用，來改變地表形態。〔註9〕

本文借其意說明漢字爲了維護方塊體制而對於內部字根進行"削藩""改造"運動。具體說，漢字外形永遠是方方正正、整整齊齊、平平等等，如日月皿三字，但它們連盟成"盟"字時，便"一切都改變了"——變得不方正、不整齊、不平等。茲舉例說明：

一）改變面積：如木 林 森 楙 檊 檊 檊之木的面積因字根增加而遞減。

二）改變距離：如口 吅 品 晶 ▱ ▱ ▱兩口間的距離因字根增加而縮減。

三）改變筆畫：如在左邊時水變形爲氵，冰變形爲冫，心變形爲忄，人變形爲亻；在下邊時火變形爲灬，心變形爲小。雖說基於美學觀點，但主要是爲了節約空間。

四）改變造形：如竹左爲𠂉，末筆一豎丨，而右爲𠂊，末筆一鈎亅；而竺篤之⺮則改變爲一點、。又如"又""艾"末筆爲乀，但在"桑""刈"則改變爲一長點丶。

五）改變長寬：如皿孟猛豔蓋寧之皿的長度與寬度隨位置、字根多寡而改變。

六）改變立足點：如口 吅 品 晶 ▱ ▱ ▱內同一"口"字而立足點各不相同。

筆者把這些變化稱爲"內營力現象"。拼音文字則沒有此現象，例如 WONDERFUL 是由 W、O、N、D、E、R、F、U、L 九個字由左而右聯綴而成，個別狀態的字母 W、O、N、D、E、R、F、U、L 和聯綴成字的 WONDERFUL 內的字母，其面積、長寬、形狀絲毫無異。

〔註9〕見林朝棨主編《中山自然科學大辭典》第六冊《地球科學》，頁208。

由於有內營力現象：

（一）造成漢字的同素異形體特別多，無論辨識、分類、讀音、排序、
檢索都增加負擔。

（二）因字形、面積、位置、立足點和長寬度變化，使得漢字在早期機
械化時代，不論打字、排版、印刷、鑄字作業都遠遠落後"輕、
薄、短、小、少、敏、巧、捷"的拼音文字。

第三章　強　弱

第一節　五　X

　　強弱分析亦稱優缺點分析。漢字是非常優美卓越的文字，但吊詭的是：優美卓越的本身卻是缺點藏身之處，拿《老子》58 章：「禍兮福之所倚，福兮禍之所伏。」暨牛頓（Isaac Newton, 1642-1727）之「凡生一作用力必生一反作用力」之力學定律，來形容漢字優——缺點關係，應該是很貼切的。

　　診斷漢字構造之優缺點主要源於：詞性、象形、面型、全行、隸刑等五個基因（Genes）的發展和制約。五基因後一字"性、形、型、行、刑"，漢語拼音均爲 Xing，以 X 音素開頭，所以又把五基因縮寫爲 5X。

一、詞　性

　　性指自然天性，即《荀子·性惡》：「性者天之就也，」「不可學、不可事而在天者謂之性。」《荀子·正名》：「不事而自然謂之性。」漢字是漢語的空間化、形象化、圖畫化和符號化，因此漢語的主要特質，如單音節、音節與詞對應、以詞爲造字單位、無詞尾變化等就成爲漢字的「遺傳基因」，而決定了漢字的性質，制約了漢字的稟賦和發展。所以討論漢字必不能略去漢語。漢語構詞方便，無詞尾變化，語法簡潔，辨義精審，發音單純，以及顚倒移動方便、以詞序決

定句意等基因，都「遺傳」或「拷貝」給漢字。簡截說，漢字是漢語「詞」的空間化、形象化、圖畫化和符號化，所以美國的 L.Bloomfiled 和蘇聯的 B.A. ИСТРИН等語文學者稱漢字為「詞文字」——以"詞"為造字單位，"詞"具一音節、一義項之天性，這些都如實映射到漢字中。亦即漢字和漢語「同步發行」其同一屬性。

但是，這天性也是漢字的「原罪」（the old Adam），因為以"詞"為單位，塊頭大、數量多，而使漢字失去產生像字母一樣能夠「以少生多，以簡馭繁」之拼字系統的機會；因為字以"音節"為單位，就失去以最小語音單位——音素標音的機制，使後來漢語聲韻學因沒有音素分析概念和工具方法，而成「絕學」，〔註1〕其書成「天書」〔註2〕；而今天拼音法的紛紜，〔註3〕追原溯因也肇於此；另外，為了保持"一字一義項"之精確要求，就不斷增形或換形、聲符，以造新字，所以，古今字、分別字、累增字等後起字數多。其他 4X 亦源於"詞性"，所以，詞性是漢字優、缺點之母和輻射中心。

二、象　形

漢字外表結構，根源於語言中"具有固定語音和意義能夠自由運用的最小造句單位"的"詞"，而最早的漢字是象形，所以，象形者象「詞」之形也，如"羊"這字「形」，就象"羊"這「詞」的輪廓外形，是簡化的圖畫——以頭為重點繪眼鼻，上有角。象形，即是以線條彰顯"詞"的形象，故象形之「形」，是代表詞的物質形貌及其抽象概念的符誌，都是具體的含音帶義的「聲歷身映畫」，所以表意生動而簡明；形聲出現後，合體字形中，標聲又標類，音義兼備，學習容易；一字中兼備音標〔註4〕、義標、形標，是高階文字，所以資訊量大，這是首要優點。

〔註 1〕見陳必祥主編《古代漢語三百題》，頁 123。

〔註 2〕見竺家寧《聲韻學》自序。

〔註 3〕現行在國內曾經討論過的拼音系統多達九種，計：國語注音符號第一、二式、漢語拼音方案式、威妥瑪式、國語羅馬字式、通用拼音式、國際音標式、郵政式、耶魯大學式。見民國 88 年 4 月 7 日中央日報 5 版。

〔註 4〕此處音標指音的標幟，如聲符。義標指標識事物種屬類別暨具體意義，形標指標舉該詞的具象或抽象之形狀，著重線條層面。

象形結構還有下列優點：

一）形成多采多姿的造型，產生世界唯一的書法藝術。

二）一字一個單元（unit），又無形態變化，沒有牽絲帶葛之累，所以移動換位乾淨俐落，派生出簡潔的構詞、修辭和造句法。

三）一字一詞一方塊，創造整齊的對聯、詩詞文學。

但是，象形文是一個詞的整體，不能從形體上分割出比詞更小的單元（unit），如詞根或詞幹，因爲一分割便如「七寶樓臺不成片段」，也當然不成其象形文了。因此，只能以“整塊”象形文爲單元來造合體字，但只489個象形文〔註5〕還不行，必須加上變形、簡省暨不成文的片段符號，才可組出全部單字，如第二章所述，計約在1200“文”之譜，這個數目比日文字母多24倍，較英文字母多46倍，由此造出五六萬單字，要掌握和運用它洵非易事。這造字單元暨單字「數量太多」是漢字重大問題；其次，由於它們數量太多，又引出字無定序，不便索引、編號等問題。所以，「以形顯詞」「以詞造形」「獨體爲文」的“象形”造字法，是漢字第二個優缺點的放射核心。

三、面 型

漢字爲了在一定空間內裝填音義，所以相當用心於字根位置的布局，有點、線、面三種造型，其中面造型，簡稱“面型”，依組合方式分爲三個次造型：

一）層疊次造型：依字根書寫（排列）方向，再分爲三個細造型：

（一）上下細造型：

1. 切合微造型→ 丄上丅下工正王。

2. 分離微造型→二二三昌炎亘畺殳旯旮，棗霝靈；鑫森淼焱垚叒，棼櫐，喦喿嵒㗊；叕茻燚，壘。

（二）傾側細造型：

1. 切合微造型→人久，

2. 分離微造型→多彡厶彳。

（三）斜敘細造型：

1. 切合微造型→入厶，

〔註 5〕包括象形364字，指事125，共489個，見林尹《文字學概說》，頁61。

2. 分離微造型→丶丷氵彡。

二）套疊次造型：

（一）匣匡細造型→同匠幽夕ヨ；

（二）原厈細造型→司令合仄コ；

（三）迂迴細造型→馬与弓己已；

（四）圓圍細造型→回國目日曰；

（五）巴已細造型→巴巳尸戶且。

三）交疊次造型：十七九又巾中弗木東束柬畢曲冉。

面型把眾多字根壓縮於 1×1 方塊中，使它們的立足點、分布位置不能整齊一致，而相同字根的面積大小、筆畫長短寬窄、筆勢形狀則變化多端，以及由此導出筆順、排列次序的不確定、不一致，組合方式的多樣化等，使整個單字的組織系統變得錯綜複雜。要把這些屬性或知識完全饋入電腦，是一大挑戰。

面型把眾多字根壓縮於 1×1 方塊中，從另一角度看，它的語言承載量很大，所以節省紙張油墨，電腦化後漢語詞所需的記憶體，也比拼音文字小很多。這是它的優點。

四、全 行

漢字 1×1 方塊，長寬相同，面積相等，可以四面八方"全方位"運動，排行非常靈活，適於迴文創作暨交通路線標示等特殊用途；但也造成：「中國正中，中正國中」，「章孝嚴〔註6〕、嚴孝章〔註7〕」「棒球　球棒」「王大空，〔註8〕空大王〔註9〕」「本日大賣出，出賣大日本」等"正向逆向，自由自在；斜行傾出，各逞其態；左轉右彎，悉聽尊便；上衝下闖，縱橫天下"的情形。不但影響閱讀速度、圖書的管理、文件組合的一致規格，甚至發生語意解讀歧異或錯亂等嚴重後果。

─────────────

〔註 6〕現任國民黨秘書長。

〔註 7〕曾任全國棒球協會理事長。

〔註 8〕名作家。

〔註 9〕股市作空大戶。

五、隸　刑

　　隸乃"徒刑"之名，如《漢書・刑法志》:「隸臣妾一歲免爲庶人。」《注》:「顏師古曰：男子爲隸臣，女子爲隸妾。」此處借用以形容由篆書改寫爲隸書之變革——隸變帶給漢字的影響。隸變是漢字發展史上最重大的里程碑，標幟古文演變成現代漢字的起點，其基本肇因是：人們求書寫之流暢便捷，並適應書寫工具如竹片的狹長特點，把圓筆改爲方筆，曲折線換成直線；筆順則簡化爲：從上而下、從左而右、從外而內等等。從人體工學角度講，是一種進步或進化。但是，這一大變革，也革出不少冤、錯、假、亂、暴的「刑」案。如本來相連的結構如𧉢，是栩栩如生的眼鏡蛇，隸變後，被斷頭成"它"，歸入"宀"部——「它」有毒，又喜噬人，怎能任它入人之「家」呢？又如燕鳥烏舄是翱翔天空的飛禽，魚是悠游深淵的水族，均有流線型的尾巴，隸變後竟變成烤焦的鳥，紅燒的魚，活生生的東西竟橫遭虐殺。

　　但是，隸變對文字最大的傷害，還是在破壞象形文！象形文一遭破壞，則產生如下連鎖的負面反應：

　　　　一）文字與語言連繫的臍帶被剪斷，

　　　　二）以形顯詞的關鍵被拆卸，

　　　　三）以詞造形的美意被扼殺，

　　　　四）見形識義知音的功能被壓縮，

　　　　五）把一體成形的圖畫變成支離破碎的線條，

　　　　六）把感性兼理性的優美圖案，變成冰冷的幾何圖塊和需要死記強背的
　　　　　　　符號。

　　從文字學角度看，隸變之"刑"，

　　一）紊亂了：1 部首系統，2 聲韻系統，3 訓詁系統——總的說，是造成文字的斷層、扭曲與紊亂。舉例說，漢武帝以後，先秦文獻需要博學之士解詁，出土文字只有少數專家才能解讀。

　　二）增加識字負擔，這又分：

　　　　（一）一個形體演變爲許多不同寫法，稱爲「同素異形」，如水變化出氵
　　　　　　　氺六，火變成灬小，心變成忄小；

　　　　（二）許多本來不同寫法譌成同形，稱爲「同形異素」，如杰鳥燕無顯焦
　　　　　　　之灬，平白製造出許多舛錯。

三）此外，誠如趙安平所說，在隸變階段，造成：

（一）通假字急劇增多，

（二）大量形近字混同等弊端。〔註10〕

隸變造成這麼重大傷害，似乎並沒有喚起人們的警惕，大陸政權自 1949 年後，執意「走世界文字共同的拼音方向。」「在實現拼音化以前，必須簡化漢字，以利目前的應用。」〔註11〕簡直是"第二次隸變"！且與我們密切相關，對於它的成效，拼音化且不說，單就簡化漢字言，誠如陳新雄先生說：「所得者少，所失者多」，〔註12〕可視爲定評。

從隸變到簡化，均使中國人爲此付出沈重代價，可謂爲加諸漢字的刑罰，故稱之爲"隸刑"。

綜合以上各目，除隸變利少弊多外，其他可謂：利弊相倚，福禍相伏。以下即以 5X 爲內建遺傳基因（Gene）或驅動程式（Driving program），將其發表於外的生理及病理現象，分成優、缺點兩方面說明。

第二節　優勝之處

一、直接優點

一）語言層面

（一）有六書原理

六書爲造字法、造詞法、用字法，它一方面創造並開拓漢字綿延不絕的生命，一方面因性能優越使漢字歷久彌新，爲廣大漢民族愛用，其要義詳見第參篇。以五 X 論，六書涵蓋五 X 中的"詞性"、"象形"兩屬性。

（二）無形態變化

漢字無性（geder）、數（number）、格（case）、稱（person）、時（tense）、相（aspect）、態（voice）、式（mood）、級（degree）、體（style）等語法範疇的形態變化，但是對語意、語義、語境的表達，以及主賓關係、單複句內外層次

〔註10〕見趙安平著《隸變研究》，頁 77，78。

〔註11〕毛澤東語。

〔註12〕《中國文字的未來》，頁 11～18。

的交代等，並沒什麼妨礙，主要原因在：漢字與漢語完全對應，很自然地發展出一套適合漢語特性、風格的機制。這個機制包含詞彙、語法、造字、構詞手段，並交互運用，從而創造出天衣無縫的語法網路。漢語這種無形態變化的基因（Gene），使漢字非常簡潔，所以美國學者 Dr.Rudolf Flesch 大爲讚賞。

　　1. 在造字及構詞手段上，漢字是善於將語法範疇，直接鑲進字內或詞彙裡。舉例說，在性（geder）的範疇方面，我們用"他"表英語的 he，用"她"表英語的 she，用"它"表英語的 it，用"妳"表女性的 you，用"你"表男性的 you，而"他她它妳你"是不同的詞彙。不過，有人會說，這是近代受西洋文法影響而產生的區別。然而，在古代的日常用語，卻充滿這種把性的範疇直接鑄入的文字，如：

　　1）妊、娠、女黽，都表示婦女"懷孕"的意思。可是，從英語 gestation, pregnancy, with child，卻看不出懷孕的主體——婦女的信息。

　　2）又如"娩"表示婦女"生產"的意思，可是從英語 child-bearing, child-bed, child-birth 卻看不出生產的主體——婦女的身影。

　　3）再如"娶、婚、婭、姻、嫁、婿、妻、妾、婦、娉、妯、娌、嬸、嫠、孀"，表示婚姻中以婦女爲"主體"的地位，可是從英語 marry，get married, marriage, wedding 及 husband， aunt，wife , widow 中，卻看不出有男女主角參與的意涵。

　　4）其他從男、從人、從士者多表男性，如舅甥伯侄僕僮僚佐僧儈儐使儒壻。

　2. 在語法手段上，漢字也是善於使用下列方式圓足語法或修辭需求：

　　1）詞綴：如 阿－ 老－ 第－ 初－ 頭綴，－子 －兒 －頭 － 化 －性尾綴。

　　2）聲調調整：如當機械師、當機立斷、電腦當機之"當"，從容、從前、侍從之"從"，聲調不同，其詞類、意義亦隨之變異。

　　3）前後加字以別義：如"早點"一詞，有（1）早餐，（2）早一點，（3）軍隊裡早上點名等三義，必須在前後加"吃／來／軍隊"等字，使語意明白。

　　4）重疊：如滔滔，呼呼，烘烘，蕭蕭。使聲音拖長，掩映出外在物質的

情態和它加諸觀察者的感受。

5）雙聲疊韻：如彷彿徬徨，流連繾綣，使聲音拖長，烘托出內在惶惑情緒或依戀的感情。

6）兼詞：和4）、5）相反，是把聲音縮短，暗藏內心情緒或感嘆、詰問等語氣，如《論語》裡：

（1）「舉直措『諸』枉」「我不欲人之加諸我也」「乞諸其鄰而與之」「君子求諸己」「吾聞諸夫子」「子張書諸紳」；楊伯峻《古漢語語法及其發展》謂：「『諸』是"之於"合音合義詞，"之"為代詞，"於"為介詞，所以『諸』兼有代詞和介詞的作用。〔註13〕

（2）「山川其舍『諸』」「求善賈而沽諸」「堯舜其猶病諸」「吾得而食諸」「子路問聞斯行諸」的『諸』是"之乎"合聲，可用於疑問、反問、感嘆句；楊伯峻《古漢語語法及其發展》謂：「『諸』是"之乎"合音合義詞，"之"表示作賓語的代詞，"乎"表語氣詞，『諸』兼有代詞和語氣詞的作用。」〔註14〕

（3）「告諸枉而知來者」，楊伯峻《文言文法》謂：「常用的『諸』字，有時是『之于』兩字的合音，"之"是代詞，"于"是介詞，那麼，這一『諸』寧便同時既起代詞作用，又起介詞作用，"一身而兩任"了。因此，我管它叫兼詞。」此外，文言文中的"旃、曷、焉、爾、然、若"等都是兼詞。〔註15〕

7）詞序：如狗咬人，人咬狗，狗人咬，人狗咬，咬狗人，咬人狗——詞序不同，主賓關係即隨之易位，而動作主客體的品格、心態，及生動的圖像、趣味亦豁顯出來。

8）虛詞，又叫語法功能詞（fuctional words），這是漢語／字裡重要的手段，其法是把副詞、介詞、連詞、嘆詞暨表語法範疇的虛詞／功能詞，透過假借或改變詞性的方式從實詞轉化過來，專門用於完成語法任務。其中，表示語法範疇的專門字眼，應是使漢字免於形態變化的樞

〔註13〕見楊伯峻著《古漢語語法及其發展》頁 12，惟例句除末句外，皆筆者所加。

〔註14〕同上註，頁 13，14，惟例句除前兩句外，皆筆者所加。

〔註15〕《實用漢語語法大辭典》，頁 323。

紐，如：

（1）表數（number）的“們、諸、眾”及“件個條張面台棟架艘輛”
　　　等單位詞，

（2）表相（aspect）的“已、經、曾、嘗、過、正、將、著、了”字，

（3）表態（voice）的“被、叫、給、爲、讓”字。

漢字實詞／詞榦（意義的承載者）有了這些虛詞，就直接連綴上，不需要像英文一樣幾乎每個實詞都要關照語法範疇，如「三單現」──第三人稱、單數、現在式。所以，漢字不需要形態變化。

3. 在詞彙手段上，漢字更善於使用，其法有二：

1）換用字形相異但同義的詞，如“來”，可換用“來臨、光臨、駕臨、賁臨、蒞臨、蒞止”；諱言“死”，則改用“亡、逝、崩、薨、大行、歸西、羽化、兵解、大去、正丘首、歸道山、入仙籍、返瑤池、上天堂、駕鶴西歸、脫離苦海、蒙主恩召、魂歸天國”等。

2）外加限制詞，如“人”前加“男”“女”，禽獸前加“公母、雌雄、牝牡”以別性；又如在“日”“天”前加上“明、今、昨、前、往、昔、曩、近、剛、剛才、正、正要、著”，以別現在、過去、未來三時（tense）。

（三）一詞造形

以五 X 論，一詞造形劃入“象形”屬性。其優點試歸納如下：

1. 造出個個獨立、平等、自由、等長寬、等面積的單位（One unit）字，即方塊字。

2. 由於是等長寬、等面積的單位字，所以對聯、律詩、絕句、駢文成爲漢文學所獨有。句子排列起來，整整齊齊，方方正正，非常美觀。

3. 由於個個獨立、平等、自由，所以會有「狗咬人」「人咬狗」「咬人狗」「咬狗人」「人，狗咬」「狗，人咬」等，只需進行單純的排列（Permutation）、組合（Combination）而不需加什麼詞形變化就能成立的句子。也就是成就了以詞序決定語義的語法。前述美國學者 Dr. Rudolf Flesch 對此有極深刻的描述：

現代漢字的主要原理，正好與現代機械的原理相同，它是由標準化

的、預先製就的、依功用而設計的各種零件所組合的。換句話說，

中文是一種裝配線語文，所有的字祇表示主要的意義與目的，並按
一定次序彼此接合。字的次序極為重要，正像裝配線上各種作業的
次序一樣。〔註16〕

這種"像裝配線上各種作業的次序一樣"的驅動力，無疑來自漢語本身，當它透
過單音節、單義項"詞"而顯像為象形文時，也同步移植入漢字，成為"一隻看
不見的手"〔註17〕操縱構詞和造字的運行，正如蘇軾所謂「如行雲流水，初無定
質，但常行於所當行，常止於所當止，文理自然，姿態橫生。」〔註18〕所以，漢
字的內在肌理，具有自動黏合語詞的反應系統，或具有操控裝配線一樣的驅動程
式（Driving Program），這點，蘇聯 B.A.ИСТРИН 氏也有相同的體認，他說：

表詞文字（如古漢字）表達語言劃分為詞，它還經常反映詞的句法
順序，在許多情況下也反映言語的語音。〔註19〕

這種"經常反映詞的句法順序"的能力，使漢文的文法非常系統化而且簡潔明
確，讓我們一看前文幾個字，就可掌握下文的大概路線和語意輪廓。

4. 由於詞帶獨立意義，且與字形一對一的對應，所以漢字可以拋開語音，與
形義直接聯繫；加之，所有字皆根源於象形文，如"明"從日、月，日、月雖因
隸變而稍微走樣，但象形的老底子還在，輪廓依稀可辨，亦即字形本身是有形象
可察而知意，可以獨立於語言之外，所以表意的功能是直接的、普遍的。這一點
又產生另一效應——漢字不隨語言變遷而變遷，故國父 孫中山先生可以與日本
友人宮崎滔天以漢文「筆談」，今人可以直接閱讀幾千前的文獻而不會有太大困
難。由於漢字具有這些優點，瑞典漢學家高本漢曾說「中國政治上之統一得歸功
於文字，如果要用世界語，只有中國文言可達到」〔註20〕；杜學知先生認為「漢
字可以為全人類共同的表意工具，亦即可作為超語言的世界語文字。」〔註21〕

〔註16〕 《漢字世界語發凡》，頁84。

〔註17〕 英國經濟學大師亞當斯密（Adam Smith, 1723-1790）形容自由經濟體制中價格機能
時用語。

〔註18〕 見蘇軾〈答謝民師書〉。

〔註19〕 《文字的產生和發展》，頁35。

〔註20〕 見孔師仲溫‧林師慶勳及竺家寧先生編著《文字學》，頁29。

〔註21〕 《漢字世界語發凡》，第六章。

（四）二維排列

以五 X 論，二維排列歸於“面型”屬性。其優點是：

1. 印刷省紙。

2. 信息密集，又爲複腦文字，資訊傳遞快速，〔註22〕故閱讀上比一維結構如排列成長條的拼音文字較不費時，對需爭取瞬間時效之作業及人員，如駕車、飛行、飛彈操控等非常有利。

3. 易表現書法藝術及對聯、律詩文學之形式整齊美。

（五）字詞相應

由於漢語的“詞”沒有語法變化，單音節而且是自然的能夠獨立運用的語言單位等特點，使它自然成爲一個切割／搬運單位，漢字就在“詞”的這種特點上被建立／創造出來。所以，漢字和漢詞是一對一地相應。〔註23〕

但漢語一經漢字寫定，其書面形式便永遠保留當初的訊息，像少女透過相機，留下倩影；又像磁碟在製字刹那，便將音義及思考模式、概念都錄在裡面，成爲永恆的訊息，可作爲歷史、語言、文化考古的第一手資料；還有，由於它的存在，對語言的善變，也產生制衡和延遲作用，使音義的變遷降至最低。亦即漢字和漢語間趨近於恆等式的相應和孿生態的共存。這相應使語文能長久接近一致，所以，今人能越過時空的阻隔，透過閱讀古文獻，親炙千百年前古人的言詞／謦欬，而無多大隔閡。這優點大爲高本漢激賞，他在《中國語與中國文》一書中說：

> 中國政治上之統一，得歸功於文字，如果要用世界語，只有中國文言可達到。像《尚書》至今二千餘年，仍可知其文意。〔註24〕

（六）以形表詞

以形表詞的「形」爲象形圖畫線條的意思，與形聲的「形」表義類者不同。

南宋鄭樵統計當時所見字 24235 個，其中 21810 字爲形聲字，佔 90%，其餘爲非形聲字。非形聲字指依六書之象形、指事、會意所造之字，裘錫圭先生

〔註22〕孔師仲溫・林師慶勳及竺家寧先生編著《文字學》，頁 29。

〔註23〕中國第一部語法著作爲馬建忠著的《馬氏文通》，稱詞類（part of speech）曰字類，應源於這種體會。

〔註24〕孔師仲溫・林師慶勳及竺家寧先生編著《文字學》，頁 29。

稱為意符，筆者把前二者列入「廣義象形文」。〔註25〕而形聲字由形符（又稱義符）和聲符（又稱音符）構成的，這義符和音符都是從意符／獨體文／依類象形文「轉類」來的，所以底子還是象形文。

象形文的特色是圖畫表意和約定成俗的符號，人們一看到它，就了解字意，這叫「以形表意」；因為字——詞對應，所以「以形表意」即是「以形顯詞」「以詞造形」。例如"日"，象形文作 θ ⊙ Ɵ，儘管線條由曲而直，但老底子還在，只要略加解說，就能進入情況。日本人從實踐中得知漢字形體的圖像性，有促進認知和鞏固記憶的作用。〔註26〕近來有人認為漢字「以形表意」的功能有限，其實，從小篆以上的古文來看，是蠻容易體會的，只是隸變切斷了這臍帶；加之，近年簡化字又火上加油，聯合起來惹的禍，誰叫他們把"鄧難勸雙漢"變成"邓难劝双汉——全是油（又）"呢。

（七）形音義合

漢字是「以形表意」或「以形顯詞」的，所以，"形"不只是線條而已，而是帶音義的「聲歷身映畫」，所以漢字是形音義三位一體，完全合一不可分割的「化學分子」結構，這是漢字的特色，也是了不起的優點，其他拼音文字是望塵莫及的——拼音文字的"形"只是"音"的顯像而已。

大陸學者潘文國將世界「語言分成三個類型：音素語、音節語和形音義一體語。……第三類在第二類的基礎上再加上一音節、一義的特點，其文字形態也與這一特點一致，這類語言只有漢語。」他說漢語是「形音義一體語」確實點出了漢語的精髓，「其文字形態也與這一特點一致」更點出了漢字的本質。〔註27〕

以形表意或「以形顯詞」「以詞造形」的優點是透過「人同此心，心同此理」的媒介，使漢字具有超越空間、不受語族的隔閡等強大滲透力，像樂符或數學、理化、交通符號一樣，不需太大困難，就能直指人心，為全世界人類所共識，所以它具備世界文的資格。若要提倡世界通用文，漢字應當是捨我其誰的中選者。

〔註25〕筆者把會意字列為依「形聲相益」組合法產出的合體字，屬廣義「形聲字」，如此，則形聲字超過90%而達98%以上。

〔註26〕見方文惠主編《英漢對比語言學》，頁22。

〔註27〕見潘文國著《漢英語對比綱要》頁161。按：筆者看見此書是在撰寫第一章屬性「三才一體」節完成後，大有「所見相同」之感，特註於此。

（八）音義雙符

「形音義合一，成不可分割的一體」這句話著重在 "形——義" 的直接溝通，而「音義雙符」則強調佔 90% 的形聲字具有音符和義符，使人們在識字過程中，同時掌握讀音和意義，並方便和同類字聯想——見 "漢" 字，就從 氵 而認識河清滿潮等字；從 莫，就學會嘆歎艱難等字；而且一字一形，不會跟他字混淆發生辨義辨音問題。根據統計，漢字音符預示力（見字識音率）約為 54%，義符預示力（見字識義率）約為 28%，〔註28〕和漢語拼音方案相比，後者只有見字識音率，可達 100%，但對同音詞和同形詞則幾無招架之力，「這給分辨字義很大不便，大大影響文字的習得效率。在印刷書刊時，這些字母的上面，再加上調號，由於字迹清晰，也還可以；但如果是手寫體，漢語拼音頭上的點和下伸的腳，與拼音字母混在一起，恐怕要呈現一種混亂的模樣了。」〔註29〕

（九）組詞便利

由於漢語或漢字具有美國學者 Dr. Rudolf Flesch 稱為「裝配線文字」，〔註30〕蘇聯學者 B.A.ИСТРИН 謂漢字「經常反映詞的句法順序」〔註31〕的能力。筆者把這優點概括稱為 "內引力"（internal attraction）或 "內導"（internal arrangement force）"內序"（internal order system）——指漢語及漢字具有一種導引各語詞於一定位置、一定次序、一定關係和一定軌道，建立內在聯繫（internal relation, inner link）的先天能力。這內建能力就像萬有引力（universal gravitation）一樣，雖不為人所目見，卻維繫星球運行的秩序，能使漢字的排行、組合、移動、增減、顛倒、插播、剪接、修改，非常靈活，極便於組詞、造句、對聯、詩詞創作和閱讀，尤其是速讀。

現專就組詞來看，B.A.ИСТРИН說：漢語（按：漢字亦同）構組複詞的方法，幾乎只通過原來單音節詞組合方式來進行。〔註32〕如以 "電" 起首的的電子、電腦、電氣、電機等科技名詞，根據筆者粗略統計，約有二千多個，而以

〔註28〕見解志維〈漢字和漢語拼音的具體比較〉文載許壽椿主編《文字比較研究散論》，頁 177。筆者按：如使用正體字及稍習文字聲韻學常識，其預示力必然大大提高。

〔註29〕見同上註《文字比較研究散論》，頁 177。

〔註30〕Dr.Rudolf Flesch 說見杜學知《漢字世界語發凡》，頁 84。

〔註31〕《文字的產生和發展》，頁 35。

〔註32〕同上註，頁 156。

"電"收尾的名詞，也有一千多個，即以在台灣有股票上市的公司簡稱論，就有聯電、士電、太電、華電、中電、宏電、明電、榮電、中興電、三洋電、台積電、台達電、楠梓電、華邦電等約三十家，可見其方便性、簡潔性。

（十）一音義詞

原始漢語是以單音節、單義項的"詞"為單位的，當詞被一個個製成唯一的外形時，這 1 音節、1 義項、1 象形、1 內序（internal order system）的「基因」，也自然成為漢字的天性，配上 1×1 的"一個矩形方塊"，這五個「一」使漢字成為記錄漢語的最小單元，宛如人體「細胞」（Cell）一樣，可以作各種排行、組合、黏接、拆卸、插入、填補、位移、顛倒等運動，這使它無論在拼音方案、錄音轉字、對聯創作、電訊輸出等各種領域上都發揮靈活、簡易、整潔的超級附加價值。

二）幾何層面

（一）四方美觀

漢字外形長短高矮寬窄大小相等，成正方形，所以又叫方塊字，王雲五利用它發明四角號碼查字法，書法家運用它多采多姿的造型寫出美麗的字體，產生世界唯一的書法藝術。筆者運用它規劃出：I（一元）、X（交叉）、E（匣匡）、F（原厓）、S（迂迴）、O（圓圍）、P（巴巳）、Y（傾斜）、T（上下）、H（左右）共十個字型。

（二）移動便捷

方塊字一字一個單元（unit），又無形態變化，沒有牽絲帶葛之累，所以組合方便，只要詞性詞意符合構築複合詞條件，就可以透過簡單的排列、組合公式，造出許多複合詞；其次，修辭、造句方面，可以前加、後補、中間穿插一字數字，達到修飾美化效果，而無詞形之累和太多語法關係問題。

（三）便於對仗

對聯、駢文、詩詞，運用漢字五個"一"的特性，創造獨步世界的文學。相傳明代學者解縉，嘗書「門對千竿竹，家藏萬卷書」對聯，對門富翁，有意為難他，就把竹截去尾榦，解縉不慌不忙，就在"竹"下加"短"，"書"下加"常"；富翁見聯，又把竹株連根刨起，解縉也立即在"短"下加"無"，"常"下加"有"回敬。這在拼音文字國度，是不可能的趣事。

（四）節省紙張

據蘇聯印刷科學研究所統計，表達同一文句，用漢字比用俄文約少四分之三。〔註33〕漢語學者袁曉園先生也曾指出：聯合國文件的五種語言的正式文本中，中文本總是最薄的。〔註34〕這是由於每一漢字的語言承載量比其他文種來得高、大、厚、重之故。

（五）佔空間小

漢字的語言承載量的優點，也表現在電腦上。根據王懋江先生以電腦實測中英文詞匯長度，「平均用 4 個漢字可以表示一個概念或對象，而英語卻需要的平均長度是 16 個字符（母）才能表示同一個概念或對象」，〔註35〕換言之，如以一個漢字需 2 個 byte，一個英文字母需要 1 個 byte 來儲存，則儲存英文語詞所需記憶體空間，是漢字語詞的二倍。所以，結論說：「對於表達同樣概念或內容的漢字和英文字，由於漢字表達能力強，用的字少，因而所佔計算機存儲量少，並使計算機的運算量也小，故漢字更便於計算機處理，這應該說是漢字的一個強點。」〔註36〕

（六）可全向排

由於漢字是 1×1 方塊，且無語尾／形態變化，每個字都是自由、平等、獨立的。所以，可以往左、右、上、下方向甚至往左上、左下、右上、右下方向排行，這在迴文、碑帖、扁額、交通標誌等方面有其意義和價值，但就避免閱讀混亂言，多向排列是應該被限制的。

二、間接優點

指由於使用漢字結果，間接累積成豐沛漢字的力量。

一）文獻宏富

由於漢字具超時空特性，後人可以閱讀幾千年前的文章，並加校讀、注疏、

〔註33〕《文字的產生和發展》，頁 100。

〔註34〕《文字比較研究散論》，頁 132。

〔註35〕見王懋江〈中英文詞匯的詞長及排序時間比較〉文，見同上註，頁 138。

〔註36〕見同上註，頁 139。筆者按：若從以 26 字母能組合所有英文詞彙的觀點看，漢字目前是無法跟英文相提並論的。因為漢字每字需 2 個筆框（Byte）存儲，以 BIG-5 碼存 13053 單字算，就需 26106 筆框的存儲空間，而英文字母及符號只要 2 個筆框存儲就夠了。

詮釋、翻印流傳，所以書籍不亡文獻不滅歷史不斷，所以先聖先賢亦精神不朽，他們的智慧，啟迪後人精益求精；他們的偉大教訓，不斷鞭策子孫奔向成功和幸福，這就是中華民族能越來越強盛繁榮，越來越博厚高明，迨至成為世界文化重心和人類文明燈塔的淵源。從刻於甲骨的卜辭算起，累積至今，其書籍文獻之豐富可以「浩如煙海」形容，這不單是國人的資產，也是全人類的資產，善加運用，可以再創造人類的文明，更增進世界的福祉。析其內涵，則有：歷史長、學科全、著者多、注疏豐、彙集好、印刷富、流布廣、傳承遠。

二）使用人多

英語是世界上使用最廣泛的語言，全世界共有 6 億多人講英語〔註37〕；但使用人口最多的語言，當推漢語，人數超過 10 億。〔註38〕由於語、文不分家，推測會用漢字的人口當亦超過使用英文人口，這也是漢字的優勢。

第三節　缺失之所

一、直接症候

一）一詞造形

由於詞帶獨立意義，且與字形一對一的對應，因此，使形與詞成為「連體人」，照牛頓之「凡生一作用力必生一反作用力」之力學定律，亦相對產生「負面」效應，試分析如下：

（一）為了保持詞文字的特點，使字形與詞保持「恆等式」的對應，一有新的事物或詞產生，就要調整形旁、聲旁或造新字，於是古今字、累增字疊床架屋。

（二）一詞一形，詞若有一萬，即需造萬字，上古字數不多時，便引發假借字通行甚至泛濫，今天則苦於字典收字太多。

（三）與拼音文字相較，一詞一形使漢字的獨體文無法切割，合體字也只能切割到形符、聲符為止。而形聲符數量遠多於拼音文字的音素和音節，因此

〔註37〕見柳眉、金必先編著，《世界常用語言入門知識》頁 2，1993 年，北京人民大學出版。

〔註38〕見班弨著，《中國的語言和文字》頁 11，1995 年，南寧‧廣西教育出版社。

無法充當「字母」。推本原因，即在一詞一形的漢字所負載的語言量太大，亦即字形所體現、所代理、所包容的詞，包括了一個音節和一個義項，所以無論「層次」「內涵」或「數量」「重量」「體積」「品質」「密度」，都比拼音文字的音素高，也比音節文字的單純音節來得多、大、濃、密、稠、重、厚。這種以詞為單元的文字，對造詞、修辭、語法運用，對聯、詩詞文學創作及語意、語義研究等非常有利，然而利兮弊所倚，益兮害所伏，利益與弊害為一體兩面，其弊害集中映射於字形。換言之，漢字之優、美、精、潔，在於充分體現漢語內在之音、義、詞；而漢字之拙，則轉嫁於外顯之線條組織。所以說，漢字是以"形"之大載量、大體積、大頓位、多維度、多層次、多內涵所形成的"超大積體電路"（Super Macro-IC）為代價，換取音、義、詞及其延伸之語法、詞彙之「簡易」的體質和「以簡馭繁」功能。所以，漢字最重要的，反而是內涵的「詞」，而非外顯的「形」。形的優點在於象形，造字者最高標準是使其「見形如見詞」；而「形聲相益」造成的形聲、會意、諧聲三種合體字，皆由依類象形的獨體文組合而成，獨體文與合體字就成漢字的兩系。所以，漢字可以說是「象形為基礎的詞文字」。其缺點，一言以蔽之，就是：山頭多、門戶多，以致無「以簡馭繁」的統領，也就是沒有定形、定量、定序、定讀的字母。

（四）由於詞帶獨立意義，且與字音一對一的對應，當詞義或詞性有增減變化時，字音隨之作調整，所以破讀、破音字多。

（五）漢語單音節的特點為漢語詞彙的豐富和發展提供非常有利的條件，而漢字似乎也能充分配合完全體現這優點。

二）二維排列

以五 X 論，二維排列歸於"面型"屬性，其缺點是：

（一）直接表述方式複雜，效果差，如「章」是立早豎疊，「張」是弓長橫列；若遇剖解紛紜字，如「竟」是「立日儿」還是「音儿」？「陽」是「耳（阝之俗稱）日一勿」還是「阜且勿」還是「阜一易」？便有得吵；遇複雜字如「鬱」更困難，只好用「憂鬱的鬱」描述方式來替代，若不識「鬱」字，便無效，所以不利於口頭傳訊及教學。這當然並不全是二維排列的錯——另一半是由於漢字沒有定形、定數、定序、定音的字母。

（二）不論電傳或電腦化都很困難——當然有大半困難是來自沒有字母的

緣故，但二維排列也是一大障礙則爲不爭事實。

（三）不便於編字典及索引；報上常見「××治喪委員名單」按姓氏筆劃多寡排列，要一筆一劃去算「姓」的劃數，如同劃數則要再以第二或第三字去比，較之英文一律按 26 字母序，一望即"搞定"之簡易，實令人「沮喪」。

（四）不便於非常用字或罕用字的輸入：現電腦內漢字集，少則收 13050 字，多則約二萬二千字，但對戶政人員或歷史、文字研究者便覺不夠，他們常常碰到「打不出字」的困境，這時便要造字。若嫌造字麻煩，權宜之計便是將兩字捆綁一起縮小。譬如字集內沒有「畑」字，便將火、田兩字併一起縮小到 9 號；但遇「灁」便不能這樣，因字集內沒有「氵」字。畑、灁還是「左右型」一維線性排列字，便已荊棘滿徑，若碰上像 XEFSOPYT「二維面性排列」字型，便不能將兩字捆綁一起。例如要輸入「柴」，就沒法將此、束兩字一上一下捆在一起了。

本論文的重點目標在追求漢字電腦化及提升中文電腦功能，因此，漢字的二維排列的障礙是必須突破的。

三）其　他

（一）缺　少

1. 從形言：漢字有三缺

1）缺字母：指沒有像拼音文字系統能以二三十個字母（Alphabet），就能拼出所有漢字的基本字根。

2）缺定部：指作爲字典的部首或索引鍵（key）出現多頭馬車，迄無一定，又分：

（1）義符方面：從許愼《說文》分爲 540 部〔註39〕起，歷代字書對於許書分部，多有依違離合之處，主要原因爲部數太多，其次是隸變造成筆畫變形，再次是形聲難分及部無定位。計有：唐朝張參《五經文字》分爲 160 部，宋朝鄭樵《象類書》分爲 330 部，遼朝僧行均《龍龕手鑑》分爲 242 部；明朝梅膺祚《字彙》分爲 214 部，後世字典多宗之，如

〔註39〕 許愼《說文》分爲 540 部，後世稱爲部首，大部分爲形（義）符，但亦摻有少數聲（音）符，如丩句等部，其後所編字書亦如此，但總的說來，還是以形（義）符佔絕大部分，爲簡化計，我們採模糊處理，視部首等同於形（義）符。

《正字通》《康熙字典》《中華大字典》《中文大辭典》。中國社會科學院編 1978 年出版之《現代漢語詞典》收形旁 250 個；徐中舒主編 1985 年出版之《漢語大字典》則以《康熙字典》214 部爲基礎，刪併爲 200 部；王竹溪編纂 1988 年出版之《新部首大字典》號稱只 56 部，其實一部中所含「變體」甚多，總計也有 156 部以上。台灣方面，文建會委請周何、邱德修、莊錦津、沈秋雄、周聰俊五位先生整理的《中文字根孳乳表稿》有 265 個原始形符。

　　（2）聲符方面：據朱駿聲《說文通訓定聲》有 1137 個，段玉裁《古十七部諧聲表》有 1525 個，江有誥《諧聲表》列 1139 個；陳新雄先生 1972 年出版《古音學發微》列 1255 個，李卓敏 1980 年出版《李氏中文字典》列 1172 個，杜學知 1982 年出版據沈兼士《廣韻聲系》編《古音大辭典》列有 1134 個，余迺永 1985 年出版《上古音系研究》列 1256 個，周何、邱德修、莊錦津、沈秋雄、周聰俊整理的《中文字根孳乳表稿》〔註 40〕有 869 原始聲符，竺家寧 1991 年出版《聲韻學》列 973 個，周有光和倪海曙先生統計有 1300 多個。〔註 41〕

　　如不分形聲符，據交通大學林樹教授從 8532 個常用字分析得三百五十多個字根，杜敏文教授則析出 588 個字根。

　　（3）缺定筆：明梅膺祚《字彙》分爲 214 部，後世字典多宗之，固然由於部首數減少了，比較簡易，另外，還有配套措施也不可小覷，就是發明筆畫數排序法，使部首次序固定，也使個別字的位置一定，從此筆畫的功能被認識了。然而，時至今日，漢字楷書中到底有多少筆形，以及這些筆形的先後次序如何安排，仍然沒有確定。大陸學者黃伯榮、廖序東主編《現代漢語》列出 35 種筆形，算是比較完整的，但他們是以簡化字爲對象，如专之乚，记诵之乛，則爲正體字所無。

2. 從行言：行指排行、排序、拼字。漢字有二缺：

　1）缺定序：指沒有像拼音文字系統悉依字母（Alphabet）序排列單字──

〔註 40〕無出版日期，異哉。惟據說明一「據 CCCII vol II 所收之 22349 字爲範圍」等資料，推測當在 1986 年左右。

〔註 41〕解志維〈漢字和漢語拼音的具體比較〉文，見《文字比較研究散論》，頁 176。

　　　　—即便是兩本收字相同、部首相同、檢索法也相同的字典，其單字

　　　　的次序，並不保證一定相同——這跟上述沒有字母有關。

　　其次，是由於部首——筆畫或筆畫——部首排序兩套並行以及部首、筆畫

的次序沒有固定，這些也是問題。如以注音或拼音排序就比較一致，但這是「外

加」的排序法，因漢字外形上並沒有提供此音符或音標也。

　　　　2）缺拼法：若籠統講，漢字也有拼寫法，只是沒有像拼音文字悉依字

　　　　母（Alphabet）拼出單字那樣有系統，如英語 Chapter 是由 c、h、a、

　　　　p、t、e、r 共七個字母拼出，只要學會 26 字母的人都可以拼出。這

　　　　由於漢字一方面沒有 "字母"，一方面沒有制式的 "剖解法"，所

　　　　以一字有數種拼法，或每人拼法不同，如 "章" 可有：（1）立早，（2）

　　　　立日十，（3）立曰十，（4）ㄧ丶一日十，（5）ㄧㄩ日十，（6）、一丶

　　　　一日十，等六種組合。筆者把這種不固定的組合方式概括稱爲 "缺

　　　　拼法"。

　　3. 從型言：

　　有點、線、面三大造型的排列法，比英文複雜得多。但是，歷來對 "型"

的研究不夠深入、具體。筆者在卅年前發現它的重要性不亞於字母，於是孜孜

努力，經十餘年歸納，得 IXEFSOPYTH 十大組合排型，可爲漢字的 剖解、線

排、排行、排檢、組合建立科學的規範和系統。

　（二）浮　溢

　　1. 從形言：

　　1）單字多：自許愼《說文解字》收字 9353 以來，或孳乳分化，或加

　　收古字，至晉《字林》增爲 12824 字，後魏《字統》收字 13734，梁《玉

　　篇》收字 16917，宋《大廣益會玉篇》收字 22561，《類篇》收字 31319，《廣

　　韻》收字 26194，《集韻》收字 53525，《六書略》收字 24235，明《字彙》

　　收字 33179，清《康熙字典》收字 47043，民國後有《中華大字典》收字

　　48200，〔註42〕《大漢和辭典》收字 48902，《中文大辭典》收字 49905，《漢

〔註42〕此書爲徐元浩、歐陽溥存、汪長祿任編輯主任，陸費逵參訂，1915 年中華書局
　　　　出版，其字數，筆者未實際數過，此據 1994 年上海辭書出版社《語言學百科
　　　　詞典》，頁 60 資料列，另 1992 年曹先擢、陳秉才主編《八千種中文辭書類編

語大字典》收字約 56000，〔註43〕《新部首大字典》收字約 51100。然常用者不過五、六千，其他爲不常用字、古字、廢字、死字。

對治之方是：分級、分類及限制使用。

2）字根多：字根是一個統名，細分之，有部首、偏旁，有形、聲、意符，有筆、畫，有部件、字素、字位，名目蕪雜。各類字根數目皆不在少數，以比較有系統的形聲符論，據周何、邱德修、莊錦津、沈秋雄、周聰俊整理的《中文字根孳乳表稿》有 265 個原始形符，有 869 原始聲符。

對治之方是：分別用途，依類建立字族。

2. 從行言：

漢字的排行法，可以左行、右行、上行、下行等，就書法藝術、交通標誌等領域講，是優點。但是，在今日講求統一、效率社會，這可能成爲「致命的優點」——目前仍沒有統一的制式，所以對報紙橫列標題，如：「C 變 D 拉蜜潘」，〔註44〕讓人迷惑不知該左向讀？還是右向讀？又如：「角 2.3 值升元美兌幣台新日昨」的 2.3，有人解讀爲 2.3，有人解讀爲 3.2，造成不必要的困擾。

（三）煩　難

1. 剖解難：如何把單字切分爲較小單位，以利拼字、輸入、索引，包括：切分的準據、方法、層次、名稱等，目前尙無共識。

2. 組合難：如何把較小單位組合爲單字，包括：組合的準據、方法、層次、名稱等，目前尙無共識。

3. 排列難：漢字有點線面三種排列模型。其中，面造型不利剖解、拼字、輸入、索引及電腦化。

提要》頁 114 謂：「收字 48000 餘」，1993 年萬本儀主編《實用中國語言學詞典》頁 292 謂：「收字 48000 多個」，以上諸家數字大體相近。可是，1994 年蘇培成著《現代漢字學綱要》頁 10 謂：「收 44908 字」，1995 年何九盈著《中國現代語言學史》頁 545 謂：「收字計 48000 千餘」，就很離譜。舉此一端可概見徵實之難也。

〔註43〕據該字典前言謂：「收列單字五萬六千左右」，惟 1994 年蘇培成著《現代漢字學綱要》頁 10 謂：「收 54678 字」，相差約 1400 字。

〔註44〕見民國 88 年 4 月 21 日〈中國時報〉26 版報導美國豔星潘蜜拉安德遜李之胸圍從 36D 改回 36C。

4. 標音難：雖說漢字有 90%為形聲字，有聲符標出讀音。但是，實際上其表音度受到主客觀的限制，一是聲符位置不定（如視錦），二是聲符變形（如表囊），三是聲符斷裂（如衷表），四是難以確定何者為聲符（如竊魏），五是聲符音值有古今方國之變，六是聲調隨詞類活用、疊字等而變。因此就制定外加的注音符號，目前類似系統有九種之多。

5. 隔詞難：英文的字（word）與字間，有一空白隔開，漢字則無；英文有大、小寫，以辨專有、普通名詞，漢字則無。這些都影響文意的了解，必須加標點符號以為佐助，相當於古人「斷句」。但這也不是易事，白話如「下雨天留客天」，古文如《儀禮》《尚書》，博學如韓愈已苦其難讀，說「周誥殷盤，詰屈聱牙」；當代國學大師黃季剛先生亦云：「予如脫離注疏，對周誥句讀幾無以下筆。」〔註45〕

6. 筆順難：漢字一般書寫順序為「由左而右，由上而下」，但遇「上、左」抉擇時，便有困擾，如"十"，到底先寫一還是丨，嘗問幾個同學，分成兩派，各有理由支持其寫法；至於有倒寫筆畫的"鼕"字，筆順歧異更多。

二、間接症候

一）語言層面

（一）雖有 416 個音節（如含聲調則有 1359 個），但與詞的外形不聯繫，借用資訊術語說，音節宛如存於虛擬環境。

（二）音節既不顯於字形外貌，必須外加或外掛，所以有注音符號一式、二式、威妥瑪式、耶魯式、拼音方案等等，宛如體外有體，節外生節。

（三）不能從外形將音節分割為具體而微的音素，所以研究聲韻必須另學國際音標以為析音工具。

（四）干擾：由語言的原因形成，反映於文字，造成識字、用字上的困擾。有：

1. 音符值變：指聲符音值有古今方國之變。如酗酒之酗音序，不唸凶。

〔註45〕見《黃侃手批白文十三經》黃焯撰〈前言〉。

2. 同字異音：即多音字或破音字。如罷弊之罷唸疲，不唸霸。

3. 同字異形：如覺同峯，礼同禮。

4. 異字同音：如《辭海》收音 yì 的字有 169 個。

二）政治層面

（一）隸變：隸變的最大傷害，是破壞象形文，象形文一遭破壞，則產生一連串連鎖反應，造成文字系統的紊亂，詳上述。

（二）簡化：簡化之破壞形音義的系統，較隸變尤甚。而漢字拉丁化則完全斬斷與五千年文化的血緣，其傷害更大。

（三）缺乏管理：歷代政府對人民命名似未加規範，是造成不常用字、怪字、古字、廢字、死字出現或復活的主要原因。如以前台北故宮博物院附近有一家餐飲店名曰：口叩品晶，其中，叩晶三字，大概有 99% 的人不知道音義，據老闆稱係取義於"品質良好，眾口交譽"的意思。

第四節　歸納分析

將漢字的優缺點分析臚列之後，想借蘇培成先生的一段話來做一個小結：

> 評價一種文字的優劣，要考慮到相關的幾個方面：①從功能看，是不是能準確地記錄語言；②從結構看，是不是比較簡明、合理；③從學習和應用看，是不是好學好用，是不是便利機械處理和信息處理；④從文化傳統看，是不是有較久的文化傳統能。文化跟其他工具不一樣，它不單有有個簡便與否的問題，還有個文化背景和民族傳統的問題。〔註46〕

經上述檢討，漢字確實具有很多優點，這些優點是其他文字難望其項背，也無法取代的，所以不可輕言毀棄。另方面，不可諱言漢字有缺點，總的說，就是蘇培成先生所說第③點中的"不便利機械處理和信息處理"。具體說，以：

一、無字母（Alphabet），

〔註46〕《現代漢字學綱要》，頁 185。

二、有複雜的字型（Pattern），

三、缺完整的剖解、組合、排列等作業系統（Operating SYStem）。

此三者最重大，筆者特取其英文 Alphabet，Pattern，Operating SYStem 之首字母，綴成 APOSYS。這三缺點，在與西洋拼音文字比較下尤其凸出；在電腦化需求下，更是迫切要解決的問題焦點。雖說其困難度有如 阿婆生子，但絕對要衝破一切難關，安全生下。

第五節　治漢字方

一、治形專案

從文字學角度看，一）沒有字母，二）字型複雜，三）缺完整的剖解、組合、排列作業系統，三者均屬"形"的問題，亦即僅是外在層面的病症，與內在音、義系統無關，只要形構方面善加因革損益即臻完美，不會動搖漢字與漢語連繫的根本。所以，病症單純、範圍小、施術易，痛苦淺。因此，把漢字的病理，診斷爲：筆畫繁難。因而，改革朝向「簡化漢字」，是膚淺浮躁把脈不實；把漢字改革導向「拼音化」，更是挖心補皮急病亂醫。

二、三 Y 原則

在治理漢字工程上，我們提出 3Y 原則，作爲改革的方針。同 5X 一樣，3Y 的 Y，也是漢語拼音的縮寫——指：簡易、損益、統一。三詞後一字"易、益、一"的漢語拼音均爲 Yi，取頭一字母 Y，合爲 3Y。

一）簡易：以"形"爲對象，以 1 字母、2 字型、3 剖組排作業系統，三者合稱 APOSYS 爲範圍，不涉音義，不壞內核，不搖根本，故稱最簡易。

二）損益：以提升中文電腦智能爲第一目標，削除一切阻礙其發展的框限，另方面積極建設可以滿足目標的設施。

三）統一：指關照到與傳統的連繫，宏觀到與未來的適應，重點則聯繫到內在的音、義及與漢語的溝通，做到各系統的調諧一致。

三者中以"損益"居樞紐，運轉全體，它的精蘊，似可借東漢哲學家仲長統（179～220A.D.）在所著《昌言‧損益篇》的一段話來說明：

作有利於時，制有便於物者，可爲也；事有乖於數，法有翫於時者，

可改也。故行於古有其迹，用於今無其功者，不可不變；變而不如前，易而多所敗者，亦不可不復也。

三、正本清源

一）內核系統

以形構為核心，電腦化為目標，提出「一軸三輔」論（One Axis & Three Auxiliaries 或簡作 A&A），以為治漢字根本之策。

（一）一　軸

一軸就是加強漢字理論以為一切規劃、設計或次理論的軸心。茲劃分為歷時與共時兩系統。歷時系統，或稱原創系統，包絡班固、鄭眾、許慎的六書構造理論，予以全面整合，重新詮釋，轉化為正面積極的資產，增加它無限的體能和優勢，從而提高吾人對漢字的信心。

原創系統固然要繼承，以為漢字綿延發展的基業。但是，時代不斷在變，六書已不完全夠用，必須有所開發。因此，以現代楷書為範本，取法西洋拼音文字以少數字母以線式拼寫全部單字的優點，建立新的理論開創共時系統或稱再生系統的「現代六書」，曰：構位（make coordinate）、構貌（manner）、構媒（medium）、構材（material）、構法（method）、構型（model），簡稱六構或 6M，就是楷書的構造理論。

其次，根據"現代六書"規劃「殷字剖組排式系統」，以實現漢字線性化，又名「線性規劃」（Linar Programming），有七造或 7E：造殷字族（Estabblish Chinese Character Family）、造殷字母（Estabblish Chinese Alphabet）、造剖解法（Estabblish Dissecting Method）、造組合法（Estabblish Combing Method）、造排列型（Estabblish Chinese Word Pattern）、造線排式（Estabblish Linear Formula）、造單碼系統（Estabblish Single Byte Code System）。

（二）三　輔

由一軸開出三輔，乃是解決漢字面對現代化、科學化、信息化、資訊化、系統化、電腦化大時代需求的具體方案。

1. 建立三字：指建立字族、字母、字型系統。

1）字族：字垂直分為單字——字根——字母三級，各級水平劃為

若干類。如字根分為：組合、首尾、音義、獨庸字根；字母分為：字元、字素、字範。

2）字母：是組字最小單元也是最小書寫、剖解、組合單元。

3）字型：單字內字根或字母的組合型態，又稱排型，有幾何、形聲、組合三種排型，通常指組合排型。

2. 建立三法：指建立剖解法、組合法、排列法，合稱構法（Method），簡稱"剖組排"。

1）剖解法：由單字切分為較小單元的準則和方法。

2）組合法：和剖解法相反，說明由較小單元合成為較大結構的準則和方法。

3）排列法：包括排型、排行、排線三法。從各層面說明字根或單字的排列方式。

3. 建立三碼：指建立字母碼、單字碼、形聲碼以利排序、檢索。

1）字母碼：指字元、字素，建立單位元組碼式（Single Byte Code System）。

2）單字碼：所有單字建立唯一且固定號碼。

3）形聲碼：將形聲符建立形、音、義三碼以利相互索引。

二）外環系統

外環系統主要係透過政府力量，鞏固內核系統。計有：

（一）劃分常用等級

把全部約五萬單字劃分為五級到十級。以五級制論，第一級為最常用字，包括字母、字根，約三千字；第二級為常用字，約三千字；第三級為次常用字，亦約三千字；第四級為備用字，約一萬；其餘為第五級罕用字，約三萬。

（二）建不常用類別

凡小學畢業宜熟悉第一級字，國中畢業宜加上第二級字。自第三級以上，則依學科、職業等分類公布，以利學習、運用。

（三）限制使用範圍

姓名、著作、公司、團體等命名，宜在第一、二級常用字範圍內選取，逾此則禁制之。

（四）停止簡化漢字

大陸知識分子，已普遍認識簡化字弊多於利，乃倡「識繁寫簡」策，似有恢復正體字之心，惟「識繁寫簡」，兩套並行，徒增學子負擔，不如逕復"正體"單行為上。蓋學習漢字，不外"聽說讀寫思記"六種活動，"寫"只佔 1/6，加之，由於個人電腦的普遍使用，大量寫作，已改用掃瞄／敲鍵盤，而毋需以手逐筆書寫，因此，"寫"的重要性和負擔大大降低——所以，「識繁寫簡」的後兩字「寫簡」可以休，前兩字「識繁」則可以光復為「識正」矣。

（五）打消文字革命

拉丁化漢語拼音方案，純以 abcd 共 26 字母錄寫漢語 416 個單音節作拼音字，執意拋棄優美的形音義三位一體漢字，實捨本逐末得不償失；加之，平白放棄繼承以漢字書寫的豐富文化遺產；任何一位能思維的人，都會評論拉丁化是非常不智的，應該馬上停止。

停止簡化字和文字革命，也是「損益」之"損"的一個對象，即仲長統所謂：「變而不如前，易而多所敗者，亦不可不復也」。

（六）設護漢字組織

據聞法國已有保護法語文的國際性組織，而漢字除大陸、台灣使用外，在日本、新加坡也通用；最近新聞報導，韓國〔註47〕、越南也準備恢復漢字，世界各國更掀起學習中文的熱潮，可見漢字將愈來愈有"市場"。為避免字形歧異，用詞不合規範等，實有必要成立國際性的「漢字純潔穩固組織」，先透過學術交流合作方式建立共識，自然而漸進地完成體制及運作功能。

本文建議將行政院主計處電子資料處理中心改制為此「漢字純潔穩固組織」的主管單位，並升格為「中華語言文字發展署」，為行政院的一級部會，與文建會、教育部平行，並駕齊驅。主要是該中心建立了《CNS11643 中文全字庫》，解決了個人電腦系統中原有漢字字數不足的問題，並發揮了全部漢字的製作、管理、發行、流通、交換、支援、諮詢的職能。因此，可以駕輕就熟馬上發揮功能。

〔註47〕 南韓總統金大中於 1999 年 2 月 9 日在青瓦台主持的內閣會議中，由文化觀光部長申樂均提出「漢字與韓文併用」提案，指示審慎研究後，再做出最後決定。見民國八十八年二月十日中央日報王長偉漢城訊。

第參篇　六書理論

第一章 概　說

第一節　詮釋目的

　　根據第貳篇一般理論，確認漢字是很優秀的文字，但不可諱言仍有弱點，根據強弱分析，漢字應補強者，首在強化構造理論。所謂「強化」有三個意涵：

　　一、原有構造理論所未明而今有新的發現和詮釋。

　　二、使原有構造理論與現代漢字緊密相連，其優點善加繼承，缺失設法改進。

　　三、爲原有構造理論所無但現代社會亟需者應開創建立。

　　講到漢字構造理論，一定都會想到六書，如許愼所揭櫫的象形、指事、會意、形聲、轉注、假借。這是古人就早期漢字的創造原理，加以高度概括而成此六目。不過，由於隸變的結果，由篆而隸、行、草，以迄今天通行的楷書，已漸失象形體貌，而趨近於純幾何線條的組合，所以有「近代文字」「現代漢字」之名，其構造已不完全能夠以六書來規範、說明和解釋。尤其，當漢字遇到西洋拼音文字時，國人更驚嘆其 26 字母能組一切字之犀利，不下飛機大砲，而其打字機、印刷機、電腦及索引查字之便捷，更令漢字相形見拙。在這種情勢下，仍借仲長統有關「損益」的見解：「事有乖於數，法有翫於時者，可改也；故行於古有其迹，用於今無其功者，不可不變」；「作有利於時，制有便於物者，可爲也。」來說明這個大時代，非常需要適合於「現代漢字」生存發展的配套措

施或環境調適系統，以適應未來發展需要，並確保漢字永續生存。

因此，我們制定一套適合於「現代漢字」的構造理論，這個系統和許慎所揭櫫的象形、指事、會意、形聲、轉注、假借六書，不同一個層面，沒有相容性問題，相反地，還可以互補而相得益彰，所以，可以匯合爲一個更大的體系。

這個體系把漢字構造理論劃分「歷時」與「共時」兩個子系統。

歷時系統，或稱原創系統，包括班固、鄭眾、許慎的六書——爲與以下新建的「現代六書」有所區別，改稱爲「古典六書」，予以全面整合，全新詮釋，以掃除畛域，釐清混沌，消弭不必要的紛爭，并心一向，轉化爲漢字正面積極的資產，增加它無限的體能和優勢，從而提高吾人對漢字的信心。

原創系統固然要繼承，以爲漢字綿延發展的基業，但時代在變，面臨第三波洶湧澎湃的浪潮，必須有所創新、有所開展，才能增進漢字的適應能力。因此，以現代楷書爲範本，取法西洋拼音文字用極少數字母以直線式拼寫全部單字的優點，建立共時的「新六書理論」或稱「現代六書」，曰：構位、構貌、構媒、構材、構法、構型，簡稱「六構」。

綜合而言，詮釋古典六書目的有下列三點：

一、整合班固、鄭眾、許慎三家六書爲一個圓融體系。

二、以現代語文學全新詮釋古典六書爲漢字史暨譯語、造字、造詞、用字法，並作爲建立「現代六書」的基礎。

三、以現代語文學詮釋“轉注”爲造合體字、造複合詞暨用字法。轉注包括：建類、一首、同意、相受四類，後人把許慎的分類看作釋義，致後世聚訟紛紜。

第二節　六書簡述

裘錫圭先生說：「六書說是最早的關於漢字構造的系統理論。」[註1] 本文具體詮釋六書爲：造字法、造詞法、用字法兼漢字發展史。

六書之爲造字法，明載班固《漢書·藝文志·六藝略·小學類·後敘》：

古者八歲入小學。故周官保氏掌養國子，教之六書：象形、象事、象意、象聲、轉注、假借，造字之本也。

[註1] 見《文字學概要》，頁120。

從現代語言學角度剖析，所謂六書造字法實兼"繪形法"與"寫詞法"二個層面。〔註2〕繪形法是把詞的形象繪出來，亦即造字者依具體之物或抽象之事，以簡單線條描繪成字形；寫詞法是把詞的音義透顯出來，或者說定義成意符或形、聲符。兩法為一體兩面，惟著重點不同——繪形法重形，寫詞法重音義。

六書之六個名稱在東漢初出現時，除班固（西元 32～92 年）外還有鄭眾（西元？～83 年）、許慎（西元 58～148 年）兩家。

鄭眾的六書的六個名稱見於鄭玄撰《周禮・地官・保氏・注》：

> 六書：象形、會意、轉注、處事、假借、諧聲也。

許慎的六書六個名稱見於所撰《說文解字・敘》：

> 《周禮》：八歲入小學，保氏教國子，先以六書：一曰指事：指事者，視而可視，察而見意，上下是也。二曰象形：象形者，畫成其物，隨體詰詘，日月是也。三曰形聲：形聲者，以事為名，取譬相成，江河是也。四曰會意：會意者，比類合誼，以見指撝，武信是也。
> 五曰轉注：轉注者，建類一首，同意相受，考老是也。六曰假借，假借者，本無其字，依聲託事，令長是也。

三家說皆本《周禮》，《周禮》是古文學派經典，班固《漢書・藝文志》是據西漢末年古文學派大師劉歆（西元前 77～前 6 年）的《七略》編成，鄭眾是鄭興之子，鄭興是劉歆的學生；許慎是賈逵（西元 30～101 年）的學生，賈逵之父賈徽也是劉歆的學生。所以三家之說應該是同出一源，只是名稱和次第略異，其內容是否一致則不能肯定。

許慎還進一步作界定，對後人幫助很大，此後談"六書"者，大體不出這三家範圍，均推《周禮》為說六書之始，〔註3〕對於《周禮》六書是否即等

〔註 2〕廣州中山大學張振林教授謂：「後世學者或稱六書為造字之法，或稱六書為構形之法；有的學者則認為六書並非都是造字、構形之法，因而有四體兩用之說，又有六書為記詞法之說。」見《隸變研究》，頁 5。按：筆者把「造字之法」析為三細目，一曰「構字法」定位於現代六書；二曰「繪形法」，三曰「寫詞法」，寫詞法相當於張教授之「記詞法」。繪形法、寫詞法適用於古典六書。另有構詞法，異於「寫詞法」，見第三章新詮。

〔註 3〕《周禮・地官・保氏》原文是：「保氏掌諫王惡，而養國子以道，乃教之六藝：一曰五禮，二曰六樂，三曰五射，四曰五馭，五曰六書，六曰九數。」

同於班鄭許六書，雖有人懷疑，但也提不出反證。推勘《周禮》六藝，「六書」應無疑爲語文方面必備知識，正如今天小朋友入國民小學，國語文讀寫說訓練爲絕對必修課程。那麼，這樣說來，遠在周代已能把零散的漢字結構原則和周邊演化，作系統分析和綜合歸納，理出綱領性的原理，所以「六書」至遲在《周禮》成書前，就已成形，惟無細目。據大陸學者朱謙之、洪誠、金景芳的研究，〔註4〕其成書約在東周惠王（676BC～652BC），即在孔子（551BC～479BC）誕生前一百年左右，所以，我們推測孔子應見過《周禮》這書，也教授六書給弟子。

現在，值得注意的是三家說六書名稱和次第略異，其實質是否無別？林尹先生在名稱方面「宗許」，在次第方面「從班」，因爲班次合乎文字發展的過程。〔註5〕

本師孔仲溫先生亦以爲許名「最爲妥善。」在次第方面亦從班，「因爲班固的說法較符合乎文字發展的規律。」〔註6〕筆者在研究和漢字發展前段有相同背景的埃及、蘇美文字史暨語言學方面資料後，認爲以上三家各有勝處：如班固有象形、象事、象意、象聲，很能表現初文創始時期，制字者極盡描摹事物之方法。鄭眾把「轉注」排列到第三位，把「假借」排到第五位，居「諧聲」前，可爲筆者所提出漢字四期造字史作支持，並且拈出「諧聲」一名，補足了造字史上的空白。許慎對六書的定義及舉例，功勞很大。因此，以兼容並蓄態度博採應用，重新整合，全新詮釋，以補闕拾遺，建立完整的「漢字發展史」。

〔註4〕見 朱謙之、洪誠、金景芳 著《經書淺談》，頁42～46，中華書局1984年版。

〔註5〕《文字學概說》，頁55。

〔註6〕孔師仲溫‧林師慶勳及竺家寧先生編著《文字學》，頁168～170。

第二章 分　期

第一節　分期表

漢字發展史，同時也是「六書演進史」。茲劃爲三時四期五法：三時是象形、假借、轉注時，四期是依類象形期、依聲託事期、建類形聲相益期、一首同意相受期，五法是造文、造名、造字、造詞、用字法，以簡表列如下：

象形時→依類象形期
- 象形／指事（許）
- 象形／處事（鄭）
- 象形／象事／象意／象聲（班）
→造（獨體）文法1

假借時→依聲託事期→造名法

轉注時
- 建類形聲相益期
  - 形×聲＝形聲
  - 形×形＝會意
  - 聲×聲＝諧聲
  →轉類注屬→造（合體）字法
- 一首同意相受期
  - 狹義→注引→造（複合）詞法
  - 廣義→注疏→用字法（文書應用法、綜合運用文、名、字、詞）

第二節　象形時

茲從班固六書切入漢字發展史。

象形、象事、象意、象聲，明朝・楊愼概括爲「四象」，並認爲是造字之「經」。〔註1〕筆者簡稱爲「象」，象是繪形法也是寫詞法。四象雖只列四名，

〔註 1〕楊愼之說參見本篇第三章第一節。

其實當不止此，蓋凡一切可取象者，如象光、象熱、象能、象色、象喜、象怒、象哀、象樂、象七情六慾，皆可列入。特舉四者代表爾。查世界各民族所造初文都是由繪圖、畫畫進化而來，因象形文：①有固定形狀且僅以幾筆線條勾勒輪廓，故便於書寫；②有一定的讀音；③有明確意義；如此，它擁有形音義三要素，故視圖畫爲進步。初文既出於圖畫，則必然是象形文，如埃及、蘇美、克里特島，我國麼些及漢文。從字義觀察，班固六書的「象形」爲象「具體」器物之形狀的繪形法，亦即造字者依實物以簡單線條勾勒成字，所造者當以名詞爲範圍；其餘象事、象意、象聲爲象「抽象」事情之樣態的繪形法，亦即造字者依該事概念以簡單「示意圖」顯露其意象以成字，所造者當以動詞、形容詞、副詞、介系詞、連接詞等爲範圍；這兩種繪形法都是「象形繪形法」，即廣義的象形法。

　　許愼《說文解字·敘》：「倉頡之初作書，蓋依類象形，故謂之文；其後形聲相益，即謂之字。」據林尹先生說：「依類象形的方法有兩種：一是象具體之形；一象抽象之形。」[註2]許愼六書的「象形」就是象具體的物形；許愼六書的「指事」就是象抽象的事形。[註3]所以「依類象形」是廣義的象形，包括許愼六書的「象形」和「指事」。[註4]

　　把班固、許愼、鄭眾三人屬於「依類象形」的「六書」對比一下，我們認爲：鄭、許的「象形」與班固的「象形」相同。鄭眾的「處事」、許愼的「指事」與班固的「象事、象意、象聲」三象　相當。

　　班固的象形、象事、象意、象聲或許愼的象形、指事或鄭眾的象形、處事爲依類象形法，所造出來的文是一體成形的，所以鄭樵稱其爲「獨體文」。

　　以上是第一期的作業可稱爲"造文"。第一期又可稱獨體文期、象形文期、依類象形文期、四象期。

第三節　假借時

　　隨著文明日進，文字也跟著發展，由於初文數量有限，時有不敷應用，於

〔註 2〕《文字學概說》，頁 1。

〔註 3〕《文字學概說》，頁 64。

〔註 4〕《文字學概說》，頁 89～90。

是而有假借，假借是造字史上第二期手法，就當時而言，也是一種新發明，其法借同音字以代替尚未造出的字，乃權宜措施，純屬於寫詞法。

　　假借，筆者簡稱爲「借」，爲舊瓶新酒的寫詞法。它以「不造爲造，不生爲生」，好像人們認養螟蛉義子，借甲字爲乙字之用。

　　依類象形文法所造之字謂之“文”，那麼依聲託事所借之字叫什麼呢？筆者以爲應該是“名”。古代稱文字爲名的情形是很普遍的，如《周禮・春官・外史》：「掌達書名。」鄭玄注：「古曰名，今曰字。」《儀禮・聘禮・記》：「百名以上書於策，不及百名書於方。」鄭玄注：「名，書文也，今謂之字。」暨今天日本的片假名、平假名的“名”都是文字的意思，用以表示音節，可稱爲「表音文字」。林尹先生說得好：「書，偏重於文字的書寫方面；名，偏重於文字的聲音方面；文，偏重於文字的形體方面；字，偏重於文字的發展方面。」〔註5〕所以拿“名”稱呼假借字，也把依聲託事造字法稱呼爲“造名法”是合乎歷史與語文學理的。

　　假借之所以產生，是因爲：①文字不夠用，②抽象概念或介系詞、連接詞、副詞等虛字，很難造爲象形、指事文。

　　假借在開始的時候，還附加一個門檻，就是：借貸雙方必須爲同音字。

　　假借是一個權宜的用字辦法，好像僱傭兵打仗。在這同時，正規軍──象形、指事造字法仍在繼續製造依類象形文。可是，宇宙間可象可形的語詞，幾乎羅掘一空，倉頡已倉郎才盡，所以眞品初文產量愈來愈少，西貝假字愈來愈多，到這時，恐怕不需要同音字，只要音近字、義近字，甚至形近字，都不妨暫借一用。所以假借大行，就好像低年級小學生的作文或便條紙裡，除了少數漢字外多夾雜ㄅㄆㄇㄈ的注音符號或 abcd 的拼音符號──借音爲詞。

　　甲骨文中按照假借辦法用字的佔 90%。郭沫若《卜辭通纂》中收有一條卜問風雨的記載：

　　　其自西來雨？其自東來雨？其自北來雨？其自南來雨？

除“雨”字外，全是假借字。〔註6〕

　　這樣一來，假借字愈來愈多，愈來愈濫，假借的場合愈來愈浮，用假借的

〔註 5〕《文字學概說》，頁 5。

〔註 6〕見黃建中、胡培俊著《漢字學通論》，頁 95。

人愈來愈眾,就可能由量變突變爲質變——埃及、蘇美就是這樣由象形文「沈淪」到拼音文字的。這是非常嚴重的問題,政府或有志之士當然會嚴重關切,並採取必要措施,拯救象形文於危亡。

或問「何以確定假借產生於形聲之前?」筆者試從兩方面來說明:

一、從表達效果講:形聲字有義符以表義,有音符以表音,有專屬的形體以表指撝對象,所以其表音表義表形之功能/品質/準確度/共識度/傳播效果,當然比借甲字之形、音,換裝乙字義之假借字來得明白、堅確、固定、直接、廣大。既然如此,儘量用形聲字足矣,何需假借?這是從理論上推證形聲字晚於假借字產生。

二、從最早的假借字觀察:據李孝定先生所列甲骨文中 129 個 〔註7〕 "被假借字"或"本字"絕大多數爲獨體的象形、指事文,如:

豐彔羊又且司帝冎弟令戉正曹复坒導乎白羽葡喜堇畐工商豐奠井余攸每兮又黽白中賓乍戔事北藿勹膚釆每彗易帚匕又亡多妥鳳藿才易七九可于冥豐。

相反的,"假借字"大多數用爲後來的形聲字,茲與上列對應排序:

禮祿祥祐祖祠禘禍祟命歲征遣復往得言乎百翌副饎饉鄙貢償鄴鄭邢
余阝啓晦昕有秋伯仲儐作侵使背觀旬獻燔悔雪揚婦妣妯無終綏風風
在錫切肘柯笁娩醴。

誠如李孝定先生說:「一二九個假借字中,除了……,其餘一二六個假借字的本字,都是象形、指事或會意字,絕沒有一個形聲字。」〔註8〕這是從事實上證明假借字先形聲字而生。

以上假借時是第二期造名法。第二期又可稱假借名、依聲託事名、造名期。

第四節　轉注時

一、建類形聲相益期

一)轉類即建形聲兩類

筆者從文字發展的觀點,考察漢字和埃及、蘇美文字同樣經歷了圖畫象形

〔註7〕《漢字的起源演變論叢》,頁 19～22。

〔註8〕《漢字的起源演變論叢》,頁 22。

——表音文字的階段，〔註9〕埃、蘇兩種象形文字終究死亡，其拼音餘緒則由腓尼基、希臘、巴比倫等繼承；而漢字終能破繭而出，脫胎換骨，以高速飛翔的大躍進方式，一夜之間登上形聲相益合體字的高品質文字之殿堂，最關鍵之秘訣在於：發明了“轉注”！

轉注是把「獨體」的「依類象形文」〔註10〕一分為二，亦即將音義渾沌合一的“意符”「轉變」「轉化」「轉換」「轉職」「轉業」「轉角色」「轉功能」為形符、聲符兩「類」，就是許慎所說的「建類」。形聲兩類既建，於是用形符和聲符的三種組合，創造了形聲、會意、諧聲三種「形聲相益字」。〔註11〕

換句話說，在假借已無法適應社會文字需求之際，可能有一位數學家或易學大師從「易有太極，是生兩儀」及「孤陰不生，孤陽不長」的啟發下，忽悟：「打破『獨體』是漢字唯一新生之路」——應用數學上排列（Permutation）和組合（Combination）原理造字！也就是拿兩個以上的「獨體文」來組合，製造「合體字」。這「合體字」就是許慎《說文解字·敘》：「其後形聲相益，即謂之字。」

所謂形聲相益，言簡意賅，仔細分辨可分為三步驟：

第一，要把「形聲相益」句讀為「形聲」、「相益」兩動詞；

第二，所謂「形聲」，就是先建造出形符和聲符。形符之「形」，非形狀（form）、形態（type）、圖形（figure） 之意，而是屬性（property, attribute）、類別（classification, category）、材質（material）之義（meaning），即「義類」，所以今人又名「義符」或「意符」；聲符今人又名「音符」。它們也是來自古老的依類象形文，不是全新製造的。

第三，所謂「相益」，就是把造出來形符和聲符加以組合，造出合體字。

筆者用許慎的術語詮釋許慎的術語，「形聲相益」就是「轉注」。上述第二步叫做「轉」，意為轉類，也就是許慎之「建類」，是造字史上的大躍進大革命，

〔註9〕 筆者把六書中「假借」定位為「替代性的表音文字階段」。而埃及約在“新王國”時期（西元前16～10世紀）產生世界上第一個輔音－音素文字，蘇美則更早，約在西元前30世紀初期產生了最古老的音節文字。見《文字的產生和發展》，頁181，262，263。

〔註10〕 包括許慎六書的「形聲」和「指事」兩種方法造出的初文。

〔註11〕 從排列組合數學觀點，「形聲相益」有：形×聲，形×形，聲×聲共三種組合。

指將「依類象形」的意符，轉化職能，分工爲形符與聲符，用以組合：形聲、會意、諧聲字。所以，轉類或建類，是「形聲相益」造合體字的前置作業。

二）注屬即形聲相益

上述第三步「相益」，也就是「轉注」的「注」——筆者解「注」有三義：1注屬，2注引，3注疏；這裡是用第一義。根據《戰國策・秦策四》：「一舉眾而注地於楚。」高誘《注》：「注，屬」；《周禮・天官・獸人》：「令禽注於虞中。」賈公彥《注》：「注，猶聚也」；《北史・周法尚傳》：「請分爲二十四軍……旗幟相望……首尾連注，千里不絕。」用現代話說，「屬」、「聚」、「連注」有「相聚」「組合」「連屬」「銜接」在一起的意思，這不就是「相益」嗎？所以，注屬或連注，就是「形聲相益」造合體字的完成作業。

「轉」是手段，「注」才是目的，「轉」「注」合起來才能完成合體字的製造工作，可稱之爲「注字」。現在就把轉注造字——注字的全程描述如下：

依類象形文／意符是音義混合爲一的，但比較著重意義層面。現在爲了創造合體造字的環境：

（一）首先把音義混一局面打破，讓音、義獨立。

（二）設形、聲兩類，立爲組合字的單元，各自表述。

（三）將一部分初文／意符派遣或轉職爲形符，以表義類；一部分初文／意符則派遣或轉職爲聲符，以表音類。

像這樣分職分工叫做「建類」，是「轉注」的第一項任務，可稱之爲「轉類」。

轉注是漢字造字技術的「大躍進」，「轉」就是從語言層面開發，把音、義兩元素從幕後轉枱拉到幕前——將依類象形文重新定位、定性，賦予新職位、新身分和新功能。建類完成後就進行組合，就是許愼所謂的「形聲相益，即謂之字。」

據林尹先生說：「形聲相益的方法也有兩種：一是形和形相益；一是形和聲相益。」〔註12〕林尹先生把「形和形相益」也列入「形聲相益」的範圍，確是卓見。因爲古人文字簡約，有些地方需舉一反三，才得正解。不過，根據數學上的組合（Combination）原理，形和聲相益的方式應有：

〔註12〕《文字學概說》，頁2。

（一）形×聲＝形聲，如江河；或聲×形＝聲形，如視錦。從排列
（Permu-tation）講，是有形聲、聲形之別，但文字學上不作區別，
統歸為形聲，也就是只有一種組合（Combination）。

（二）形×形＝會意，如武信；此處的"形"，其性質同"意符"，著
重意思層面，所以"形×形"命名為會意——會兩意符合成一新
詞／字也。

（三）聲×聲＝諧聲，如竊罐。

三）諧　聲

前面兩式，大家都已耳熟能詳，惟對聲×聲＝諧聲，可能還不習慣。需
要略加說明："諧聲"一詞最早出現於東漢鄭眾六書之名內，它比許慎稍早。
且後來陳彭年、鄭樵、王應麟、張有、趙古則、吳元滿、戴侗、楊恒、王應
電等九位語文大家也都承用。在林尹先生所列〈六書名稱次第表〉14 人中，
佔大多數，可見聲勢浩大。我們無意介入到底是「形聲」還是「諧聲」才是
正統或較佳的「零和」爭辨／辯，只把它可能的原義作客觀的呈現。

茲考察「諧」字本意，據《說文》諧：「詥也。」《廣雅》：「耦也。」《玉篇》：
「合也。」明顯地有合二為一的意思——若以形×聲＝形聲為中心，則形×形
＝會意、聲×聲＝諧聲分居兩旁，諧聲之"諧"正好跟會意的"會"同意，
"聲"也和"意"對舉，所以，會意、諧聲形成對稱。竊意會意、形聲、諧聲
可以鼎立，不必強合形聲、諧聲為一，以為一定同實異名。

或謂許慎《說文》並無"諧聲"之名，今於形聲外別立諧聲是否妥適？這
裡有幾點說明：

（一）上舉諧聲字"竊罐"，即從《說文》中找出者，它完全符合"聲
×聲＝諧聲"的算式：

1. 竊，《說文》：「……從穴；從米离廿，皆聲；廿，古文疾；离，古
文偰。」

1）竊：上古音屬質韻、清紐、入聲，擬音為〔tshiet〕。[註13]

2）穴：上古音屬質韻、匣紐、入聲，擬音為〔ɣiwĕt〕。

〔註13〕見李珍華、周長楫編撰《漢字古今音表》頁 254。下列分別見於頁 60，73，189，
255。

3）疾：上古音屬質韻、從紐、入聲，擬音爲〔dziet〕。

4）偰：偰从契聲，契，上古音屬月韻、溪紐、入聲，擬音爲〔khiat〕。

5）米：古音及今各地方音皆“明”紐，與上述竊穴疾偰之“清匣從溪”紐相去甚遠，無諧音條件，然許愼明言“米”爲聲符之一，此中似有玄機，筆者研究漢字語源，如帝爲何讀帝？王爲何讀王？封爲何讀封？生爲何讀生？本爲何讀本？杏爲何讀杏？赤爲何讀赤？嘗以漢語的親屬語言如藏緬苗瑤等語，試探求其得聲理據，爲文字學和語源學研究開拓一新方向和新道路。〔註14〕今循此模式考察“米”之親屬語言讀音：

A、西藏・拉薩藏語〔tʂ ε^{132}〕，

B、西藏・阿力克藏語〔mdzɿ〕，

C、西藏・夏河藏語〔ndzɛ〕，

D、西藏・巴塘藏語〔ndzɛ^{55}〕，

E、西藏・達讓僜語〔kie^{35}〕，

F、西藏・義都珞巴語〔ke^{55}〕，

G、四川・却域語〔mdzɿ ε^{13}〕，

H、四川・道孚語〔mdzɛ〕，

I、四川・扎壩語〔mdzɛ^{13}〕，

J、四川・史興語〔tɕhæ^{53}〕，

K、雲南・嘎卓語〔tsh ε^{33}〕，

L、雲南・基諾語〔tɕhe^{31}〕，

M、雲南・南華彝語〔tɕhe^{33}〕，

N、雲南・武定彝語〔tʂhe^{11}〕，

O、雲南・撒尼彝語〔tɕhr^{33}〕，

P、廣西・隆林彝語〔tɕhe^{21}〕，

Q、雲南・綠春哈尼語〔tshe^{55}〕，

R、雲南・墨江哈尼語〔tʃhɛ^{55}〕，

〔註14〕參見陳明道撰〈生生之德——試以藏緬苗瑤等親屬語言追尋帝字原始音義〉文載《第九屆中國文字學全國學術研討會論文集》頁215～224。

S、台灣・賽夏族語〔ʃiʔ〕（音襖→鍥→竊）

T、西夏語〔客〕。

除無入聲外，以上二十種親屬語言"米"的聲韻大抵與〔tshiet〕、〔dziet〕、〔khiat〕相近。其中，雲南基諾語的"米"〔tçhe³¹〕、"竊"〔tçhy⁴⁴〕與今漢語的"竊"〔tçʻieᵒ〕讀音相近，值得注意。

從聲韻學上講，竊〔tshiet〕、穴〔ɣiwět〕、离（偰）〔dziet〕、廿（疾）〔khiat〕與親屬語言的"米"〔拉薩 tʂɛ¹³²〕，〔基諾 tçhe³¹〕，從聲韻學上講，竊〔tshiet〕、离（偰）〔dziet〕、廿（疾）〔khiat〕與親屬語言的"米"〔（拉薩）tʂ ɛ ¹³²〕〔（基諾）tçhe³¹〕〔（達讓僜）kie³⁵〕〔（西夏）客〕四字，可稱爲"諧音"。〔註15〕是"諧音"即許慎"皆聲"，〔註16〕乃由「聲×聲×聲＝諧聲」的程式構成——若鄭眾的"諧聲"即是經由此程式構成之「諧聲」確然不誤，則許慎"皆聲"與鄭眾的"諧聲"完全同意明矣。

2. 竊，《說文》：「……從韭；次、朿，皆聲。」

1）次：上古音屬脂韻、清紐、去聲，擬音爲〔tshiei〕。

2）朿：姊從朿，朿，上古音屬脂韻、精紐、上聲，擬音爲〔tsiei〕。

從聲韻學上講，竊、次、朿（姊）三字聲韻相近可諧音，至於聲調，據夏燮《述韻・卷四》云：「上與去多通用」。〔註17〕由此可見：竊、次、朿（姊）三字諧音／諧聲／皆聲！

經過上面分析，可知許慎的"皆聲"兩字，就是聲韻學之諧音！亦鄭眾六書之"諧聲"明矣。也證明許慎《說文》中確鑿明列鄭眾六書之"諧聲"造字法。至於爲什麼沒有將它獨立，這可能是"諧聲"與"形聲"結構與內容均相近而合併之故。

據此，似可進一步將鄭眾的"諧聲"與許慎的"皆聲"定義爲：

符合聲韻學上音同或音近的"諧音"條件的多個"聲符"合組爲一字的造字法。

"諧音"指字或詞的發音相同或相近。

〔註15〕諧音，據上海辭書出版社《語言學百科詞典》頁 556，指字或詞的音相同或相近。

〔註16〕皆聲之「聲」與形聲字之「聲」同意，指「音」，故皆聲即皆音，有"皆是音符"意。

〔註17〕見陳新雄先生著《古音學發微》，頁 814。

（二）或謂：即使"竊竈"就是鄭眾的"諧聲"造字法，但字只有二個，傳統學術上有不成文條例說：「例不十，不立法。」所以"諧聲"不宜另立。對於這個問題，可以如下回答：

1. 許慎《說文》中，明言"指事"的字，只有"上下"；明言"轉注"的字，只有"考老"；明言"假借"的字，只有"令長"，它們不都列為六書嗎？

2. 何況經進一步蒐集，符合"諧聲"的字，大約有三百六十多個，與《說文》所收象形字數相當，比指事字約多三倍，﹝註18﹞詳如下。

（三）或謂：「即使"竊竈"有兩或三個聲符，但竊有穴，竈有韭為形符，所以基本上仍不出形×聲＝形聲的範圍。」對於這個問題，回答如下：

1. 許慎《說文》所收不一定都是源遠流長的古字，據《康熙字典》引《字彙補》：「甈，古文竊字」，並不從穴，則《說文》所收加穴於"蘥"的竊字，或加於"糌"的竊字，有可能為"甈"或"蘥"或"糌"的後起字或累增字。王筠在《說文釋例・卷八・分別文》說：「字有不須偏旁而義已足者，則其偏旁為後人遞加也。」如爰與援、昏與婚、冉與髯、族與鏃、新與薪，後者皆前者累增字。所以"竊"的本字有可能或作"蘥"或"糌"形，而米、廿、禼三字「皆聲」，是"聲×聲×聲＝諧聲"結構。

2. 加"穴"於"蘥"而成"竊"字，或加於"糌"而成"竊"字，穴除作形（義）符示小人穿窬行徑外，也可兼作聲符——穴，上古音質韻、匣紐、入聲，擬音為〔ɣiwĕt〕，依聲韻原理，可與米、廿、禼、竊"諧音"。

   如此，則"竊"字是"穴米廿禼"皆聲的"聲×聲×聲×聲＝諧聲"結構。

3. 竈，加韭於弗次而成，韭除作形（義）符示配次於主菜肴的佐膳醬，也可兼作聲符——竈又作韰，古人以薑、蒜為之，而非以今稱韭荽（Alliumodorum）者為材料，如《改併四聲篇海》引《玉》

篇》：「韲，薑、蒜爲之。」桂馥《說文義證》引洪興祖說：「䪥，
搗薑蒜辛物爲之。」以下試以"薑蒜"代替"韭"探討"䪥"字
得聲理據：

1）薑：（1）緬甸仰光語爲〔dʑi⁵⁵〕，雲南墨江哈尼語〔tshḷ³¹tshḷ³¹〕，
依聲韻原理，可與"乑〔tsiei³〕" "次〔tshiei⁴〕" "䪥"諧
音。而（2）雲南納西語薑〔ku²¹〕，可與"韭"的上古音幽韻、
見紐、入聲，擬音爲〔kiu〕相諧音。

2）蒜：（1）羌語〔tɕɿɕ〕，（2）却域語〔çy⁵⁵〕，（3）武定彝語〔tse³³〕，
依聲韻原理，可與"乑〔tsiei³〕" "次〔tshiei⁴〕" "䪥"諧
音。而（4）納西語〔kʏ³³〕，可與"韭"的上古音幽韻、見紐、
入聲，擬音爲〔kiu〕相諧音。如此，則䪥字是"乑、次、韭"
皆聲的"聲×聲×聲＝諧聲"結構。

（四）一字有兩聲符以上，即具聲×聲＝諧聲的結構，在《說文》等字
書中還找到有下列二百七十多字。茲分爲：

1. 兩聲符皆發漢語音：例如魏巍褘睦勵罔圉。

2. 其中一聲符非發漢語音：例如上舉"竊䪥"兩字。

3. 聲符均非發漢語音：例如"若"字「象少女跪坐梳秀髮形」，其頭、
手、髮、梳子名詞，梳、跪、坐動詞，均爲「發音之源」，相當於
「聲符」，分別發「若」「諾」「匿」「愿」「姞」五種不同字音，而
爲「皆聲字」。但這種字較少，且需用親屬語言論證才能說明白，
故不予列爲一類。

上述第 1、2 類依 IXEFSOPYTH 字型排列如下：

（五）有兩聲符皆發漢語音：

0　I 一元型：（缺）

1　X 交叉型：有戴

2　E 匣匡型：勾匍匐匊凰囼閔闉闠闤閟闇闍闢闘闦鬮鬮贏贏徽匡

3　F 原厓型：幹旃庵厲厭頌鮓駔麈麇麋虖虐虜虜岸孳氂氄犛尪趙魋
毿麷麵觳觳觳

4　S 迂迴型：卥

5　O 圓圍型：圍囿圖圓圜園闌闠

6　P 巴巳型：眉屍

7　Y 傾斜型：（缺）

8　T 上下型：晁冒盟鋑盆盤哿毖柴勞麗繁覽鼙軍冥采幕冪宓密蜜謇
窓礬礜觷鼚鶿蓍羇襲礜糞憩竪槩縈鎣礜馨督鷔粲聲褺毫盲宗巍樊
葩鶱瞢鼛霂兼罴斐尉髮契

9　H 左右型：魏巍魷敲隤彊疆強弘弼勵礪砅虢虢號皭新絲籀歆毈瓻
瞑晗瞞矓眛矇眸盰眠瞟矈瞙脈眄瞄眊眇盰眯瞇睭瞑氃毦氓縵縹繆
縸綿緬緝絻絀繹秣橅糩瓠匏麭贛贑耀鶲鳩欱覗尳械碣軼韗韢賑骼
髃樓軌磧駝梅楣模杔槙橯棉缽飧協瓰祈祺祇歧談譚諺諳讇沾軒黼
勝雒牆醋牄軸

言畬　音含　唐易　每糸　來力　肩覞　骨革　面免　木冒

虎兔　需兔　革合　革乞　革亟　革棘　韋惠　韋畢　枲隶

白麻　勹皮　糸辟　目每　片扁。

另外，

2　E 匣匡型：外門內雯，

3　F 原厓型：外厂內敢，

5　O 圓圍型：外口內咠，

6　P 巴巳型：外戶內缶，

8　T 上下型：上龍下升、上共下車、上此下束、上鼓下合、上雨下
禹、上亡下明、上北下米……等字，也是異符同聲，因需電腦造
字，未能列出單字，姑列出其結構分子如上供參考。

（六）有兩聲符其中一聲符非發漢語音：

0　I 一元型：（缺）

1　X 交叉型：犮串吏夷

2　E 匣匡型：匯岡囯（曲）

3　F 原厓型：靡庶靡麋虜虜　馗雔厖　參令公唐

4　S 迂迴型：

5　O 圓圍型：闌闠

6　P 巴巴型：局

7　Y 傾斜型：（缺）

8　T 上下型：曼盤勞輦繁嚚嫠豪軍冥葍窳鴛襲譻憩懋色卒夔蠹賣霖弇堲熨爲

9　H 左右型：牘砳虢虓綵繆糶鵃軼軄軌覣缽飧譚雒

（七）諧聲之所以產生，出於下列 2C 的制約（Condition）和呼應（Call-in）：

1.　一是受數學組合（Combination）定律的制約：在"形"和"聲"兩運算單元的組合中，必然出現"聲×聲"的組合，乃「理所當然，勢所必至」者。

2.　其次，則出於「自然的召喚」（Nature's Call）：先民製合體字，爲了使外在表"聲"'的符號，能代表內在"詞"的語音，很自然地或下意識地，把同音或近音的字（聲符）匯合一處，所以，讀音相同或相近的聲符常常就這樣湊泊成一字，又叫「同聲的呼喚」。

但"聲×聲"不是一種很好的組合，因爲聲符中含音又含義，兩者相乘，就會產生一字多音，一字多義的現象，最後反造成語音混淆，語義難明惡果，這大概也可以解釋多聲符"諧聲"字較"形聲"字少的原因。

綜合上述，可知會意、形聲、諧聲同出轉注，轉注包括會意、形聲、諧聲三者——亦即轉注是會意、形聲、諧聲的父母，轉注的位階、輩分較高，會意、形聲、諧聲的位階、輩分較低，它們不在同一層次或平面上。班固六書沒有形聲、會意、諧聲，推想是把它包涵在「轉注」中了——如果眞是這樣，那麼 班固六書就沒有父子變兄弟的情形，所以是最合理的。

以上是第三期造字法。此期又可稱爲合體字期、形聲相益期、造字期。據王力研究：「六書之作，諧聲後起，然必權輿于三代以前。」〔註19〕據此，則轉注亦必於此同時開出。

綜合而論，轉注是漢字史上「旋乾轉坤」的大手，形聲、會意、諧聲字都出其門，而與四象、假借同爲漢字造字的三綱。著名文字學者李孝定先生撰〈從六書觀點看甲骨文字〉一文，將目前所識甲骨文納諸許愼六書，一一表列，象形、指事、會意、形聲、假借皆有字歸列其下，唯獨「轉注」項下，李先生曰：

〔註19〕 見《王力文集》17 卷，頁 96。

「甲骨文中未發現任何兩字可以解釋爲轉注字的例子。」〔註 20〕而歷代學者釋六書，象形、指事、會意、形聲、假借大抵皆定位明確、意旨明暢，唯獨「轉注」項下，眾說紛紜，爭奇鬥艷。〔註 21〕今天，似乎撥雲見日把眞相揭開：筆者解轉注的"轉"爲「造合體字法」，轉注的"注"主要爲「造複合詞法」，前者已釋如上，以下則釋後一義。

二、一首同意相受期

一）注 引

文字是一個系統（System），以字爲單元，擴展爲複詞，由複詞擴展爲短語，由短語擴展爲句子，再由句子擴展爲段落，最後由段落擴展爲一篇文章。這情形，就好像涓涓小水匯爲小溪，數條小溪匯爲小河，數條小河匯爲長江、黃河，長江、黃河最後流入大海一樣。

六書轉注的「注」亦當如是解──由單而複，由小而大，由簡而繁。第一義是「注屬」或「注字」，即形聲相益造合體字，已解釋如上。第二義是「注引」，或稱「注詞」，即透過詞性相近、詞義相成之導引，把兩個以上同氣相"述"的字，匯流爲一個複合詞，也就是造詞法。

注，《漢書‧溝洫志》：「注塡淤之水」，《注》：「引也」，就是把甲地的水引導到乙地，從而聯成一水系，從語文的角度說，就是從一字一音一義的單字系統「轉」向「注」入多字多音但合爲一義的複「詞」系統。也可以說是從"造字流域"注入"造詞流域"。這是漢字史上第二次大躍進！其義有二：

（一）由單入複：不再造單字，改爲造複詞。

（二）以少馭多：以少數常用字組合，造出無數複合詞。

〔註20〕《漢字的起源演變論叢》，頁 20。

〔註21〕 茲舉兩位爲代表，一是裘錫圭先生說：「六書中的轉注問題更大，『轉注』這個名稱的字面意義在六書中最爲模糊《說文‧敘》對轉注的解釋也不夠清楚。因此後人對轉注異說最多。……我們認爲在今天不用去管轉注這個術語。」見《文字學概要》，頁 122、125。一是高明先生說：「許慎對轉注的解釋過於抽象，"建類一首，同意相受"是什麼意思？類和首指的又是什麼？都很含混。所以後來關於轉注的解釋爭論最多。……終無統一結論。」見高明著《中國古文字學通論》，頁 54、56。

「注引」，借用許慎的術語，就是：一首、同意、相受三者。但一首、同意、相受有廣狹兩義—注引，屬狹義部分，相當於現代的造詞法或構詞法。有三種：

1、一首：爲詞綴法；

2、同意：爲平等、衡分或聯合式構詞法；

3、相受：爲不等或偏正、主從構詞法。

以上是造詞法可歸入漢字發展第四期。第四期又可稱呼爲"造複合詞期"。

二）注　疏

六書轉注的「注」第三義是「注疏」——由於國土的開拓，民族的融合，交通的暢達，貿易的頻繁，科技的進步，學術的分工和進步，提高了文字的運用和造詞的繁盛；同時，由於時代的變遷，語言的變化，語音的變動，加上政治逐漸邁向一統的需要，對古文、方言、奇字、異語、僻詞、奧義需要整理，於是象形指事造出的獨體文、用形聲相益造出的合體字、加上以注引法構造的新詞，都需要注解、注釋、注疏、注音、訓詁，以擴大、強化文字之用的方法。

注，《說文通訓定聲》：「疏通也」，就是把時、空、語言、文化等造成的壅塞、隔閡、斷層加以疏瀹通暢，使大多數的今人、後人能曉、易懂、樂用。因爲語文是全民財產，社會公器，所以從較高層面講，注就是從多種族、多語言、多文化的部落系統逐漸「轉」向「注」入一文字、單語言、共觀念（Commen wealth）的大一統國家雛形。從較具體語文層面講，就是從個別造字、造詞的創造層次，注入總體的規範的用字用詞層次。

「注疏」，借用許慎的術語，就是：一首、同意、相受的廣義部分：

（一）一首：爲政府的語文政策，講求字形統一，即書同文。

（二）同意：是就漢語文內部，疏通文字形音義，即訓詁、聲韻的功夫。

（三）相受：著重漢語言文化與異國異族異語異俗的翻譯、交流和溝通。

以上"語文政策暨語文應用法"可歸入漢字發展第四期第二階段，或逕稱爲第五期、用字期。

第五節　轉注精義

轉類或建類，注屬或相益結合而成的造字法產生形聲、會意、諧聲合體

字，偏重於"轉"；注引、注疏衍生的一首、同意、相受三者，偏重於"注"。"轉"和"注"合為"轉注"，與「依類象形」「依聲託事」鼎足而三，是六書中內容最豐富、最有創造力的一支，它橫跨造字、造詞、用字三大領域。

從造字、造詞的角度看，第三義的注疏用字法，側重文字的應用，可稱作「注用」，即《老子》：「百姓皆注其耳目」，河上公《注》：「注，用也。」以往對於此義亦少人言及，茲暢其義於下：

用字法，是以造字法、造詞法為基礎的文字綜合應用系統。蓋從倉頡創作文字以迄《周禮》總結六書條例，其間約已歷 2000 年之久，〔註22〕累積的各種經驗、問題必然不少，需要作一個回顧、檢討、總結和提升，由政府召集學者專家即透過注疏、注釋、注解、注音、句讀、演述、考核，使同形符、同聲符、同紐、同韻、同義、反義字及古今、雅俗、方國、華夷之語詞得以疏通、匯集，並疊合造為複詞，然後析詞性、辨虛實之用、講文法、論修辭、通翻譯，相當於今天訓詁、聲韻、字典、詞彙、語法、語義、語意、解釋、翻譯學的雛形。而文字、文獻、文章、文學之大用至此而大備。

第六節　六書體系表

綜合上述，就可以將漢字發展史以六書為綱作一系統表如下：

〔註22〕這是很粗略的數據，僅供作思考線索。筆者根據五個「設定」湊泊出的：一、設定倉頡為文字創造者，二、設定倉頡為黃帝之臣，三、據史襄哉《紀元通譜》設定黃帝約為西元前 2704 年人，四、設定六書名稱成立時，即是完成文字整理匯通之日，五、設定六書名稱成立時，即朱謙之等考訂《周禮》成書之西元前 676 年左右。然後，將 2704－676＝2028 年。

六書體系表

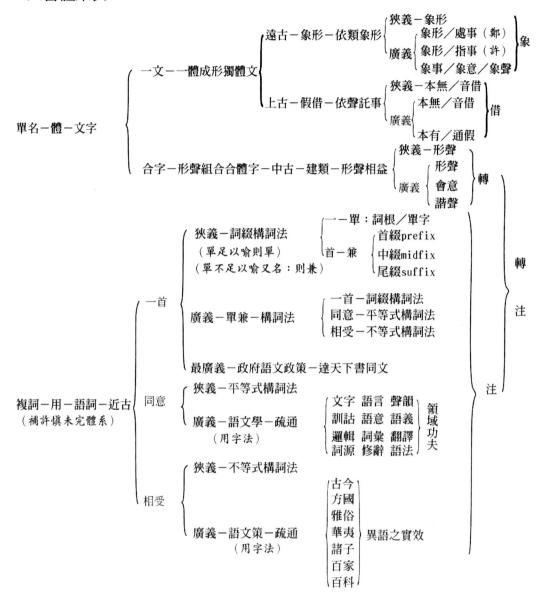

第三章　新　詮

　　以上爲筆者對六書長期研究思索的體認，其中有幾個創新的觀點和意見再予撮要詮釋，並進一步以現代語言學知識暨實例逐一論證六書爲：造字法、造詞法、用字法兼造字詞史或漢字發展史。

第一節　新觀點

一、六書非同一平面

　　六書是六個複合詞，每詞兩字，共十二字，歷來均被解釋爲漢字構造的六種基本原則，它們是平行並列的關係。明朝楊愼著《六書索隱》提出：「四象爲經，假借、轉注爲緯」說，首先打破六書是同一平面的觀點，他說：

> 六書，象形居其一，象事居其二，象意居其三，象聲居其四、假借者，借此四者也；轉注者，注此四者也。四象以爲經，假借、轉注以爲緯。

清朝學者戴震，他可能受楊愼的啓發而提出六書"四體兩用"二維說。四體是指事、象形、諧聲、會意，兩用是轉注、假借。他在〈答江愼修論小學書〉裡說：

> 大氐造字之始，無所憑依，宇宙間事與形兩大端而已，指其事之實
> 曰指事，一二上下是也，象其形之大體曰象形，日月水火是也。文
> 之既立，則聲寄於字，而字有可調之聲，意寄於字，而字有可通之
> 意，是又文字之兩大端也。因而博衍之，取乎聲諧曰諧聲，聲不諧
> 而會其意曰會意。四者書之體止此矣！由是之於用，數字共一用者，
> 如初哉首基之皆爲始，卬吾台予之皆爲我，其義轉相爲注曰轉注，
> 一字具數用者，依於義以引伸，依於聲而旁寄，叚此以施於彼，曰
> 假借，所以用文字者，斯其兩大端也。

當代文字學者裘錫圭先生甚至說漢代學者的六書名稱是「爲了要湊『六』這個數。」〔註1〕

　　筆者認爲六書確能規範漢字構造，但懷疑它們是同一平面平行並列關係的六個名稱，而把六書歸納爲三書，但和唐蘭在 1949 年出版的《中國文字學》所說的象形、象意、形聲三書不同，筆者的三書是象形、假借、轉注，其體系爲：

```
                                      ┌（1）象形與處事（鄭）
1象形－依類象形－一體成形　獨體文，有 ┤（2）象形與指事（許）
                                      └（3）象形與象事、象意、象聲（班）

2假借－依聲託事－本無其字借甲名爲乙名（鄭）（許）（班）

                                              ┌（1）形×聲＝形聲（許）
                       建類形聲相益：組合合體字，包括┤（2）形×形＝會意（鄭）（許）
3轉注（鄭）（許）（班）┤                              └（3）聲×聲＝諧聲（鄭）
                       └一首同意相受：包括┌（1）狹義：造複合詞法
                                          └（2）廣義：文書應用法（綜合運用文名字詞）
```

二、六書三時造字史

　　六書不僅講漢字結構，也是造字法和造字史，從"史"的角度看，六書可以稱爲漢字發展史的概括。這裡所謂"字"，取廣義解釋，包括單字和複合詞；所謂"單字"，包括：文（獨體文）、名（假借名）、字（合體字），詞則指複合詞。

　　依文字發展程序，分爲：象形時－假借時－轉注時，共三時。其中，轉注又劃分爲三期：一曰造合體字期，二曰造複合詞期，三曰綜合運用文名字詞期。

〔註 1〕見《文字學概要》，頁 120。按：『六』指《周禮》首先提出「六書」之名。

三、四象是漢字之本

　　班固六書中的四象——象形、象事、象意、象聲，就是《說文解字‧敘》：「倉頡之初作書，蓋依類象形，故謂之文」的"依類象形"造字法，四象是"廣義的象形"，造出"依類象形"獨體的「文」。"依類象形"的「類」，分爲具體器物類和抽象事情類；"狹義的象形"指"四象"中的象形，是象具體器物的造字法；另外三象——象事、象意、象聲，則是象抽象事情的造字法。"狹義的象形"即班、鄭、許三家共有的"象形"，象事、象意、象聲則相當於鄭眾的"處事"，也相當於許愼的"指事"。"四象"是漢字的最初形式，暨最原始的造字法，所造的字叫做"文"，它是一體成形的，南宋鄭樵稱爲「獨體文」，表示不能拆解，因爲一拆解分割便要像「七寶樓臺不成片段」了。

四、轉注是六書樞紐八字總管語文建設

　　雖然上述文字發展程序中把「轉注」列爲文字發展的第三時，居象形時、假借時之後，但是由於它的位階最高，機能強大，氣象弘偉，內容豐富，而把它定位爲六書樞紐，指揮一切文字運作；而「建類、一首、同意、相受」四科八字總管文字的內在理路和外在形式之發展。撮要言之，「轉注」有下列十大意義和功能：

　　第一義：轉化語言爲文字配注音義，

　　第二義：依物繪形造象形指事獨文，

　　第三義：建立形聲兩類字根曰建類，

　　第四義：造形聲會意諧聲三合體字，

　　第五義：各民族紛用母語參與造字，

　　第六義：集眾民族同意字建立部首，

　　第七義：同意相受訓詁音義廣文用，

　　第八義：聯文綴字組詞創造複合詞，

　　第九義：與假借聯合虛實互補圓滿，

　　第十義：中央政府語文管理應用策。

　　以下依次說明。

一）轉化語言爲文字配注音義

許慎言：「倉頡之初作書蓋依類象形，故謂之文；其後形聲相益即謂之字。」講的是中華造字史上第一期工作。如前述第二目，本文將造字史劃分爲「三時」：象形──假借──轉注時；其中，假借係借甲字爲乙字之義，或用作虛字以滿足語法功能，本身並無眞正造字，所以嚴格說，還不能獨立成爲一個「時」；至於「象形時」本從轉注派出，故可併入轉注時，而與「造合體字期」合併，稱爲「造單字期」，列爲第一期。這樣看來，轉注是假借以外「五書」的統領，且從事「眞正」造字，可謂「位高權重」。

爲了說明方便，筆者依造字發展時序把第一期即「造單字期」，細分爲二階段四步驟：

（一）轉「語言類」注爲「文字類」：此爲「轉注」的最初意義，亦「建類」之第一義。故轉注者，外繪詞之象徵形狀，內配注其音節義項；而轟然劃破「語文」混沌，析爲「語言」「文字」兩類，是「建類」第一義。此爲第一階段的前置作業。

（二）首先造「依類象形」文。依類象形文有二小類，一依實物輪廓素描的象形文，二依抽象事態概括而來的象徵符號爲指事文。它們都是「一體成形」的「獨體文」。此爲第一階段後續完成工作。

（三）把音義合一的文（意符）一分爲二，建爲形（義）類和聲（音）類，此爲第二階段準備作業，亦爲「建類」第二義。

（四）由形（義）類和聲（音）類兩兩組合出「形聲相益」的會意、諧聲、形聲三種合體字來，爲第二階段後續完成工作。

綜合而言，轉語言類注爲文字類的動作，前後連起來一氣呵成說，叫做「轉注」；而把前後運作的對象，分疆劃界爲「語言類」「文字類」來說，叫做「建類」。依造字程序的發展，「建類」還有第二義，就是把音義合一的文（意符）一分爲二，建爲形（義）類和聲（音）類，展開造合體字大業。所以「轉注」是「造字」的樞紐，而「建類」是「轉注」的先鋒。

第一期的「造單字」工作至此圓滿完成，繼之進展到第二期的「造複詞」，第三期的「語文應用」，然後文字之總體建設於焉完成。

而「一首、同意、相受」就是「造複詞」「語文應用」兩期的實質內容。

以上模擬中華造字史的大概行程和內容。在此深入考察最先造出的初

文，即第一期第一階段的象形、指事獨體文是如何造出的呢？其旋乾轉坤的妙手就是「轉注」。轉注的轉，有轉換、轉變、轉化之意，就是把口說耳聞的語詞，轉化為有形可目治手寫的文字；即轉化語詞為文字，並搭配注記其相應音義於其內。所以說「轉注」是「造字」的樞紐，而文字就像電影一樣，是有形象、有畫面、有聲音、有對話、有劇情、有類別的綜合文化體。

「轉語為文，配注音義」正是「轉注」的原始本義。創造文字從何開始呢？誠如許慎所述：「倉頡之初作書蓋依類象形，故謂之文」。所以「依類象形」就是創文造字的第一期第一階段第一道劃時代的開天闢地工作。什麼是依類象形呢？就是模擬實物、實事、實景、實況、實態，予以錄相、素描、速寫、繪影、繪形，這是外在造形、造型作業；同時附上錄音、配上詞義——或記造字者對事物的觀感，或記先民對自然現象之好奇，或記原始社會人們食衣住行育樂之繽紛，或傳上古之史，或錄先哲之言，或載方國奇風異俗等等，這是內在配音、記事、寄意作業。外形配上音義，即「轉語為文，配注音義」之完成，而形音義三位一體的漢字於焉正式誕生。所以，「轉注」是造字之母。順此，似可比喻說：依類象形是轉注之子，形聲相益是轉注之孫，造複合詞是轉注之曾孫，文字管理應用是轉注之玄孫，合成「一脈相承」的系統工程。

二）依物繪形造象形指事獨文

依類象形者，有實物者造為象形文，素描其形也，如日象圓渾發光熱之火球，月則臨摹朔夜彎彎的月亮。雖無其物而有其態勢功能者，以符號或幾何線條象徵其抽象概念，造為指事文，如上下一二三等方位、方向、數量詞。

以下試模擬黃帝史官倉頡（字/書官，廣西三江標敏語 tsaŋ^{12} kwe^{55}，音近漢語「倉頡」）如何造文呢？茲以許慎所舉「轉注」的代表字「考老」為例探討。「老」是依類象形的獨體象形文，「考」是形聲相益的合體形聲字。先說素描創造象形文之實況，以老為代表；次敘形聲相益創造合體字之情形於第四目，以考為代表。

老，《說文解字》：「考也。七十曰老，从人毛匕，言須髮變白也」。甲骨文作 𦣻，象老人頭髮已稀疏，背佝僂，拄杖緩慢行走形。創字者只用幾筆素描，就很形象地把一位老人的外形和常伴物件拐杖，暨年老體衰的體態、動作、神韻概括出來，此即「依類象形」之工夫也。然後結合語言，把「老」一詞之音

義登錄在字形裡頭。

老，漢語音方面：1 王力上古音〔ləu〕，中古音〔lɑu〕，2 北京、廈門、潮州、建甌、長沙、南昌、梅縣音〔°lau〕，3 合肥、揚州、福州〔°lɔ〕，4 蘇州〔læ²〕，5 溫州〔°lɛ〕，6 武漢、成都〔°nau〕。

老字爲什麼唸〔老〕呢？它一定是根據人們日常所說語詞登錄在字形裡頭。老字爲什麼音〔ləu〕或〔lau〕或〔°lau〕，而不是其他聲音呢？它一定出於造字者母語。老字創造者說什麼語言呢？當然是漢語或精確說古漢語、雅言。然而考老同義，互爲轉注，換言之考即老，老即考。但考老異音，異音表示所據語言不同，這表示古漢語、雅言不只一種。依語言譜系學觀測，古漢語或雅言可能有好幾個語族，十幾個語支，語支下又有好多種方言。這情形就跟現在漢藏語系內除漢語族外還有藏緬、苗瑤、侗台三大語族的情形沒有什麼差別。漢語與藏緬、苗瑤、侗台語有血緣關係，所以稱他們爲「親屬語言」。根據筆者多年考察研究，南亞語系的孟高棉語族、越芒語族與漢語也有血濃於水的關係，所以也列爲「親屬語言」。

現在，我們想從語源學立場探究老爲什麼唸〔ləu〕或〔lau〕或〔°lau〕？或懷疑造字者有沒有把老字的音登錄錯誤？最好的辦法莫過於拿親屬語言來參照、比較。換言之，要科學、正確、圓滿地研究並掌握原始漢字音義來源，必須借助親屬語言。以下即透過親屬語言現考察老考兩字：

1. 音義之來源？

2. 爲什麼互注？

3. 爲什麼被許愼列爲轉注？

茲先羅列親屬語言「老」這語詞(word)：1 瓊·臨高語，桂·融水苗語，黔·滾貝、高壩、秀洞、啓蒙、李樹侗語音〔lau⁴〕，2 桂·三江，黔·章魯、林溪、高稼侗語，桂·武鳴、賓陽、龍州、忻城壯語，桂·河池·水語，環江·毛南語〔la：u⁴〕，3 湘·龍山土家語〔lau⁵⁵〕，4 桂·融水·五色語〔ləu³〕，5 桂·金秀·拉珈語〔lou⁴〕，6 桂·羅城·仫佬語〔lo⁴〕。

從上列顯示：老，漢語與各親屬語言的音義相同或相通。可見證：

1. 漢字（詞）與親屬語言之同義詞往往同音，除少數偶然借詞因素外，應信此同義詞同出一源。

2. 拿親屬語言證漢字原始音義具有「禮失求諸野」「它山之石可以攻錯」的價值。另外可補救或排除「以漢（字、語）論漢（字、語）」的困難和偏失。

三）建立形聲兩類字根曰建類

轉注爲“轉”和“注”的合成詞，“轉”是“轉類”的簡縮語（Abbreviation），“注”是“注屬、注引、注疏、注解、注釋、注音”的簡縮語。

筆者解“轉類”即是許愼解釋「轉注者建類一首同意相受」的「建類」，「建類」就是將音義合一的獨體文“意符”，依表音、表義之需要，將獨體文的職能恚然劃分爲兩類字根：其一，轉換“意”職，建爲「形」類，專職表義，此「形」含有意義、種類、等級、性別、範疇、屬性、詞類、材質等意涵。

其二，轉換“意”職，建爲「聲」類，專職表音，包括聲、韻、調、音標等等。這是對“一體成形，不能拆解”的「獨體」依類象形文，從語言層面所作的劃時代分工——從這裡也可看出漢字和漢語的密切縮結。有了形、聲兩「類」，便有排列組合造合體字的籌碼和機會。所以「轉類」或「建類」是造字史上的大發明，值得大書特書。

四）造形聲會意諧聲三合體字

（一）概　說

但「轉類」或「建類」只是造字工程的前置作業，必然還需“注屬”來完成造合體字的大業。“注屬”是把形、聲兩「類」字根相連屬，合成一個1×1方塊，並具新形、新型、新音、新義、新詞之新字的後續作業，其「合成」方式爲：

1. 形×形＝會意
2. 形×聲＝形聲
3. 聲×聲＝諧聲

的 3 種組合（Combination）。

“轉類”和“注屬”合起來就是「轉注」。這裡所謂「轉注」，屬於“狹義的轉注”，它就是《說文解字・敘》:「其後形聲相益，即謂之字」的「形聲相益」造合體字法——“轉類”轉出「形、聲」兩類，“注屬”則與「相

益」同意，即拿「形、聲」兩類字根或意符，進行數學上的"組合"（Combination）。

（二）諧聲是合體字一種，與形聲有別

「形聲相益」產生：形聲、會意、諧聲三種合體字。

會意為鄭眾、許慎兩家所共有，不必論它。形聲之名為許慎之名詞，其意義為大家所熟悉，亦不必論它。諧聲之名則為鄭眾之專有名詞，歷代學者咸認等同於"形聲"；但筆者既發明"轉注"就是"形聲相益"造字法，照組合數學定律，諧聲屬聲×聲的組合。所以，它異於形聲，而應與形聲、會意鼎足而三，此乃據數學定律產生，固「理所當然，勢所必至」者，故不可輕易把它與形聲合併，或看作形聲之異名。筆者據《說文解字》竊有穴廿米离4字根，饞有弟次韭3字根。許慎指其「皆聲」，意謂穴廿米离皆竊字的聲符，弟次韭皆饞字的聲符。像這樣「皆聲」的字，據筆者蒐集大約有三百六十多個，與象形字數相當，比指事字約多三倍，詳如第二章。

（三）考是象形文老的聲化分化

考《說文解字》：「老也。从老省丂聲」。是形聲字，而老為象形文；考與老又互為「轉注字」。於此可證：轉注於六書中，與形聲、象形不同一平面，轉注位階高於形聲、象形，並包容、涵蓋它們。

其實从老省丂聲的考字，上古應仍書作「老」，隨時間推移，各地語言漸生歧異，不得不另行標音；考字即從「老」加聲符丂而分化。同樣情形可見於鼻、齒兩字。鼻本來只寫作「自」，後因另一支語言音「鼻」，於是加上「畀」作聲符；齒本來只寫作ㄩ，因懼後人不曉字音，才加上「止」作聲符。

然則「考」「老」為什麼要分家？「考」既出於「老」，為什麼不再唸「老」？大體說，一出於語言之分化，二由於不同民族的口吻，三因於辨詞別義需要。我們從廣西省三江、忻城壯語「老」有老、考兩個語音得到印證。

茲踵老之例，先查「考」字漢語音：1 王力上古音〔kʻəu〕，中古音〔kʻɑu〕，2 北京、西安、太原、武漢、成都、南昌、梅縣、潮州、建甌、長沙〔ʿkʻau〕，3 合肥、揚州、福州、濟南〔ʿkʻɔ〕，4 蘇州〔ʿkʻæ〕，5 溫州〔ʿkʻɜ〕，6 雙峰〔ʿkʻɤ〕，7 廈門〔ʿkʻo〕，8 廣州、陽江〔ʿhau〕。

接著考察親屬語言老（old）這語詞：1 黔·灣子寨·仡佬語〔kɑu⁵⁵〕，2

湘‧巴那‧苗語〔kau^{55}〕，3 桂‧羅香‧勉語〔ko^{35}〕，4 湘‧蹬上‧苗語〔kɔ^{35}〕，5 滇‧梁子‧金門語〔ko^{44}〕，6 桂‧灘散‧金門語〔ko^{35}〕，7 滇‧曼俄‧布朗語〔kɔt^{33}〕，8 粵‧多祝‧畬語〔kɣ^{35}〕，9 桂‧賀州‧壯語〔kiə^{5}〕，10 桂‧上思‧壯語〔kei^{5}〕，11 桂‧忻城‧壯語〔kje^{5}〕，12 泰語，老撾語，滇‧版納、德宏、元陽、芒市‧傣語，桂‧龍州、邕寧、平果、德保、三江.壯語〔ke^{5}〕，13 藏‧拉薩‧藏語〔kɛ^{132}〕，14 滇‧曼買‧格木語〔kɛ〕，15 滇‧孟汞‧佤語〔khɔt〕，16 滇‧細允‧佤語〔khɔt^{11}〕，17 湘‧吉衛‧苗語〔qɔ^{54}〕，18 湘‧丹青‧苗語〔qɔ^{31}〕，19 湘‧小章‧苗語〔qɣ^{33}〕，20 黔‧嘎奴‧苗語〔qo^{44}〕，21 黔‧歆孟‧苗語〔qo^{43}〕，22 湘‧郭雄‧苗語〔qɔ^{53}〕，23 桂‧文界‧巴哼瑤語〔qo^{55}〕。

上列親屬語言「老」一詞之語音與漢語「考」「老」相同。據此益信：

1. 漢語與這些親屬語言語言有發生學上的淵源。

2. 考、老本同意為老（old），其形、音之分化原因：

1）出於中華大地不同民族語言差異或語音之變遷。

2）出於正詞別義之需要。

例如《說文解字‧老部》收有老耆耊耈耇耆耇耆耇耇壽考孝十字，字義相同但讀音有變異參差。其次，雖同以老為字根，但字義微有分別。亦詳下第五目。

五）各民族紛用母語參與造字

中國地大物博，自古即是多民族多語言並存的國家，截至目前為止，大陸尚有 56 民族，如果把台灣先住民 12 族加入，合計約有 68 族。其中，百分之九十為漢族，據文獻，漢族在歷史長河中融合了周邊許多民族而形成，所以，推斷上古漢民族也應有融入周邊民族的情況。據上述老考字語源，可知有很多親屬語言與漢語相同或相通。因此，我們可以推想在初文創造時，不乏各民族菁英據其母語參與造字。若只有一個民族、一種語言、一節語音、一位造字者，何至出現既有老字又造出考字之疊床架屋的現象？如果說同一種語言的某一詞有多種講法和發音，如老本有考老兩音，故造出考老兩字，當然有可能。但是《說文解字‧老部》收有老耆耊耈耇耆耇壽考孝十字，若說其聲皆來自老（old），而音各異，就不宜單純以「同一種語言的某一詞可能多至十種講法和發音，沒什麼希奇。」而忽視另外可能的答案。我們認為此十字之音所以差異，是各民

族菁英據其母語參與造字的參差結果。茲繼考老之後，把耆薹耆耇耆耇耇壽孝八字本從老得音之「內情」證明如下：

（一）耆，本從老得聲音絰：1 黔・錦、莫語〔ʈe⁵〕，2 黔・佯僙語〔ʈe³〕，3 滇・阿儂怒語〔thi³¹〕。後來才綴至聲於「老」而製出形聲字「耆」。

（二）薹，後世另製耄字。本從老得聲：

1. 音蒿→同上「考」所錄。蒿，梅縣、南昌、潮州音〔hau〕。

2. 音毛→：1）川・呂蘇語〔mo⁵³〕，2）川・喜德・彝語〔mo²¹〕，3）滇・撒尼・彝語〔mo¹¹〕，4）滇・傈僳語，綠春・哈尼語〔mo³¹〕，5）滇・大研・納西語〔mo⁵⁵〕，6）滇・嘎卓語〔mo³¹〕，7）滇・拉祜語〔mɔ³³〕，8）滇・怒蘇怒語〔mə⁵⁵〕，9）滇・浪速語〔mɔ̃³⁵〕，10）滇・波拉語〔mɔ̃³¹〕。

後來才綴蒿聲於「老」而製出形聲字「薹」。蒿從高得聲，高(tall)→1）彝語・南部方言〔mo⁵⁵〕，2）川・納木茲語〔mo³¹〕，3）滇・傈僳語〔mo³³〕，4）滇・怒蘇怒語〔m̩ə³³〕，5）滇・基諾語〔mjo⁴⁴〕。

高（tall）與老（old）同音〔毛〕、〔mo〕。

（三）耆，本從老得聲，音旨：1 桂・布流・仡佬語，俅語〔tɕhi¹〕，2 桂・巴琉語〔tɕhi¹³〕，3 藏・義都・珞巴語〔tɕhi⁵⁵〕。後來才綴旨聲於「老」而製出形聲字「耆」。

（四）耇，本從老得聲，音句：1 甘・夏河・藏語〔ge〕，2 川・巴塘・藏語〔ge³⁵〕，3 川・道孚語〔gə〕，4 川・卻域語〔ga¹⁵〕，5 川・扎壩語〔ga³³〕，6 川・嘉戎語〔kə〕，7 滇・波拉語〔kɔ³⁵〕，9 滇・馬登鄉・白語〔ku³³〕。

後來才綴句為聲於「老」成形聲字「耇」。

（五）耇，本從老得聲：1 讀若耿→1）藏・拉薩・藏語〔kɛ̃¹³〕，2）川・嘉戎語〔rgɒn〕，3）湘・陽孟・苗語〔qoŋ³⁵〕，4）藏・博嘎爾・珞巴語〔kam〕。2 讀若店→1）滇・景頗〔tiŋ³¹〕。

後來才綴占為聲於「老」成形聲字「耇」。

（六）耇《說文解字》：「老人行才相逮，從老省，勿象形，讀若樹。」

按：1. 勿象百足之虫，老人因體衰而步小緩慢如百足虫蠕行，勿亦

聲，音污雩，轉音爲樗樹。

2. 但𦒷本从老得聲：1）音樹：（1）川・喜德、武定・彝語〔su^{33}〕，（2）川・茂縣・羌語〔ʂụ〕。2）音勿：（1）川・卻域語〔wu^{55}〕，（2）川・納木茲語〔vu^{55}〕。

（七）壽，本从老得聲：1 音樹→1）川・喜德、武定・彝語〔su^{33}〕，2）川・茂縣・羌語〔ʂụ〕。2 音濤→1）泰語，老撾語，滇・版納、德宏、傣拉、芒市、景洪、金平、元陽、元江、馬關、綠春・傣語，桂・龍州・壯語〔thau^{3}〕，2）滇・武定・傣語〔thɐu^{3}〕，3）滇・孟連・傣語〔thɑu^{3}〕，4）川・呂蘇語〔tho^{3}〕。3 音籌→1）川・嘉戎語〔mtʂo〕，2）滇・勒期語〔tso^{55}〕，3）滇・綠春・哈尼語〔tsho^{55}〕，4）滇・墨江・哈尼語〔tshɤ^{55}〕，5）滇・基諾語〔tsə^{44}〕，6）桂・哈給・仡佬語〔tʂo^{33}〕。

後來才綴𠷎爲聲於「老」成形聲字「壽」。

（八）孝，从老得聲：同上「考」所錄。孝、考，廣州、陽江同音〔hau〕。

六）集衆民族同意字建立部首

許愼言：「轉注者，建類一首同意相受，考老是也。」這句話很難解釋，誠如古文字學家高明先生說：「許愼對轉注的解釋過於抽象，『建類一首，同意相受』是什麼意思？“類”和“首”指的又是什麼？都很含混。所以後來關於轉注的解釋爭論最多。……終無統一結論。」

根據前述《說文解字・老部》收有老耋薹耆耇𦒹𦒷壽考孝十字，其聲皆來自老(old)的不同民族語言；其中，耋薹耆耇𦒹壽考七字（佔 70%），後來才加聲符至、蒿、旨、句、占、𠷎、丂而成爲形聲字的。這情形正如鼻、齒本來只作自、，後來才加聲符畀、止一樣。

對老耋薹耆耇𦒹𦒷壽考孝十字被集中收歸一部，我們認爲乃中央政府主導推動的成果，因爲彙集衆民族所造出的同意字，推舉部首、訓詁音義，疏通字與字之間關係，建立字族之作爲，只有政府有能力做和應該做。觀察：

一）耋薹耆耇𦒹𦒷壽考孝的「詞根」皆是「老」，所以被歸建入「老」部，此即「建類」，可以認爲是「建類」的第三義。

二）各字「外形」皆有「老」，而舉「老」帶頭，排在第一字，即謂之「一

首」。

三）其「音義」皆來自「老」，意思相同或相通，故曰「同意」。

四）因爲字字同意，而可以「互訓」如考老，故曰「相受」。

推而廣之，不限同部首，只要同根、同義、同型、同音、同類、同韻、同調……，都可以「建類一首」，以廣文用，以利教育、教學。

七）同意相受訓詁音義廣文用

眾民族依不同語言所造出的同意字後，由中央政府彙集建立字字族，推舉部首、訓詁音義，疏通字與字之間關係之作爲，當即許愼釋轉注爲「建類、一首、同意、相受」之意蘊之一。其用意主要在「書同文、廣文用」。《說文解字》分 540 部，部內之字皆與「部首」轉注，即有 540「字族」。換言之，「部」或「字族」因轉注之功而催生，有利於語文學習、教授、推廣、應用和字書編纂、文獻保存等，此亦轉注之額外功勞。

八）聯文綴字組詞創造複合詞

"單字"的製造至轉注造出形聲、會意、諧聲三種"合體單字"而完全成熟、定型。但是造"合體單字"法跟「假借」造詞法一樣太便捷了，大量生產的結果，不論編纂字書、老師教課、學生學習、公文應用等，都會有"應接不暇""不勝負荷"之感。譬如《說文解字》收字 9353，熟習其字形、解釋還不難；至於《中文大辭典》收字 49905，要熟習就很不可能。因此"由博返約"，走精簡路線。其法：

（一）簡化結構、省減筆畫和直化線條，因此而有改大篆爲小篆，再由小篆隸變爲隸書之歷史演化。

（二）避開或廢棄冷僻、罕用字，而有了「常用字」觀念，較集中地使用二、三千個字。先秦流行的識字本如倉頡篇、爰歷篇、博學篇，應該就是宣導常用字的教科書。

由於某些常用字經常聯綴一塊，漸漸地形成「詞組」，人們也開始注意某些字可以和某些字形成詞組，某些字不可以和某些字形成詞組，很自然地建立了"構詞學"或"造複合詞法"。

這個"構詞學"或"造複合詞法"筆者取名爲"注引"——順著詞性和詞

義的輾轉流“注”，把相關的常用字“引”導到一處，結合成一個“詞組”。
“注引”是“轉注”的支流，筆者解釋為“建類一首同意相受”：

1. 建類：區分常用字等級；把同義、近義、反義“引”導到一處；
2. 一首：為詞綴法；
3. 同意：為平等、衡分或聯合式構詞法；
4. 相受：為不等或偏正、主從構詞法。

以上詳第三節造詞法。

九）與假借聯合虛實互補圓滿

轉注者「轉」語成文，「注」文成字，合「單字」成「複詞」，擴大「文字」和「詞彙」生產量；還有，緣字義作注解、訓詁，纂同形、同義、同音字為典，以廣語文應用，是正面積極的造字組詞的工程師。其中，「依類象形」和「形聲相益」都隸「轉注」下，先造象形指事獨體文，次造形聲諧聲會意合體字，造出名詞、動詞、形容詞等實字。最後，組文合字為「複合詞」，而完成「文字創造」事業。

另一方面，「假借」從側面緣字音「活用」文字，幫助「轉注」，借現成象形指事文，和形聲會意諧聲字，改動字義、變換詞性，借舊瓶裝新酒，賦舊字為新詞，以造難造之副詞、代名詞、介系詞、語助詞等虛字、語法字，以利行文造句；還有，翻譯外語，輸入新名詞、新物品、新思想，促進國際交流，充實本體文化內容水準。

轉注主實，假借主虛；轉注主義，假借主音；轉注為體，假借為用；轉注居陽，假借居陰。這一實一虛，一義一音，一體一用，一主一輔，一正一副，一陽一陰，密切聯合為文字建設的左右手，共同完成中華文字建設大業，功德圓滿。

十）中央政府語文管理應用策

《說文解字》立 540 部，即建 540 義類（相當於形聲字的「形」），此即「建類」。《說文解字·老部》收老耆耋耆耇耇耇壽考孝十字，以老為首，統縮九字，此即「一首」。據前述《說文解字·老部》老之下耆耋耆耇耇耇壽考孝九字皆从老，其義亦同老，或與老有關，可稱為「同意」字。將此「同意」

而音異、形別之字，彙集、編纂於老部，予以排序、說明結構，注解意思，溯其淵源，敘其讀音，明其歸屬統系，此即「相受」。許慎說：「轉注者，建類一首同意相受也」。指的應該就是這事。但這事一定要有主人主持，首先應該是語文學者，其次是主管文化文字的官員或官府。從先秦時代「書同文」一語可知中央政府對語文極重視，列爲施政工作；「書同文」政策當即「轉注」的實施內容之一。不妨想象：政府爲提升國家形象或增進行政效率或普及教育或深化統治勢力，一定會建立並實施一套可大可久的的語文政策，具體的辦法應該有像《說文解字・老部》收老耆𦒻耆耇耇耋壽考孝十字，對於同意義之字或語詞，因不同種族、不同語言而異其音、異其形、異其用者，加以彙集、注疏、解釋、翻譯、編纂成冊等工作。

進一步說，文字是書面語，是人們對遠距離溝通，對千秋萬世傳情達意的工具，更是是立國之基，教化之本。其重要不言而喻。當歷代先賢所造的文（獨體依類象形）、名（假借）、字（形聲相益合體）、詞（複合詞），現在統統同時出現眼前，但是由於歷史、地理、語言、文化等等因素，文書中不時夾雜古語、俚詞、僻字、夷音、方言、諸子百家專門名詞，人們很難順暢無阻地讀完一篇文章，這就需要"注疏、注解、注釋、注音"，才能輾轉讀通，這就牽涉到音韻、訓詁、翻譯、解釋、語法、邏輯、語義、詞源、修辭、作文等專門學術領域，其層次極高、規模龐大，非個人能力所及的教育、文化工作，其性質和主管機關類似前述法國的「保護法語永久純正的國際性組織」，必須政府出面操辦管理。所以，轉注的最後一義就是：「中央政府語文管理應用政策、法令、計劃」。仍借用許慎對「轉注」釋義的八個字：「建類、一首、同意、相受」來說明：

（一）建類：政府爲施政需要建立各類語文法令、政策、計劃、方案。

（二）一首：政府的語文政策，主要講求文字統一、字形統一，即書同文。

（三）同意：政府的語文官經常就文字形音義純潔穩定，作訓詁、注疏、
解釋、編輯工作。

（四）相受：著重漢語言文字、文學、文化、文明在

　　1. 空間上能與異國、異族、異語、異文化互翻譯、交流和溝通。

　　2. 時間上能繼往開來與古代、未來，既一脈相承又能日新月異。

以下分別就造字法、造詞法、用字法兼造字（詞）史作進一步闡釋。

第二節　造字法

一、造字法系統表

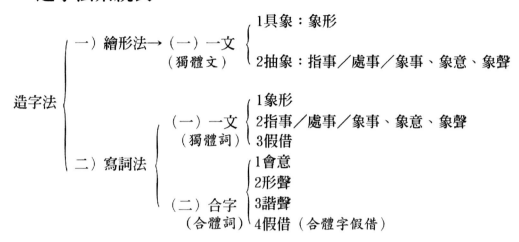

造字法
- （一）繪形法→（一）一文（獨體文）
  - 1具象：象形
  - 2抽象：指事／處事／象事、象意、象聲
- （二）寫詞法
  - （一）一文（獨體詞）
    - 1象形
    - 2指事／處事／象事、象意、象聲
    - 3假借
  - （二）合字（合體詞）
    - 1會意
    - 2形聲
    - 3諧聲
    - 4假借（合體字假借）

二、繪形法

　　繪形法是把詞的形象繪出來，亦即造字者依具體之物或抽象之事，以幾何圖形、筆畫位置、線條繁簡和筆意精粗作爲理據，用簡單線條描繪成字形。

　　透過筆畫，把語言所蘊涵的音義錄音存證爲獨體意符；透過線條，把詞所指撝的具體形象顯影爲象形文；透過幾何圖形，把詞所概括的抽象概念映射爲指事文。總括說，繪形法就是"以形造詞"，亦即「依類象形」的美術學、造形學、製圖學層面。所以，象形、指事是繪形法。

　　陳高春主編《實用漢語語法大辭典》謂：「構形法指同一個詞經過形態變化而表示不同語法意義的方法。」

　　筆者的「繪形法」一詞，與陳高春氏「構形法」名實皆異，係指以幾何線條將詞「形象化」之意，著重線條層面，或稱「造形法」。打個比喻說，繪形法是制作文字的「軀殼」，好讓語言中的靈魂——音、義可以棲身。這「軀殼」是精心「量身打造」，而非隨意「畫個葫蘆」的；因此，繪形法和語言中的靈魂——音義密切相關，也就是說，繪形法和寫詞法是分不開的，是一體兩面。

　　繪形法又分爲：獨體繪形法、合體繪形法。獨體繪形法透過繪畫、素描

等法而造出：①班固六書中的四象——象形、象事、象意、象聲，即②鄭眾六書的象形、處事文，也是③許慎六書的象形、指事文。合體繪形法則先將本是四象或象形、指事／處事"意符"，轉化成形、聲兩類，然後透過數學上排列、組合法，將形、聲類，兩兩組合成形聲、會意、諧聲字。

假借字係"行形走音"——借象形、指事文之面貌，頂著象形、指事文的聲帶，卻去表達不同意義的詞——外形及讀音並沒有改變，沒有產出新字形，所以是寫詞法。但是它的意義改變了，從內部形態看，它具有構形法意義，屬於準構詞法。

至於形聲、會意、諧聲字，則把象形、指事"意符"，依詞的內涵，劃分出兩職位，一專表聲音，一專表義類，然後組合成字——就成員說，是由單變複；但就個別成員的外形論，不論聲符或形符，固仍原來之象形、指事文，絲毫沒有改變，頂多把聲符疊成好幾層——如形聲字"鑮"從薄聲，"薄"從溥聲，"溥"從專聲，"專"從甫聲，"甫"從父聲，聲符共有五層——嚴格說，並沒有產出新聲符。

綜合上述，只有象形、指事兩法或「依類象形」法，才當得上"繪形法"兼"寫詞法"；形聲、會意、諧聲只有寫詞法意義而無繪形法意義；假借則有寫詞法和準構詞法（見下）功能，亦無繪形法意義。也正因為此，我們就把漢字定位為「以象形為基礎的形聲表詞文字」，可簡稱「象形表詞文字」或「形音義表詞文字」。

三、寫詞法

陳高春主編《實用漢語語法大辭典》：「構詞法①指研究詞的內部結構規律的學問。②指按照一定的規則構造新詞的方法。」

筆者的「寫詞法」一名，與陳高春氏「構詞法」名實皆異。寫詞法是把詞的音義透顯出來，或者說定義成意符或形、聲符。換言之，把將詞所指撝的語義及語音化成有形的、目治的、外在的「依類象形」獨體文或意符，﹝註2﹞即「以詞造形」，亦即「依類象形」的詞彙學、語義學層面。後來，將意符一分為二，

﹝註2﹞ "意"字從音從心，用以詮釋象形、指事、會意等音義合一文字之性質，相當貼切，裘錫圭先生也把它們稱為意符，見《文字學概要》，頁15。

外形上既不改頭，也不換面，只依詞所蘊涵的音、義分類，承載音節的，稱作聲類即音符；承載義項的，稱作形類即義符；即「形聲相益」的詞彙學、語義學層面。

綜合來說，寫詞法就是以單音節"詞"爲標的，將它內涵的意或音、義，分別映射到外，藉繪形法制作的「形象」爲軀體，「投胎」成爲有形的存在，代表音義合一的叫獨體文，分立音、義符的叫合體字。獨體文好比一黨執政，合體字好比聯合政府。

從上述內在的音義要藉繪形法所制作的「形象」爲軀體，「投胎」成爲有形的存在這比喻，又再次顯示繪形法和寫詞法的關係——透過這種「關係」，有形的、目治的、外在的"字"就完全體現語言中的詞，亦即使"詞""字"合一或詞＝字之意。但繪形法著重幾何、線條、軀體、形象、外在意義，而寫詞法著重詞、音義、語言、內涵的層面。

寫詞法是就語言的內外連繫言，又分獨體寫詞法、合體寫詞法。

一）獨體寫詞法

又稱「三角寫詞法」，透過「音義合一」把「詞」的內在音義造爲渾然一體的象形圖畫或簡筆線條，稱爲「意符」或獨體詞；班固六書中的四象——象形、象事、象意、象聲，鄭眾六書的象形、處事，暨許慎六書的象形、指事屬此。圖示如：

（一）"四象"或"象形、處事"或"象形、指事"之內外連繫圖：

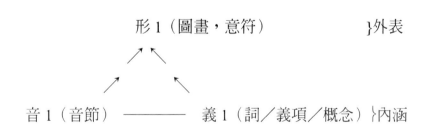

（二）獨體文假借之內外連繫圖：（意義改變了）

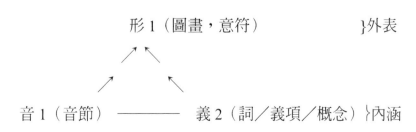

二）合體寫詞法

又稱「矩陣寫詞法」，透過「音義分離」把「詞」的內在音義或外在的意符，分別由形符和聲符來表達，然後組合造爲：形符×聲符＝形聲，形（意）符×形（意）符＝會意，聲符×聲符＝諧聲三種合體字或合體詞。

（一）形聲內外連繫圖：

聲符（音符）—— 形符（義符）　　　}外表

　　↑　　　　　　　　↑

音（音節）——— 義（義項）　　}內涵

（二）會意內外連繫圖：

形（意）符＝形符兼音符 — 形（意）符＝義符　}外表

　　　↑　　　　　　　　↑

音（音節）　———　　義（義項）　　　}內涵

（三）諧聲內外連繫圖：

聲符（音符）—— 聲符（義符兼音符）　　}外表

　　↑　　　　　　　　↑

音（音節）——— 義（義項）　　　}內涵

（四）另外，假借也以同音合體字當作「音符」，承載相異的詞義或詞性，是爲合體字假借。

合體字假借之內外連繫圖：（意義改變了）

聲符（音符）—— 義 2（義項）　　}外表

　　↑　　　　　↑

音（音節）——— 義 1（義項）　　}內涵

（五）轉注不直接造字，而是先對「意符」屬性加以改造，重新命名，全新派職：一曰形類，一曰聲類；然後從事排列、組合造爲形聲、會意、諧聲三種組合字。

綜合說，這一階段：

1. 推翻獨體文，改建合體字。

2. 依類象形文停止生產，改制爲形聲相益。

3. 把音義合一的意符分化爲義（形）、音（聲）兩符。

4. 形音義三角結構的頂角截去，轉化成爲梯或四邊形的形聲音義結構。

四、小　結

寫詞法除了把詞的音、義「投射」出來外，還有「內外相連繫打成一片」的意思，如獨體文是音義合一造爲一象形圖畫或簡筆線條，稱爲「意符」。①班固六書中的四象——象形、象事、象意、象聲，即②鄭眾六書的象形、處事文，也是③許愼六書的象形、指事屬此，這"意符"既代表"形象"又代表"音義"，是內（音義）外（形象）兼修，靈（詞）體（字）交融的，也就是說，形的創作是完全照音義的尺碼、形象、內涵來打造，最終的也是唯一的目的是爲了讓音義棲身。所以，見到日月山川之外"形"，就自然映現日月山川之詞的內涵"音義"，這叫做「以形顯詞」；而詞之內在音義的棲身也是爲了彰顯形的特殊面貌，這叫做「以詞造形」；所以說，象形、指事文是繪形法兼寫詞法；因此，象形、指事文是"形音義"合一密不可分，是三位一體，或稱三元一體、三才一體。

從圖形可以看出其音和義並不劃分，集中以一外形表達，外形即意符，與後出之形聲字比較，它既是形符又兼聲符。因漢字一詞一字的特性，使其外形完全體現該詞的相貌與內涵，如牛馬羊象犬虫兔鼠龜等，其「字形」即其「詞所指涉事物之形狀」，因此外形與內義直接連繫，縮結成形影不離的一體，可由字形直接表意義，相形之下，音幾乎只是附庸，可有可無。這也是漢字所以能夠獨立於語言之外，國父孫中山先生可以與日本友人宮崎滔天筆談的主因，可見形之重要。

隨著文字的發展，"形、音、義"合一密不可分的三位一體、三元一體、三才一體的性質，流傳到合體字上。所謂合體字就是配偶字，「合」兩個獨「體」文爲一「字」也。合體字的結構式是：形符×聲符＝形聲，形符×形符＝會意，聲符×聲符＝諧聲；這三種組合的材料，只有形符和聲符兩種，它們是從依類象形文「轉類」來的，所謂轉類，就是分工授權；「轉類」是「轉注」的一部分，但卻是文字史上最突出的進化。轉類不直接造字，而是先把「意符」身兼數職的仔肩和包袱給他卸下，分成兩擔，重新命名，全新派職：一曰形符，一曰聲符；然後從事排列、組合，造爲形聲、會意、諧聲三種組合字或稱合體字。所以，形聲、會意、諧聲是「轉注」或「轉類」的子女，「轉注」或「轉類」是形聲、會意、諧聲的母親，輩份不同。

　　雖然形符、聲符的工作性質不一樣，但它的基因固然"形、音、義"合一密不可分也，其籍貫依然「依類象形文」也，其外形仍然「象事物之形」也，其屬性仍然「以形顯詞」也。所以我們把"形、音、義"合一密不可分的三位一體、三元一體、三才一體的性質稱為漢字的「遺傳基因」。

第三節　造詞法

一、造詞系統表

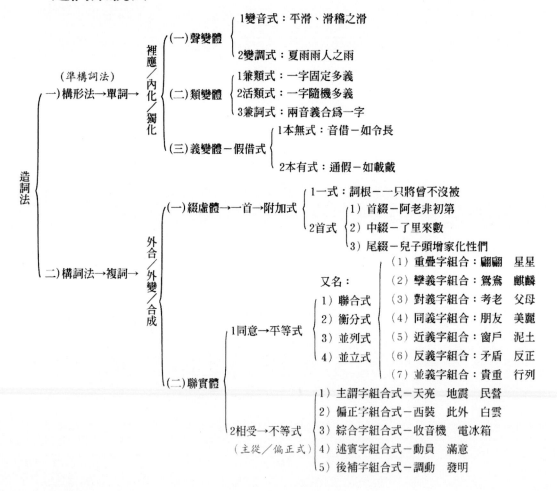

二、構形法

　　構形法指同一個詞，經過形態變化，而表示不同語法意義的方法。馬建忠《馬氏文通》、黎錦熙《新著國語文法》、呂叔湘《中國文法要略》都不承認漢語有構形法，大都把所謂構形法包括在構詞法裡。高名凱《漢語語法論》、張志公《漢語語法常識》等承認漢語有構形法，但對於形態的範疇，意見卻有分歧。

高氏只承認＇子＂兒＇＇，這兩個後綴加到一個詞後面，不構成另一個新詞，「只表示一個詞的某種語法作用」時，才是構形法形態。張志公把動詞、形容詞的重疊和嵌音當作構形法的「內部形態」，而＂了、著、過、上來、下去＂等叫虛詞，算作構形法的「外部形態」。〔註3〕

　　漢字本身雖沒有「外形」上的形態變化，但基於漢字是「形音義三位一體」的特質，我們認為只要音、義改變了，就完成形態變化的實質。這好比某些國家發生政變或革命，有時對外的國號、國旗或國歌等即使沒變，但政權或政府已完全變質，變了另一個國一樣。因此，主張有形態變化，也認同張志公看法，分為內、外形態變化，且把「內部形態」視為與複詞構詞法相對應的準構詞法系統。茲就「內部形態」分類說明如下：

　　內部形態指單字詞的內部音、義變化。為了與複詞構詞法相對應，故名：裡應（與外合相對）、內化（與外變相對）、獨化（與合成相對）。下分：聲變、類變、義變共三體：

一）聲變體：有變音、變調兩式：

　　（一）變調式：四聲改變者。如＂春風風人＂之風，＂夏雨雨人＂之雨。

　　（二）變音式：聲或韻改變者。如平滑、滑稽之滑。

二）類變體：類指詞類（part of speech），有活類、兼類、兼詞三式。

　　（一）活類式：如當機立斷、電腦當機之當；其詞類變化並非制式或穩定的，通常是為了修辭的，臨時活用為某詞類，不是它本具有的穩定性質，故曰隨機（act according to the changing situation）多義。

　　（二）兼類式：一字有固定的多種詞類和意義，如鎖匙、把門鎖上的＂鎖＂。

　　（三）兼詞式：合多詞類、多字為一音，功能與字義仍不變，又稱＂合音義詞＂。古典文獻如《論語。雍也》：「山川其舍諸？」的「諸」，為代詞的「之」和語氣詞的「乎？」之合音義詞。又如臺灣＂Y世代／N世代新新人類＂時下最流行的＂ㄅㄧㄤˋ＂字，就是＂不一樣！＂的兼／合音義詞。〔註4〕另外，甭覅亦同。

〔註3〕《實用漢語語法大辭典》，頁296～297。
〔註4〕見民國88年6月16日中央日報9版登國民黨青工會主任賴國洲詮釋。

三）義變體：只意義改，形、音則不變者——特指假借字，有：

（一）本無其字的假借，簡稱本無或音借，如"化爲烏有"的"烏"借自慈烏的烏。

（二）本有其字的假借，簡稱本有或通假，如《詩。周頌。絲衣》：「載弁俅俅」的"載"，實爲「戴」之假借。

三、構詞法

陳高春主編《實用漢語語法大辭典》：「構詞法①指研究詞的內部結構規律的學問。②指按照一定的規則構造新詞的方法。」本目所討論即此構詞法。因爲合多字爲一詞，所以稱爲合成詞、結合語，或稱詞組。其法稱爲構詞法，或造詞法或合詞法。

爲什麼會有合成詞、結合語和構詞法？陳承澤《國文法草創》：「吾國語言爲單音節，雖有平上去入之分，而事務繁多，一字一音主義，畢竟不能貫徹，此結合語之所以滋也。一字多義，非改用結合語，則易混同，亦原因之一也。」

構詞法是由「單字詞」複合爲「多字多音節複合詞」的方法。經多年探索，我們發現六書轉注的「一首」「同意」「相受」，就是構詞法，相當於荀子的「單不足以喻則兼」的「兼」。可分爲綴虛和聯實兩體：

一）綴虛體

一首即綴虛體，顧名思義即加綴虛語素於實語素旁，一般文法書稱爲「附加」，我們沿用其名稱爲「附加式」。如朱德熙《語法講話》：「把詞綴黏附在詞根上的構詞方式叫附加」。虛語素即詞綴不表示實在的意義，只是作爲輔助成分，附加在表示實在意義的實語素即詞根之左右。狹義的「一首」，即屬綴虛體附加式詞綴綴詞法，'一'爲詞根或詞榦或語根（Root），'首'爲詞綴，包括：首綴（Prefix）、中綴（Midfix）、尾綴（Suffix）。首綴或叫'詞首'或'頭綴'或'前綴'（Prefix），如第一之第；'中綴'如'試一試'之'一'；'尾綴'或名'詞尾'或'後綴'（Suffix），如'電腦化'之'化'。

（一）詞　根

'一'爲什麼是詞根或詞榦、詞根或語根（Root）呢？根據張靜《漢語語法問題》：

具有下列條件之一的詞素才是詞根：

1. 能表明直接的物質意義的，如人民的民，語言的語和言等。

2. 在合成詞裡雖然不能獨立，但能以同樣意義獨立成詞的，如工人的人。

3. 簡稱時可以代替全詞的，如師生的師可以替代教師、老師、技師。

4. 構詞時位置自由的——既可以以同樣意義放在別的詞素之前，又可以放在別的詞素之後的，如'觀'可以跟別的詞素構成'人生觀'，位置在後，也可以構成'觀念'，位置在後。

基於這四條標準，他認為：

一、只、將、曾、不、沒、被、給、各、每、親、有、無、反、全、大、小、自、超、相、半、高、貴、敝、愚、拙、兀

等是詞根。〔註5〕

張靜先生根據四項嚴格標準，分析出 27 個詞根，其中"一"高居榜首，不知是巧合？還是刻意安排？他和 1900 年前的許慎竟然「不謀而合」「有志一同」，都把'一'列為詞根——雖然，當時沒有'詞根'這詞兒。但我們認為：「建類一首，同意相受」的'一'是許慎舉出作詞根的專名。

（二）詞　綴

1. 又根據張靜《漢語語法問題》，必須完全具備下面幾個條件才是詞綴：

1）意義比較抽象、概括；

2）永遠不能以其在合成詞的意義獨立成詞的；

3）不能用作簡稱的；

4）位置固定的。

2. 基於此，他認為：

1）前綴：阿－　老－　非－　總－　分－　本－　該－　初－　第－　打－　可－

2）中綴：－一－　　－了－　　－里－　　－來－　　－數－

〔註 5〕《實用漢語語法大辭典》，頁 312。

3）後綴：－兒 －子 －頭 －者 －家 －土 －界 －夫 －
氏 －巴 －處 －率 －性 －式 －下 －里 －們 －
個 －麼 －樣 －裡 －于 －了 －著 －過 －化 －
得 －騰 －拉 －達 －然 －價 －是 －來 －氣 －
的 －慌 －乎 －手兒 －法兒 －呼呼 －哄哄 －虛
虛。〔註6〕

‘前綴’又名‘首綴’‘詞頭’‘語頭’‘前加成分’‘前置成分’。雖然，當時沒有‘詞綴’
這詞兒——我們認爲：「建類一首，同意相受」的「首」是許愼舉出作詞綴的專
名。其次，跟「形聲相益」包括：①形×聲，②形×形，③聲×聲三情況同一
模式，‘首’也是省略的稱呼，它應是涵蓋所有的詞綴，包括首、中、尾綴。

二）聯實體

聯實體爲一般構詞法，聯實者，聯兩實語素爲一合成詞也。又分：平等式
和不等式。

（一）平等式

1. 定義

轉注項下的“同意”即平等式，兩實語素功能地位相敵而平等也，又名：聯
合式、衡分式、並列式、並立式，內涵有等詞、反詞、疊詞、孿詞、屬詞，組合
方式則有：重疊字、同義字、近義字、反義字、對義字、孿義字、並義字組合等。

1）張靜《漢語語法問題》：「聯合式是由兩個相同、相反或相對的詞根聯合
起來構成新詞的方法。在詞內兩個詞根是平等的，沒有主從、正副之
分。這種構詞格式只有‘詞根＋詞根’一種，例如人民、迅速、沈重、東
西等。」〔註7〕

2）金兆梓《國文法之研究》：「衡分式的結合是兩個平立的關係。可分爲
三類：（1）疊詞：如人人，（2）屬詞：如德行，（3）反詞：如陰陽。」
〔註8〕

3）陳高春主編《實用漢語語法大辭典》：「並立式指類似聯合結構但實際上

〔註 6〕 《實用漢語語法大辭典》，頁313。

〔註 7〕 《實用漢語語法大辭典》，頁301。

〔註 8〕 《實用漢語語法大辭典》，頁301。

性質完全不同的一種語素結合。」〔註9〕

4）甘玉龍、秦克霞編著《新訂現代漢語語法》:「並列式即構成合成詞的兩個語素不分主次，是平等並列在一起的。其中，（1）兩個語素的意義相同或相近，這叫近義合成，如城市；（2）兩個語素在意義上相對或相反，這叫反義合成，如利害；（3）兩個語素，其詞義只偏重在其中一個語素的意義上，另一個語素不表示實際意義，只起陪襯作用，這叫偏義合成，如國家；（4）兩個語素的排列次序可以互換，而詞義基本不變，如代替－替代。」〔註10〕

綜上而觀，平等式係將兩個意義相同、相近、相反或並立，且站在平等地位之單字組合成一個複詞；我們認為即是許慎「建類一首，同意相受」的「同意」。同意者，等義也，亦即地位平等的兩詞素組合為一複合詞的構詞法。

2. 釋考老亦為平等式複合詞

我們在第一節詮釋考老「單字」為同一詞義的多種語言造形。此處另從構詞法角度說明「轉注」的另一面貌。

從詞彙學層面亦可視考老為一個複合詞，屬於平等式──對義字組合，其結構機制與父母、爸媽、兄弟、姊妹同。考老之所以成為一個等義複合詞，正是由於它們是等義的單字詞。

茲分析如下：

老，《說文》:「考也。七十曰老。從人〔註11〕毛匕，言須髮變白也。」從"老"金文作𦫼分析，上象老人頭頂光禿有鬚形，原義當為老翁（old man），可轉義為老人（old person），兼指老翁、老婦，隸變為耂──丿象鬚，土為𦫼上方，象頭，但耂已不成字，是為首綴（prefix），表人類類屬之一──老人，著重年齡意義；下從匕，匕乃姒（mother/woman/girl）之省（甲骨文則作杖形）。耂、匕兩者綴合，即成"老"字，原意當為老母（my old mother）。其結構法與"牝""麀"「同意」──於表類屬之字根"牛"、"鹿"之下／旁，加綴表女性的

〔註 9〕《實用漢語語法大辭典》，頁 327。

〔註10〕《新訂現代漢語語法》，頁 28。

〔註11〕海南島黎語"人"音〔a:u〕，近於漢語"敎"→遶→老。"人"或為"老"之語源（etymon）。

"匕"尾綴，著重性別意義。

考，從耂、丂亦聲。耂爲老人，丂爲攷之省，攷即敲擊意，如《詩‧唐風》：「子有鐘鼓，弗鼓弗攷」，《傳》：「攷，擊也。」所以，考，意爲：「會／能打人的老者」。這老者會是誰呢？應該是父親——父，《說文》：「矩也。家長率教者。從又（手）舉杖。」舉杖率教，看到不成材的子弟難免會攷擊幾下。所以，考，原意當爲老父（my old father）。文言中常見先考、祖考、顯考詞，考即父。

據此，可知，考老即"父母"，今稱"雙親"，英文曰 parrents，是複合詞，是一個概念單位，此時，不能拆開成"考"和"老"變成兩詞，因爲這樣就成兩個概念了。前人還沒有從詞彙學層面解"考老"，把兩字視爲一個複合詞來理解。

或謂"考老"即"父母"，今稱"雙親"，除《說文》外其他文獻未見"考老"連文，筆者以爲當同"耇老"，考、耇相通：

1）考，上古音幽韻溪紐上聲，擬音〔khu〕，

2）耇，句聲；句，上古音侯韻見紐去聲，擬音〔kɔ〕。〔註12〕

又"考""耇"同從"老"，所以，兩字音義並近，可以通轉。其次，"耇老"一詞，見於先秦文獻《國語》中，凡兩見：

（1）《國語‧周語‧上》：「肅恭明神，而敬事耇老。」

（2）《國語‧晉語‧八》：「國家有大事，必順於典刑，而訪咨於耇老，而後行之。」蓋古人尊賢如父母，故以父母之名稱稱老成謀國之賢者。

另外，《爾雅‧釋詁‧上》：「黃髮、齯齒、鮐背、耇老，壽也」。《漢書‧孔光傳》：「書曰無遺耇老。」《王安石‧祭范仲淹文》：「身屯道塞，謂宜耇老。」意指年高德劭之大老。

可見"耇老"爲古代常用語，今台灣客家語有 lou-hou，老人也，可能就是"老耇"（"耇老"倒文）之讀書音，後一音 hou 或變爲 heu 再變爲 keu, keu 重疊，全語作 lou-keu-keu，形容"老到不能再老"。

台灣閩南語亦有 lau-kot-kot，有人把它縮寫爲 LKK，意同英語"very old"，有形容詞"很老的"和名詞"極老之人"之意，對音對義漢字應可寫成"老考考""老耇耇"，可能就是"考老"或"耇老"一詞的倒寫和衍聲。

〔註12〕見《漢字古今音表》。

（二）不等式

1. 定義

相受即不等式，又名主從、偏正式，兩實語素功能、地位不平等之組合也。即將兩個字義有主從、強弱、正次、主副、修飾關係，而詞性、功能相異，且 '股權'、'票值' 不平等的單字，組合成一個複詞。包括：偏正、主謂、述賓、述補、後補、支配等式。各家分法稍有參差，茲擇要說明如下：

1）張靜《漢語語法問題》：「後補式是兩個或兩組詞根裡的一個或一組是中心，另一個放在後面補充中心詞根。中心詞根多數是動詞性的，有的是形容詞性的，還少數是名詞性的。如調動、發明、紙張、擴大。」

〔註 13〕

2）張靜《漢語語法問題》：「偏正式是兩個或兩組詞根裡的一個或一組是中心，另一個或一組放在前面來修飾或限制中心詞根。如西裝、女教師。」

〔註 14〕

3）甘玉龍、秦克霞編著《新訂現代漢語語法》：「支配式在構成合成詞的兩個語素中，前一個語素表示動作，後一個語素表示行為動作所涉及的對象，前後兩個語素形成一種支配與被支配的關係。如出席、超額、動員、關心。」〔註 15〕

綜上而觀，不等式係將兩個地位不相等，詞性不相同，卻發揮相融、補充、修飾功用的單字組合成一個複詞；我們認為即是許慎「建類一首，同意相受」的「相受」。相受者，相容也，《易.咸》：「君子以虛受人」——大的收容小的，小的擁護大的，亦即地位不等的兩詞素組合為一複合詞的構詞法。

2. 廣義

最後，"一首" 當廣義解時，相當於荀子的「單兼」。一即單，單即單字詞，這大概沒問題；首包括首、中、尾綴，廣義解可視為複合／合成／結合詞或詞組、短語的等義詞，因此相當於荀子的 "兼"。因此，"一首" 似可統括 "同意、相受"，作為單字詞和複合詞的總名。

〔註 13〕《實用漢語語法大辭典》，頁 303。

〔註 14〕《實用漢語語法大辭典》，頁 303。

〔註 15〕《新訂現代漢語語法》，頁 29。

第四節　用字法

一、概　說

這是對一首、同意、相受的廣義解釋。

或謂何以分廣、狹兩義解釋？有三個理由或契機：

一）古人文簡，常把理念相近的都攏聚起來，用同一個詞彙表達，故往往一詞而蘊涵多意。

二）一首、同意、相受本為構詞的三種方法，但構詞法一旦建立，語文應用的深度、廣度、進度，必連鎖引發許多問題及解決問題的方法，此為「理所當然，勢所必至」。

三）許慎解「象形」「形聲」就有廣狹兩義：

（一）狹義指六書之一的象形、形聲造字法。

（二）廣義象形指「倉頡之初作書，蓋依類象形，故謂之文」的"象形"。

廣義形聲指「其後形聲相益，即謂之字」的"形聲"——為"形符"加"聲符"組合為"形聲、會意、諧聲"三種合體字的方法。

以此例彼，使我們有足夠理由相信許慎的"一首、同意、相受"也有廣義意涵。茲述如下。

當形聲相益字出現，漢字體系就完全建立，它的「造字意義」於焉功成身退，而社會公器的屬性抬頭，換言之，這時，漢字就從語言文字學「體」面「轉注」到社會政治學「用」面。亦即將歷代所造的文（獨體依類象形）、名（假借）、字（形聲相益合體）、詞（複合詞）綜合運用於政府公文記錄、學者著書立說、學校教育、工商貿易往來等等。可概括稱為「文書應用法」，簡稱「用字法」。這個「文書應用法」的"書"就是《說文解字·敘》：「倉頡之初作書，」「著之竹帛謂之書」的"書"，因為"書"著重書寫，而文、名、字、詞都是要著錄於竹帛的，所以應該可以統稱之為"書"，而概括稱為「文書應用法」。

此時的轉注，可詮釋為"轉用"和"注詞"：轉用就是由體面轉向用面；注詞就是由造字流域通向造詞和用詞流域，由文字系統「回注」或「回饋」語言系統，由單純的形音義系統「流注」「灌注」「旁注」「轉注」到詞彙、語法、語義、修辭、邏輯等系統，由少數人的智慧發明「轉注」為社會公器。綜合而

言，這社會政治學「用」面的轉注，其精義就是：藉由文字的頻繁、大量運用，自然「關注」到標準字體、用詞規範及構詞法、造句法、作文法、修辭法等更廣、更深的領域，而突出文字意義、價值和公眾性。總之，從「用」的角度看，轉注雖然分作"轉用"和"注詞"，但目標一致，都是一個「用」字，《老子‧四十九》：「百姓皆注其耳目。」河上公《注》：「注，用也。」就是「注」的真意，也是「轉注」在第四期發展史上的精義。

這裡的「用」，指文字應用系統。有三用：一首、同意、相受，合稱曰「注」。也代表文字發展史上的第四個時期。此三目出許慎六書「轉注」目下，並沒有對這些名詞解說，後人對此更難悉奧義，誠如高明先生說：「許慎對轉注的解釋過於抽象，『建類一首，同意相受』是什麼意思？"類"和"首"指的又是什麼？都很含混。所以後來關於轉注的解釋爭論最多。……終無統一結論。」〔註 16〕胡樸安先生也說：「六書之界說，至今尚未有定論，而轉注尤甚。」〔註 17〕

筆者演述文字發展史，認為在「形聲相益」法造出會意、形聲、諧聲合體字後，文字之體已大備，也就是漢字已完全創造成熟，往後的工作，只是守勢戰略的個別文字的收拾、整理、統合、保存、維護、傳承、甄選、推廣、流通、應用等「守成」性質，因此，從文字「創造」的角度來看，斷定：一首、同意、相受是「文字守成」工作或任務的分身、殊名。

但是，從文字「應用」的角度來看，一首、同意、相受，是語言文字發展史上的新興民族。前面探討它就是造詞法，我們即以此為基礎，探索它的輻射發展，發現它所及的領域非常寬廣，幾乎可以包括或關涉到「造字」以外的所有語文活動和課題，如：詞彙、詞源、詞法、詞義、詞典、辭書、方言、外語、句法、語言、語法、語意、語義、作文、奏章、公文、文學、翻譯、聲韻、訓詁、修辭、邏輯及字形字音字義標準化等領域，但最核心的意義是：造複詞法的創立。它顛覆傳統六書造個別單字方法，積極發展過去在造字法上沒有實現的「夢想」——像今天的英文拼音文字一樣，能以極少數字母組合成無窮的詞彙——具體說，就是以少數最常用單字在前或在後聯綴成複合詞。所以，它是攻勢戰略的文字「轉進」，或稱「詞彙攻勢」。

〔註16〕見高明著《中國古文字學通論》，頁 54、56。
〔註17〕見胡樸安著《中國文字學史》，頁 190。

其次，根據《周禮》首出「六書」之名這一資料，推想一首、同意、相受的工作，可能在《周禮》成書之前，文字學家即已著手，並略具雛形，口耳相傳到東漢終於總結出六書名目。

根據這體認，再分述一首、同意、相受"三用"之個別的意義、功能如下。

二、一　首

文字是語言的載體，當它為廣大地區的群眾使用，成為不可或缺的交通／交際工具時，就不再是單純的線條或筆畫，而昇格為全民資產、社會公器和公共事務了，孫中山先生說「政治是管理眾人的事」，所以，文字是政治事務。

當漢字完全創造成熟且應用日繁以後，在朝廷裡，應當有一個相當於今天全國語文工作部會，統籌語文政策、執行語文公權力工作，是極其自然合理的發展。這部會的工作，用許慎的術語，就是：一首、同意、相受。

一首：一，有一致、一貫，第一、唯一、獨一、統一之意；首，有首領、首要、頭、頭目、頭緒之意。「一」「首」合起來，當指：文字事務統一（一）由中央政府（首）管理，設置專門機構，制訂語文政策，指派專家學者掌理各類語文工作。如：政令宣導、國子教育、書籍出版、文字應用、教材編纂、資料登錄、文獻採集整理、圖書分類保管等。同時，也講求字形的標準化、用詞的純淨化，最後達致天下書同文。

以《周禮・地官・保氏》言，保氏的職掌相當於監察委員暨教育部高教司，負責教育貴族子弟，教以六藝，內容包括禮、樂、射、馭、書、數，為了施教成功，保氏必然要與專司禮、樂、射、馭、書、數政的部門聯繫，取得一致的步調，和新的觀念、技術、材料、師資等，其中掌「書」的部門，應該是《周禮・春官・宗伯・下・外史》：「掌書外令，掌四方之志，掌三皇五帝之書，掌達書名于四方，若以書使于四方，則書其令。」鄭玄《注》：「古曰名，今曰字。」

一首，除了設置一個全國語文部會——外史之外，落實在語文上的工作，根據文獻有：

一）書同文：用現代詞彙講，就是「文字規範」。亦即統一書體、形制，通令天下使用標準字體、標準字音、標準字義、標準詞彙、標準語法和標準公文

程式——是語文政策的總目標和最高指導原則；連和它平行的同意、相受兩項工作也受它的指導，並爲這個目標服務的。這應是廣義"一首"的眞意和精義所在！

我們從《禮記·中庸》：「今天下車同軌，書同文」，《漢書·藝文志》：「古制：書必同文，不知則闕。」可證實有其事。而《石鼓文》，當即秦國政府頒布之標準字體，類似後代如東漢熹平石經，魏三體石經作用。

二）編纂各種教科書、字典、詞典、事典、類書，以廣文字應用：

（一）文字教科書：如許愼《說文解字·敍》：「宣王太史籀著大篆十五篇，與古文或異。」考周宣王比《周禮》成書時代之周惠王早約 100 年，可見"一首"工作之早。其他如秦代李斯《倉頡篇》、趙高《爰歷篇》、胡毋敬《博學篇》亦其餘緒。應該強調的是：這些著作絕對不是私家撰書，而是執行政府語文公權力的「公文」。

（二）字、詞、事典及類書：這些大部頭書是最能表達"一首"的工具——宜由政府統一編纂、發行、保管。其次，內容方面，以形符爲分類標準／檢索鑰（Key）的，可以叫「形一首字典」，以聲符或聲韻爲分類標準／檢索鑰的，可以叫「音一首字典」，以意義爲分類標準／檢索鑰的，可以叫「義一 首字典」。

雖然迄至目前還沒有發現先秦有以義符爲部首的字書，但是東漢許愼著的《說文解字》分爲 540 部，就是標準的「形－首字典」，筆者認爲以《說文解字》分部之系統性、解說之高品質，絕非一蹴可及，一定有所本——可能早在周朝，就已有具體而微的「說文解字」。

以意義爲分類標準／檢索鑰的字書或詞書或類書有《爾雅》，據傳周公始作，後代賡續增補而成。

至於以聲韻爲分類標準／檢索鑰的字書，要遲到三國魏李登《聲類》才出現，《切韻》《廣韻》乃後出轉精。這其中緣故，顯然在於漢字非拼音文字，沒有犀利的析音工具；必須等到魏晉南北朝佛教攜字母之學東漸之後才得大盛於隋唐宋。而以聲符爲分類標準／檢索鑰的字書，直到清末朱駿聲《說文通訓定聲》才完成；其原因之一同前，原因之二是古今音變，原因之三是音符太多，有 1137 個，而且母生子，子生孫，層層疊疊，如'韝薄溥專甫父'有六層之高——爬梳治理，洵非易事。

　　雖然如此，筆者仍認爲在先秦應該有《聲類》、《切韻》、《廣韻》一類具體而微的韻書，理由是：《詩》三百篇，篇篇押韻，音調鏗鏘，若詩人手頭沒有「韻書」或「韻表」之類的寶鑑，是不太可能的。這些「韻書」或「韻表」，可能在秦焚書坑儒及項羽火燒阿房宮之際，全部化成灰燼。

　　綜合而言，所謂'一首'，應有四個意涵：一是以詞綴造詞法造複合詞，廣義則代表構詞法。二是由政府出面，設置機關，統籌文字事務，以確保其精潔勁粹而成大用，最後達成天下書同文的總目標。三是有關'同意''相受'的工作亦可列在一首項下，接受它的指導，並爲這個目標服務。四是建立單項具體目標，如前述由政府統一編纂、發行、保管各種字、詞、事典及類書等大部頭書。

　　總之，透過統合字形、字體、字樣及字音、字義、詞彙、語法，以成書同文之大一統政治，都是一首的工作。

三、同　意

　　'同意'是什麼意思呢？根據文獻，可分爲五個層面：

> 一）心理層面：《孫子‧始計》：「令民與上同意。」這裡的同意是「心意相同」的意思，用古語講叫做「同心同德」，相當於英文 with one heart and one mind，或 with one idea and will。

> 二）人際層面：《後漢書‧王常傳》：「常與南陽士大夫同意。」這裡的同意是「同心相惜，同氣相求」，有聲息相通，互相奧援、標榜意；即有相同的 Opinion, blief, coniction, estimate, impression, sentiment, view。

> 三）哲學層面：《史記‧樂書》：「樂與天地同意。」《漢書‧董仲舒傳》：「與天同意者也。」這裡的同意是「有相應的心思、意志、意願、願望」，即有相同的 mind, wish, will。

> 四）語義層面：《說文通訓定聲》：「重與牽同意。」這裡的同意是「意思、意涵、意義、義界、定義相同」，即有相同的 meaning, sense, implication, import, significance。本句意謂：重與牽有相同的意思、意涵、意義、義界、定義。

> 五）語意層面：《漢書‧王褒傳》：「辭賦大者與古詩同義（意），小者辯

麗可喜。」這裡的同義即同意，是「概念、思維、理念、觀念、思想、機制相同」，即有相同的 concept, conception, thought, idea, thinking。本句意謂：辭賦與古詩的概念、思維、理念、觀念、思想和運作機制等並無差異。

以上辨明'同意'語意、語義的工夫非常重要，它使我們認清目標，用對治理方法。

顯然，許慎「建類一首，同意相受」的'同意'只有第（四）（五）兩層面的意思。

第五）個層面——概念、思維、理念、觀念、機制相同，已述於構詞法意義的一首、同意、相受。筆者的解釋是：在這層面下，構詞法與造字法的概念、思維、理念、觀念、機制並無差異，都是創造文字，增加詞彙的手段和方法；其次，「轉」和「注」本質也相同，都是用數學上組合（Combination）的方法造字／詞——「轉」是先轉「意符」爲「形」、「聲」符，然後加以組合成形聲、會意、諧聲字；「注」是先將單字轉化爲詞素／語素，然後加以組合成一首（附加法）、同意（並列法）、相受（偏正法）的複合詞／合成詞。

以下則探討第（四）層面——相同的意思、意涵、意義、義界、定義，即語義層面的相同。在這層面下，推想許慎的「轉注」工作之一就是要把古今中外的語詞作個溝通，使它們通暢無阻，而爲今人所曉所用，其具體方法就是：注解、注釋、注疏、注音、翻譯、詮釋、解釋。

爲什麼要講求溝通意思呢？因爲由於時間或時代的變易，空間的隔離，文化的異質，語法的不同，語音的殊異，字義的變遷，字形的隸變，書籍文字的手誤等等因素，使得今人不通古語、古事、古俗、古音、古義、古詞；或甲地人如中央政府官吏，不識乙地如邊疆民族的語音、語詞，這時，由政府出來，主持"同意"的工作，把這些遮蔽、烏雲、藩籬、障礙，予以掃除、廓清，成爲能通、能懂、易懂、易用。茲將溝通的要義條列如下：

（一）工作：把古代或現代某地方的語言、事情、風俗的音義來龍去脈等，予以全新疏通、疏濬、拉攏、調距、聚焦，成爲能通、能懂、易懂、易用。重點在溝通古今。

（二）性質：弭小異臻大同，深化文字效能，作縱深發展。

（三）運動範圍：小。

（四）具體方法：注解、注釋、注疏、注音、翻譯、詮釋

（五）學術領域：聲韻、訓詁、翻譯。

（六）學術意義：文字形音義各別疏通和內涵（Conprehension）的整合。

（七）具體作法舉例：

1. 注同義字：和，平也；善，良也。

2. 注反義字：開，關之反。

3. 注古今字：礼，古禮字。

4. 注通假字：《詩・大雅・崧高》：「四國于蕃，四方于宣。」蕃，通藩；宣為垣之假。

5. 注方言字：《說文》：「逆，迎也，關東曰逆，關西曰迎。」

6. 注反形字：《說文》：「叵，從反可。」

7. 注倒形字：《說文》：「帀，從反之。」

8. 注音義：「囧，讀與明同。」

9. 注音：「囧，讀若獷。」

四、相　受

相受與'一首''同意'同意，都是尋求溝通，惟溝通的對象不同，而易其名，也異其法。相受就是互相承受，互相切入，換個詞說，就是「相容」「注入」。為什麼要講求相受／相容／注入／切入呢？因為兩個異質的、疏離的、不同平面的事物，幾乎沒有交點，在這種狀況下，兩者沒有辦法比較、鑑別、批判，也沒有辦法溝通，沒有辦法結合，沒有辦法發生感應，更沒有辦法發揮各自的功能。可是，主客觀環境又要求必須有所交會、融合，所以，必須突破限制，鑿開混沌，使能相容、相受。茲將相受溝通的要義條列如下：

一）工作：把本來性質相異、關係疏遠甚至反義的兩個文字、語詞、概念，全力撮合，化合成為複合詞；或使用不同的方法疏濬、溝通，使難懂的詞彙、句子、文章豁然開朗，成為能通、能懂、易懂、易用。重點在詞彙意義的詮釋發明。

二）性質：棄大異求小同。廣化文字效能，寬宏發展。

三）運動範圍：大。

四）具體方法：詮釋、推理、論證、概括、歸納、演繹、分類法。

五）學術領域：語意、語義、語法、詞彙、修辭、邏輯、解釋學。

六）學術意義：貫通語言文字兩領域，並與相關領域學科整合發展新的學門，或稱外延（Extension）的整合。

七）具體作法舉例

（一）辨虛實之性，

（二）辨通假之用，

（三）辨詞性和詞類變化，

（四）造字不成時，用假借，

（五）邏輯有礙時，找事實，

（六）語法手段不行時，用詞彙手段，

（七）詞彙手段不成時，用語法手段，

（八）語義學手法不通時，用詞彙手法，

（九）文字學構不著時，用聲韻，聲韻契不合時，用訓詁，訓詁切不入時，講語法。

　　總之，組合文字、聲韻、訓詁、語法、語意、修辭、邏輯於一爐，以成文字、文章、文學之全體大用，這叫‘相受’。

五、小　結

　　轉注分建類、一首、同意、相受，由於許慎語焉不詳，後世聚訟紛紜。今將建類解碼爲轉類，即將獨體象形文（意符）轉化爲音（聲）、義（形）符，組合爲形聲、會意、諧聲合體字；是爲“造形聲相益合體字法”。

　　一）將‘一首’解碼爲荀子的‘單兼’，一、單者，語根（Root）也；首、兼者，首綴（Prefix）、中綴（Midfix）、尾綴（Suffix）也；斯爲綴詞法。擴充而言，可包括所有構詞學領域。

　　二）將‘同意’解碼爲‘得意’，疏通單字形（體）音、（聲）、義（類）、意（義）之隔閡，編纂爲形音義各類字書；透過詞義辨析、名物訓詁、方言調查等，逐漸掌握語意、語義、語法、詞彙、語源、邏輯、修辭、翻譯、聲韻、訓詁之要素，並累積資料，提升解讀能力，闕建學科門類。

　　三）將‘相受’解碼爲‘相容’，因這時文字、複詞、句式、文類大體已備，

需要總體整合，透過前述所建語意、語義、語法、詞彙、語源、邏輯、修辭、翻譯、聲韻、訓詁等學術，系統地整合各種排斥、矛盾、隔閡──削除時間之差，使古今相容；泯滅空間之隔，使四方相容；混沌正鄙之殊，使雅俗相容；通譯言語之塞，使華夷相容；淺說專僻之澀，使百科相容；貫串諸子異名，使百家相通；以成就文字、文章、文獻、文學之總體大用，最後達成天下書同文大同世界目標。

第五節　造字史

一、概　說

漢字造字史可以象、借、轉、注表示。即象、借、轉爲造字三期，加上"注"爲"造詞暨用詞"期，合爲四期，又可稱爲"六書四史"。

據班固《漢書・藝文志》，六書爲：象形、象事、象意、象聲、轉注、假借，我們把它簡化成「象」「轉」「借」三字，認爲它不單是繪形法、寫詞法、構形法，也是構詞法，此外更是造字史──漢文字發展史的高度概括。根據鄭眾、陳彭年、張有、趙古則、吳元滿，「假借」的次第是排在「轉注」之前，所以把「象」「轉」「借」調整爲「象」「借」「轉」，再把「轉」分爲'轉'和'注'兩部分，於是勾勒出：象→借→轉→注的流程，它代表漢文字發展的四個階段，或三個造單字期，加上造複合詞期、用字期，共五個時期：

　　一）三個造單字期

　　（一）象期：即圖畫象形表意獨體文期。

　　（二）借期：即假借表音文字期，

　　（三）轉期：形聲組合表音義合體字期。

　　二）注期

　　（一）以常用字造複合詞期。

　　（二）注疏訓詁聲韻辭彙語法應用期。

　　分述如下。

二、象　期

象期亦稱圖畫象形表意獨體文期。象不只象形、象事、象意、象聲，舉凡

一切可象者皆形之，成爲有寄意的圖畫、筆畫、線條，可合稱廣義象形，即許慎所說「倉頡之初作書，蓋依類象形，故謂之文。」

　　最早的漢字發生於什麼時候呢？近來許多學者根據新出土資料及科學鑑定，發表許多精闢意見，其中，李學勤先生意見頗值重視，他在〈論新出大汶口文化陶器符號〉〈考古發現與中國文字的起源〉兩文中，認爲西元前 2800～前 2500 年大汶口文化晚期的陶文和西元前 3300～前 2200 年良渚文化玉器上的符號爲文字，並和古漢字存在著一脈相承的關係。裘錫圭先生則認爲：「漢字形成過程開始的時間也許在公元前第三千年的中期。」〔註18〕

　　以上年代約當五帝時代，正如古文字學者駱賓基謂：「最早的漢字產生於公元前三千三四百年之五帝時代。」〔註19〕雖然也有學者如汪寧生先生指出：「眞正的文字要從表音開始，是能夠記錄語言的符號，陶文上這幾個孤立的圖影，還不能證明這一點。」〔註20〕筆者以爲「眞正的文字要從表音開始」，這標準比較適用於拼音文字，而漢字非拼音文字——草創時，只要社會上已形成約定成俗的共識，儘管口音或方言有異，甚至有字無音，還是能夠傳情達意，應該可以列爲文字。例如，近卅年來在台灣的結婚典禮上，一定可以見到有兩個“喜”字併在一起的“喜喜”，字典上查不到，也沒有固定字音，或者說沒有讀音，但每個人都知道是「結婚」大喜的意思。誠如陳望道先生說：

> 假若返溯源頭，文字實與語言相並，別出一源，決非文字本來就
> 是語言的記號。人們知道用聲音表思想，也知道用形象表思想；
> 知道從口嘴到耳朵的傳達法，一面又知道從手到眼睛的傳達法。

〔註21〕

根據這個體認，我們認爲大汶口文化晚期陶文出現的西元前 2800～前 2500 年，可以作爲漢字發生的一個參考點，其上限大約與黃帝時代相近，下限大約與顓頊時代相近。

〔註18〕裘錫圭《文字學概要》，頁 37。

〔註19〕見光明日報 1987 年 8 月 31 日。

〔註20〕汪寧生〈從原始記事到文字發明〉文載《考古學報》1981 年 1 期。

〔註21〕杜學知著《漢字世界語發凡》，頁 35。

三、借　期

借爲假借，因象形文字的制作有其局限與極限，在青黃不接時期，用假借方法借甲字爲乙字以應急，是很自然的**趨勢**。

在文字類型上，可稱爲表音文字。從構詞學角度看，是改變詞義、詞類的構形法。從造形角度看，是收螟蛉、僱傭兵的造字方法；其具體方式：一爲廢字利用、二爲鵲巢鳩佔、三爲寄生分權、四爲暫借應急。簡單說，假借就是假同音之誼，以「不造爲造，借他文爲己字」的權宜、應急、代替、過渡用字方案。它是當象形、象事、象意、象聲等「四象」造字法窮於應付、捉襟見肘的時代適時出現文字舞台的。

當假借過於浮濫，造成語義混亂時，人們就反思用本字的重要，但走回頭路再造獨體象形文，主客觀環境暨技術上都已不允許——在此雙重窮蹇時際，竟出現窮則變，變則通之契機——此路通向「轉注」。

四、轉　期

轉期，亦稱"形聲組合表音義合體字期"。「轉」爲「轉注」之轉，是漢字造字技術的「大躍進」，「轉」就是從語言層面開發，把音、義兩元素，從幕後轉枱拉到幕前——將「依類象形文」重新定位、定性，賦予新職位、新身分和新功能——具體方法：分開講，一曰「建類」，二曰「相益」；合起來講，也可以「建類」作代表。

建類即分工派職，將一部分象形文撥出，派令新身分爲「形符」，專司意義範疇，是「建形類」也；另一部分象形文，發布新職務曰「聲符」，專管聲音領域，是「建聲類」也。

形類既建，聲類既出，於是：關雎琴瑟和鳴之樂章，可得奏鳴於「形聲」之宮，排列（Permutation）、組合（Combination）數學大師之演算，可得馳騁於「相益」之場——相益者，利用新出爐的形類、聲類進行「速配」，分別製「形形相配」之會意字，造「形聲相配」之形聲字及生「聲聲相配」之諧聲字。〔註22〕可合稱爲「廣義形聲」或「合體字」，即許愼所說「其後形聲相益，

〔註22〕現在一般看法指兩字以上具同一聲符者爲諧聲字，筆者同意，惟還可反過來，解作一字有兩聲符以上。諧，據《說文》：「詥也。」《廣雅》：「耦也。」《玉篇》：「合也。」查漢字有"竊圉魏閔冕盟"等即是合兩聲符組合爲一字者。其次，

即謂之字。」

五、注　期

注期有兩意涵／任務：

第一，指文字隨時代發展，已從‘單字取向’「轉」向「注」到‘複詞取向’
——一則可以省造字之煩難，抑字數之徒增；二則可以該類共名，俾語有專名，
事有專類，〔註23〕提高用詞精度和表達力，即《荀子·正名》：「單足以喻則單，
單不足以喻則兼」，相當於今天的構詞法或造詞法，以其爲造複合詞，所以也稱
之爲「合詞法」。

第二，指文字隨時代發展，文字的經營管理，已從‘個體的’‘微觀的’單字之
形、音、義的注疏、注解、注釋、注音工作，「轉」向進「注」到“總體的”“宏
觀的”訓詁、聲韻、修辭、詞彙、語法、語意、語義暨字形標準化，用詞規格
化等立體化應用系統發展期，簡稱「構詞暨語文應用發展期」。這是漢字從創造
到成熟，從成熟到到完備的「止於至善」期，也是最後一期。

這從‘單字取向’『轉』向『注』到‘複詞取向’的小範圍，從‘個體的’‘微觀的’
單字『轉』向進『注』到‘總體的’‘宏觀的’語言文字大領域，就是“注”所涵蓋的
兩個意涵和任務，用許愼的術語就是：一首、同意、相受。

注的歷史發展背景，可述之如下：經上述象→借→轉三期發展，六書之體
制齊備，文字孳乳日夥，漢字發展至此已相當成熟，由於文化發展不斷推進，
個別文字的釋形、釋音、釋義及單純文字學層面的研究，又漸不能滿足時代需
求，於是又有第二次的「大躍進」，這次是「轉」向整體的、全面的宏觀視野，
以及深入語言內部領域，又叫做「注」。注者，導引水流注向大海，即修水利避
水災之工作也。‘個體的’‘微觀的’注，即構詞法已詳前述，此處專就‘總體的’‘宏
觀的’層次總述一下：

當文字、詞彙使用的時間長、人口眾、地域廣、科目多、頻率繁之際，

使用「諧聲」爲六書之名者有鄭眾、陳彭年、鄭樵、王應麟、張有、趙古則、
吳元滿、戴侗、楊恒、王應電，其中鄭眾與斑固爲同時代人，其用「諧聲」一
名應有所本，竊意會意、形聲、諧聲可以鼎立，不必強合形聲、諧聲爲一以爲
同實異名。

〔註23〕名、類，指先秦墨家反映事物名稱的詞。見《墨子·經上》：「名：達、類、私。」

政府官員或學者自然會注意到如何加以整理、規範，以避免「泛濫」「堵塞」，所以要予以疏瀹，使它「注」到文海，以提高文字的效用。因此，對內謀求天下「書同文」，並溝通古今語詞，作詁訓字典、名物類書；對外，則轉譯方國四夷異言，俾利國際交流及工商發展，興「同文館」〔註24〕作「同文書」。〔註25〕如：注古今字，注同義詞，注反義辭，注雅俗語，注夷夏言等，進而彙編為字書，故有《爾雅》及時代稍晚之《方言》《說文》《釋名》等作，此即許慎所謂「同意」也。

但這之前，必須有準備工夫，以為發展基礎，此即「一首」。蓋文字孳乳日夥，品類漸多，且動支浩繁，非有良好管理，難免魯魚亥豕，郢書燕說，有礙應用。於是應眾消費者要求成立中央標準局，對已出廠應世文字進行產品登錄和品管。一首，主要工作一為「一形首」，就是：依形符匯歸，並以天文、地理、人文等分別部居，如許慎之《說文》之 540 部也；一又為「一聲首」，就是：依聲符匯歸，或依平、上、去、入調，或依聲紐，或依韻部，或依同音等分門別類，如後來朱駿聲之《說文訓定聲》收 1137 聲符者也。

經"一首"、"同意"兩大工程後，為配合語言不斷遞變，作為載體的文字也相應發展，加上由於耕牛的使用、舟車的發明等，促進農、工、商業和交通的發達，使社會生產力大大提升，人際交流更趨頻繁，凡此種種，都必然反映到語言上，如新詞不斷創造，新的句式不斷增添，促使學者及主政者關注的領域「轉」向詞彙、語法、修辭的豐富、精練和文字形體的標準化方面，如：疏通同義複詞、反義複詞、相對複詞，規範連綿複詞、重疊複詞，以廣文用；翻譯華夷異語，以通商賈，以來遠人，以揚國威；注解古書，注釋雅言，可以通古今之用；採集方言俚言民歌俗謠，可以親民，可以廣土；發行《史籀》、《倉頡》、《爰歷》、《博學》，造福幼學，輔助全民教育，提高國民智識；頒布石鼓、石經

〔註24〕《宋史·禮志》：「紹興二年，高麗遣使來貢，詔賜酒食於同文館。」至清末之咸豐十年總理各國事務衙門，因通譯缺人奏請設立同文館，以英法德俄各國文字及天文、格致、算、醫諸學教授生徒。同文館專名雖最早見於宋史，然我國自古稱中國，代有外國通使或藩國朝貢，故同文館之設，先秦時代當已有之。

〔註25〕明末李之藻演西洋利瑪竇所譯書為《同文算指》。同文書專名雖最早見於明末，然我國自古稱中國，代有外國通使或藩國朝貢，故翻譯外文為主的同文書，先秦時代當亦有之。

以正字形，以勵學風；編纂字書、詞書、事典，可為學者治學之津梁，官吏辦事之準衡；辨別字之虛實、正誤、通假、詞類活用及公文程式，以提升行政效能。並透過這種語文工作進行文字整理、用詞選汰、語法規範等，把不合時、不適用、不正確的予以揚棄，此即許慎所謂「相受」也。

　　'受'有繼承、因應、取用、授受之義，即透過詞彙、語法、修辭、翻譯及政治手段，善因善取，謀求文字之豐贍、統貫、精粹，以提升其在文章、文學、文事、文治、文明、暨文化上之全體大用也。《廣雅·釋詁四》：「受，繼也」；《國語·楚語·下》：「顓頊受之」《注》：「受，承也」；《呂氏春秋·慎勢》：「位尊者其教受。」《注》：「受，因也」；《呂氏春秋·圜道》：「此所以無不受也。」《注》：「受，應也」；《呂氏春秋·贊能》：「舜得皋陶，而舜受之」《注》：「受，用也」；這應是「相受」的廣義解釋。

　　凡此種種，皆文字之用也。

第四章　綜　合

經上述闡釋，吾人對六書之爲造字法、造詞法、用字法及造字詞史已有完整概念，茲從另一角度，另一講法概括相關見解。

第一節　六書二義

六書自始有三家之異，本質無大差異，所異在於分類廣狹及層次問題。

狹義象形即六書之象形，廣義象形即「依類象形」，包括具體象形＝象形，抽象象形＝許愼六書之指事＝鄭眾之處事＝班固之象事、象意、象聲。

形聲也有廣狹兩義，狹義形聲即許愼六書之形聲，廣義形聲即「形聲相益」，它由轉注造出形聲、會意、諧聲三種合體字。

以上也是將《說文解字・敍》中的「倉頡之初作書，蓋依類象形，故謂之文；其後形聲相益，即謂之字」和六書除假借以外的諸名目連繫起來。

至於假借，和《說文解字・敍》中「依類象形」「形聲相益」無關，筆者以爲它相當於曆法中的「閏法」，是居於備位的。但亦有廣狹之分：狹義假借即六書之假借，廣義假借即「依聲託事」，包括本無其事即音借，和本有其事即通假。

轉注是造字上的成熟階段，也是使漢字免於轉向拼音文字的最重要關鍵，前人對轉注誤解最多。它有兩個層面，一是由獨體文轉進合體字，以轉類或建類造形聲、會意、諧聲字；二是由造單字轉向構複詞，其法曰注。轉、注的關

係，可表述爲：注者，廣義之轉也；轉者，狹義之注也。

注有一首、同意、相受三綱，也各有廣狹兩義。

一首，狹義指詞綴構詞法，廣義指一首、同意、相受三種構詞法；還有最廣義，指政府語文政策，以達天下書同文。

同意，狹義指平等／聯合式構詞法，廣義指疏通單字形音意義，貫穿語言、詞源、邏輯、翻譯、語意、語義、聲韻、訓詁、語法、修辭諸領域的工夫。

相受，狹義指不等式／偏正式構詞法，廣義指疏通古今、方國、雅俗、華夷、百科、詞類的實效。

第二節　六書三階

將漢字發展史分爲：造字、造詞、用字三個階段與許慎六書對照：

一、造字階段，包括一體成形獨體「依類象形」文和「形聲相益」組合造合體字，暨介乎其間的「依聲託事」。其中，象形、指事出於「依類象形」，簡稱「象」；假借出於「依聲託事」，簡稱「借」；形聲、會意出於「形聲相益」，即轉注之「轉」或「建類」。依類象形、依聲託事、形聲相益，或象借轉，或四象、假借、建類，則可稱爲造字階段之三綱。

二、造詞階段，出於轉注之「注」，即狹義的「一首」「同意」「相受」，爲三種構詞法。

三、用字階段，出於轉注之「注」，即廣義的「一首」「同意」「相受」，指文字、詞彙應用法，包括詞義辨析、名物訓詁，用現代名詞說，它跨越於訓詁、聲韻、語意、語義、邏輯、詞彙、翻譯、詞源、修辭、語法等領域。

第三節　六書三段

將造字法、造詞法二階劃分爲一文、合字、複詞三段。

一、一文段：指一體成形的獨體「依類象形」文，是最早的漢字，以六書講，爲象形、指事，也包括早先的假借字在內。

二、合字段：指形聲組合的合體「形聲相益」字，是漢字在假借字使用浮濫後，利用轉注，將獨體「依類象形」文或意符，一分爲二，轉類爲形、聲符，然後兩兩組合的字。轉類即是六書轉注中的「建類」，從建類造出的字類有：形

聲、會意、諧聲，也包括合體的假借字在內。

　　三、複詞段：為減少單字製造量及跳脫一字多義的糾纏，提升語文表達力，發展出組合常用單字為複合詞的方法是為「造詞法」或「構詞法」。從六書講，轉注中的「一首」「同意」「相受」是造／構詞法。一首為詞綴，同意為平等、衡分或聯合式構詞法，相受為不等或偏正、主從構詞法。

　　綜上而觀，依類象形造字法為漢字奠基，也決定了漢字的基因、體制。而漢字之免於掉入拼音字泥淖之契機和動力，厥在發明了轉注。轉注有兩大功勞，一是創造形聲合字，二是創造合字複詞。前者免於字之窮，後者免於字之濫，皆旋乾轉坤之大手也。而基本的造字（含複詞）理念及造字（含複詞）方法，卻非常簡單，只有兩個字——組合（Combination）。

第四節　六書三性

　　如果把象形、指事文的創造方式稱為「單性生殖」，形聲、會意、諧聲的產生方式稱為「雙性生殖」，則假借的繁殖方法，應是「無性生殖」。三者合為六書三性。

　　一、單性生殖，直接從「語言」轉生為「依類象形文」，從詞化成字，從音節變成意符。象形文是獨體，從無到有，從虛空降落為實體，從音響化成影像，從耳治變成目治，它一體成形不可分割為形、聲符。從許慎六書講，單性生殖有象形、指事兩種，從班固六書講，有象形、象事、象意、象聲四種，從鄭眾六書講，有象形、處事兩種。

　　二、雙性生殖，間接從語詞轉生，而直接由獨體文接生。所謂間接，就是其內涵音義由語言移植；所謂直接，就是其形體由依類象形文配偶誕生；而且，就在間、直接交會、配偶的同時，音、義與形體交互制約——音節必須與音符一致，義項必須與義符及音符一致，[註1]亦即形體與音義是密切疊合的。從許慎六書講，雙性生殖有轉注及形聲、會意兩代三名，從班固六書講，只有轉注一種，從鄭眾六書講，有轉注及會意、諧聲兩代三名。

　　三、無性生殖，就是以「不造為造，不生為生」，亦即以認領、借貸、領養的方式，認養螟蛉義子，借富以濟窮——收編它字為己字。

〔註 1〕如王聖美〈右文說〉音符多兼義。

一）收編的契機是：1 文字不夠用，2 抽象概念或介系詞、連接、副詞等虛字，很難造爲象形、指事文。

二）借貸的條件是：借貸或供需雙方必須爲同音或音近字，爲必要條件。

三）領養的對象應該是：同音或音近的不常用字、廢字爲主——

（一）一則珍惜造來不易的文字資源，

（二）二則避借常用字徒增辨義困擾，

（三）三則人們一望這些復活或復古的不常用字、廢字，就知是假借，有標記作用也。

不論從許愼或班固或鄭眾的六書講，無性生殖只有一種，就是假借。就形音義三要素言，假借是「循音冒形變義」。

從文字類型講，假借是「漢字拼音文字」，亦即把漢字的「義」廢掉，純粹用作單音節符號，如今天漢語拼音、注音符號一般。從這觀點說，假借應是中國最早的拼音方案、注音符號或拼音文字。

從世界語文發展路線看，同埃及、蘇美一樣，假借都是在象形文山窮水盡時不得已的救急手段和急救療法。差別是：埃及、蘇美從此走向拼音文字，如多瑙河大江西去永不回頭；漢字則適時發明轉注，運用排列、組合數學造合體字，使漢字起死回生，變成全世界最長壽、最優美、最多人使用的文字。透過科技化的洗禮和改造，預期漢字必成爲世界文，更將隨太空科學的發展，成爲河「漢」星際「字」。

第五節　轉注四相

相，即佛家謂宇宙有「生住異滅」「成住壞空」轉變四相。漢字自古沿用到今天，倒沒有「滅空」，但「異壞」卻不算少。這裡用轉＝變概念，來說明以轉注爲中心的漢字歷史和變遷大勢。由於變遷的程序和德國大哲黑格爾（G. W. F. Hegel, 1770～1831A.D.）辯證法所揭櫫的正反合變非常接近，所以借用它的名稱，合爲轉注四相（Change phase），展現了漢字變動的四個時貌。

在歷時層面，以象、借、轉、注的發展爲經，造文、造名、造字、造詞四造爲緯，殿以隸變，繹出四相，並譯成 4 個英文 C 開頭的字表示，合稱 4C。亦代表轉注的四類（Classes）意義。

一、正相（Contrasting）：本意‘映照’，或稱象相，獨文相。指在未隸變前，漢字所擁有的具圖畫表意功能的漢字原貌象形文，包括許慎六書之象形、指事，鄭眾六書之象形、處事，班固六書之象形、象事、象意、象聲。從轉注的立場看，它是由語言層面轉化爲有形跡的文字層面，所以，可以說是轉注的第一類意義。

二、反相（Converting）：或稱轉相，合字相。指依建類法產生之形、聲符造出的「依類象形」合體字，包括六書之形聲、會意、諧聲。轉的意思是：

一）由單義轉向多義：以假借啓其端，引申宏於後，以廣文之用，但重要發展爲下列之轉注。

二）由獨體文轉向到組合兩文爲一合體字範疇。這是轉注的第二類意義。

三、合相（Compouding）：或稱注相，組詞相。指依構詞法產生之複合詞。包括六書之一首、同意、相受。一首爲詞綴構詞法；同意爲平等式，或稱：聯合、衡分、並列構詞法；相受爲不等式，或稱：偏正、主從構詞法。注的意思是由造單音節單字「流注」到合多音節複詞領域。這是轉注的第三類意義。

四、變相（Changing）：或稱隸相、隸變相。指歷史上從甲－金－篆－隸－行－草－楷書體之變遷。變的意思是由象形變化到不象形，形成歷史的流程。這是轉注的第四類意義。

第六節　六書精蘊

我們在詳考六書爲造字法、造詞法和造字史之過程中，發現轉注是推動漢字搖籃的手，六書精蘊也全在此。具體來說，轉注是一個超級組合系統（Super-lative Combination System）。

首先，它轉變無形的語言爲有形的文字，亦即「組合」語言成有音義的意符，這叫‘依類象形’；改造字義僅存其形骸與聲音，亦即重新「組合」形、音、義的三角關係，以濟無字之窮，這叫‘依聲託事’。

其次，將象形文的意符轉成形符和聲符，透過形、聲符「組合」，以成形聲、會意、諧聲三種合體字，這叫‘建類’和‘形聲相益’。

再次，「組合」少數一級首要常用單字成千百萬個複合詞，取代繁瑣的個別造字法，改微觀文字學爲宏觀語文學，這叫‘一首’。

　　然後，「組合」文字、聲韻、訓詁、語法、語意、修辭、邏輯於一爐，疏通大意，以成文字、文章、文學之全體大用，這叫‘同意’。

　　最後，透過「組合」字形、字體、字樣及字音、字義、詞彙、語法，使四海通行，萬民接受，以成「書同文」之大一統政治，這叫‘相受’。至矣，轉注之為運，組合之為用也。

第肆篇　線化理論

　　本篇名「線化理論」，由"楷書構造"和"線性規劃"兩綱組成。楷書構造列第一章，探討楷書的一般構造理論——六構。線性規劃，從第二章迄第九章，探究如何把面性結構的漢字轉寫成線性排列式，屬於楷書的特殊構造理論——七造。

第一章　楷書構造

　　探討現代漢字——楷書的形體結構歸納為構字六法，計有：構位、構貌、構材、構法、構型、構媒，簡稱六構。用來指導「線性規劃」以提升漢字在科技應用上的智能。先簡述楷書淵源。

第一節　楷書簡述

一、興　起

　　漢字由象形意味較濃的小篆"隸變"為隸書，就和現代通行的楷書相近了，一般說法是把秦漢以前的隸書叫做「古隸」，而把楷書叫做「今隸」，從古、今隸的名稱看來，楷書是脫胎於隸書，惟裘錫圭先生持另一見解，他說：

> 我們所能看到的最古的楷書是鍾繇所寫的宣示表等帖的臨摹本的刻
>
> 本，宣示表等帖的字體顯然是脫胎於早期行書的。……我們簡直可
>
> 以把早期的楷書看作早期行書的一個分支。〔註1〕

裘先生僅以鍾繇所寫的部分材料衡量楷書發展整體是容易「以偏蓋全」的。筆者從筆形和筆勢觀察，隸書與楷書的關係顯然濃於行書和楷書的關係，所以相信楷書是脫胎於隸書的。

────────────

〔註 1〕見裘錫圭著《文字學概要》，頁 112～113。

二、特　徵

　　隸書之出現是爲了提高書寫速度，楷書在這基礎上比隸書更進一步，譬如楷書使用"出鋒"，出鋒是流線運筆的，它沒有隸書的藏鋒、回鋒和燕尾收筆，一方面縮短書寫的位移，一方面便於跟下一筆連接，所以其運動距離短而速度可以加快。除了"出鋒"這特徵外，據本師孔仲溫先生歸納，楷書形體上有下列三特色：

　　　　一）形體長方縱勢。

　　　　二）結體收斂緊密。

　　　　三）點畫形態豐富。〔註2〕

三、變　化

　　大體而言，楷書產生於漢末，書法家迭加提倡，到了唐文宗開成三年（西元 837），將"九經文字"刻石，採用楷書，於是楷書便成法定文字，一直沿用至今。大概由於筆畫平直、字形方正，又列爲法定文字，而有"楷書"之名，唐朝張懷瑾《書斷・上・八分》：「楷者，法也，式也，模也。」

　　唐朝既定楷書爲法定文字，加之歐陽詢、顏眞卿、柳公權等大書法家輩出，號稱歐體、顏體、柳體，楷書至此可謂完全成熟並定型，延至宋代畢昇發明活字印刷，多仿歐陽詢書體製爲活字，整齊美觀，沿用至今不衰，惟名稱有宋、仿宋、明體之別，爲了多樣化和藝術化，更有黑體、花體、斜體、空心體、立體等的新變式，詳如下節之構貌。

第二節　構字六法

一、概　說

　　漢字構字法，從楷書之平面幾何、拓樸、線性代數學角度研究漢字的外在結構的要素、形態和方法，具體說包括：

　　　　一）剖解單字的準據方法。

　　　　二）組合字根成單字的方法。

　　　　三）字根水平分類。

〔註2〕見孔師仲溫・林師慶勳及竺家寧先生編著《文字學》，頁 147～148。

四）字根垂直分級。

五）對各類各級字根下定義、辨關係、定數目、順次序。

六）依字根位置和組合方式歸納出排列方法。以排線和排型爲主軸。由排線建立線性漢字，而排型則用來釐定漢字方塊字型。

七）不論「線性漢字」或「方塊漢字」均屬外在、視覺、目治層面意義的，而不涉及音、義、詞的內在領域。〔註3〕

八）將線性漢字的組成分子（188 字母）納入單位元組編碼。

九）以字母和字型爲元素，將全部方塊漢字納入以單位元組爲單位的編碼系統。

　　綜合而言，「現代六書」是探討字根個別外形和合成單字時的整體結構以及其剖解、組合、排列方式和編碼的工作，著重對現行楷書幾何線條的系統分析（System Analysis），屬共時範疇。這個觀點和大陸學者的看法，有相同，也有相異。

　　蘇培成先生：

　　　構字法指的是現狀分析。從當前的字形和字音、字義的現狀著眼，尋求構形條例。〔註4〕

　　錢乃榮先生：

　　　構字法是探求現代漢字字符與字所代表語素的音義之間的關係。

　〔註5〕

筆者的構字法只針對楷書字形現狀著眼，尋求構形條例，而不涉及音、義、詞的內在領域。計分：構位（make coordinate）、構貌（manner）、構材（material）、構法（method）、構型（model）、構媒（medium），簡稱六構、 6M，或襲六書之名稱爲「現代六書」。以下依次說明。

二、構　位

　　以《漢語大字典》論，收漢字已五萬六千，個個不同，可謂一文一天地，

〔註 3〕下文 “構法” 之 “形聲構型” 與音義有關，但主要從字形角度劃分。

〔註 4〕見蘇培成著〈現代漢字的構字法〉載《語言文字應用》，1994 年第三期。

〔註 5〕見錢乃榮著《現代漢語》，頁 562，1990 年高等教育出版社。

一字一世界。從幾何學角度，每一個字面積大小相等，長寬也相等，是標準的 1×1 方塊字。構成方塊字最重要的元素有三，曰：位、線、角。位者位置或稱空間，線者線條或稱筆畫，角者角度或稱框邊。三者中，位肇基礎，線顯形跡，角造型態。三者相輔相成，而位置最重要，可作總代表，所以，本節第一目稱為構位（make coordinate）。構位者，構造出一個 1×1 方塊位置或空間，以容納線條、筆畫、字根而成字也。位置或空間，是以坐標或座標（coordinate）來表現，所以首先探討坐標。

一）建立坐標

坐標（coordinate）的原義為對等、對稱，意謂要在 1×1 方塊位置或空間內作較細致的規劃，區分為幾個對等的區域並定義方向，以便稱呼和展開運動，透過對筆畫的經營而構成文字。在漢字領域裡，筆者設定有三種坐標：一曰四象，二曰八卦，三曰九宮坐標。

（一）四象坐標呈‘十’字形，故又稱四象十坐標，簡稱十坐標，有四個對等區域，名象限；

（二）八卦坐標呈‘米’字形，故又稱八卦米坐標，簡稱米坐標，有八個對等區域，名卦限；

（三）九宮坐標呈‘井’字形，故又稱九宮井坐標，簡稱井坐標，有九個對等區域，名宮限。

米坐標是十坐標的加倍擴充，井坐標又是米坐標加上中央口形「中宮」而成。它們各有特徵，也各有用途，是單字結構和字型建設的基礎，茲分述如下：

（一）四象坐標

1. 形狀：四象十坐標係兩個具有向量性質的軸相交於一點，其形如十或×者，謂之「四象坐標」或「四厓坐標」或「十坐標」，如下形：

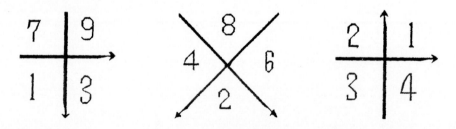

1）正四厓坐標　　　附：2）斜四厓坐標　　3）笛卡兒坐標

　　把交（原）點‧四周的四個∟形直角夾角名「象限」或「厓限」，坐標內數字爲厓限序號——厓限序號及縱（Y）軸方向，異於笛卡兒坐標（Cartesion coordinates），正四厓坐標內數字 1 表「第一厓限」，相當於笛卡兒坐標的第三象限；3 表「第三厓限」，相當於笛卡兒坐標的第四象限；7 表「第七厓限」，相當於笛卡兒坐標的第二象限；9 表「第九厓限」，相當於笛卡兒坐標的第一象限。此外，縱（Y）軸方向相當於豎筆運動方向，橫（X）軸方向相當於橫筆運動方向。

　　若將正四厓坐標順時鐘方向旋轉 45°即成斜坐標；「第一厓限」轉爲「第四厓限」，「第三厓限」轉爲「第二厓限」，「第九厓限」轉爲「第六厓限」，「第七厓限」轉爲「第八厓限」。每厓限夾角仍爲 90°。╱軸方向相當於撇筆運動方向，╲軸方向相當於捺筆運動方向。

　　以上厓限內數字序號與電腦鍵盤上的九宮數字鍵相對應。

2. 基本用途：標示筆畫的方向、角度、形狀、位置和筆順結構。如：

　　1）→　↓　╱　╲軸向與橫豎撇捺筆方向一致。

　　2）厓限表直角及鈍角框：直角框∟稱第九厓限框，⌐稱第七厓限框，┐稱第一厓限框，┌稱第三厓限框，餘類推；鈍角框如「厂則併入第三厓限框，乀併入第一厓限框，＜併入第六厓限框。

　　3）第三厓限表漢字的筆順結構：漢字的筆順大底爲「從左而右，從上而下」，與第三厓限向量正好對應，所以，可以稱漢字爲第三厓限結構。

　　4）厓限指稱涵實位置：‘寸’爲、在第一厓限，‘斗’爲丶在第七厓限，‘乂’‘叉’爲、在第八厓限，‘犬尤尢甫’爲、在第九厓限，‘下’爲、在第三厓限，‘太’爲、在第二厓限，‘蚤’爲、在第四、八厓限，‘鹵’‘㽵’之※爲、在第二、四、六、八厓限；‘夾’‘爽’‘奭’爲‘人’‘爻’‘百’在第四、六厓限。

　　5）厓限表開口方向：“司可”開口方向在第一厓限，‘今合侖金’開口方向第二厓限，‘原庚仄疢’開口方向在第三厓限，‘㞢尨述建趨翹齇’開口方向在第九厓限。

（二）八卦坐標

1. 形狀：八卦米坐標係四軸相交於一點，其形如「米」者，謂之「八卦坐

「標」或「米坐標」；或將正四厜坐標與斜四厜坐標的原點疊合即成。其形如：

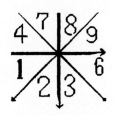

八卦米坐標

把交點‧四周的∠形銳角夾角，給它造新名詞叫「卦限」，坐標內數字表序號：1 形表「第一卦限」，2 表「第二卦限」，餘類推；每「卦限」夾角 45°。序號與電腦鍵盤上的九宮數字鍵相對應，5 表交（原）點。

2. 基本用途：標示筆畫的方向、角度、形狀、位置。

1）表涵實位置：如‘ㄅ’爲、在第一卦限，‘來’爲‘人’在第一、六卦限，‘兩滿爾’爲‘从爻’在第二、三卦限。

2）表銳角、銳角框及開口方向：

（1）一銳角：如一ㄫㄱㄥ，

（2）∧銳角：如∧ㄑ，

（4）>銳角：如>，

（6）<銳角：如<，

（7）」銳角：如）」，

（8）V 銳角：如Vㄟㄋ，

（9）∠銳角：如↓（以），∠（厶幺彡）。

3）表線條方向：四軸表四順向，反之成四逆向，合爲八方或八向：

（1）↙式：如ノ。

（2）↓式：如丨。

（3）↘式：如ㄟ。

（4）←式：如吳兆𤫊臯凸之」筆尾段，鬻士之逆一筆。

（6）→式：如一。

（7）↖式：如丿刁冂ㄅㄋ尾段。

（8）↑式：如し乙尾段。

（9）╱式：如乚冫氵尾段或尾筆。

（三）九宮坐標

1. 形狀：九宮井坐標係四軸相交於四點，其形如「井」者，謂之「九宮坐標」，或「井坐標」，如下①之形：

1）正九宮坐標　附：2）電腦數字鍵盤　3）十字型鍵盤　4）十筆尾向鍵盤

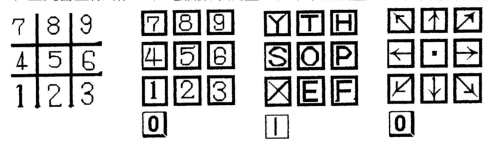

把'井'字中央'口'四周的冂形夾角，給它造新名詞叫「匡限」，凵形夾角仍叫做「厓限」或「象限」──1、3、7、9奇數爲崖形的「厓限」號，2、4、6、8偶數爲「匡限」。順著號數說，1┐形表'第一厓限'，2冂形表'第二匡限'，3┌形表'第三厓限'，4コ形表'第四匡限'，5是正方形的'口'表'中宮'，6匚形表'第六匡限'，7┘形表'第七厓限'，8凵形表'第八匡限'，9L形表'第九厓限'。若不分'厓限''匡限''中宮'，就另給它造新名詞叫爲'宮限'或'井限'。'厓限'一角，'匡限'有兩角，'中宮'有四角，以上每角皆90°。序號與電腦鍵盤上的九宮數字鍵相對應。

2. 基本用途：標示筆畫的方向、角度、形狀、位置和鍵盤結構。

1）表示位置：

（1）單表：1表左下，2表中下，3表右下，4表中左，5表內，6表中右，7表左上，8表中上，9表右上。另外，以0表示九宮之外的位置，即以0表外。

（2）複表：123表下列，456表中列，789表上列；741表左行，852表內行，963表右行；12369874表外圍，1478963表冂框，9874123表匚框，7896321表コ框，7412369表凵框，98741表┌框，74123表L框，78963表┐框等。惟複表稍煩，一般情況下不用。

2）表示匡角開口方向：

（1）左下開口方向──╱匡角：如ケ勺，從'斜井坐標'引出。

（2）下開口方向──冂匡角：如宀冂。

（4）左開口方向——コ匡角：如コ。

（6）右開口方向——匚匡角：如匚ㄈ。

（8）上開口方向——凵匡角：如凵ㄩ。

3）表涵實位置：如井，其、在中宮口內；又如‘區’爲‘品’在第六匡限，‘夕’爲‘、’在第一匡限，‘凶’爲‘㐅’在第八匡限，‘⊞’爲‘米’在第四匡限，‘周’爲‘吉’在第二匡限。其他┐ ┌ ┘ ㄴ表厓限，同四象坐標。

4）表示鍵盤結構：九宮坐標與電腦鍵盤上的十個數字鍵相對應，合起來可作如下運用：

（1）表十字型鍵：可單獨利用十字型輸入上萬漢字。若結合十筆向或十筆型，則可以輸入全部漢字。0 表 I 一元型，1 表 X 交叉型，2 表 E 匣匡型，3 表 F 原厓型，4 表 S 迂迴型，5 表 O 圜圍型，6 表 P 巴巳型，7 表 Y 傾斜型，8 表 T 上下型，9 表 H 左右型。

（2）表筆向鍵：截取單筆或字元某一直線段，辨其八個方向。另加外 ϕ 及中宮 5 即原點“。”，合爲十個方向，是爲“筆向”。依截取線段位置之不同，分爲“筆首向”和“筆尾向”兩種。

① 筆首向：指單筆首段直線方向，如∠在反折點之首段直線爲“／”，其方向爲↙。計有：→（1），⤵（2），⤷（3），↓（4），⤷（5），↗（6），∠→（7），↙（8），↘（9），加外 ϕ 若十向。常用於輸入法，括號內編號與九宮鍵不同，取碼時遇筆首段直線方向爲↙即按“8”鍵，遇筆首段爲↘向即按“9”鍵等。

② 筆尾向：指單筆尾段直線方向，如∠在反折點之尾段直線方向爲→。計有：↙（1），↓（2），↘（3），←（4），。（5），→（6），↖（7），↑（8），↗（9），加外 ϕ 共十向，常用於輸入法，括號內編號與九宮鍵一致，取碼時遇尾端直線方向爲↙即按“1”鍵，遇↓即按“2”鍵，遇。（無向，只有“、”筆一種）即按“5”鍵等。

（3）表筆型鍵：筆型指單筆的整體型態，計有：一（0），｜（1），／（2），＼（3），┘（4），ㄴ（5），┐（6），〈（7），ㄣ（8），ㄟ（9），共十型，其編號與筆向編序法不同。筆型爲一概略形，

常略去尾鈎，如乚、乚之筆型相同。

二）字型基礎

建立坐標是爲了創造空間以容字根之身，同時也賦予字型骨肉。也就是說字型是建立在坐標上的。字型有六要素：位置、角框、筆向、筆順、字根、組合關係，當然是與坐標密不可分。除後兩項外餘均已分別說明於上，茲予綜合如下。

（一）十位置：以九宮位置爲基礎，加一「外旁」即爲十位置，以標識字根所在。

0 外旁式：如白自囱之丿，

1 左下式：如司之口，

2 下式：如言之口，

3 右下式：如后之口，

4 左中式：如劬之口，

5 內中式：如回之口，

6 右中式：如夠之口，

7 左上式：如勛之口，

8 上式：如員之口，

9 右上式：如咫之口。

（二）十角框

1. 依四象十字坐標分：

0）無角：如軸線丨一，

1）㇕ 左下開口直角：如㇕ ，另乁鈍角亦併此，

2）𠆢下開口直角：如𠆢，

3）┌右下開口直角：如厂 ┌广疒，另㇀鈍角亦併此，

4）＞左開口直角：如＞，

5）圓周角：如○及原點。，

6）＜右開口直角：如＜，

7）⎿左上開口直角：如吴乩䜌㠯凸之⎿筆，

8）∨上開口直角：如∨V∀，

9）⎿右上開口直角：如⎿乚。

2. 依八卦米字坐標分：

1）㇇銳角：如乛㇇フ㇀，

2）︿銳角：如Λ，

4）>銳角：如>，

6）<銳角：如<，

7）亅銳角：如)亅，

8）V銳角：如V㇏㇃，

9）ㄥ銳角：如𠄌。

3. 依九宮井字坐標分：

1）⺈匡角：如ク㇉，

2）冂匡角：如冖冂，

4）コ匡角：如コ，

5）口圍角：如口，

6）匚匡角：如匚ㄈ，

8）凵匡角：如凵凵。

（三）十筆向：八方或八向加上：0○式：又稱「循環」，如○；5。式：又稱「原點」或「中宮」，如㇏、。合爲十向。

（四）十筆順：逐筆書寫時取筆順序。亦用於單字分部，主要依形聲劃分，均分爲‘首’‘尾’兩部，亦稱爲「十首尾式」。

1. 左右式：先左後右，如明。單字分部時，左‘日’爲首，右‘月’爲尾（下同）。

2. 上下式：先上後下如二三丁。

3. 傾斜式：由左上至右下如ミ。

4. 側斂式：由右上至左下如彡。

5. 中旁式：先中後旁如小水承，先寫亅了後寫ハㇰ㇃。

6. 外內式：先外後內如回國，惟外框口之末筆一最後寫，叫做「先涵後關」。

7. 主從式：先主後從如犬尤，先寫大尢後寫、。

8. 橫豎式：先橫後豎如十ナ，先寫一後寫丨丿。

9. 撇捺式：先撇後捺如乂乂，先寫丿後寫、乀。

10. 起訖式：一元型字如乚先寫／後寫一。

（五）字根：組成單字的具體單位，包括筆、畫，詳本節之‘構材’。

（六）組合關係：此處之‘組合’一詞非數學上之 Combination，而是黏合或接合（Connect）的意思，漢字有五種基本合成複筆的方法，也是五種複筆結構：1. 交插（Φ）、2. 接觸（Λ）、3. 內涵（Ε）、4. 距切（ΙΟ）、5. 分離（Ξ），稱爲五組成或五組合，詳第六章造組合法。

三、構　貌

漢字在戰國至秦朝時，從圓線條隸變成直筆或微曲有波磔的線條，其內部筆畫從此就有了正方、粗細、長短、曲直、濶扁、寬窄、尖圓、鈍銳等樣貌或變化，現將這些特徵予以概括出來，凸顯其有別於大小篆等古字的形狀樣貌，就形成構貌（manner），特別指楷書的直線、直角風格，其意義相當於現代美術上的文字造形（Lettering）。目前常用的楷書構貌計有：宋、明、黑（sans serif）、斜（italics）、花、空、立體共七體，後四體或統稱作藝術字，常用於海報、請柬、廣告上。茲略述如下：

一）宋體：1920 年由錢塘丁補之、丁善之等人，在上海成立印書局，根據武英殿聚珍版本宋體字樣仿刻印刷活字，當時稱爲‘聚珍仿宋’，簡稱‘仿宋體’，或可稱爲‘復活宋體’；仿宋字因而見重於世。這種書體縱橫線寬度約爲相等，在其落筆、收筆處相當尖銳，唯橫線右肩約略抬高，帶有濃厚的筆寫味道，至於撇捺同於明體字。過去，常用於名片及及書籍標題上，珍貴版本亦多用之。[註6]如小。

二）明體：我國活字印刷起於北宋，當時多仿唐朝大書法家歐陽詢體製活字，其間架平正，纖穠中最爲美觀，但到明朝隆慶、萬曆年間（1567～1619A.D.），歐陽詢體已被改變殆盡，專由書工繕寫顏眞卿字製爲印刷活字，其橫畫細瘦，到右側收筆時微頓，豎線粗大，上肥下瘦是爲撇，上瘦下肥則爲捺，形成方體膚廓

〔註 6〕參考葛本儀主編《實用中國語言學詞典》頁 189，暨魏朝宏著《文字造形》頁 79。

字樣，稱之爲‘匠體字’，因其直接傳承於宋代印刷，故謂之‘宋體’。以其便於雕刻，自明代以來，就成爲主要的印刷體。西元 1879 年，日本自中國美華書館輸入宋體雕刻種字，並略加改革，以迄於今，並無大改變。日本人自始就把明朝隆慶時人所寫的‘宋體字’逕稱‘明朝體’。所以日本人所稱的‘明朝體’就是我國的宋體字。〔註7〕此體並回流中國印刷界，台灣亦仍沿日人稱呼爲‘明體’，如 字。

以上，我們把一般稱爲‘仿宋體’改稱爲‘宋體’，把‘宋體’改稱爲‘明體’，是爲了符合現實。

三）黑體：黑體的橫豎線同粗，並有一定的寬度，而落筆、收筆的筆勢特徵幾乎不見，這叫做黑體，或稱方體。用於標題以及需要特別注意的語句上，具有醒目的作用。〔註8〕如 文。

四）斜體：仿自西洋斜體字（italics），其法將字向左或向右約 15° 傾斜，如：

天增歲月人增壽。

五）花體：將音、義符寫成象形圖畫，或將筆畫彎曲如彩帶、蔓藤之形，如 花（花）。常見於海報，如最近上映之‘莎翁情史’ ‘親情無價’ ‘美夢成眞’等電影廣告。

六）空體：或稱中空體、空心體，將筆畫加寬，中間鏤空者，常見於海報或電影廣告，如 文。

七）立體：具有立體感的字。常見於海報或電影廣告，如 上。

四、構　材

構材（material），指構字的材料，又稱構件、構料。凡小於單字或可爲另一單字成員的較少筆畫單字，都是構材。基於系統運作的需要，我們將字族劃分爲：

一）字族一：筆——畫——字三級。

二）字族二：字母（含字元）——字根——單字　三級。

字族一分類著重線條意義，前兩級即爲構材。“筆”指從落筆到提筆的線條又稱單筆；畫指複筆，係由單筆組合而成；字指單字，有獨立音義能獨立運用或能與他字組成詞組造句者，據徐中舒主編《漢語大字典》收有 56000 字。

〔註 7〕魏朝宏著《文字造形》，頁 78。

〔註 8〕見同上註，頁 80。

　　字族二分類著重書寫暨語言學意義，前兩級亦爲構材。字元從單筆中選出，共 41 個，並有一定次序、讀音；字母包括字元、字素，共 188 個，也有一定次序、讀音，用於線排列式上，作爲分析單字的單位（unit）。字根在本文是比較籠統的稱呼，凡小於單字的都可以叫做字根，所以和"構材"（material）同意，但內涵比較豐富，著重功能和分類，如"音義字根"是從音義的角度分類，"獨庸字根"是從能否獨立運用的角度分類。

　　從以上三級的分析，可知：筆、字元、字母、單字已固定且明確，惟獨中間一級的"畫"和"字根"尚未作定性、定量分析。茲依幾何結構、語言結構兩個分類標準，劃分爲：組合、部位、音義、獨庸四大字根。其體系如下：

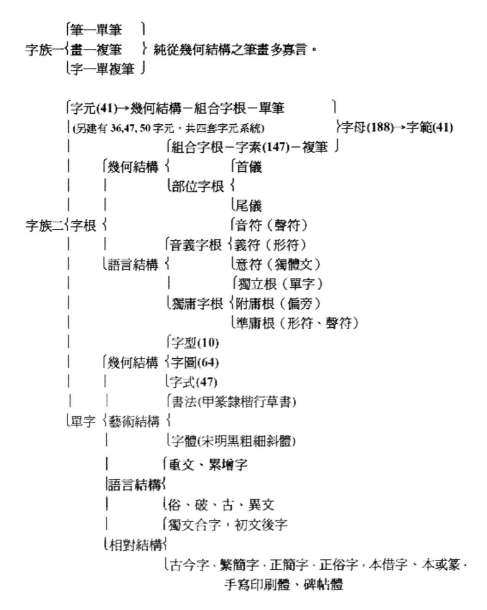

我們的主目標在建立字母體系。字母包括字元和字素，共 188 個，是字的細胞（cell），也是剖解、組合、排列、檢索、輸出入的運作單位（unit）。

將字母泯去方向變化──例如ㄈㄱㄩㄇ，合為一範，即成「字範」。

其次，將 10 字型依方向變化⋯⋯等特徵細分，例如將 E 型分為▣ ◈ ▣ ▣ ▣五「字式」，10 字型共析為 47 字式、64 字圖。

字範主合，字式、字圖主分，方向相反，但都是「字型」的變化，所以將 10 字型、41 字範、47 字式，64 字圖四者，統合稱為「字型系統」。

五、構　法

構法（Method）為狹義的構字法，包括剖解（Dissecting）、組合（Matching）、排列（Placing），取頭一漢字合為"剖組排"，取頭一英文字母縮寫為 DMP，是六構的核心部分。

一）剖　解

線化理論的關鍵在於建設"輕薄短小少"的漢字母，再用漢字母拼寫出所有的漢字。唯一的辦法，就是對整塊的漢字進行切割，試圖找出組字最全、組合次數最少且數量最少的字母來。這個工作就是剖解。

剖解出的構字材料叫做"判的"，剖解時的根據或標準叫做"判準"，剖解的方法叫做"判法"。三者構成剖解系統。有關名詞定義、用途等詳第五章。

二）組　合

組合（Match），是剖解的反作業，指將構材如字母加以併合（Merge）、組成（Compose）、結合（Combine）、複合（Compound）成單字，著重在接合（Connect）的動作，或稱組合（Interlace）。

漢字有五種基本合成複筆的方法，也是五種複筆結構：1 交插（Φ）、2 接觸（Λ）、3 內涵（E）、4 距切（IO）、5 分離（Ξ），稱為五組成（Five compose）或五組合（Five interlace）。組合（match）就是以此為基礎，依結構及用途發展出零、五、十、十六組合共四種。有關名詞定義、用途等詳第六章。

三）排　列

排列（Place），是剖解和組合的"合"作業，指將"剖解"而得的字母加以"組合"後依結構圖形排成單字。有兩種結構圖形：

（一）線性圖形：爲不定長的長方形圖。將字母從左而右立足於同一水平線上的叫線性排列，所排成之單字叫做線性漢字，所作的作業叫做線排或排線。它類似由 26 拉丁字母拼寫的英文，基本上可說是"剖解狀態"的漢字。

（二）方塊圖形：爲定長的正方形圖。將字母按一定次序"堆積"在 1×1 方塊內而成字，它有幾個特色：

1. 字母不一定立足點於同一水平線上。

2. 字母的面積大小會變成不相等。

3. 字母的距離有疏有密有寬有窄。

4. 字母的關係有離有合，細別之，有交插、接觸、包涵、距切、分離之異。

5. 字母的位置有高低、左右、上下、內外之別。

所作的排列方式叫方陣排列或方塊排列，所排成之單字叫做方塊漢字或自然漢字，所作的作業叫做構型或排型，排型所出現的各種形態叫做字型，有幾何、形聲、組合三種字型，通常指組合字型。組合字型分爲 IXEFSOPYTH 十型。

排列法包括排根法、排碼法和排字法，對剖解法和組合法言，只有排根法跟它們有直接關係，排根法即包括排線和排型，是狹義的排列法。至於排字法、排碼法等與剖解法和組合法關係較疏遠。有關名詞定義、用途等詳第七至九章。

四）剖組排系統表

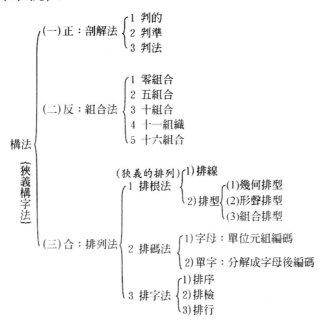

六、構　型

　　構型（model），從上述構法－排列法－排根法－排型中分出獨立，這是由於在構字上構型和構材同樣重要，加上其"形聲排型"有內部音義成分，不純屬形構層次，所以特別提出與構法平列。

　　所謂構型指字根等組成分子在 1×1 方塊中的排列型態，或稱排型（Pattern）。漢字的構型在並世文字中最為複雜，有點、線、面三大類型，以此為經，以組成分子之類別為緯，可分為：幾何構型、形聲構型、組合構型三種。其體系如下：

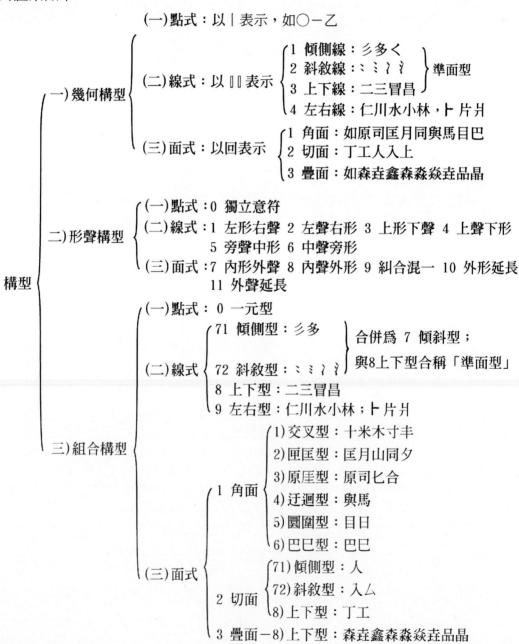

其中，組合構型係以幾何構型爲經，十六組合爲緯所作分類，如改以組合爲綱，可分爲：（0I）一元型；（1X）交叉型；（2E）匣匡型；（3F）原厔型；（4S）迂迴型；（5O）圓圍型；（6P）巴巳型；（7Y）傾斜型；（8T）上下型；（9H）左右型 共十型，代符爲 IXEFSOPYTH，詳第七章。

七、構　媒

構媒（medium），構字的媒介。指構位、構貌、構材、構法、構型以外，能對構字運動起一定作用的觸媒（Catalyst）。它是一隻看不見的手，操縱字的製作，很難把它歸於上述那一構類，但沒有它便不能構字，茲先列表如下：

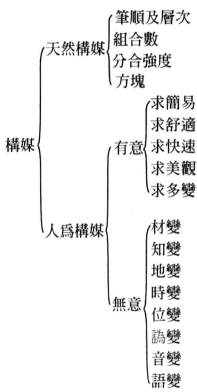

一）天然構媒

指受數學、空間等定律所制約之構字媒介，如：

（一）筆順及層次：漢字由一畫至六十四畫（如四龍之龘、四興之𣊟）
　　　　不等，但書寫時，其次序一定是一筆一筆成線性排列，謂之筆順。
　　　　以較大的組字單位“字根”來說，書寫時也是從上而下、從左而
　　　　右、從外而內，逐層實踐的。

（二）組合數：如將“禾”與“口”作水平排列，可有：和、咊、𠯕、

秭四種組合，亦即組合數≦4，頂多四種組合。所以，許慎所謂「其後形聲相益，即謂之字。」是受數學定律制約的。

（三）分合強度：漢字有五種基本合成複筆的方法，也是五種複筆結構：①交插（Φ）、②接觸（Γ）、③內涵（E）、④距切（IO）、⑤分離（Ξ）。從剖解的角度看，分離（Ξ）結構的剖解最易，謂之分離強度大；交插（Φ）結構的剖解最難，謂之分離強度小。反之，從組合的角度看，分離（Ξ）結構的組合最鬆，謂之黏合強度小；交插（Φ）結構的組合最緊，謂之黏合強度大。茲排列如下：

1. 分離強度：分離Ξ＞距切IO＞內涵E＞接觸Γ＞交插Φ。

2. 黏合強度：交插Φ＞接觸Γ＞內涵E＞距切IO＞分離Ξ。

（四）方塊：因受方塊字長寬相等的幾何圖形之制約，字與字間無需空隔。優點方面，排版上美觀，文學上對聯發達；缺點方面則造成斷詞困擾。

二）人為構媒

受造字者及廣大用字者制約的構字媒介，又分為有意、無意。

（一）有意之構媒

1. 求簡易：①隸變，②簡化字，③拼音字，④用形聲法造字，[註9]⑤用組合「單字」為「複合詞」代替「造單字」法，都顯示自古及今追求簡易的心理。

2. 求舒適：和「求簡易」相關，但偏重人體工學方面，如

1）求與書寫工具相適應

（1）甲骨文多直筆，便契刻也；

（2）金文多圓筆，便模鑄也；

（3）戰國文字多窄長，受竹簡狹長形制之制約也。

〔註 9〕形聲字在①殷代甲骨文佔 27.27%，②西周時期佔 50%，③春秋戰國時期佔 75～80%，④《說文》時期佔 82.29%；⑤南宋時期佔 90%；可見其一路快速成長之勢。以上①⑤資料見李孝定《漢字的起源與演變論叢》頁 21。②③見趙平安《隸變研究》張振林序。④據林尹先生著《文字學概說》頁 61、137 頁列形聲字 7697 字÷總數 9353 字算出。

又如犬馬豕象㸬本來四足著地，目臣舟魚本皆橫書，後改爲豎立形狀，均因書寫工具之限制而改。

2）縱橫筆比撇捺筆多。直線易寫，斜曲費心也。

3）順向筆比逆反筆多，正順易寫，反逆難書也。如

（1）順向筆

① ╱式：如丿，

② ↓式：如丨，

③ ╲式：如乀，

⑥ →式：如一。

以上筆畫佔絕大多數。

（2）逆反筆：少數

④ ←式：只㐅㐄㐅卣凸之 ┘ 筆尾段，鼞土之←筆，

⑦ ╲式：只丨丁冂勹㇆尾段，

⑧ ↑式：只乚乙尾段，

⑨ ╱式：只㇄冫氵尾段或尾筆。

4）順向字比逆反字多：如鼞土丄㞧㣺㣺字少見，理同上。

3. 求快速：和「求簡易」相關，但偏重書寫方面，如

1）行書、草書的發達；

2）改篆書之曲、圓筆或隸書之波磔爲楷書之直線筆畫，便於書寫；

3）省略：如竊本有"廿"，今楷省；毅從豙，豙從辛豕，今楷略去十從立豕；

4）合併：釜從金父聲，因金上"𠆢"與父下"乂"相近而合併；

5）簡體：和「簡化」相近，但有區別——省字根而不省筆畫，如舜簡體作𡵆，禮作礼，竈作灶，疊作晜，體作体。

4. 求美觀：

1）美化：講求字根位置、大小、形狀、角度的對稱。一般而言，居左、上部的字根或偏旁，其形較窄而扁，所佔面積較小；相對而居右、下部的字根或偏旁，其形較寬而長，所佔面積亦較大。如"漢難凌林相睦偏釘"左旁之"氵𦰩冫木目亻金"，較

右旁"菓隹夋木目垚扁丁"為窄；又如"萬簡鷽"上方之"艸竹絲"較下方之"禺間鳥"為扁。

2）繁化：如'秋千'繁化為'鞦韆'，也兼有從'純表音'繁化為'表音兼表義'的作用。

5. 求多變：

1）多同義義符，如足辶𤴔彳彳亍厶行止𣥂夊疋立尢走，都與"足"相關；手扌収攴丮殳匊共𠬞寸又𠂇爪，都與'手'相關；但所組合出的形聲字，其義不同。

2）多層聲符，如槫薄溥專甫父，由同一聲符，但所組合出的形聲字，其義亦不同。

3）多旁形：獨立使用時是一形，作偏旁時又是一形。其原因一部分出於隸變，一部分含有特殊意義，如谷《說文》：「泉出通川為谷，從水半見。」意謂谷從𠕋＝半水。此外，從水作偏旁的有：氵（漢）巜（粼）刂（俞）丨（攸）水（泰）六（益）𡿨（昔）等形，不獨立使用；心作偏旁時作忄、小。

4）多反形：《說文》中列有很多反形的字，這也是字形的變化和擴充方法。如乏為正之反，叵為可之反，帀為屮之反，底為永之反，𠮛為司之反，身為身之反。所謂"反"或"反形"相當現代之反射／鏡射（mirror）及旋轉（turn, whirl）。

6. 求精確：在制字之初期，都是單字詞，即一字為一詞，其後由於引申、孳乳，漸漸一字多義，為了區別詞義，往往增加義符而將多義項字分割為數字。如章有'彰顯'義，即將'章'加上表文采的義符'彡'而成'彰'字；責有'債'義，即將'責'加上表欠旁人的義符'亻'而成'債'字。

(二) 無意之構媒

1. 材變：字之制作隨經濟及科學發展而異，如石器時代，器具多用石、貝、土、木為材料，其後始進步至銅鐵。如斤、斫為石斧錛，後以金屬製作為釿鉞；通貨本以貝殼為之，如財貨價儥貸債賃貪貴貫買賣從貝；後改以金銀銅製，如錢錙銖鍰鎰鈔，皆後世通貨

之名。

2. 知變：字之制作隨製作者認知而異，如塼或作磚、甄，一從土，
一從石，一從瓦；從土者或以爲其原料爲土；從石者或以爲其硬
度同石，從瓦者或以爲其燒製程序與瓦無異。

3. 地變：如逆《說文》:「迎也。關東曰逆，關西曰迎。」逆迎同詞
而異字。

4. 言變：和地變相似，但著重方言之異。如《說文》:「蜀謂母曰姐」；
「楚人謂女弟曰娟」；「楚人謂姊曰媼。」

5. 時變：如它本爲蛇，其後被假借爲其它（他）之它，另造蛇字以
代替。其音義固無殊也。

6. 位變：如秋作秌，和作咊，位置雖變換音義仍同。但‘杲’位置變換
作‘杳’則音義全變。

7. 譌變：分永久性與暫時性。

　1）暫時性譌變：書寫筆誤，如污染之染從九，時常被譌作丸。

　2）永久性譌變：源於隸變，如‘燕魚烏鳥舄焉馬然黑無杰顯’同從
　　　“灬”，而灬之意義不同。又如‘示票原僚隙尚尖糸縣’同從
　　　“小”，來源亦異。

8. 音變：一字有多種讀音。大別有二種

　1）純粹音變：包括古今音變、方言音變；

　2）別義音變：包括變聲、韻、音、調四種：

　　（1）變聲：如女紅、紅色之紅；

　　（2）變韻：如乳酪（lao ˋ）、酪（lu ˋ）酒之酪；

　　（3）變音：如滑稽、滑冰之滑；又如賁，據徐中舒主編《漢語大
　　　　字典》載，有 bi ˋ　　fen ˊ　　ben　fen ˋ　　fei ˊ　　ban　lu ˋ
　　　　pan 八種之多；

　　（4）變調：如從容、從前之從。

9. 語變：與地變、言變、音變不同，指甲語族的人民用六書原理製
作／造出的漢字，輸出到乙語族人民使用時，依乙語族語改讀。
最明顯的例子是日本人訓讀漢字，中國人漢讀和字。茲各舉兩字：

1）日本人訓讀漢字

（1）朝，訓讀あさ（asa）或あした（ashita）。

（2）日，訓讀ひ（hi）或か（ka）。

2）中國人漢讀和字

（1）俤：日本人唸作おもかげ（omokage），輸入中國後唸作弟（diˋ）。據徐中舒主編《漢語大字典》解曰：「日本字。義爲容貌。弟弟面影，有似其兄，故從弟從人。凡彼此相似，皆用"俤"或"俤影"。梁啓超《中國歷史研究法‧史蹟之論次》：『例如封建制，以成周一代八百年間爲起訖；既訖之後，猶二千餘年時時揚其死灰，若漢之七國，晉之八王，明之靖難，清之三藩，猶其俤影也。』」

（2）畑：日本人唸作はた（hata）或はたけ（hatake），輸入中國後唸作田（tianˊ）。據徐中舒主編《漢語大字典》解曰：「日本人姓名用字。」日本諸橋轍次編《漢和大辭典》解曰："會意字，合火與田而成，水田之對。"義爲旱田，今台灣地政事務仍沿用之。

八、四　相

這裡用變化概念，來說明現代漢字從合到分、從分到合，又從合到變的形貌。由於變化的程序和德國大哲黑格爾（G. W. F. Hegel, 1770~1831）辯證法所揭櫫的正反合變非常接近，所以借用它的名稱，合爲現代漢字四相（Four change phase），展現了四個時貌，並譯成 4 個英文 C 開頭的字表示，合稱 4C。

一）正相（Completing）：本意'完全'，指一個完整單字的全貌，具有形音義，能獨立運用之時位。

二）反相（Cutting）：完整單字的相反，指將單字剖解爲較細的形符、聲符、偏旁、字根、字母、字元等的作業和狀況。詳第五章。

三）合相（Combining）：反相的相反，指由分解狀態的形符、聲符、偏旁、字根、字母、字元，重新組合還原爲完整單字的作業。詳第六章。

四）變相（Capricious）：指 1949 年以後在中國大陸實施的簡化、拼音化新文字等重大的、劇烈的文字變革運動。

第二章　線性規劃

第一節　概　說

一、定　義

　　線性規劃（Linear Programming），本爲管理學名詞，主要用在運輸方案的決策，例如要把數量和運價都是既定的貨品，從供應站運到消費點，要求在供銷平衡的同時，訂出流量和流向，使總運費達到最小。

　　本文線性規劃一詞與上述管理學無關，講的是如何把面性排列的漢字推平攤開，使裡頭字根立足於同一水平線上。具體說，線性規劃就是：

　　把由 n 個字根以面性堆疊方式"組合"成的 1×1 矩形方塊漢字，予以"剖解"，改換成依原筆順從左而右書寫，惟其字根等高、等寬、等積、等距"排列"在同一水平線上，形成由 1×n 個小方塊"組合"成的長方形字鏈的一套作業。例如把"盟"改寫成"日月皿"。

　　它是以楷書的構造原理——六構爲基礎來規劃的，所以兩者關係密切。茲以上述定義爲準據說明：

　　一）字根：屬於六構的"構材"。

　　二）組合：屬於六構的"構法"。

三）剖解：組合的反向操作，又稱"反組合"，亦屬於六構的"構法"。

四）面性堆疊與線性排列：屬於六構的"構型"。

五）矩形與長方形：屬於六構的"構位"。

二、線化方法與目的

以下是線化的方法，也是目的：

一）建立字母。

二）建立字族，賦予專名，辨別性質，歸納類屬、劃定層次、釐清關係，以便稱呼、運用。

三）建立方塊單字內字根排列組合的各種模型（Model/Pattern），簡稱字型。

四）建立剖解單字的準據和方法。

五）建立組合字根的方法。

六）建立單字排序的準據和方法。

七）建立線性排列字母的方法。

八）建立字母的單位元組編碼系統（Single Byte Code System）。

九）建立以字母為單元的單位元組單字編碼系統。

十）建立以字型和字母為基礎的漢字排序法。

十一）建立以字型和字母為基礎的漢字檢索法。

十二）建立以字型和字母為基礎的漢字輸入法。

十三）建立以字型和字母為基礎的漢字資料庫。

十四）最後達成全面提升中文電腦知識與精進其功能的目標。

三、變與不變

把面性字改寫成線性字的轉換中，有變與不變的屬性，各有四個：

一）四不變

（一）字根形狀不變：如 氵 不會變成水，灬 不會變成火，小不會變成心，亻 不會變成人，阝 不會變成阜或邑。

（二）字根數目不變：

1. 以形聲為準據，"盟"由"皿"形"明"聲兩符，改寫成線性排

列時，其字根數目仍爲“明皿”兩符。

2. 以獨立字根爲準據，“盟”由“日月皿”三個字組合，改寫成線性排列時，其字根數目仍爲“日月皿”三個字。

3. 以字母爲準據，“盟”由“日冂＝几｜｜”五個字母組合，改寫成線性排列時，其字根數目仍爲“日冂＝几｜｜”五個字母。

（三）組合關係不變：如“盟”由“日月皿”三個字組合，“日”“月”爲左右分離組合爲“明”，再與“皿”上下分離組合。而其線排式之一爲：盟↔THP（日｜｜月）＝皿。

式中，

1. ↔表可逆性轉換式。

2. T 表左邊方塊漢字“盟”的總體組合型態；H 表首儀（上半部）“明”的字型；P 表尾儀（下半部）“皿”的字型。

3. ｜｜表左右分離組合。

4. ＝表上下分離組合。

5. （　）爲層次符號，表其內字根優先進行組合作業。

（四）書寫次序不變：與組合關係同步，如“日”“月”先組合爲“明”，再與“皿”組合，其書寫次序亦與組合關係相對應——即先寫日，次寫月，最後寫皿。此處“次序”兩字爲“層次”與“順序”的簡縮語。

二）四改變

（一）字根面積改變：以“盟↔（日｜｜月）＝皿”爲例，↔號右邊的日、月、皿與“盟”等面積，亦即線排式的“日”字根面積與比面性字內的“日”字根面積要來得大，“月”“皿”亦同。

（二）字根位置改變：以“盟↔（日｜｜月）＝皿”爲例，盟之日居左上角，月居右上角，皿居下部，而線化後，↔號右邊的“日月皿”均平等立足在同一水平線上，月與皿由上下相鄰變作左右相鄰。

（三）字型結構改變：以“盟↔（日｜｜月）＝皿”爲例，“盟”爲上下型字，線化改變爲左右型字。

（四）全字外形改變：與字型結構改變相關，以“盟↔（日｜｜月）＝皿”

為例，"盟"為面性堆疊 1×1 方塊字，線化後改變為 1×n 由左而右平行排列長方形字。

四、規劃原則

一）師法英文：英文是廣為國人熟悉的線性排列文字，所以拿它作漢字線化模本，易為大家理解。

英文以 26 個長寬相等、有固定形狀、順序、讀音的拉丁字母，拼寫英語中所有的字，每字或長或短，但均立足在同一水平線上，由左往右一個挨一個等距離平行排列。

將上述歸納一下，它有幾個屬性值得漢字學習、借鑒：

（一）字母數目少，只 26 個。但可拼寫出英語約 50 萬個字以上。〔註1〕

（二）字母有定序，從 A 而 B 而 C 以迄 Z，固定不變。

（三）字母有明確而固定讀音，如 A 唸〔e〕。

（四）單字內各字母立足在同一水平線上。

（五）單字內各字母等高、等寬、等距離。

（六）單字與單字間有一等距離空格，便於分詞。

（七）單字不等長，有一字母即一字者，有數十字母合為一字者。

二）保留訊息：從面性方塊字轉變為線性長方形字時，有字根面積、字根位置、字型結構、全字外形四者改變了，為了便於還原，須將這些改變集中運用幾個機制（Mechanism）掌握，以免因轉變而遺失訊息。綜合來看，字型是最佳的人選。

三）確立主輔：字母、字型、組合三者，較多地抓住字的重要特徵，豐富地表達字的本質形貌，大量地承載字的內外訊息，所以它是線性規劃的重心，其他為輔助措施。如應用於某些場合必須裁減時，則先去組合，再去字型，而可獨存字母，蓋字母為字的根本。

四）求少小定：在線性規劃中處處以"少小定"為指導思想。少，指數量要求其少，如字母數目、組合次數兩者愈少愈好。小，指運作單元要求其小，便於運算、歸納和分析，如本文實用字族中規劃有字元一級，字元為單筆，是

〔註 1〕見《世界常用語言入門知識》，頁 5。

最小的書寫單位，可用來分析單字做到一字一號，又可用來檢索、排序、輸入，有多元用途。定，指固定確定明定和一定；如字母要定數量、定次序、定讀音、定形狀，單字有簡單明確編碼法，檢索標準暨程序也一樣固定按部就班等等。

五、規劃基礎

構字法，係從幾何學、拓樸學等角度探討現代漢字楷書的構成原理、方法和類型。線性規劃以它為基礎將矩形面性字拉長為長方形線性排列字。其中：

一）構材：是第三章造殷字族、第四章造殷字母、第八章造線排式與第九章造單碼系統的基礎。

二）構法：是第五章造剖解法、第六章造組合法、第七章造排列型與第八章造線排式的基礎。構法是狹義的構字法，在六構中佔重要地位。

三）構型：是第七章造排列型、第八章造線排式與第九章造單碼系統的基礎。

第二節　七　造

七造是線性規劃的七項主體的基礎的建設，以下提綱挈領說明，另從第三章起專章規劃細節：

一、建造字族

這是對構材的細部規劃。因為"字"是一個大集合，有豐富內涵，必須予以分門別類、分層分級，釐清名目繁多的字族，才便於稱說、運用，而不致混淆。

一）例如以剖解法論，"盟"字可有下列不同的拆解方式：

（一）盟↔明。皿

（二）盟↔日。月。皿

（三）盟↔日冂＝凵丨丨

（四）盟↔丨𠃌一 一丿𠃌一 一丨𠃌 丨丨一

上式（一）係以形聲字根為單位拆解，（二）係以獨立字根為單位拆解，（三）係以字母為單位拆解，（四）係以單筆字元為單位拆解。而所謂形聲字根、獨立字根、字母、字元就是字根的不同類別；而且還有層級之別——拆解前的字是第

一級，字根是第二級，字元位居最基層，字母則是介於字根與字元間的一級。

二、建造字母

這是對字族的細部規劃。因爲字族分爲許多層，每層又有許多類，如本文從內涵、用途，創立了音義字根、獨庸字根、部位字根等名目，但有它的局限，不能滿足「能以少生多以簡馭繁」的「字母」條件，因此，針對漢字特性，以"組合"（Compound）無音無義的線條或符號，來建構漢字的字母（Chinese Alphabet）。字母一經建立，而配套的剖解、組合、排列法就有了對象，相關的的編碼、排序、輸入作業也有了根據。

三、建造剖解法

建造剖解法是反"組合"的規劃。亦即要建立將已組合成爲面性結構的字分解爲較小單元的方法。具體說，剖解就是化整爲零，把一個方塊單字，依循一定的「膝理」分割成 n 個字根。此處字根爲"不定詞"，其定義依膝理而別：

一）依形聲結構分解的叫「音義字根」，

二）依部位結構分析的叫「部位字根」，

三）依能否獨立運用標準分割的叫「獨庸字根」，

四）依組合形態切分的叫「組合字根」，字母就是「組合字根」，也是最重要的字根。

本文把「膝理」稱之爲"判準"，具體的「剖解」方法叫做"判法"。

四、建造組合法

這是對構法的細部規劃。亦即要建設能夠「結合」字根成字的方法。此處"字根"一詞大部分情況下指的是字母，"字"一詞大部分情況下指的是線性字。

和剖解一樣，組合是沒有形跡的，爲了彰顯它的類別和用途，本文依用途分類並設計一套符號，俾配合字型、字母使用，而建構出簡單的線性排列式。

五、建造排列型

這是對構法和構型的細部規劃。本文依幾何圖形、形聲分布、組合方式，導出：幾何、形聲、組合三種「排列型態」，簡稱排型或字型，它能夠規範繁複字形並透顯字根的位置、面積等訊息。因漢字有點線面三種幾何結構，爲其他

文字所無，也是漢字走向精致電腦化的瓶頸，因此排列型之規劃特具意義。其中組合排列型精心劃分爲 IXEFSOPYTH 十型，下分 47 字式，64 字圖。用於線排式、單字編碼、排序、檢索、輸入法等有很大作用和價值。

六、建造線排式

這也是對構法和構型的細部規劃，標幟漢字線性化的完成。它以「字型」「字母」和「組合」爲主角而建立。任何漢字都可以改寫成線化字，其通式爲：

單字↔字型樹×首尾儀字型×字母鏈×字元鏈。

它有多種簡化式，如：盟↔THP[日‖（冂A＝）]＝（Ⅱθ‖）

式中，

一）↔表可逆性轉換式。

二）T 表左邊方塊字 "盟" 的總體組合型態，即全字型；H 表首儀（上半部）"明" 的字型；P 表尾儀（下半部）"皿" 的字型。

三）組合符號

（一）‖表左右分離組合，

（二）A 表內外開涵組合，

（三）＝表上下分離組合，

（四）θ 表內外關涵組合，

四）[ ]（ ）爲層次符號，表其內字根優先進行組合作業，[ ]包含（ ）。

五）字母鏈：包括 188 字母、組合法、組合層次。

六）字元鏈：包括 41 字元（另有 36，47，50 字元）暨 10 末段筆的方向標示。爲任意項，可有可無。

七、建造單碼系統

這是對字母、字型、組合方法 暨單字的細部規劃，也是線性化的目的，希望建制像英文字母一樣單位元組的「碼式」或「編碼系統」（Code System）。亦即把所建立的 188 個漢字字母、10 字型、16 組合，賦予一個單位元組的碼式；單字則據線排式，亦賦予單位元組爲單位的編碼。

第三章 造殷字族

第一節 字 族

　　漢字沒有字母，但有許多不同層次、分類、意義、功能的字根，爲了給新建的字母創造一個適當的運作環境和空間，有必要給它們定位、定性，以免互相干擾，乃建立字族。

　　字族即構材系統，分爲單字、字根、字母三級，字母包含字元，廣義字根可指單字的任何一部分，包括字母。字元是精選出來的單筆，簡稱“筆”，能一筆一筆組合出全部單字的基本元件，有 41 個（另有 36、47、50 字元）。字根分內外層，內層係從語言角度切分爲音義字根、獨庸字根；外層則從幾何學角度切分爲部位字根、線條字根。線條字根又稱組合字根，歸納出最常用的 147 個複筆，稱爲‘字素’，和 41 個字元（另有 36、47、50 字元），合組爲‘字母’（Alphabets）合計 188 個。我們認爲漢字現代化的第一個任務即是：闢建幾何線條意義的字母。自 1605 年利瑪竇在北京出版《西字奇迹》，四百年來國人面對西洋僅由 26 字母即可拼出全部字詞的易簡，大爲驚服。本章一方面建立完整的漢字母體系，用來組字。一方面針對漢語文特性，不拋棄固有形、聲、意符，偏旁等功能，而視爲輔助字母，以滿足各種需要和用途。茲將字族表列如下，然後依次說明於各節：

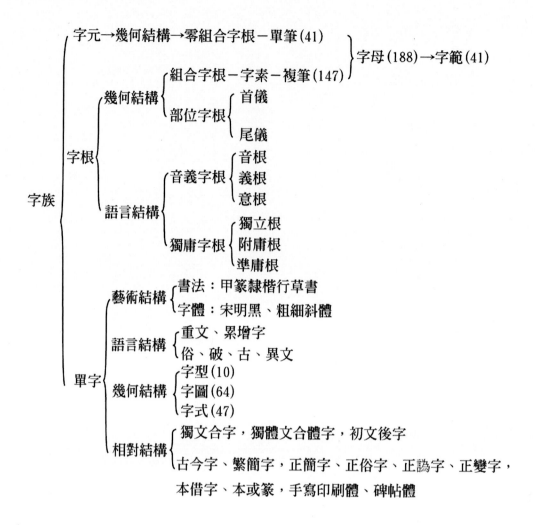

第二節　單　字

　　具有獨立音義、獨立書寫單位，又可獨立使用或與同級他字組成詞組的詞或詞素，才能稱作單字。以下從結構略述字的變化並試提出管理建議。

一、幾何結構

　　以楷書漢字為對象，分析其幾何圖形，得 10 字型，47 字式，41 字範與 64 字圖，統合四者稱為「字型系統」。

　　字範屬於字母，詳第肆篇第四章第五節；字圖言字之團圖形象，詳第伍篇第一章第十四節；此兩者與「單字」較疏隔，因屬幾何結構，故附述於此。

　　10 字型、47 字式是幾何結構的重心。十字型係分析「單字」內字根之排列形狀，分為 IXEFSOPYTH 十個型，詳如第五篇第一章。47 字式係十字型的細分，例如：將 E 型分為 ⊡ ⊡ ⊡ ⊡ ⌀ 式；將 F 型分為 ⌐ ⌐ ⌐ ⌐ ⌂ 式等，詳如第伍篇第一章第十三節「四十七字式」暨第五章第四節「四十七字式

輸入」。此兩者與「單字」較密切，應用面亦較廣。

二、藝術結構

一）七　書

漢字已有至少有四千年歷史，其體制雖一脈相傳，但由於書寫工具的改變或應用場合不同，而有造形及書寫樣式等較大的變化，如筆畫曲直、字根繁簡、等。從殷至今，最著名者有：甲、金、篆〔註1〕、隸、行、草、楷七大書，各有其時代背景和任務，今除楷書仍日常使用外，餘均偏重藝術欣賞。

二）七　體

體指甲、金、篆、隸、行、草、楷七大書內不同的書寫體態或風格，如：筆畫之粗細、方圓、正斜、曲直、鋒勢，偏旁寬窄、長扁等較細緻的變化。

就楷書言，比較有特色者有宋、明、黑、斜、花、中空、立體七體。後四種常用於海報、喜帖、廣告上。

三、語言結構

從語言結構分析漢字發展史上七種音同義同而形不同的字，統稱異體字：

一）重文：重出的異體字，特指《說文》所列小篆以外異體字的總稱。如某又作呆呆。

二）或體：如木宰是梓的或體，土專甄是磚的或體。碗椀是盌的或體。

三）俗體：流行於民間之簡體或譌體字。如《說文》：「譀，誕也；誌，俗譀从忘」。

四）古體：對今體而言，著重筆畫線條之相異。如礼爲禮古體。

五）帖體：書法字帖上出現非標準體字形。如惱，王羲之把"凶"改作"止"。

六）破體：破有違背、毀壞的意思。破體泛指不合正體之俗字。宋朝黃希先說：「學書先務真楷端正勻停而後破體。」例如菜販常把「蘿蔔」，

〔註1〕據林尹先生以古籀二字概括先秦的一切字體，包括甲骨文、金文、籀文，籀文也叫大篆：見《文字學概說》頁 201～202。爲簡化計，本文將大小篆合而稱"篆"。

寫作「萝卜」。

七）累增字：增加偏旁而不改變字義的後起字，如鬚爲須累增字。

四、相對結構

如不分幾何、語言結構，漢字發展史上七種相對字的名稱。有：

一）獨體文與合體字：前者指一體成形的「依類象形文」，包括六書的象形、指事文，又稱初文，它不能分拆爲兩個獨體文。後者指組合成形的「形聲相益字」，包括六書的形聲、會意、諧聲字，它可以分拆爲兩個以上的獨體文。

二）古今字：有兩義，一指某先造而義項較多的字和晚出以增加形符而取代其中一個義項的字；如竟和境，前者爲古字，後者爲今字。一指因時代先後產生的書體，如東漢今古文之爭的今文指隸書，古文指大小篆等書體。

三）初文與後起字：獨體文與合體字的另類指稱法，如申爲電初文，電爲申的後起字，但比較著重時間之先後層面。

四）繁簡字：音義相同而筆畫繁簡不同的字，可包括一部分的古今、異體、重文字。如門门、禮礼。

五）正俗字：標準字與非標準字，前者通常爲經政府或大眾認同者；後者則反是，通常只行於某地區、某時期、某階層、某行業，如敦煌寫本變文等多用俗字。

六）本借字：前者指表示本義的字，後者通常指本有其字的通假字。

七）手寫與印刷體：指書寫主體之異，如抄本爲人手寫體，打字、影印、排版者爲印刷體。

五、管理建議

自許慎《說文解字》收字 9353 以來，或孳乳分化，或加收古字，至晉《字林》增爲 12824 字，後魏《字統》收字 13734，梁《玉篇》收字 16917，宋《大廣益會玉篇》收字 22561，《類篇》收字 31319，《廣韻》收字 26194，《集韻》收字 53525，《六書略》收字 24235，明《字彙》收字 33179，清《康熙字典》收字 47043，民國後有《中華大字典》收字 48200，《大漢和辭典》收字 48902，

《中文大辭典》收字 49905，《漢語大字典》收字約 56000，《新部首大字典》收字約 51100，據聞中文資訊交換碼 CCCII 收字將達 76000。〔註2〕字數愈來愈多，讓人有透不過氣的壓力，然常用者不過五六千，其他為不常用字、古字、廢字。

儘管常用者不過五、六千，其他約五萬字要用到時它立刻升級為常用字，就好像養兵千日用在一朝，因此，在不用兵的千日裡，我們不可不講求「蓄養節宣」之道，茲提四策：

一）分　級

把全部約五萬單字劃分為五級到十級。以五級制論，第一級為最常用字，包括字母、字根，約三千字；第二級為常用字，約三千字；第三級為次常用字，亦約三千字；第四級為備用字約一萬；其餘為第五級罕用字，約三萬。

二）分　類

針對不常用者劃分類別，依學科職業分類公布，以利學習、運用。如"化學類"可將：醛酯酚醚醇酮醣醱酐酵醯醌酶酞酰醌，腚胺脲肽腈腺膪胼腙肟，苯苷萘蒽萜苄苄萐苄，蟎，氫氧氮氨氫氖氘氚氦氯氟氰溴汞，嘌呤嗪噻吩喃啶口坐呋哌噠啡啉吡哚吲喹咔，炔烘烷烯烴羰，圬垤圬圿，砷硝硫磺硼硒矽硅碘硌碳硅砸，銨鈦鎘鈷鈣鎂鉀鈉釓銀鐳鈾……等約三百字，列一專表（冊）及釋義，公布發行。

三）限　用

姓名、著作、公司、團體等命名，宜在第一、二級常用字範圍內選取，逾此則禁制之。

四）善　調

使人人皆善於調兵遣將，使多達 76000 字的 CCCII 平時都能卷之遁藏於芥子，用時不但能隨傳隨到，還要頓現三千世界，要什麼就有什麼，這要兩個條件配合：

（一）優良的索引、排列和輸入法，屬外部徵調系統。

（二）精密龐大的中文形音義資料庫，屬內部動員系統。

〔註2〕見謝清俊撰〈談中國文字在電腦中的表達〉載《中國文字的未來》，頁 74。

而要滿足外部徵調系統和內部動員系統的唯一配方就是先建立'字型－組合－字母'系統。

第三節　字　根

一、部位字根

部位字根屬外層字根，係從單字的幾何圖形著眼，依據字根分布位置劃分爲兩部分，如陰陽兩儀，故部位字根又稱爲字儀。它在教學與輸入法上有很大功用。

依字根所居位置將單字劃分爲兩部分：

第一部分：居字之左、上、外等部位，稱之爲「首儀」；

第二部分：居字之右、下、內等部位，稱之爲「尾儀」。

以 IXEFSOPYTH 十字型爲準則，可以大別分爲一元、交叉、角涵、傾斜、上下、左右六式。其中，角涵式包括 EFSOP 五個字型：

一）一元式：只有 0I 一元型一種，如ㄥ之首段爲／是首儀；尾段爲是尾儀。

二）交叉式：只有 1X 交叉型一種，分爲兩態，如：

（一）平交態：如"十"之首筆爲"一"，是首儀；尾筆爲"丨"，是尾儀；

（二）切叉態：如"大"之首筆（交插者）爲"一"，是首儀；"人"爲被交插者，是尾儀。

三）角涵式：以外框爲首，內涵爲尾；無內涵者視爲涵「空」。有 EFSOP 五態：

（一）2E 匣匡態：如"匡"字外框爲"匚"，是首儀；內涵爲"王"，是尾儀。

（二）3F 原厓態：如"厓"之外框爲"厂"，是首儀；內涵爲"圭"，是尾儀。

（三）4S 迂迴態：如"馬"之外框爲"丂"，是首儀；內涵爲"十"與"灬"，均是尾儀。

（四）5O 圜圍態：如"國"之外框爲"口"，是首儀；內涵爲"或"，是尾儀。

（五）6P 巴巳態：如"巴"之外框爲"巳"，是首儀；內涵爲"丨"，

是尾儀。

四）傾斜式：只有 7Y 傾斜型，又依方向分爲四態

（一）傾側態：如“彳”之傾部爲丿，是首儀，側部爲亻，是尾儀。

（二）傾頗態：如“夂”之傾部爲丿，是首儀，頗部爲マ，是尾儀。

（三）斜敍態：如“入”之斜部爲丿，是首儀，敍部爲乀，是尾儀。

（四）斜斛態：如“幺”之斜部爲く，是首儀，斛部爲厶，是尾儀。

五）上下式：只有 8T 上下型，如“盟”之上部爲明，是首儀；下部爲皿，
　　是尾儀。

六）左右式：只有 9H 左右型，如“明”之左部爲日，是首儀；右部爲月，
　　是尾儀。

二、音義字根

據南宋鄭樵《六書略》所收 24235 字中統計形聲字佔 90%，若假設從南宋
迄今，造字多以形聲法爲之，則其比率更高。所以，認識形聲符是很必要的。
本文把形聲符稱爲‘音義字根’。

一）音　根

（一）概　說

聲符，表示字音的符號，今又名‘音符’，本文稱爲‘音根’。據清朝朱駿聲《說
文通訓定聲》有 1137 個，段玉裁《古十七部諧聲表》有 1525 個，江有誥《諧
聲表》列 1139 個；陳新雄先生 1972 年出版《古音學發微》列 1255 個，李卓敏
1980 年出版《李氏中文字典》列 1172 個，杜學知 1982 年出版據沈兼士《廣韻
聲系》編《古音大辭典》列有 1134 個，余迺永 1985 年出版《上古音系研究》
列 1256 個，周何、邱德修、莊錦津、沈秋雄、周聰俊整理的《中文字根孳乳表
稿》〔註3〕有 869 原始聲符，竺家寧 1991 年出版《聲韻學》列 973 個，周有光
和倪海曙先生統計有 1300 多個。〔註4〕

〔註 3〕無出版日期。惟據說明一「據 CCCII vol II 所收之 22349 字爲範圍」等資料，推測
　　　　當在 1986 年左右。

〔註 4〕見解志維〈漢字和漢語拼音的具體比較〉文，載《文字比較研究散論》，頁
　　　　176。

（二）分　部

茲據竺家寧先生 1991 年出版《聲韻學》據陳新雄先生所分的古韻 32 部列聲符 973 個，〔註 5〕部之下則據筆者 IXEFSOPYTH 十字型排列。

1. 歌部：計 38 符

　I 型：匕戈皮也我

　X 型：左果

　F 型：可麻

　P 型：咼

　Y 型：多

　T 型：坐禾垂瓦离它爲哥朵羅罹罷蠡差貨萑蠡〔註 6〕惢些

　H 型：丽加臥那戲虧吹沙儺。

2. 月部：計 65 符

　X 型：乂大犮夬㡀世戌孑孓丰末

　E 型：月

　F 型：介祭發

　O 型：曰

　T 型：舌市裔竄㝵毳叕旨韋帶奪泰會兑貝罰最曷臬粵摯熱桀贅彗蓋萬筮

　H 型：巜折刺外鋭弼吠陧刷制活衛拜伐列殺絕欮叡別怛。

3. 元部：計 85 符

　X 型：犬丹丗丸柬半

　E 型：閑閒山

　F 型：全厂反虔旋建延連

　P 型：展肩扇

　T 型：干面見看番爰言元亘睘焉姦戔卷專袁燕典冤官寒安宴寬宦憲穿耑肙旦曼㬎泉彖奐弁前善雚算贊巽然

　H 型：片刪般夗斷煩卵聯幻短衍班侃件便散難縣緜䜌辡緐。

〔註 5〕《聲韻學》，頁 522～524。

〔註 6〕原作“彖”，但與元部“彖”重複，特據陳新雄先生著《古音學發微》改爲“蠡”。

4. 脂部：計 30 符

    X 型：米夷帯

    F 型：癸

    S 型：几

    P 型：尸眉尼犀履

    Y 型：矢豸厶

    T 型：爾死豕示二齊妻豐氏旨兕美皆黎

    H 型：伊比師。

5. 質部：計 34 符

    I 型：一乙

    X 型：七必畢

    E 型：閉

    F 型：疾逸

    O 型：日四自

    P 型：血戾

    T 型：至頁悉季桼惠棄吉壹實穴質節替

    H 型：抑八即徹設計利。

6. 眞部：計 29 符

    X 型：尹申身

    E 型：旬勻臣

    F 型：令

    O 型：因田

    P 型：民扁

    Y 型：人

    T 型：千玄辛天晉寅粦秦眞盡奠

    H 型：開頻信引印矜。

7. 微部：計 31 符

    X 型：夬〔註7〕幾威

〔註 7〕原作"夬"誤，且與侯部重複。

E 型：開

F 型：厂危飛

S 型：火

O 型：回

P 型：自尾

T 型：乖鬼委衰褒卉希虫罪累壘

H 型：敲綏非枚佳肥毀水妃。

8. 沒部：計 38 符

X 型：朮內弗隶聿去未耒

E 型：勿出

F 型：退

O 型：白

P 型：骨屆

T 型：兀愛卒率孛貴突崇畁胃畏矛气齋器冀

H 型：沒帥位泣尉對配肄。

9. 諄部：計 46 符

X 型：寸巾屯存本

E 型：分閏

F 型：刃㐱侖斤辰麈

O 型：困

P 型：艮

T 型：熏文西垔雲云賣糞奮㒼君奔春軍昏尊員昆盈先允薦焚筋

H 型：川胤孫豚吻門。

10. 支部：計 16 符

F 型：厄危

S 型：彳〔註8〕

T 型：系圭卑兒只是

H 型：斯此規弭。

〔註8〕原作"乖"，但與微部"乖"重複，特據陳新雄先生著《古音學發微》改為彳。

11. 錫部：計 19 符

　　　X 型：冊

　　　F 型：底歷迹

　　　Y 型：彳

　　　T 型：鬲帝責畫益脊易買糸

　　　H 型：辟析狄役解。

12. 耕部：計 29 符

　　　X 型：成井

　　　E 型：鼎

　　　S 型：正

　　　P 型：黽

　　　T 型：丁平生幸并爭霝窞青甹名盈呈晶省聖熒嬰

　　　H 型：殸鳴頃耿敬形.。

13. 魚部：計 59 符

　　　X 型：布夫牙車武女

　　　E 型：瓜巨

　　　F 型：舍父庶虍於処

　　　S 型：吳巫

　　　O 型：圖

　　　P 型：巴且居戶烏亞

　　　T 型：乎禹下于雨五互步土古去與予午賈夏素呂胥壺魚兔無鼠普寡

　　　H 型：叚疏羽鼓旅卸社初。

14. 鐸部：計 30 符

　　　E 型：夕

　　　F 型：度席石

　　　O 型：白

　　　P 型：尺

　　　T 型：亦赤屰乍霸霍索宅炙舄睪惡各昔朿蒦若莫薄

　　　H 型：郭戟射。

15. 陽部：計 51 符

    X 型：丈央爽

    E 型：岡向匠亡

    F 型：倉庚慶

    O 型：昌

    P 型：皿

    T 型：秉方商長上王丙兩並羊光兄永香京亨襄竟章亢畺杏桑易量皀兵
        象葬梁望

    H 型：邛往行強彭相明。

16. 侯部：計 32 符

    X 型：斗臾戍毋〔註9〕禺

    E 型：句區

    F 型：俞后厚

    O 型：口

    P 型：扁

    Y 型：朱

    T 型：主具需走婁奏菁畫芻寇

    H 型：救侯須取乳後付鬥。

17. 屋部：計 17 符

    X 型：木曲

    F 型：穀谷鹿族

    S 型：玉

    P 型：屋局

    T 型：禿辱足粟蜀彔角

    H 型：獄。

18. 東部：計 26 符

    X 型：丰〔註10〕東

〔註 9〕原作"毌"誤，且與元部重複。

〔註10〕原作"半"誤，且與月部重複。

E 型：同凶

F 型：公送

T 型：工重共弄叢童充舂冗冢容嵩豐邕雙

H 型：从龍封孔竦。

19. 宵部：計 27 符

X 型：弔

E 型：鬧

F 型：刀

Y 型：幺

T 型：毛夭票交高爻垚表杏寮号梟杲焦苗勞巢盜

H 型：小料兆敖朝。

20. 藥部：計 14 符

X 型：雈

E 型：勺

F 型：虐

T 型：卓爵龠暴翟雀樂

H 型：弱駁沃敫。

21. 幽部：計 54 符

X 型：九求舟由戊孝老

E 型：周爪

F 型：酋彪

O 型：囚

T 型：手丂酉首臭丑矛缶曹帚守牢憂秀舀孚受咎早臭牟叟蔻翏

H 型：丩絲攸州流休劉秋卯好牡肘牖討幼報獸椒。

22. 覺部：計 21 符

X 型：肉肅

E 型：匊夙

F 型：逐迪

O 型：目

T 型：六畜毒奧廖告复學

H 型：孰祝竹就滌。

23. 冬部：計 13 符

X 型：中戎

T 型：宋宮宗農蟲眾夅冬

H 型：躬融彤。

24. 之部：計 41 符

X 型：才來灰又母史子

E 型：乃

F 型：司

S 型：己

P 型：巳目丘耳

Y 型：牛久

T 型：而不再之士里止其某臺喜裘釆亥宰思負龜茲

H 型：絲疑辭郵婦佩。

25. 職部：計 30 符

X 型：弋或戒力

E 型：匿

F 型：仄直

T 型：克畐亟意塞麥嗇革黑異息色苟〔註11〕

H 型：北德則棘稷伏牧得郁特。

26. 蒸部：計 22 符

X 型：厷

E 型：徵

F 型：登鷹

S 型：弓

Y 型：升

T 型：乘興丞夌肯孕曾

　　H 型：兢蠅朋恒冰稱承仍朕。

27. 緝部：計 15 符

　　X 型：十

　　F 型：合及

　　P 型：皀（註12）

　　Y 型：入

　　T 型：立咠邑熺疊集習沓

　　H 型：軜澀。

28. 侵部：計 18 符

　　X 型：尢咸

　　E 型：凡闖

　　F 型：今

　　T 型：壬甚音審三品男琴參

　　H 型：林心衫陰。

29. 帖部：計 8 符

　　X 型：夾

　　T 型：甚辵刕葉聶

　　H 型：陟帖。

30. 添部：計 13 符

　　X 型：冉

　　E 型：閃

　　F 型：兼

　　O 型：函

　　T 型：欠占忝奄僉臽染

　　H 型：贛貶。

31. 盍部：計 11 符

　　X 型：甲

　　F 型：壓

〔註12〕原作"皀"，與陽部重複。卿，既即從皀。

T 型：乏業盍妾昜齺

H 型：劫法涉。

32. 談部：計 11 符

X 型：甘

F 型：厭詹

T 型：炎嚴監

H 型：斬犯甜敢豔。〔註 13〕

二）義　根

（一）概　說

形符，表示字義和類別之符號也，今又名"義符"，本文稱爲"義根"。主要用作《說文》《字彙》《康熙字典》等之檢索鍵（Key），稱作部首，但形符與部首兩者並非完全等同。主要由於想增加查獲率，往往簡併部首，所以從許慎《說文》分爲 540 部〔註 14〕起，歷代字書對於許書分部，多有依違離合之處，主要原因爲部數太多，其次是隸變造成筆畫變形，再次是形聲難分及部無定位。計有：唐朝張參《五經文字》分爲 160 部，宋朝鄭樵《象類書》分爲 330 部，遼朝僧行均《龍龕手鑑》分爲 242 部；明朝梅膺祚《字彙》分爲 214 部，後世字典多宗之，如《正字通》《康熙字典》《中華大字典》《中文大辭典》。中國社會科學院編 1978 年出版之《現代漢語詞典》收形旁 250 個；徐中舒主編 1985 年出版之《漢語大字典》則以《康熙字典》214 部爲基礎，刪併爲 200 部；王竹溪編纂 1988 年出版之《新部首大字典》號稱只 56 部，其實一部中所含「變體」甚多，總計也有 156 部以上。台灣方面，文建會國字整理小組委請周何、邱德修、莊錦津、沈秋雄、周聰俊五位先生整理的《中文字根孳乳表稿》有 265 個原始形符。

（二）分　類

茲據文建會國字整理小組的《中文字根孳乳表稿》265 個原始形符爲底本，

〔註 13〕原作"艷"，據陳新雄先生著《古音學發微》改爲豔。

〔註 14〕許慎《說文》分爲 540 部，後世稱爲部首，大部分爲形（義）符，但亦摻有少數聲（音）符，如ㄐ句等部，其後所編字書亦如此，但總的說來，還是以形（義）符佔絕大部分，爲簡化計，我們採模糊處理，視部首等同於形（義）符。

增補若干常用的第一二級孳乳形符，並將較特殊字義註於括弧內，以供參考；其中有些說解是個人見解。

另外，對該稿歸字並不完全同意，惟限於篇幅，無法詳細辯證，茲依自創之'十義類'：0 數量、1 天文、2 地理、3 植物、4 動物、5 器官、6 行動、7 人民、8 生活、9 抽象共十類，分別部居，其中'抽象類'包括抽象名詞、副詞、介詞及難以歸類者，試分類如下：

0 數量類：一、二、八、九、十、百、千、尺、尋、丈、寸。

1. 天文類：日、月、風、云（雲）、雨、火、气、丂（气）、白（白日）、夕（晚）、辰（甲骨文从十二月，勸農薅以時，否則辱之）。

2. 地理類：

1）水——水、川、州、く（水，巛俞粼所從）、泉、回（旋渦）、𠂢（伏流）、巠（水脈）、谷、冫（冰）、井。

2）土——匸（當爲岩穴，陋區匿所從）、凵、凶（陷阱）、凹（窪地，曲所從）、凸（突丘）、/冂（郊外）、厂（崖巖）、土、田、里、山、丘、自、阜、厽（累土）。

3）礦——金、玉、丹、石、鹵、西（鹽也，覃所從）。

3. 植物類：

1）草本——艸、朩、瓜、禾、黍、香、朮、米、麻、尗、來（麥）、齊（稻麥穗）、韭、竹、丵（叢生艸）、丯、丰。

2）木本——木、棗、棘、果、氏（根本）、叒（桑）、由（樹芽）、㞢（檗木）。

3）草木皆涵——才（艸木之初）、屯（艸木之初生）、马（艸木花苞）、𠂹（艸木花葉）、卤（艸木實垂）、乙（艸木根軋出新芽）、屮（艸木初生，余孽檗屯所從）、𣎵（枝葉扶疏形，南所從）、不（地下塊根，如蕃薯樹薯）。

4. 動物類：

1）飛禽——於、烏、隹、鳥、焉、舄、燕、乚。

2）水族——魚、貝、黽、龜。

3）爬虫——它、虫、萬＝蠆＝毒，〈蠆觚〉作，正是蠍子形，

　　隸變作'萬'從禸，丰象節肢，亦聲符，音近蠆、豸。

4）馴畜——彑（豕頭，彘彙所從）、犬、牛、羊、豕、鹿、馬、兔。

5）野獸——虎、豸、象、鼠、兒、禽、禺、内、嵒、兔、夒、能、熊。

6）神物——廌、夔、龍、鳳。

5. 器官類：

1）頭腦——首、百（首，頁面夏夒所從）、甶（鬼頭，宗教儀式所用面具）、兂（元異體，頭也）、囟。

2）面貌五官——面、目、臣（眼）、自（鼻）、耳、口（嘴，言甘所從）、Ａ（嘴，命令所從）、舌（舌）、牙、齒。

3）軀體——骨、咼、歹（朽骨）、皮、毛、而（頰毛）、匈、心、血、肉、呂（脊椎）、傘（排骨，脊、傘所從）、力（筋）尸、身、月（大腹賈，殷商），

4）四肢——手、ナ（左手）、又（右手）、疋（足，小腿）、厶（男子私處，公雄厽所從）、也（女子陰）、勹（胎衣）、牛（腿，舛夅所從）、夂（腳，各所從）、夂（腳，後慶復所從）、止（腳趾）。

5）鳥獸專有——角、Y（岔角，丫乖所從）、丫（羊乖蘿萑舊蔑夢所從）、殼、甲（骨）、弱（羽毛未豐）、羽、卵、屮（卵）、爪、釆（獸足）、巴（尾）。

6. 行動類：

1）行走——辵、夂、足、舛、步、尤、走、去、丁、彳、出（從屮＝足，從凵＝窟）。

2）勞動——廾（雙手勞動，執凤易所從）、克（屋下刻木形，即'刻'本字）、片（判木）、彔（刻木）、叕（集腋成裘）、為（從手從象，馴教幼象做工或表演也，荀子「化性起偽」的'偽'即用'為'本義，教養之義）、卯（從'卵'去睪丸'、、'閹牡獸也，'劉'字從金刀卯，卜辭有「卯幾牛、卯幾羊」記載，蓋指此事也）、臼（兩手匊）、隶（逮捕動物）、圣（致力於土地）、弗（矯弓，或織席子）、叔（採未）、殸（甲骨文象手執枹擊石，當是磬本字）、具

（從鼎從収，収亦聲，開伙備飯柔）、鬯（造酒，字象分餾器形）。

3）言語——言、兮、乎、曾、曰、粵。

4）生育——免（分娩）、乳、育、毒（从母生，同育毓，音獨，《老子》：「亭之毒之」）、毓、北（背，揹小孩）。

5）日常生活——立、奏、失、夭、仄、矢（傾側身）、欠（哈欠）、己（人跪跽形）、卩（跪坐形，危令所從）、永（泳）、見、丏、反、攴、比、並、并、鬥、亂。

6）生命——生、疒（倚床臥病）、死、歺、亯（祭於享堂）。

7）鳥類專有——非、飛、卂（疾飛，迅赘所從）。

7. 人民類：

1）政治——王、史、吏、民、奚、童、羍（罪犯戴枷鎖桎梏形，圉執所從）。

2）家庭——老、夫、父、子、女（母毒毌所從）。

3）身分——大（成人，夫所從）、人、儿、匕（A、倒人，反化真頃北所從；B、婦女，比妣牝鴇所從）、幺（幼嬰）、巳（同包字，胎胞）、𠫓（胎兒，育棄充流所從）。

4）種族——夏、夷、羌、文（祝髮文身之民）。

5）職業——士、農、商、工、兵、巫（甲骨文從冂＝宗廟，從王／工＝示，從収＝舞→筮從示聲，巫從舞聲）。

8. 生活類：解決民生問題方面，字類豐富，又可分為 10 小目：

0）食——缶、鼎、鬲、壺、凵（飯器）、匕（刀，旨匙鬯食既卿所從）、凡（盤，皿佩風所從）、勺（杓，斗与與所從）、酉（酒）。

1）衣——糸、革、衣、冂（冠）、冃（帽）、巾（拭巾，盡刷所從）、丮（皮草，從毳丹聲；求裘從毳聲。裘從北＝背，皮草肉面；皮，皮草毛面；冗＝丮聲）、㡀（敗衣）、求（從衣毳聲）。

2）住——屋、壺、門、臺、几、瓦、广（建築物）、宀穴（窯洞）、才（門栓，閉所從）、爿（牀）、囱（窗）、囧（窗）、向（正廳，高堂），帀，或作匝，從巾＝个＝竹＝籬省，從一＝匸＝囗＝圍，以竹圍成籬也，籬為語源（相當於形聲字的聲符）；籬，藏緬語

族大多音「匝」。匝之制作，今台灣鄉間仍如此，以竹樊爲籬笆環衛房屋四周。

3）行——舟、車、菁（兩艘半截獨木舟於河中相遘過形）。

4）育——聿、冊、焱（籤）。

5）樂——琴、豈、鼓、樂、庚（大鐘，鏞本字）。

6）戰爭——殳、癸、弓、戈、戊、矢、矛、盾、丨（矢桿，引中所從）、干（杈形武器）、㫃（旗斿）、兆（頭盔，兩口爲目孔，兜所從）。

7）生產工具——刀、弋、其、耒、臼、丁（釘）、亅（鉤）、𠂇（斧，斤所從）、匚（筐）、入（石斧）、工（繩墨，規矩）、斤（鋤頭，兵所從，古人隨手執農具作爲兵器）、予（以杓舀食物入碗，象施與，与的正面形）、斤（鋤頭，兵所從，古人隨手執農具作爲兵器）、予（以杓舀食物入碗，象施與，与的正面形）、曲（蠶薄）、率（鳥網）、罒／网（網）。

8）禮：典、卣、且、豆（禮器）。

9）其他－市、斗、囗（城市或建築，國邑所從）、方（磅稱大型貨物之舟）、勿（旗。我從勿，繫旗麾之戈）、毌（從⊙＝貝／銅幣，從一＝索）、玄（連環形金飾）、辛（刑刀，辛辠妾所從）、弟（從韋弋聲）、彡（毛飾）、A（①石斧，侖俞龠，②房子，稟食倉所從，③甌鬲等蓋子，會合所從）。

9. 抽象類：丿（職權，尹所從）、乀（《康熙字典》作乚，《說文》：「匿也。象迟曲隱蔽形，讀若隱。」《玉篇》：「乚，古文隱字。」按：亦爲“曲”本字，匚亡勾陋區匿所從）、二（上）、二（下）、卜（卜笠）、丩（糾結）、小（少雀尖隙所從）、示（與鬼神、宗教有關者）、畾（量器內米穀滿）。

三）意　根

（一）概　說

意符，兼表字義和字音之符號也，本文稱爲‘意根’。裘錫圭先生說象形、指事、會意這幾種字所使用的‘字符’跟它所代表的詞，只有意義上的聯繫，所以都

是‘意符’。〔註15〕我們的「意符」一詞，在範圍和內涵上與裘先生有顯著差異：

1. 只限於象形、指事獨體文，才算是意符或意根，會意因爲是合兩獨體文
爲一合體新字，與形聲字同類，所以不列入。

2. 象形、指事獨體文係透過「音義合一」把「詞」的內在音義造爲渾然一體
的象形圖畫或簡筆線條，稱爲「意符」或"獨體詞"，其結構圖示如下：

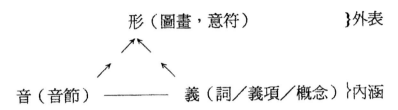

其音和義並不劃分，集中以一外形表達，外形即意符，與後出之形聲字比
較，它既是形符又兼聲符。因漢字一詞一字的特性，使其"外形"完全體現該
詞的相貌與內涵，如牛馬羊象犬虫兔鼠龜等，其「字形」即其「詞所指涉事物
之形狀」，因此外形與內義或內涵直接連繫，縮結成形影不離的一體，可由字形
直接表意義。相形之下，音幾乎只是附庸，或許就是這樣的特殊結構使得裘先
生認爲「象形、指事所使用的字符跟它所代表的詞，只有意義上的聯繫」吧？
但無論如何意符是表音兼表義的。

其次，"意"字從音從心，有意思、意涵、意義等詞，可見"意"本身就
有表音兼表義的意味。

（二）分　類

茲據李孝定先生考訂甲骨文中的 276 個象形文和 20 個指事文，〔註16〕列爲
意符或意根。茲依十字型分類：

1. 象形文

1）X 交叉型：十乂斗大犬矢木東來束柬米冊肉巾舟旡戉戊成又力
匕戈中申丑子身屯聿車甫未井升我。

2）E 匣匡型：（1）勿，（2）月用冎网鳳乃卩凡向，（6）匸氏，（8）
山鼎。

3）F 原匡型：（1）孔刀可，（2）介食合企，（3）厂辰斤石甫條扒庚

〔註15〕《文字學概要》，頁 15。
〔註16〕《漢字的起源演變論叢》，頁 15～16。

鷹鹿虎盧。

4）S 迂迴型：弓馬。

5）O 圓圍型：（1）口日目田囧囿，（2）自。

6）P 巴巳型：眉鳥臼自凸且皿巳尸屍屎尿戶耳黽。

7）Y 傾斜型：（1）人牛夂幺豸，（2）冫。

8）T 上下型：（1）夭禾釆舌垂丁天干于襾百面酉而雨不豕，工王玉，宀土士去丑虫重衁兒足角函鹵止弟，鬼衣文主辛辛長羊首黹克免象龜彔矛，缶矢先；（2）叒晶黍爵元鬲豆畐亘示頁夒栗粟霓霝雲永齊高京亯向卒帝妾宮宁爻卒枼豆壺青尃索橐麥裘黃菫燕帯豐罕殳耑爲罔犬氏侖囊罘孚貝鼎蜀泉臽岳骨气無舞魚盍糸萑龜羔美彗箕少單黽罨臽鼓桑齒槃磬。

9）H 左右型：（1）卜爿，（2）玨羽朋幺絲竹川州儿門行小火水猴戲麟鏗癸弘疇須淵澗倗佳依秫穗雞貑龍墉叚俎。

2. 指事文

0）I 一元型：一。

1）X 交叉型：必叉丹朱。

3）F 原匡型：刃。

5）O 圓圍型：曰四。

6）P 巴巳型：血。

8）T 上下型：上下亟亦芈二三

9）H 左右型：卟肘彭弦。

章太炎先生著《文始》列初文／準初文 510 字，[註17] 但未逐字說明六書歸屬，陳梅香學長博士論文《章太炎語言文字學研究》附錄三係據太炎先生《文始》說明的內容判別，註為「象形」「指事」，無說明者則予空白；惟原太炎先生之意，無說明者大概亦不出象形、指事範圍。經與李孝定先生所考訂甲骨文比對，發現：兩家對個別字的六書歸屬並不一致，如'爲'字，[註18] 太炎先生認

〔註17〕見《語言學百科詞典》，頁 222 字原條，惟據陳梅香學長博士論文《章太炎語言文字學研究》，頁 509～582，則梳理出 463 字。

〔註18〕見陳梅香學長博士論文《章太炎語言文字學研究》，頁 510。

為是「純象形」，李先生則列入「會意」字，這或亦可以說明太炎先生之象形、指事文較李先生所列爲多之原因。

三、獨庸字根

以是否具獨立音義、獨立使用爲標準所作之分類。

一）獨立根

具有獨立音義，可當偏旁，又可獨立使用爲單字的字根，如盟之日、月、皿。一般而言，形聲字之形符、聲符，只要不變形（如水之作氵），大部分都是獨立字根。這些字相當多，不便列舉。

二）附庸根

具有獨立音義，但永遠只能當偏旁的變形字，如水之作氵者，謂之附庸字根。茲列常用者如下：

序	獨立形	附　庸　字　根	備　　註
1	水	氵六（益）巛（粼）氺（泰）丨（攸）水（永）丬（俞）厎（派）巛（災經）圠（昔）	另有一（屌）小（原），雖可獨立，但非一、小本義，仍是附庸字根。下同理。
2	火	灬（焦）丷（光）	小（票寮尉）山（幽）土（堇）木（深）
3	手	扌（打）彐（帚尹秉）ナ（左）𠂇（承）𠫔（舉）	
4	足	𧾷（跑）	比（鹿皀夔）爲足形
5	心	忄（懷）小（恭）	
6	人	亻（仁）儿（兒）丨（弔）	
7	冰	冫（凌）	
8	刀	刂（列）	
9	卩	㔾（軛）	
10	尢	允（尳）	兀（尳）
11	互	彐（彝）	
12	邑	阝（鄧）	
13	阜	阝（陳）	
14	攴	攵（敢）	
15	歹	歺（餐）	

16	肉	夕（然）月（胃）	
17	犬	犭（狗）	
18	玉	王（玉）	
19	网	冈凶（岡）皿（羈）	
20	辵	辶（迅）	
21	艸	艹（華）	
22	長	镸（髟套）	
23	爪	虍（虐）灬（烏鳥）叉（蚤）	灬爲爪形。
24	手手	𠬝（承承）収廾（弄☆弅朕送）	大（樊奧奐）
25	父	𠂇（布）丆（甫）	
26	气	弜（粥）	八（分豢）
27	衣	衤（襪）	
28	地		一（旦氐上下）
29	貝		日（得）
30	首	罒（蜀）	
31	木		尢（埶）土（社）
32	丮	丸（埶夙易）𦥑（鬥）	
33	石	厂（厚厲）	
34	尾	灬（魚燕）	灬爲尾形。
35	少	灬（羔）	
36	腳	灬（桀）	桀之灬即桀之舛，人足也。

三）準字根

在《說文解字》等字書裡，列有許多具有獨立音義，也可以獨立運用的單字，但現代除了當作字根外，一般都不再獨立使用，或用得很少，筆者稱它們爲準字根（Quasi-roots）。爲便於查考，特列舉如下並依 IXEFSOPYTH 十字型分類：

0I 一元型：丨丿丨乚乙。

1X 交叉型：夊尢朮朩釆𡴎𠂹夾夂叉戠𡗕或鐵彡内卤丹屮束尢隹𢆶隶夬屮米千先攵威戉束矢弔毌傘帘本華戋𣏟聿聿丰丼灬。

2E 匣匡型：（1）勹勺匀匊匋匎，（2）冋冃兩冈网冂閶冂爪几凤冃冖冗冖宀

（4）ヨ，（6）匜臣匚匼匧匸医匫，（8）凵屵。

3F 原厓型：（1）孖孖殳气丸丮及，（2）仌仒佘癶竪龠仒奿兆，（3）厂𠂆厈

厲虒卮厈厂厓厈厗廠麻鹿广廍疒雁疢屰虎麃盧虜虘鹿虍帇雐

虘虘雐豦臕厔飢㐁𫝀户戸严甫𠁻，（7）龝，（9）尥𣥁𠂤匕鹵斷

犾。

4S 迂迴型：畐畐𠃓与。

5O 圓圍型：（1）口囧困圀，（2）囪卤囟。

6P 巴巳型：㠯弓自𦤎目互𠂢𫜹扁屖展屍屖叐厔启㲋月冃咼。

7Y 傾斜型：（1）丫彡，（2）厶。

8T 上下型：（1）毛帀西囟亞百垩帀丌豕两另攵尔彔象𡗗未柔亠商辛豙亲先

𬂚齒芈羋壬重走巢聿書盟卣鹵攴少，（2）玨叕芔焱㸚垚𡍪叒

厽众孨艸晶畾晿惢焱犇弄畾雦蟲鱻麤龘弓巛𡉲罒蟊卡熏𠬪至

㝵雪盇鬲寽禹雩走彳癶奐悪𡊄罯霝寴嵒夒夨闬亙亏巠亓丁鬥畐

畺侌合𦣹台㒭盆斧䝅粦攴苦蕾音向宣壴臺裹离突㝵寒宓宓盆

宅㝵�㝵豆靑坴㳿窀㒼�曹粦奈㳄奈㳆智夆夆夆夆夆盇弃希

奉絫鸄枼𢦏皆屵坣兩莫菫㤕肅菁盇㿻監釆朲孚介李奎隺盇乑

奎𠧧寮𤎥甹豊曹厹圣弅㛸魯崋禼㒼叟臬為豖㞎盆盦盦盦睯昏

𦫼𠦝縣憙圅冎号茸桌呇㠯绿咼呈冗寻帬易灵盇盟叏昊寻罘罳

�寀罫蜀叟叟𦥑皃廖㝵羍㲋恖皇希夌圅㿝烏㿿龜㿪复㒱容

离竟京兇尖汆絲坒�$突咢咢敄咢㙞莖㙞晋蠹戀甾㚉鼠肖学

誉酋萘呂學醫昝乑崔覓㒼虍雚叜羔珡癶爾㚅㝵酋𤰞𦥑𧮫雟

9H 左右型：（1）閧 H 爿片，（2）赽䤥瓜兇入千钊𦥑𝘮絲辡林蚰所頉弜狀龍

玨㰬祘炏从甡砳屾妕孖开艸𤰔冰牪丽豩䫴䫡雔皫䪲䍃竝秌牪

巛縺緣罶𤕩兆𤲅龤䵻㐄臼奴卝夗韧㪅枈枈殺頪䖵㰤耤印然肜

昫取𢑋陸厰㽞𣪠邝鞏䢁臤臨殴攸浮涓次攵𠬪奴巩𣦼欤𢒰肜狠

辥㲋散敔戋斬剌埶敫獣揪。

四、組合字根

所謂組合字根，就是依組合法接合（connect）成單字的基本元件。這個元件可以是上述部位、音義、獨庸字根，配上十六組合法和十字型（Pattern），就

件可以是上述部位、音義、獨庸字根，配上十六組合法和十字型（Pattern），就

能組合出所有現代漢字。

　　這組合字根就是推動線性化的要角，為了使字根數量降到最低，而組合程序不致太煩瑣，我們精心規劃了一套字母系統，包括：字元、字素、字母和字範，詳如下章。